卑微的英雄

Mario Vargas Llosa
EL HÉROE DISCRETO

|略萨作品：精装珍藏版|

[秘鲁] 马里奥·巴尔加斯·略萨——著
莫娅妮——译

人民文学出版社

著作权合同登记号　图字 01-2019-1247

Mario Vargas Llosa
EL HÉROE DISCRETO

Copyright © MARIO VARGAS LLOSA，2013
This edition arranged with Agencia Literaria Carmen Balcells S. A.
Simplified Chinese edition copyright © Shanghai 99 Readers' Culture Co.，Ltd.
All rights reserved.

图书在版编目(CIP)数据

卑微的英雄/(秘)马里奥·巴尔加斯·略萨著;莫娅妮译.
—北京:人民文学出版社,2022
(略萨作品:精装珍藏版)
ISBN 978-7-02-017479-9

Ⅰ.①卑… Ⅱ.①马…②莫… Ⅲ.①长篇小说-秘鲁-现代
Ⅳ.①1778.45

中国版本图书馆 CIP 数据核字(2022)第 169377 号

责任编辑　朱卫净　陶媛媛
装帧设计　汪佳诗

出版发行　人民文学出版社
社　　址　北京市朝内大街 166 号
邮政编码　100705

印　　制　凸版艺彩(东莞)印刷有限公司
经　　销　全国新华书店等

字　　数　275 千字
开　　本　890 毫米×1240 毫米　1/32
印　　张　11.875
版　　次　2017 年 9 月北京第 1 版
印　　次　2022 年 10 月第 1 次印刷

书　　号　978-7-02-017479-9
定　　价　98.00 元

如有印装质量问题,请与本社图书销售中心调换。电话:010－65233595

纪念我的朋友

哈维尔·希尔瓦·鲁埃特

我们美好的责任就是想象着有一座迷宫和一个线团。

——豪尔赫·路易斯·博尔赫斯《寓言中的线团》[①]

[①] 译文引自《博尔赫斯全集 诗歌卷（下）》(王永年、林之木译，浙江文艺出版社 1999 年出版)。

1

菲利西托·亚纳克，纳利瓦拉运输公司的老板，那天早上跟每个周一到周六一样，早上七点半准时从家里出门。在此之前，他已练过半小时气功、洗过冷水澡、做过早餐吃了：跟平常一样，咖啡配羊奶，烤面包片上抹黄油，再来几滴甘蔗糖蜜。他住在皮乌拉市中心，阿雷基帕街上早已人声鼎沸，高高的人行道上挤满了行人，他们或是赶去上班，或是要上市场，或是带着孩子们去学堂。有几位信女正去往大教堂参加八点的弥撒。沿街小贩们高声叫卖乳脂糖、棒糖、油炸香蕉片、馅饼和其他各式各样的小吃。瞎子卢辛多也已在拐角坐定，就在那栋殖民风格的房子屋檐下，求施舍的小钱罐就放在他脚边。一切都跟平常一样，仿佛亘古不变。

只除了一样：这天早晨，有人在亚纳克家那扇钉着铁钉的老旧木门上贴了一个蓝色的信封，就在和青铜门环等高的位置，信封上用大写字母清清楚楚地写着屋主的名字：菲利西托·亚纳克先生。在他的记忆里，这还是第一次有人将信这样贴着留给他，就像是一道法院通知或是一张罚单似的。一般来说，邮递员会将信从门缝里塞进去。他把信取下，打开信封，默念起来。

亚纳克先生：

您的纳利瓦拉运输公司生意兴隆，这是皮乌拉市和皮乌拉人的骄傲。但是，这也是一种危险，因为任何成功的公司都有可能遭到心怀不满和眼红嫉妒的人以及其他下三滥之徒的勒索和破坏，您肯定很清楚，这种人在这儿是很多的。但是您别担心。我们的组织将保护纳利瓦拉运输公司，也会保护您和您的体面家庭，使你们免受任何不幸、痛苦或贼人的威胁。对于这项工作，我们的收费是每月五百美元（您看，这对您的身家来说是区区小数）。在适当的时候，我们会与您联系，说明付款事宜。

我们不需要向您强调对此事高度保密的重要性。这一切应该只有您知我们知。

愿上帝保佑您。

信尾没有落款，只粗陋地画了几笔，看起来像一只小蜘蛛。

菲利西托先生又将信看了好几遍。这封信字写得歪七扭八，滴满了大块的墨渍。他又是惊讶，又是好笑，隐隐觉得这是一个蹩脚的玩笑。他将信连同信封揉作一团，准备扔到瞎子卢辛多那个拐角上的垃圾桶里，但随即又改变了主意，转而将信展平，放进兜里。

他的家在阿雷基帕街，他的办公室则在桑切斯·赛罗[①]大道，中

[①] 桑切斯·赛罗（Sánchez Cerro，1889—1933），秘鲁政治家、军人，曾两次出任秘鲁总统。

间隔了十二个街区。这一次,他没有像平常那样一边走一边准备这一天的工作日程,而是在心里琢磨着这封画着小蜘蛛的信。他应该当真吗?应该去警局报案吗?这些敲诈犯说会跟他联系,说明"付款事宜"。最好等到他们联系他的时候再去报警?也许这只是哪个闲汉想唬唬他,寻他开心?一段时间以来,皮乌拉的罪案有所增加,这不假:入室盗窃、拦路抢劫,甚至绑架。据说,埃尔·齐佩区和罗斯·艾希多斯区的白人阔佬家庭对绑架案都会私了。他茫然无措,踌躇不决,但是,至少有一件事,他是确定无疑的:无论出于什么原因,无论处于什么情况,他都不会交给这些强盗一分钱。然后,就像他这一生经常做的一样,他又一次回想起父亲的临终遗言:"永远别让任何人糟践你,孩子。这个建议是我能留给你的唯一遗产。"他听从了父亲的话,从来没有任人糟践。他活了半个多世纪,已经老得无法改变自己的习惯了。他想得很入神,跟朗诵家华金·拉摩斯打招呼竟也不过略一颔首,便又加快了脚步;若是平时,他总会停下来跟这位执迷不悟的放荡不羁之士聊上几句。这位先生大概刚在某个小酒吧里过了一夜,到这个时辰才戴着那副万年不变的独目镜,拖着那头他称之为"我的羚羊"的小山羊,目光呆滞地回家睡觉。

当菲利西托到达纳利瓦拉公司办事处时,开往苏亚纳、塔拉拉和通贝斯,开往楚鲁乔纳斯和莫罗蓬,开往卡塔卡欧斯、拉乌尼翁、塞楚腊和巴约瓦尔的大巴早已按时发车了,而且座位都坐得挺满,开往奇克拉约的小巴和开往派塔的小货车也一样。有一小群人在寄发邮包,或是查阅下午的班车时刻表。菲利西托的秘书何塞菲塔屁股硕大,目光灵动,衬衣领口开得很低,她已将当天的会谈及事务安排表和菲利西托会从早上一直喝到午饭时间的一暖瓶咖啡放到了他的桌上。

"您怎么了,老板?"她问候道,"您怎么这副表情?昨晚做噩梦了?"

"有点儿小问题。"他回答道,一面脱下帽子和西装外套,挂到衣架上,坐了下来。但是,他立刻重又站起身来,戴上帽子,穿上外套,好似记起了一件十分紧急的事情。

"我马上回来,"他一面对秘书说,一面往门口走,"我去警察局报个案。"

"您遭贼了?"何塞菲塔睁大了她那双活泼的凸眼睛,"如今在皮乌拉,这种事每天都在发生。"

"不,不是的,我以后再告诉你。"

菲利西托步伐坚定地向警察局走去。警察局离他的办公室没几个街区,也在桑切斯·赛罗大道上。时间还早,热得还可以忍受,但是,他知道,一个小时以内,这一条条开满了旅行社和运输公司的人行道就会变得火烧火燎,他回到办公室时会大汗淋漓。他的两个儿子,米盖尔和提布尔西奥跟他说过很多次,在这个城市里,所有人,无论贫富,都是整年单穿着普通衬衣或瓜亚贝拉衬衣,他却总是穿着西装、马甲,戴着帽子,这真是太疯狂了。但是,自从他开了纳利瓦拉运输公司——这是他一生的骄傲——为了保持形象,他从没脱下过这套行头;无论冬夏,他总戴着帽子、穿着西装、马甲,领带打成一个小小的结。他是一个非常瘦小的男人,极有自制力,十分勤劳。他在亚帕特拉出生,在楚鲁卡纳斯上小学时从没穿过鞋。直到他的父亲将他带到皮乌拉来,他才开始穿鞋。他如今五十五岁,没病没痛,仍在勤劳地工作,行动也还很利索。他认为他的好身体得益于每日早晨练的气功,这是他的朋友,已故的杂货店老板老刘教给他的。除了走路以外,这是他这辈子所做过的唯一一项运动,如果这些慢镜头般的动作也能称为运动的话。这些慢动作与其说是锻炼肌肉，不如说是另一种更富有智慧的呼吸方法。他走到警察局时全身燥热，满心愤怒。不管是不是玩笑，写那封信的人都已经害得他将这个上午浪费掉了。

警察局里热得像烤炉，而且，因为所有的窗户都是关着的，所以里面还很昏暗。门口有一台风扇，但是没有开。接待处的警卫是一个年轻人。他问菲利西托有什么事。

"麻烦您，我要跟局长说话。"菲利西托递上名片说道。

"局长正出门度假，"警卫解释道，"如果您愿意的话，利图马警长可以接待您。他现在是警局的负责人。"

"那我就跟他谈，谢谢。"

他等了一刻钟，警长才赏光接见他。警卫将菲利西托让进那间小小的办公室里时，菲利西托的手帕已经因为擦过太多遍额头而湿透了。警长没有站起身来招呼他，只是冲他伸出了一只肉嘟嘟、潮乎乎的手，给他指了指对面的空椅子。这个男人身形粗壮，称得上肥胖，一双小眼睛目光和蔼，下巴上有一点儿赘肉，时不时自己爱抚一下。他制服的卡其色衬衫没有扣扣子，腋下印着大片汗渍。小桌子上有一台风扇，这台倒是在转。菲利西托感觉到面上拂过一股凉风，满心感激。

"我能为您效劳吗，亚纳克先生？"

"我刚刚收到这封信。有人把它贴在我家大门上。"

利图马警长戴上一副眼镜——这副眼镜让他有一股无良律师的腔调——然后不慌不忙、仔仔细细地看起信来。

"好吧，好吧，"他最终说道，一边做了个表情，但是菲利西托没能明白那是什么意思，"这就是进步的代价，先生。"

见运输公司老板一脸茫然，他又晃着手里的信说道：

"皮乌拉还是一个穷地方的时候,是没有这些事情的。那时候,谁会想到找一个商人收保护费呀?如今,钱多了,脑子灵活的就出手了,想分一杯羹。这都是那些厄瓜多尔人的错,先生。他们不相信自己的政府,就把资金都取出来,到这里来投资。他们是在靠着我们皮乌拉人大赚特赚呢。"

"这安慰不了我,警长。而且,听您这么说,如今皮乌拉发展好了,倒像是件倒霉事儿似的。"

"我没这么说,"警长慢吞吞地打断他,"我只是说,在这世上,一切都是有代价的。进步的代价就是这个。"

他又晃了晃画着小蜘蛛的信。菲利西托·亚纳克觉得他那张黑黝黝、胖乎乎的脸是在嘲笑自己。警长的眼镜里闪烁着一缕黄黄绿绿的磷光,就像鬣蜥一样。从警察局深处传来一声吼:"秘鲁最好的屁股都在这里,在皮乌拉!我打包票,他妈的。"警长微微一笑,将手指点了点太阳穴。菲利西托的表情很严肃,却已觉得气闷心慌。四面薄木板墙被烟熏得黑乎乎的,贴满了通知、报告、照片和剪报,四壁之间简直容不下他们俩。而且,这里还有一股汗液和腐烂的气味。

"写这封信的龟儿子文法很好,"警长重又翻了翻信,说道,"至少我没找到语法错误。"

菲利西托觉得血都翻涌起来了。

"我文法不好,但我觉得这不太重要,"他低声说,带着一丝抗议的意味,"您认为现在会怎么样?"

"眼下吗?不会怎么样,"警长不为所动地回答,"我会记下您的资料,以防万一。也许这事儿就到这封信为止了。有人瞧您不顺眼,想给您添点儿堵。也有可能他是认真的。信上说他们会联系您谈付款事宜。如果他们联系您了,您再回到这儿来,我们再看。"

"您似乎觉得这事儿没什么大不了。"菲利西托抗议道。

"它这会儿是没什么大不了,"警长耸耸肩承认道,"这只是一张皱巴巴的纸,亚纳克先生。这可能就是瞎胡闹。但是,如果事态严重起来,警方会有所行动的,我向您保证。总之,回去工作吧。"

菲利西托不得不背了好一会儿自己的个人资料和公司资料。利图马警长捏着一支小铅笔,时不时放在嘴里舔一舔,将资料一一记在一本绿皮本子上。运输公司老板回答着在他看来毫无用处的问题,心情越来越低落。来报这个案是浪费时间。这个警察什么都不会做。而且,别人不总说警察是最腐败的公共部门吗?也许,画着小蜘蛛的信就是从这个臭烘烘的洞里发出去的。当利图马说这封信得留在警察局里作为报案证据时,菲利西托老大不情愿。

"我想先复印一张。"

"我们这里没有复印机,"警长解释道,目光示意了一下警察局里方济各会式的简朴陈设,"附近有很多复印店。您去了再回来,先生。我在这里等您。"

菲利西托出门来到桑切斯·赛罗大道上,在阿巴斯托斯粮食批发市场附近找到了他要找的店。他等了好久,才等到几位工程师印好一堆地图。他决定不再回去任警长盘问,便把信的复印件交给接待处的年轻警卫,然后,他没有回到自己的办公室,而是重又走入了城市的中心。市中心人头攒动、热浪冲天,汽车喇叭声和高音扬声器的声响此起彼伏,摩的、汽车和叮铃哐啷的手推货车挤作一团。他穿过格拉乌①大道,路过演兵广场上罗望子树的树荫,他忍住去埃

---

① 米盖尔·格拉乌·塞米纳里奥(Miguel Grau Seminario,1834—1879),秘鲁海军上将、爱国主义者、民族英雄。

尔·查兰冷饮店里喝杯水果冰沙的诱惑,往位于河边的老屠场区走去,那是他少年时待过的街区,加伊纳塞拉区。他乞求上帝,让阿德莱达待在她的小店里。跟她谈一谈会对他有好处的。她会让他心情好起来,那位女灵媒甚至可能给他出一个好主意,谁知道呢。还不到十点,天却已热到酣处。他觉得额头潮潮的,后颈处一片灼热。他一路走得匆忙,步子迈得快而碎,狭窄的人行道上弥漫着一股尿骚味和油炸食品味,挤满了人,他在人群中推来撞去。一台收音机正开足音量播放着萨尔萨舞曲①《梅伦昆贝》。

菲利西托有时候会对自己说,他也曾对他的妻子赫特鲁迪斯和他孩子们这么说过,上帝为了奖励他一生的辛勤与牺牲,让他遇见了两个人,杂货店老板老刘和女占卜师阿德莱达。没有他们俩,他的生意不会这么顺风顺水,他的运输公司也会开不下去,他也不会组建一个体面的家庭,不会有一个铁打的好身体。他从来就不擅长结交朋友。自从一场肠胃感染把可怜的老刘送到另一个世界之后,他就只剩下阿德莱达了。幸好,她就在那里,就在她那家卖药草、圣徒像、针线用品和其他小玩意的小店柜台旁边,看着一本杂志上的照片。

"你好,阿德莱达,"他向她问候道,朝她伸出手,"击个掌吧。能看到你真是太好了。"

她是一个黑白混血女人,看不出年纪,矮矮胖胖,屁股很大,胸脯高耸。她打着赤脚,踩在自家店里的泥地上,长长的卷发披散下来,扫过她的双肩。她身上套着那件万年不换的土色粗麻布大褂,或者说是教袍,直垂到脚踝处。她有一双大眼睛,目光总像在直刺人心,而不只是在观看。但这目光里带着一种和蔼的神情,因而变

---

① 拉丁风格的舞曲。

得柔和，给人一种信任感。

"如果你来看我，那就说明你遇到了或者即将遇到什么坏事，"阿德莱达笑了笑，拍拍菲利西托的背，"那么，菲利西托，你遇上了什么问题呢？"

他把信递给她。

"今天早上，有人在我门上留下了这封信。我不知道该怎么办。我到警察局报了案。但是，我觉得这只是求个心安。接待我的那个警察不怎么在意我说的话。"

阿德莱达碰了碰那封信，又闻了闻。她深深呼吸，好像那是一种香水。然后，她把信凑到嘴边。菲利西托觉得她好像嚼了一小口那张信纸。

"给我念一念，菲利西托，"她将信递还给他，说道，"我看这不是一封小情书，切哇？"

当运输公司老板念信时，她很严肃地听着。等他读完时，她做了个嘲讽的表情，摊开双臂：

"你想让我对你说什么，亲爱的？"

"告诉我这事儿会不会很严重，阿德莱达。我需不需要为此担心？或者，比方说，这只是有人想跟我玩玩。跟我说说清楚，求你了。"

女灵媒哈哈大笑起来，笑得她那藏在宽大的土色教袍下的整个硕大身躯都在乱颤。

"我不是上帝，怎么知道这些事情？"她喊道，一边耸动着肩膀，挥舞着双手。

"你就没得到任何灵感启示吗，阿德莱达？我认识你的二十五年来，你从来没给我出过馊主意。你的主意都对我有过帮助。我不知道我的生命里没了你会怎么样，妹子。你现在就不能给我出个主意吗？"

"不行，亲爱的，一个主意都没有，"阿德莱达回答道，似乎伤心起来，"我什么灵感启示都没有。很抱歉，菲利西托。"

"好吧，有什么办法呢？"运输公司老板说道，一边将手伸向钱包，"没有就是没有。"

"我都没给你出主意，你给我钱干吗？"阿德莱达说道。但是，她最终还是将菲利西托坚持让她收下的二十索尔纸币放进了口袋。

"我能在这里的阴凉处坐一坐吗？我折腾了这一阵，都累坏了，阿德莱达。"

"坐下歇一歇吧，亲爱的。我给你倒一杯清凉的水来，刚从滤水石里打上来的。你就舒舒服服地坐着吧。"

阿德莱达走入了小店里间，菲利西托便在小店的一片昏暗中仔细地看着从天花板上垂下来的银白色蜘蛛网和一排排老旧货架，架子上放着一小袋一小袋欧芹、迷迭香、芫荽和薄荷，还有一盒盒钉子、螺钉、谷物、扣眼和纽扣，四周是从杂志和报纸上剪下来的圣母、耶稣、圣徒、圣女和善男信女的图片和画像。有一些图像面前点着小蜡烛，有一些面前则放着念珠、避弹符、蜡花和纸花等装饰品。皮乌拉人叫她女灵媒就是因为这些神像，但是在菲利西托认识阿德莱达的这四分之一世纪里，他从来不觉得她信神。比如说，他从来没见她望过弥撒。而且，据说，各区的神父都认为她是个巫婆。有时候，街上的小孩是这么冲她喊的："巫婆！巫婆！"这并非事实，她不行巫术。她与卡塔卡欧斯、拉利瓜那些狡诈的土著婆子不一样，那些女人售卖各种药水，声称或能诱人坠入爱河，或可令人负心绝情，或会给人带来厄运；她与万卡班巴那些巫医也不一样，他们用豚鼠爬过病人的身体，或是在拉斯·瓦林加斯湖将付钱希望摆脱病痛的病人们摁到水里去。阿德莱达连职业占卜师都不是。她很偶尔才占一次卜，而且只为朋友和熟人们服务，分文不取。不过，如果朋友们坚持，她最终会收下他们愿意送给她的小礼物。菲利西托的妻子和孩子们（还有玛贝尔）都笑他盲目地相信阿德莱达的灵感启示和建议。他不止相信她，还很喜欢她。她如此孤独、穷苦，叫他很是难过。没人知道她是否有丈夫或是亲戚，她总是独来独往。但是，她似乎对这种隐士般的生活甘之如饴。

他是在四分之一世纪前第一次遇见她的，那时，他是省际货车司机，还没有开他的小小运输公司，不过，他已经日夜梦想着开一家了。那是在泛美公路五十公里处的那些茅棚里，开大巴、小巴和卡车的司机们总会在那些茅棚下停一会儿，喝一小碗鸡汤、一杯咖啡、一钵奇恰酒，吞一个三明治，接下来，他们要面对穿越欧默斯沙漠的那条漫长而炙热的道路，一路满是灰尘砂石，没有村镇，没有加油站，也没有修车厂应付突发事故。那时的阿德莱达就已经穿着那件后来一直是她唯一行头的土色长衫了，她摆了一个卖肉干和点心的小摊。菲利西托开着一辆罗梅罗公司的货车，拉着满满一车棉花秆，要往特鲁希略去。他是一个人走的，他的助手在最后时刻不出车了——因为工人医院通知说他的母亲病得很重，随时可能去世。当天，菲利西托坐在阿德莱达柜台的小木凳上吃着一个玉米粽时，他发觉这个女人正用她那双深邃的、探究般的大眼睛奇怪地盯着他。这位女士这是怎么了，切哇？她的脸扭曲起来，看起来好像有点儿吓着了。

"您怎么了，阿德莱达女士？您为什么这样看着我？好像在怀疑什么东西似的。"

她什么也没说。只是继续用那双深邃的、暗色的大眼睛盯在他身上，并缩起双颊，皱起前额，做出一个恶心或是惊吓的表情。

"您觉得不舒服吗？"菲利西托不自在地又问了一句。

"您顶好别爬上那辆卡车去。"阿德莱达终于声音沙哑地说道，好像好不容易才让舌头和喉咙听自己使唤似的。她用手指着菲利西托停在公路边的红色卡车。

"叫我别上我自己的卡车？"他茫然地跟着说了一遍，"我能知道为什么吗？"

阿德莱达将目光从他身上移开了片刻，看向左右四周，好像害怕茅棚里的各家商铺和小酒吧的店主、客人或其他司机听到她说的话似的。

"我得了一个启示，"她压低声音对他说，她的脸一直扭曲着，"我没法跟您解释。请您相信我跟您说的话吧。顶好别爬上那辆卡车。"

"我很感激您的建议，女士，这肯定是一番好意。但是，我得挣饭吃呀。我是司机，我靠开卡车过活，阿德莱达女士。要不然，我怎么养活我的老婆和两个儿子呢？"

"那么，至少您得非常当心，"阿德莱达垂下目光，请求道，"听我一句吧。"

"那当然，女士。我向您保证。我总是很当心的。"

一个半小时以后，在没有铺柏油的一个公路弯道，在一片灰黄交织的浓浓烟尘中，一辆查尔彭十字公司的客车突然"吱吱嘎嘎"地打着滑出现了，它挟着一阵铁皮摩擦、刹车猛踩、人群尖叫和轮箍碾压的巨响，向菲利西托的卡车撞了过来。菲利西托反应很快，他将卡车转向，将车头部分开出了公路外，那辆客车撞上了车斗和货物，他因此捡了一条命。但是，直到背上、肩上和右腿的骨头接合、痊愈之前，他都不得不打着一层石膏，动弹不得。打石膏不仅很疼，而且痒得叫人发疯。等到他终于能再开车了，他做的第一件事就是去五十公里处。阿德莱达女士立刻认出了她。

"哎呀，我很高兴您没事，"她招呼道，"老规矩，一个玉米粽、一杯汽水？"

"我求您行行好，告诉我您是怎么知道查尔彭十字公司的客车会来撞我的，阿德莱达女士。我从那时起只想着这一件事。您是巫婆、圣女还是别的什么人？"

他看到阿德莱达脸色苍白起来。她不知道该拿自己的双手怎么办，茫然地低着头。

"我一点儿也不知道那件事，"她含含糊糊地说道，也不看他，好像被控告了什么严重的罪行似的，"我有一个灵感启示，再没别的。我有时候会这样。我从来就不知道为什么。它们不是我寻来的，切哇。我向您发誓。这是落到我身上的一个诅咒。我不喜欢上帝这样对我。我每天都向他祷告，请他收回赐给我的这种能力。这很可怕，请您相信我。它让我觉得发生在人们身上的不幸都是我的错。"

"但是您看见了什么，女士？为什么您那天上午对我说顶好别爬上我的卡车？"

"我什么都没有看见，我从来都看不见那些将要发生的事情。我不是跟您说了吗？我只是有一个灵感启示。如果您爬上那辆卡车，您就会出什么事。我也不知道是什么事。我从来都不知道会发生什么事。我只知道有些事最好别去做，因为会有不好的后果。您到底要不要吃个玉米粽、喝杯印加可乐呢？"

从那以后，他们成了朋友，很快就开始以"你"相称。后来，阿德莱达女士离开距泛美公路五十公里处的那间茅棚，在旧屠场附近开了小店，卖些药草、针线、小玩意和宗教画像。菲利西托每周至少过来一次，问候她，聊一会儿天。他几乎每次都会给她带一点儿小礼物：几颗糖、一块饼、一双凉鞋；离开的时候，他总会在她那双男人般生满老茧的粗硬双手里放上一张纸币。在这二十多年里，他做出的所有重要决定都曾咨询过她，尤其是他创办纳利瓦拉运输公司以后：他贷的款、他买的卡车、客车和轿车，他租的商铺，他雇用或解雇的司机、机械师和员工。大部分时候，阿德莱达会对他的咨询付之一笑。"这种事我怎么知道呢，菲利西托，切哇？你叫我怎么告诉你是一辆雪佛兰好还是一辆福特好？我对汽车的牌子能知道什么？我从来没有过，以后也不会有汽车。"但是，有时候，虽然她并不明白是怎么回事，她会有灵感启示，会给他出个主意："对，去做这个吧，菲利西托，你会顺利的，我觉得。"或者："不，菲利西托，这个不适合你，我不知道，但是这事儿我觉得不对劲儿。"女灵媒的话对于运输公司老板来说就是真理，他老老实实地依言行事，不管那些话听起来多难以理解、多荒唐。

"你睡着了，亲爱的。"他听到她说。

确实，他喝过阿德莱达给他端来的那杯凉水就打起瞌睡来了。他在这把让他坐得屁股抽搐的硬摇椅上打了多长时间的盹？他看看表。嗯，才几分钟。

"这都是因为今天上午的紧张和折腾，"他说着站起身来，"再见，阿德莱达。你的小店里好安静啊。来看你总是对我有好处的，即使你没有灵感启示。"

就在他说出"灵感启示"这个关键词——阿德莱达用这个词来定义她所拥有的猜测某些人身上即将发生好事或坏事的神秘能力——的那一刻，菲利西托发觉女灵媒的表情已经与她迎接他时、听他读画着小蜘蛛的信时、向他担保说她预感不出任何应对办法时不一样了。现在的她非常严肃,神情凝重,眉头紧皱,咬着自己的一片指甲。她似乎正在抑制涌上她心头的焦躁之情。她的一双大眼睛紧盯着他。菲利西托感到自己的心跳加速了。

"你怎么了,阿德莱达?"他惊慌地问,"你别告诉我说,现在反而……"

阿德莱达粗硬的手握住他的胳膊,手指紧扣住他。

"他们让你给的东西,你就给他们,菲利西托,"她喃喃道,"最好给他们。"

"让我每个月给这些敲竹杠的五百美元,好让他们别伤害我?"运输公司老板一惊,"灵感启示告诉你这个了,阿德莱达?"

女灵媒松开他的手臂,亲热地拍拍他。

"我知道这不好,我知道这是很多钱,"她承认道,"但是,说到底,钱又有什么重要的,你不觉得吗?你的身体、你的平静心情、你的工作、你的家庭、你在卡斯蒂利亚的小情人才更重要。就是这样。我知道你不喜欢我对你这么说。我也不喜欢,你是一个好朋友,亲爱的。而且,也许是我弄错了,我在给你出一个馊主意。你没有必要相信我,菲利西托。"

"这不是钱的问题,阿德莱达,"他坚定地说,"一个男人这辈子不应该让任何人糟践。是这个问题,再没别的,妹子。"

2

伊斯马埃尔·卡雷拉，保险公司老板，经过里格贝尔托的办公室，提议两人一起吃午饭，里格贝尔托想："他又要请求我改主意了。"因为伊斯马埃尔跟所有同事和下属一样，都对他竟在此时宣布提前三年退休而感到十分惊讶。大家都对他说，为什么要在六十二岁的时候退休呢？他还可以再当三年经理的。他在这个职位上得到了公司上下近三百名员工的一致尊敬。

"确实，为什么？为什么？"他想。连他自己也不太清楚。但是他的决心是不可动摇的，这一点是肯定的。他绝不后退，即使他将因为在满六十五岁之前退休而得不到全额工资，即使他将无权享受其他达到年限才退休的人所能享受的所有补贴和优待。

他试图打起精神来，想一想他即将拥有的空闲时间。在他小小的文明空间里打发时间，不受野蛮侵扰，欣赏心爱的版画，阅读摆满图书室的艺术书籍，聆听美好的音乐。到了春天或秋天，便跟卢克莱西亚进行一年一度的欧洲之旅，参加艺术节、艺术展会，参观博物馆，拜访基金会，浏览画廊，重温他最爱的图画和雕塑，发现其他新作并添加到他的私人美术馆中。他算过账了，他的数学是很好的。如果他们理性地消费，审慎地打理他那将近一百万美元的积蓄和退休金，卢克莱西亚和他可以度过一个相当舒适的晚年，还能让丰奇托的未来有所保障。

"是的，是的，"他想，"一个长长的、高雅的、幸福的晚年。"那么，既然有那么一个值得憧憬的未来，他为什么还是觉得这么不安呢？是因为艾迪尔贝尔托·托雷斯吗？还是因为提前来到的伤怀？尤其是当他浏览办公室墙上挂着的照片和证书、两个书架上摆放成列的书籍、那张整齐的办公桌和桌上摆着的记录本、铅笔、钢笔、计算器、报表、开着的电脑，还有那台总是调到彭博资讯台播放股票行情的电视机时，就像现在。他怎么会还没离去就对这一切不舍起来了呢？这间办公室里唯一重要的东西就是卢克莱西亚的照片以及丰奇托刚出生时、儿时和少年时的几张照片，他在搬走的那一天会随身带走。而且，位于利马中心地带卡拉巴亚大道上的这栋旧楼很快不再是保险公司的总部了。位于桑洪河边圣伊西德罗区的新楼已经建成。这栋丑陋的建筑、这栋他在里面工作了三十年的楼可能会被夷为平地。

他本以为伊斯马埃尔会像每次请他吃午饭时那样带他去国家俱乐部，而他会再一次无法抗拒那份人称"一张床单"的巨大酥炸牛排配菜豆饭的诱惑，也无法抗拒喝几杯葡萄酒的诱惑，这样一来，他整个下午就会觉得身子肿胀，还会消化不良，没有心情工作。出乎他的意料，他们俩一坐进停在大楼停车场里的奔驰车，他的老板就吩咐司机："去米拉弗洛雷斯，纳尔西索，去海上玫瑰。"他转向里格贝尔托解释道："呼吸儿一点海上的空气，听一听海鸥的叫声，对我们会很有好处。"

"要是你以为能用一顿午饭来贿赂我,那你就是疯了,伊斯马埃尔,"里格贝尔托警告他,"不管怎样,就算你拿手枪抵在我胸口,我也要退休。"

"我不会拿枪抵着你,"伊斯马埃尔摆出一副嘲弄的表情说道,"我知道你像骡子一样倔。我也知道你会后悔。你会在家里整天折磨着卢克莱西亚的耐心,觉得自己无用又无聊。很快,你就会回来跪着求我再把你放回经理职位上去。我会的,当然,但是我会先折磨你很长一段时间。我可提醒你了。"

里格贝尔托试着回想自己是什么时候认识伊斯马埃尔的。那是好多年前了。他年轻的时候很帅、优雅、不凡、平易近人。跟克洛蒂尔德结婚前,他可是个风流种。他令未婚女子和已婚妇人都倾心,叫年长太太和年轻姑娘都爱慕。而如今,他的头发掉了,头顶只剩下几缕发白的发丝。他长了皱纹,发了福,走路拖着步子。迈阿密的一位牙医给他镶的假牙很是扎眼。年纪大起来,尤其是那对双胞胎,折磨得他全无风采。他们是在里格贝尔托进保险公司法律部工作的第一天认识的。漫长的三十年!去他的,整整一辈子。他记起伊斯马埃尔的父亲阿莱杭德罗·卡雷拉先生,公司的创始人。他脾气暴躁,不知疲倦,虽然难以相处,但是正直无私。只要有他在,便能令一切井然有序,给人安定感。伊斯马埃尔尊敬他,但从来没爱过他,因为阿莱杭德罗先生让他这个从伦敦大学经济系毕业、在劳埃德保险社实习过一年、刚刚从英国回来的独生子,在这家开始崭露头角的公司里的所有部门都工作了一轮。那时伊斯马埃尔已经快四十岁了,那一轮训练甚至让他不得不去分拣信件、管理食堂、负责电力部发动机和大楼警卫以及清洁工作。他觉得受到了侮辱。

阿莱杭德罗先生也许有点儿专制，但是里格贝尔托想起他来总是满怀敬佩：他有大将之才。他靠一点点资金和一分分还清的贷款起家，白手起家地创办了这家公司。不过，说实话，伊斯马埃尔是他父亲事业的杰出接班人。他工作起来同样不知疲倦。而且，必要时，他同样懂得运用领导才能。若换了那对双胞胎领导，卡雷拉家族就要垮台了。他们俩谁都没有继承父亲和祖父的经商才能。等伊斯马埃尔不在了，保险公司就倒霉了！幸好，他不会作为经理目睹这场大难。如果不是为了跟他谈提前退休的事，他的老板为什么要请他吃午饭？

海上玫瑰店里坐满了人，有很多说英语和法语的游客。饭店给伊斯马埃尔先生预留了一张窗边小桌。他们一边看着冲浪者穿橡胶潜水服逐浪而行，一边喝掉了一瓶金巴利。这是一个灰色的冬日早晨，铅灰色的低矮云层遮住了陡峭的悬崖，成群的海鸥嘶叫着啼鸣。一小队鲣鸟在海面上滑翔、漂浮。有节奏的海浪声和酒后的微醺都令人心情舒畅。利马的冬天凄凄惨惨，但仍比夏天好一千倍，里格贝尔托想。他点了一条烤石首鱼配沙拉，并对老板说他一滴葡萄酒都不会喝。他在办公室还有工作，不想一个下午都像条鳄鱼似的打哈欠，觉得自己像在梦游。他觉得伊斯马埃尔心不在焉，仿佛没听到他说话。这是怎么了？

"你和我是好朋友，是不是？"他的老板突然对他说，好像刚睡醒似的。

"我想是吧，伊斯马埃尔，"里格贝尔托回答道，"如果在老板和职员之间真的能存在友谊。你知道，还存在着阶级斗争。"

"有几次，我们有过冲突，"伊斯马埃尔非常严肃地继续说，"但是，无论如何，我觉得我们这三十年来总算相处得不错。你不觉得吗?"

"这么多愁善感地兜圈子,是为了求我别退休吗?"里格贝尔托发起挑战,"你要对我说,如果我走了,公司会垮?"

伊斯马埃尔没有心情开玩笑。他看着刚刚给他端上来的帕尔马奶酪焗扇贝,好像它们有毒似的。他动了动嘴,弄得假牙哐哐响。他半睁半闭的小眼睛里透着不安。前列腺?癌症?他怎么了?

"我想请你帮个忙。"他声音很低,也不看向里格贝尔托。当他抬眼时,里格贝尔托看见他双眼满是迷茫。"不是一个小忙,是一个很大的忙,里格贝尔托。"

"如果我能帮,当然可以,"他讶异地答应,"你有什么事,伊斯马埃尔?看你那张脸。"

"当我的见证人吧,"伊斯马埃尔说道,他又将目光投向了小扇贝,"我要结婚了。"

叉着那一口石首鱼的叉子在空中停了一会儿,最终,里格贝尔托没将它放入口中,而是放回了盘子里。他多大年纪了?他想着,不小于七十五岁或七十八岁,也许八十岁了。他不知道说什么好。他惊讶得说不出话来。

"我需要两个见证人,"伊斯马埃尔又说,现在他倒是在看着里格贝尔托了,也更加镇定了一点儿,"我考虑过了所有的朋友和熟人。我觉得最忠诚的,我最相信的,就是纳尔西索和你。我的司机已经同意了。你同意吗?"

里格贝尔托还是一句话也说不出来,一句玩笑也开不了,只得点点头,表示同意。

"当然,伊斯马埃尔,"他最终嘟囔着说道,"但是,你要向我保证,这不是开玩笑,不是你老年痴呆的初始征兆。"

020

这一次，伊斯马埃尔微笑了，虽然他一点儿也不开心。他大张着嘴，露出一口白得晃眼的假牙。有些七八十岁的人依然保养得很好，里格贝尔托心想，但他的老板当然并不是这样。他那几缕白发下的椭圆形脑壳上有许多雀斑，前额和脖颈上有一道道皱纹，脸上有一种挫败的神情。他一如既往地衣着优雅：蓝色的三件套、一件似乎刚熨过的衬衫，领带上别着一枚金质领带夹，口袋里放着一条小手帕。

"你疯了吗，伊斯马埃尔？"里格贝尔托对这个消息很迟钝地反应过来，突然喊了一句，"你真的要结婚？你都这个岁数了！"

"这是一个完全理性的决定，"他听见老板坚定地说，"我很清楚我将面临什么，但我还是做了这个决定。如果你成为我婚礼的见证人，你自己也会有麻烦，这不用我说。总之，都是你很清楚的事，何必多说？"

"他们知道了吗？"

"别问蠢话，求你了，"他的老板不耐烦起来，"那对双胞胎会呼天抢地，会千方百计来废除我的婚姻，会叫人宣布我没有行为能力，会把我关进疯人院，还有其他上千种手段。如果可以，他们甚至会雇个杀手来宰了我。当然，纳尔西索和你也会被他们记恨。这一切，你都知道，然而你还是答应我了。那么，我没有弄错。你是我一直认为的这样一位光明磊落、慷慨大方的君子。谢谢，老伙计。"

他伸出手，抓住里格贝尔托的胳膊，饱含感情地紧抓了一会儿。

"你至少得告诉我那位幸福的新娘是谁。"里格贝尔托问道，一边尝试着吃一口石首鱼。他已经完全没有胃口了。

这一次，伊斯马埃尔是真的微笑起来了，嘲弄地看着里格贝尔托。他双眸中闪着狡黠的光，建议道：

"你先喝口酒吧，里格贝尔托。才跟你说我要结婚，你的脸色就这么苍白了，等我告诉你我要娶谁，你会心肌梗塞的。"

"那个拜金女很丑吗？"里格贝尔托低声说。伊斯马埃尔这么卖关子，他可真的好奇起来了。

"是阿尔米达。"伊斯马埃尔说，一个字母、一个字母地拼出了她的名字。他像一位昆虫学家等待一只昆虫活动那样，等待着里格贝尔托的反应。

阿尔米达？阿尔米达？里格贝尔托回忆着他认识的所有女人，但没有一个是叫这个名字的。

"我认识她吗？"他最后问道。

"阿尔米达，"伊斯马埃尔又说了一遍，带着一丝微笑审视着他，打量着他，"你对她很熟悉。你在我家里见过她好多次。只不过你从来没注意过她，因为没人会在意家里的家政女工。"

叉着另一口石首鱼的叉子从指间滑脱，掉落在地上。里格贝尔托弯腰去捡叉子，他觉得自己的心跳得更猛烈了。他听到自己的老板在笑。这可能吗？他要跟女仆结婚？这种事不是只会发生在电视剧里吗？伊斯马埃尔是在说真的还是在耍他？他想象着让利马八卦人士炸开锅的那些闲言碎语、瞎编乱造、猜想臆测和玩笑段子，这些人可以乐上好长一段时间了。

"这儿有个人疯了，"他喃喃地说道，"不是你，就是我，还是我们俩都疯了，伊斯马埃尔？"

"她是一个好女人，我们相爱，"他的老板说，他现在已经没有了一丝慌乱，"我认识她好长时间了。她会是我晚年的绝佳伴侣，你会看到的。"

现在，里格贝尔托仿佛看到了她。他重绘出她的模样，虚构出她的面容。她是深色皮肤，头发很黑，目光灵动。她是混血土著，一个举止大方的沿海人，瘦瘦的，不是很矮。一个很是出得了厅堂的土著女人。他应该比她大四十岁，也许不止，他想，伊斯马埃尔疯了。

"如果你老了还打算当一回利马有史以来最轰动丑闻的男主角，你会如愿的，"他叹了口气，"你将是八卦人士的谈资，天知道会被说上多少年，也许是好几个世纪。"

伊斯马埃尔笑了，这一次他明显心情很好，很是赞同。

"我终于说出来了，里格贝尔托，"他叹道，如释重负，"说实话，这可费了我好大劲儿。我坦白跟你说，我先前迟疑得不得了。我都快羞死了。我跟纳尔西索说的时候，他把两眼睁得跟盘子似的，差点儿没把舌头吞了。好吧，你已经知道了。这会是一场大乱子，可我一点儿也不在乎。你仍答应当我的见证人吗？"

里格贝尔托点点头：是的，是的，伊斯马埃尔。如果他求自己，自己怎么能不答应呢？可是，可是……去他的，他都不知道该说些什么鬼。

"这婚非结不可吗？"他终于鼓起勇气问道，"我是说，必须冒险去面对可能发生的一切。我不只是说丑闻，伊斯马埃尔，你想象得到我在说什么。这件事会激起你跟儿子们的巨大冲突，这值得吗？婚姻有法律效应，还有经济效应。总之，我猜你大概都已经想过了，而我只是在对你做些无谓的提醒。不是吗，伊斯马埃尔？"

他看见他的老板一口喝下了半杯白葡萄酒，耸耸肩承认道：

"他们会试图叫人宣布我失去了行为能力，"他解释道，语带讥诮，神情鄙夷，"当然，从法官到讼棍，他们得打点很多人。但我比他们更有钱，因此，如果提起诉讼，他们是赢不了这场官司的。"

他说话时没有看向里格贝尔托，也没有提高声音，免得邻桌听到他说的话。他只是痴痴地望着大海。但是，毫无疑问，他没有看见那一个个冲浪者、那一只只海鸥。他没有看见迸射着白沫冲上沙滩的海浪，也没有看见驶过绿色海岸的那两道车流。他的声音里渐渐地注满了愤怒。

"这一切都值得吗，伊斯马埃尔？"里格贝尔托又问了一次，"律师、公证人、法官……对簿公堂，无耻的记者会挖出你的私生活，挖到令人作呕的地步。这可怕的一切，还有你这样任性妄为需要付出的一大笔钱、令人头疼的事务、叫人痛苦的场面，值得吗？"

伊斯马埃尔没有回答，反问了他一句：

"你还记得我九月时心肌梗塞吗？"

里格贝尔托记得很清楚。大家当时都以为伊斯马埃尔会死掉。他是在安肯吃完午饭，在回利马的车上发作的。纳尔西索将昏迷的他送到圣费利佩私家医院。他在重症病房待了好几天，戴着氧气罩，虚弱得说不出话来。

"我们当时以为你过不了那一关，你可把我们吓了一跳。现在说这个干什么？"

"我就是在那个时候决定跟阿尔米达结婚的。"伊斯马埃尔的神情变得苦涩起来，声音里满是痛苦。这一刻，他显得更加苍老了。"我到了死亡的边缘，当然。我看见死神就在身边，我碰到了他，闻到了他。我身体虚弱，说不了话，确实。但是，还是可以听的。我的那一双混账儿子可不知道这一点，里格贝尔托。跟你，我可以说说。只跟你说。绝不要说出去，连卢克莱西亚也不可以。请发誓。"

"亲爱的加米奥医生说得非常清楚，"米奇激动地说，声音没有压低，"他今天晚上就会翘辫子的，兄弟。大面积梗塞，严重梗塞，他说，没什么恢复的可能了。"

"说慢一点儿，"埃斯科比塔责备道，在那一片影影绰绰的昏暗中，在一股甲醛味的陌生房间里，他确实是轻言慢调，"愿上帝听到你说的话，伙计。关于阿尔尼利亚斯博士办公室里的遗嘱，你什么都没查到吗？因为，如果他想整我们，他就能整到我们。这个老混球有的是招。"

"阿尔尼利亚斯不松口，是因为他被买通了，"米奇说，他也把声音压低了，"我下午刚刚去见过他，本想套他的话，但是没一点儿办法。无论如何，我一直在打听。就算他想坑我们，他也没那本事。他把我们赶出公司时提前给我们的钱是不算数的，没有文件，也没有证据。法律依据非常清晰。我们是当然的继承人，就是这么说的：当然的。他没那本事，兄弟。"

"你别太笃定，伙计，他什么花招都会。只要能整我们，他可什么事都干得出来。"

"我们希望他过不了今晚吧，"米奇说，"要不然，这老东西又得害我们一宿不能睡了。"

"左一句老混球，右一句早点儿翘辫子吧，就在离我不到一米的地方，因为知道我垂死而高兴。"伊斯马埃尔回忆着，慢慢地说着，目光空洞，"你知道吗，里格贝尔托？他们救了我一命。是的，就是他们，我向你发誓。因为听着他们说出那些可怕的话，我生出了一股不可思议的求生意志。我不想让他们称心，不想死。我的身体竟也做出了反应，我不骗你。就在那儿，就在那家医院里，我决定了。如果我康复了，就跟阿尔米达结婚。我要在他们整垮我之前整垮他们。他们想开战？那就开战。他们会得到一场战争的，老伙计。我已经能看到他们将会露出的表情了。"

酸楚、失望和愤怒不仅浸满了他的话语和声音，也蔓延至他那嘴唇扭曲的表情和揉着餐巾的双手。

　　"可能是一些幻觉、一场噩梦。"里格贝尔托低声说，他无法相信老板说的这些话。"注入你体内的药量可能让你梦到了这一切，伊斯马埃尔。你那时老说胡话，我看到的。"

　　"我很清楚，我的儿子们从来就没爱过我，"他的老板一点儿没理会他，继续说着，"但是，我从不知道他们恨我到这个程度。我不知道他们竟希望我死，只为了早点儿继承我的财产，当然，也为了能一下子把我和我父亲这么多年辛辛苦苦建立起来的基业挥霍一空。这可不行。这两条鬣狗要白忙一场了，我向你保证。"

　　"鬣狗"这个词非常适合伊斯马埃尔的那两个宝贝儿子，里格贝尔托想。两个混账坏得难分高下。游手好闲、花天酒地、仗势欺人、玷污父亲和祖父姓氏的两条寄生虫。他们怎么会变成这样？当然不是因为缺乏父母的疼爱和照顾。完全相反。伊斯马埃尔和克洛蒂尔德一直为两个孩子操劳，竭尽全力让他俩接受最好的教育。夫妻俩一直梦想着将他俩培养成两位小绅士。他们到底是怎么变成如今这两个无赖的？他们能在垂死父亲的床脚进行那样一番可怕的对话，这一点儿也不出奇。而且，很愚蠢，他们都没想过父亲可能听见他们的谈话。当然，这种事他们是做得出来的，比这更坏的都有。里格贝尔托很清楚这一点，这么多年来，他曾多次听老板哭诉两个宝贝儿子的捣蛋行为，多次安慰过他。因为这两人从年少时就惹出一个个乱子，伊斯马埃尔和克洛蒂尔德受过多少罪哟。

　　他俩上的是利马最好的学校，有私人教师辅导他们学得差的科目，去美国和英国参加过暑期班。他们学过英语，讲出来的西班牙语却如文盲一般差，夹杂着利马年轻人那种可怕的切口和吃音。他们这辈子从来没读过一本书,甚至没看过一张报纸。他们也许不知道半数拉美国家的首都。他们连大学一年级的考试都没过。他们从少年时就开始闯祸滋事:强奸了在普库萨纳一场三流聚会上钓到的那个小姑娘。弗洛拉丽萨·洛卡,她叫这个名字,一个仿佛出自某部骑士小说的名字。她瘦瘦的、相当漂亮,双眼惊惶不安,眼泪汪汪,小小的身躯害怕得直发抖。里格贝尔托很清楚地记得她。他一直忘不了她,依然为自己在那次事件里不得已扮演的丑陋角色而感到良心不安。他又回忆起了那一次的风波:记者、医生和警方的报告。他为了试图让《新闻报》和《商报》不要在报道事件时将那对双胞胎的名字写进去而绝望地奔走、打点。他不得不亲自去跟那姑娘的父母交涉,那是一对已经上了年纪的伊卡人。安抚他们,封住他们的嘴,花了将近五万美元,这在当时可是一大笔钱。他还清楚地记得他在那几天里与伊斯马埃尔的谈话。他的老板挠着脑袋、强忍眼泪,声音断断续续:"我们到底哪儿做得不对,里格贝尔托?克洛蒂尔德和我做了什么,上帝要这样惩罚我们?我们怎么会生出这种渣滓!他们甚至对自己做出的野蛮行为不知悔改。他们还怪那可怜的姑娘。你想想看!他们不止强奸了她,还打了她、虐待了她。"渣滓,这个词说得对。也许克洛蒂尔德和伊斯马埃尔对他们太过溺爱,也许这夫妻俩从来没让他们感觉到一点儿威严。他们不该总是原谅他们的捣蛋,至少不该原谅得那么快。那对双胞胎的捣蛋呀!他们酒醉嗑药后驾驶,因而撞车。他们冒父亲的名借债。当伊斯马埃尔很不幸地想将两人招进公司锻炼锻炼时,他们又在办公室里伪造收据。他们对里格贝尔托来说是一场噩梦。他不得不亲自去向老板报告兄弟俩干的一件件好事。他们甚至将他办公室里存放日常开销用款的钱箱洗劫一空。幸好,那成了最后一根稻草。伊斯马埃尔将他们赶了出去,宁愿给他们一笔生活费,任他们去好吃懒做。两人的劣迹层出不穷。比如,他俩进了波士顿大学,父母十分高兴。几个月后,伊斯马埃尔却发现他们从没踏进过那所学校,而是将入学费和住宿费收入囊中,伪造成绩和上课签到。他们中的一个——米奇还是埃斯科比塔?——在迈阿密撞了一名行人,现在还是美国在逃犯,因为他利用保释逃回了利马。如果他回到美国,就会进监狱。

克洛蒂尔德死后,伊斯马埃尔投降了。他们想干什么就干什么吧。他将部分遗产提前给了他们,如果他们愿意,可以善加经营,也可以胡乱挥霍掉。当然,他们选择了后者。他们游遍了欧洲,大肆玩乐。他们已经是男子汉了,奔四十了。他的老板不想再为这两个不可救药的孩子头疼了。现在却又来这一手!如果他真的结婚,他们当然会试图废除他的婚姻。他们绝不会任由别人夺去遗产的,他们当然正如食人族一般贪婪地等待着这笔遗产呢。他想象着他们会怎样勃然大怒。他们的父亲跟阿尔米达结婚!跟他的女仆!跟一个乡下土著!他暗暗地笑起来:是的,他们会是什么表情啊。这将是一场轩然大波。他已经能听见、看见利马的各台电话之间汹涌奔流的恶语非议、猜度想象、笑话段子和胡编乱造。他等不及要将这个新闻告诉卢克莱西亚了。

"你跟丰奇托相处得好吗?"老板的声音将他从思绪中唤回,"你的儿子几岁了?十四或十五岁,对吗?"

里格贝尔托想象着丰奇托也有可能变成跟伊斯马埃尔的儿子们一样的人,不禁浑身一抖。幸好,他不喜欢胡闹。

"我跟他相处得挺好,"他回答道,"卢克莱西亚比我跟他相处得还要好。丰奇托爱她不亚于自己的亲妈。"

"你很走运啊,孩子跟继母的关系不总是容易处好的。"

"他是个好孩子,"里格贝尔托先生承认,"学习用功、温顺听话。不过,也很孤僻。他正处在青春期的艰难时刻。他太自我封闭了。我倒希望看见他更爱交朋友,看见他多出门、追女孩子、去参加聚会。"

"这正是那两条鬣狗在他这个年纪干的事情,"伊斯马埃尔先生抱怨道,"参加聚会,寻开心。他最好还是像现在这样,老伙计。误交损友把我的儿子教坏了。"

里格贝尔托差点儿就要跟伊斯马埃尔说说丰奇托的那些蠢话,说说艾迪尔贝尔托·托雷斯这个人的多次神秘现身。他和卢克莱西亚都管那人叫魔鬼。但是,他忍住了。何必呢?天知道伊斯马埃尔会有什么反应。一开始,卢克莱西亚和他被这个杂种所谓的现身给逗乐了,还很高兴那孩子有这种鬼气森森的想象力。他们以为这又是他的一个小游戏,他喜欢时不时突然向他们秀那么一下。但是,现在,他们已经开始担心了,想着是否要带他去看看心理学家。说真的,他应该重读托马斯·曼《浮士德博士》里关于魔鬼的那一章。

"我还是无法相信所有这一切,伊斯马埃尔,"他又叹了一声,一面吹着那一小杯咖啡,"你真的确定你想这么做吗?你想结婚?"

"就像知道地球是圆的那么确定,"他的老板肯定地说,"不止是为了给他俩一个教训。我很喜欢阿尔米达。我不知道没有她我会怎么样。克洛蒂尔德死后,她的帮助千金难报。"

"如果我没记错,阿尔米达是一个很年轻的女人,"里格贝尔托低声说,"可以问问你比她大多少岁吗?"

"只大三十八岁,"伊斯马埃尔笑了,"她很年轻,确实,我希望她能让我重新活过来,像《圣经》里的那个年轻姑娘对所罗门一样。

那个苏拉密女子,对吗?"

"好吧,好吧,随便你,这是你的生活,"里格贝尔托妥协了,"我不太会给人出主意。跟阿尔米达结婚吧,让世界末日降临吧,有什么要紧呢,老伙计?"

"如果你想知道的话,我们在床上非常和谐,"伊斯马埃尔笑着炫耀,一边以手示意服务员把账单拿来,"说得更具体一些,我很少用伟哥,因为我不怎么需要。别问我我们会去哪里度蜜月,我不会告诉你。"

3

菲利西托·亚纳克收到第一封信后没几天便收到了第二封画着小蜘蛛的信，那是一个周五的下午，是每周去看玛贝尔的日子。八年前，他为她置下卡斯蒂利亚区的那栋小房子，离因厄尔尼诺①肆虐而消失不见的老桥不远，当时，他每周去看她两次，甚至三次。但是，随着时间推移，激情之火慢慢减弱，好长一段时间以来，他都只在每周五下班后去看看她了。他会跟她一起待几个小时，他们几乎总是一起吃饭，在附近的一家中餐馆，或是在市中心的当地白人餐馆。有时候，玛贝尔会为他做一份恰贝罗肉干炸青蕉片，这是她的拿手菜。菲利西托总是开心地配着冰凉的库斯科啤酒吞下肚。

玛贝尔保养得很好。这八年来，她没有发胖，还是保持着体操运动员般的身段：纤细的腰肢、高耸的胸脯，还有那浑圆、挺翘的屁股，走起路来依然摇曳生姿。她皮肤黝黑，头发直直的，嘴唇肉

---

① 厄尔尼诺暖流，太平洋一种反常的自然现象。

嘟嘟的，牙齿很白，微笑起来光彩照人，大笑时能将快乐感染四周。菲利西托依然觉得她像他第一次见她时那么漂亮、迷人。

那是在布宜诺斯艾利斯区的旧体育馆里，在一场历史性的比赛中，因为那场比赛是三十年来没能重返甲级联赛的格拉乌竞技队对阵利马联队，而且竟然打败了他们。运输公司老板看到的那一眼对他来说仿若爱神的一箭。"您都傻了，伙计。"红脸汉维格诺罗取笑他，他是菲利西托的朋友、同行和竞争对手，是奇拉之珠运输公司的老板。利马联队和其他地区的球队来皮乌拉踢足球时，他俩常常一起去看。"您光看着那个美人儿，错过所有的进球呢。""那是因为我从没见过这么美的东西，"菲利西托咂着舌低声说，"她真是美极了！"她就在离他们几米远的地方，身边有一个年轻人，他搂着她的肩，时不时抚摸一下她的头发。没多久，红脸汉维格诺罗在他耳边轻声说道："我可认识她，她叫玛贝尔。您有意，伙计，她就应召。"菲利西托吓了一跳。"伙计，您是说那个可人儿是妓女？"

"不完全是，"红脸汉戳了他一胳膊肘，更正道，"我是说应召，又没说卖淫。应召和卖淫是非常不同的，伙计。玛贝尔是高级妓女。她只跟几位特别的男士来往，而且只在她自己家里。那可贵得吓人哪，我猜。您想让我帮您弄到她的电话吗？"

维格诺罗替他打听到了号码，而菲利西托给她打电话时满心不好意思——他跟从小就喜欢寻欢作乐、寻花问柳的红脸汉维格诺罗不一样，他一直过着禁欲的生活，投入地工作，献身给家庭。兜了很多圈子以后，他与体育馆里的那个漂亮女人约定了一次见面。她先是约他在格拉乌大道上的巴拉莱卡咖啡厅见面，就在那些喜欢八卦的他调中心（他人生活调查中心）创始人傍晚时分聚在一起乘凉时坐的长凳旁边。他们吃了火腿片，聊了好一会儿。面对着这么年轻漂亮的姑娘,他都懵了,不时问自己:如果赫特鲁迪斯或提布尔西奥或小米盖尔突然在咖啡馆出现该怎么办?他怎么跟他们介绍玛贝尔?她玩弄着他,像猫玩弄老鼠:"要追求一个像我这样的女人,你已经很老、很不中用了。而且,你还是个三寸丁,我要是跟了你,就老得穿平跟鞋。"她由着自己的性子跟运输公司老板卖弄风情,将自己笑意盈盈的脸庞、晶莹闪烁的双眼凑上前去。她抓住他的手或是胳膊,这样的触碰让菲利西托从头到脚颤抖起来。他跟玛贝尔在外面约会了快三个月,带她看电影,请她吃午饭、晚饭,带她去亚希拉的海滩上散步,带她去卡塔卡欧斯的奇恰酒铺,送了她好多礼物,从小坠子、手镯到鞋子、衣服,都是她自己挑的。之后才得到她允许,到她住的小房子里去见她。房子在城北,古老的圣特奥多罗公墓附近,在曼加利亚区仅剩的一片小巷曲折、野狗遍地、黄沙漫天的迷宫的拐角处。菲利西托跟她上床那天,生平第二次哭了(第一次是在他父亲死的那天)。

"你哭什么,小老头?你不喜欢吗?"

"我这辈子从没这么幸福过,"菲利西托跪着亲吻她的手,向她坦白道,"现在我才知道什么是享受,我向你发誓。你教会了我幸福,亲爱的玛贝尔。"

没多久,他直截了当地提出要为她置一个被皮乌拉人称作"小金屋"的地方,每月给她一笔钱,叫她可以不必担心钱,安然地生活在一个比这片挤满山羊和疯疯癫癫、无所事事的曼加切人[①]的街区更好的地方。她十分惊讶,只说:"你向我发誓,一辈子都不会问

---

① 曼加切,为马尔加切变体词,指从马达加斯加被贩卖至秘鲁的黑奴后裔。上文中的曼加切利亚区即指曼加切人聚居之地。

起我的过去,也不会为我争风吃醋。""我向你发誓,玛贝尔。"她找了卡斯蒂利亚区的那套小房子,与萨雷斯会神父们开的胡安·波斯科中学相邻,然后购置了自己喜欢的家具。菲利西托签了租房合同,买了所有的单,没有对价钱表示不满。他每月准时给她钱,都是现金,就在每月的最后一天,跟付给纳利瓦拉运输公司的职员和工人的方式一样。他去看她之前总是会跟她约好日子。八年来,他从来没有在卡斯蒂利亚区的那栋小房子里突然出现过。他不愿意在情人的房间里发现一条男人的裤子,让自己难受。他也没有打听过每周他们不见面的时候她会做些什么。当然,他预感到她会纵情享受,默默地感激她能做得不失分寸,没有冒犯到他。他怎么能因此而不满呢?玛贝尔年轻、开朗、有权开开心心。叫她答应成为一个像他这样年老、矮小、丑陋的男人的情妇已经很难得了。不是说他不介意,完全不是这样。有一次,他远远地望见玛贝尔由一个男人陪着从一家商店或是一家电影院里出来,他嫉妒得胃都拧住了。有时候,他会做噩梦,梦见玛贝尔非常严肃地向他宣布:"我要结婚了,这是我们最后一次见面了,小老头。"如果可以,菲利西托早跟她结婚了。但是他不可以。不仅因为他已经结婚了,也因为他不想抛弃赫特鲁迪斯,不愿意像他母亲一样,那个他从来没见过的、没心肝的女人抛弃了他和他父亲,就在亚帕特拉,当时菲利西托还是个奶娃娃。玛贝尔是唯一一个他真正爱过的女人。他从来没爱过赫特鲁迪斯,而是出于义务才跟她结婚的,因为他年轻时的行差踏错,可能,或许,也是因为她和包租婆给他下了个套(这是他努力不去回忆的事,因为这件事会令他痛苦,但是它一直在他脑子里打转,像一张划花了的唱片)。虽然如此,他一直都是一个好丈夫。他给妻子和孩子的,远超过人们对结婚时那个穷光蛋所能抱有的指望。为了这个目标，他一辈子都像奴隶一样干活，从来没有休过假。他的生活一直是这样：干呀，干呀，干呀，没日没夜地拼命干，为了攒一小笔钱，开一家他梦寐以求的运输公司。直到他认识玛贝尔，那个姑娘让他发现，跟一个女人睡觉可以是一件很美好、很刺激、很激动人心的事情。他曾在往苏亚纳去的公路上的妓院中跟妓女睡过几次，也曾在某一次庆祝活动上——而且是在一位主教死后——与勾搭上的一夜情对象上床，当时的他从来没有想象过会是这样。跟赫特鲁迪斯做爱一直有点儿速战速决的意味，是一种生理需求，是一种抚平渴望的手段。自从提布尔西奥出生后，他们就不再一起睡了，到现在已经整整二十多年了。他听红脸汉维格诺罗讲述自己如何左右逢源、偷香窃玉时，总听得目瞪口呆。跟他的老伙计相比，他活得就像个僧侣。

玛贝尔穿着晨衣将他迎进来，跟往常一样亲热而风趣。她刚刚看完周五播的一集电视剧，一面拖着他的手将他领到卧室里，一面跟他评论这一集的剧情。她已经将百叶窗拉起，将风扇打开。也已经用一块红布罩住了灯，因为菲利西托喜欢在一片微红的背景下欣赏她的裸体。她帮他脱掉衣服，仰面躺在床上。但是，这一次跟以往不同，跟以往的每一次都不同，菲利西托·亚纳克的性器没有一点儿硬起来的迹象。它还是那样小小的、干瘪的，裹在褶皱里，对玛贝尔的灼热手指的爱抚无动于衷。

"这小家伙今天是怎么了，小老头？"她紧紧捏了一下情人松弛的性器，惊讶地说。

"大概是因为我觉得不是很舒服，"菲利西托不自在地解释道，"我可能要着凉感冒了。我头疼了一整天，还时不时打寒战。"

"我给你泡一杯热乎乎的柠檬茶，然后再给你爱抚一下，看看我们能不能叫醒这条瞌睡虫。"玛贝尔跳下床，重新穿上晨衣，"你可别给我睡着了，小老头。"

但是当她端着一杯热气腾腾的茶和一片"必理通"从厨房回来时，菲利西托已经穿好了衣服。他坐在摆着暗红色花式家具的小客厅里等着她，缩着身子，神情凝重，坐在装饰着彩灯的耶稣圣心画像下。

"你不止是着凉了，"玛贝尔依偎在他身边，夸张地审视着他，"你是不是不喜欢我了吧？你是不是在外面爱上了哪个皮乌拉小女人？"

菲利西托摇摇头，他抓起她的手，吻了吻。

"我爱你胜过爱这世上任何人，亲爱的玛贝尔，"他温柔地说，"我再也不会爱上任何人了，我非常清楚，我在任何地方都找不到像你这样的女人了。"

他叹了口气，从兜里掏出那封画着小蜘蛛的信。

"我收到了这么一封信，很担心，"他说道，把信递给她，"我很相信你，玛贝尔。读读这封信，看看你是怎么想的。"

玛贝尔很慢地读了一遍，又读了一遍。总是在她脸上荡漾的微笑渐渐隐去。她的双眼充满了不安。

"你得去找警察，不是吗？"最后，她犹犹豫豫地说。看得出来，她十分茫然。"这是敲诈，我想，你应该去报案。"

"我去过警察局了，但是他们并不太上心。说真的，我不知道该怎么办，亲爱的。跟我谈话的那位警长说的话好像突然成真了。他说现在皮乌拉发展得很快，罪案也在增加，出现了犯罪团伙，找商人和企业收保护费。我以前也听说过，但是我从来没想过竟会轮到我头上。我跟你坦白说，我有点儿紧张。亲爱的玛贝尔，我不知道该怎么办。"

"这些人跟你要的钱，你不会给的，对吗，小老头？"

"一个子儿都不给,当然不给。我不会受任何人糟践的,这一点你可以放心。"

他对她说,阿德莱达建议他向敲诈犯低头。

"我觉得这是我生平头一次不会遵从我的灵媒朋友的灵感启示。"

"你可真是天真,菲利西托,"玛贝尔不高兴地反对道,"拿这么敏感的事情去问那个巫婆。我不知道你怎么能相信那个滑头婆娘跟你扯的那些天方夜谭。"

"她在我的事情上从没出过错,"菲利西托很后悔跟她说起阿德莱达,他知道玛贝尔很讨厌她,"你别担心,这一次,我不会听她的话。我不能。我不会的。大概就是因为这个,我有一点儿难过。我觉得有一场祸事要临头了。"

玛贝尔已经变得很严肃了。菲利西托看见她那美丽的红嘴唇紧张地皱了起来。她抬起一只手,慢慢地理了理他的头发。

"我很希望能帮助你,小老头,可我不知道怎么帮。"

菲利西托对她微微一笑,点了点头。他站起身来,示意他准备走了。

"你不希望我穿好衣服,然后我们去看场电影吗?你可以散一会儿心,来吧。"

"不,我亲爱的,我没有看电影的心情。改天吧。原谅我。我最好还是到床上躺躺。因为,我说的着凉感冒的话可并不假。"

玛贝尔送他到门口,她打开门,好让他出去。就在这时,菲利西托有些惊恐地看见了贴在门铃旁边的信封。信封是白色的,不像第一封信是蓝色的,而且更小一些。他立刻猜到了这是什么东西。几步之外的人行道上,几个小孩儿在打陀螺。菲利西托没有打开信封,而是先走上前去问那些小孩儿有没有看见是谁把信封放在那儿的。那些小孩儿惊讶地彼此看看，耸了耸肩。当然，谁也没看见什么。当他回身走向屋子时，玛贝尔脸色苍白，眸子深处闪烁着一丝痛苦的微光。

"你认为？"她咬着嘴唇低声说。她看着他手上拿着的还没拆开的白色信封，好像那信封会咬她似的。

菲利西托进屋来打开小过道上的灯，玛贝尔吊在他的胳膊上，伸长脖子去看他在读的东西。这时，他认出了那些总是用蓝色墨水写成的大写字母：

亚纳克先生：

您不顾组织对您的建议，还是去了警察局，这是犯了一个错误。我们希望这件事能通过对话私下解决。但是，您正在向我们宣战。如果您宁愿开战，那就开战吧。如果是这种情况，我们可以向您预言，您一定会输，还会后悔。很快，您就会知道，我们是有能力对您的挑衅加以回应的。别固执，我们对您这么说是为了您好。别拿您这么多年辛苦工作挣来的一切来冒险，亚纳克先生。最重要的是，别再去向警察告状了，因为您会后悔的。后果由您自负。

愿上帝保佑您。

权充签名的小蜘蛛图案和第一封信上的一模一样。

"可是，为什么要把信放在这里？放在我家里？"玛贝尔紧紧攥着他的胳膊嘟囔道。他感到她从头到脚都在发抖。她的脸色发白了。

"为了让我知道他们了解我的私生活，还能是为什么？"菲利西托将手臂环过她的肩膀，抱紧她。他觉得她在颤抖，这叫他很难过。

他吻了吻她的头发。"因为我的缘故把你牵连到这件事里来,你不知道我有多遗憾,亲爱的玛贝尔。你要加倍小心,亲爱的。不在猫眼里先看过就不要打开门。而且,在这件事明朗之前,你最好别晚上一个人出门,天知道这些家伙能干出什么事来。"

离开之前,他又吻了吻她的头发,在她耳边说道:"以我父亲的名誉——这是我所拥有的最神圣的东西了——我向你发誓,谁也不会伤害到你,亲爱的。"

就在他出门去跟那些打陀螺的小家伙谈话后的短短几分钟里,天黑下来了。四周的老旧路灯勉强照亮满是孔洞和坑洼的人行道。他听到犬吠声和一段着魔般不断重复的音乐声,好像有人在调试一把吉他。同一个音调,一次又一次。虽然跌跌撞撞,但他仍然走得很快。他几乎是一路跑着穿过了只供行人步行的狭窄吊桥,记起小时候皮乌拉河水倒映的夜晚灯光很叫他害怕,令他觉得水底完全是一个魔鬼和幽灵的世界。迎面走来的一对夫妇向他问好,他没有回应。他花了快半个小时来到了桑切斯·赛罗大道的警察局。他流着汗,激动得几乎说不出话来。

"现在不是接待公众的时候,"入口处的年轻警卫对他说,"除非是很紧急的事情,先生。"

"是很紧急,非常紧急,"菲利西托急忙说道,"我能跟利图马警长谈谈吗?"

"我报谁的名字呢?"

"菲利西托·亚纳克,纳利瓦拉运输公司的。我几天前来这里报过案。请您跟他说发生了很严重的事情。"

他站在大街上等了好一会儿,听见警察局里面几个男人的声音在胡吹乱侃,看见周围的屋顶上方升起了一弯下弦月。他的身体在发烫，好像高烧正在吞噬他。他记起在楚鲁卡纳斯，他的父亲得间日疟时的强烈颤抖。他记起别人把父亲裹在一堆粗麻布里，让他发汗，这才治好了他。但是此刻让他颤抖的并不是发烧，而是愤怒。终于，小毛头警卫出来，让他进去了。警察局里面的灯光跟卡斯蒂利亚区那边街道上的灯光一样稀疏而凄清。这一次，警卫没把他引到利图马警长的小房间里，而是把他带到了一间更宽敞的办公室里。警长在那儿和一位矮矮胖胖、留着八字须的警官在一起——照他衬衣肩章上的三条杠来看，这是一位上尉。他不高兴地看了看菲利西托，大张的嘴里露出几颗黄牙。看来，菲利西托打断了两位警官之间的一盘西洋跳棋。运输公司老板正要开口，那位上尉用一个手势制止了他：

"我了解您的案子，亚纳克先生，警长跟我说过了。我已经读过人家寄给你的画着小蜘蛛的那封信。您大概不记得了，不过，不久前，我们在皮乌拉中心扶轮社里的一次午餐中见过。我觉得，当时的黑牧豆鸡尾酒还不错。"

菲利西托一言不发地将信放在棋盘上，将棋子弄乱了。他觉得怒气已冲上了脑门，几乎让他无法思考。

"在您心肌梗塞之前先坐下来吧，亚纳克先生。"上尉嘲了一句，给他指了一把椅子。他咬着八字须尖，有一副无礼而挑衅的腔调。"啊，提醒您一句，您忘记跟我们道晚上好了。我是希尔瓦上尉，警察局长，愿为您效劳。"

"晚上好，"菲利西托一字一句地说道，声音因愤怒而哽住了，"我又接到了一封信。我要求一个解释，两位警察先生。"

上尉将信纸凑到他书桌上的小灯前将信读了读。然后，他将信递给了利图马警长，含含糊糊地嘟囔着："哎呀，这事儿闹大了。"

"我要求一个解释，"菲利西托又说了一遍，他的喉头哽住了，"这些强盗怎么知道我来警察局报告这封匿名信？"

"有很多方法，亚纳克先生，"希尔瓦上尉耸耸肩，遗憾地看着他，"比如说，因为他们跟踪您到了这里；因为他们认识您，知道您不是一个任人敲诈的人，而是会向警方告发这些敲诈行为；或者是因为您跟某个人说过您报了案，而这个人把这件事告诉了他们；或者是因为我们突然成了这些匿名信的始作俑者，我们就是那想打劫您的可怜虫。您这么想过，对吗？大概是因为这样，您才这么生气，切哇？就像您的老乡们说的那样。"

菲利西托克制住了想回答他"确实如此"的想法。在这一刻，他对这两位警察比对那些写小蜘蛛信的人更愤慨。

"您又是在您家大门上发现这封信的？"

他掩饰着自己的慌乱，但他回答时脸都烧起来了：

"他们把信贴在我去拜访的一个人的家门上。"

利图马和希尔瓦上尉交换了眼神。

"那么，也就是说，他们对您的生活了解得很彻底啊，亚纳克先生，"希尔瓦上尉狡黠地慢慢评论道，"这些混蛋甚至知道您去拜访谁。看起来，他们的情报工作做得不错呀。由此，我们已经可以推断他们是职业的，不是业余的。"

"现在会怎么样？"运输公司老板说。片刻前的愤怒已经被一种悲伤、无力的感觉取代。他碰到的这些事真不公平、真残酷。上天为什么要惩罚他？惩罚他什么呢？上帝啊，他造了什么孽？

"现在他们会试图吓吓您，软化您，"上尉肯定地说，好像在谈论今夜真是不冷也不热，"让您相信他们十分强大，是碰不得的。嘿哈，那时他们就会犯下第一个错误，然后我们开始顺藤摸瓜。耐心些，亚纳克先生。虽然您难以相信，但事情正朝好的方向发展。"

"看别人好戏的时候说这话倒挺轻巧，"运输公司老板很有哲理地说，"若是自己受人威胁，日子被搅得一团乱，被整得头昏脑涨，情况就不是这样了。在这些暴徒为了软化我而准备对我或我家人不利的时候，您希望我耐心些？"

"给亚纳克先生倒一小杯水，利图马，"希尔瓦用惯常的讥讽口吻向警长吩咐道，"我可不希望他昏过去，因为那样，我们会被控侵犯一位可敬的皮乌拉企业家的人权。"

这个条子说的话可不是玩笑，菲利西托心想。是的，他是有可能心肌梗塞，就在这儿，就在这块扔满烟屁股的肮脏地板上死翘翘，因为几个不露面目、不知姓名、画了小蜘蛛来玩他的龟孙子而满怀挫败感地死在一间警察局里。这死法真可悲。他回想起自己的父亲，回想起父亲那张硬朗的脸庞，那张脸如刀凿斧刻般沟壑分明，那张脸总是很严肃、精神奕奕的，头发粗硬，嘴里没有牙齿。这回忆令他激动起来。"我应该怎么做，父亲？我知道，不任人糟践，我干干净净挣来的钱一分也不给他们。但是如果您还活着，您还会对我有什么别的建议吗？干等着下一封匿名信？这件事让我的神经都要崩溃了，父亲。"为什么他总是称呼父亲而从来不叫爸爸呢？就算是在这些隐秘的对话中，他也从来不敢以"你"相称。他的儿子们对他也是一样，无论是提布尔西奥还是米盖尔，从来没对他称过"你"，但对他们的母亲都会以"你"相称。

"您感觉好点儿了吗，亚纳克先生？"

"是的，谢谢。"他又喝了一小口警长给他端来的那杯水，然后站起身来。

"有任何新情况就立刻告诉我们，"上尉给他鼓劲，以作告别，

"请您相信我们。您的案子现在就是我们的案子,亚纳克先生。"

他觉得警官的话挺讽刺的。他非常沮丧地离开了警察局。沿着阿雷基帕街往家走的这一路,他一直贴着墙,走得很慢。他很不舒服地觉得有人在跟着他,这个人正开心地想着自己在一点点地摧毁他,慢慢让他陷入犹疑和不安之中。这是个非常肯定自己迟早会打垮他的杂种。"你打错主意了,龟儿子。"他低声说道。

回到家里,赫特鲁迪斯很惊讶他竟回来得这么早。她问菲利西托,他参加的皮乌拉运输业者协会领导委员会是不是取消了每周五晚在格拉乌俱乐部的晚餐会。赫特鲁迪斯知道玛贝尔的事吗?她很难不知道。可是在这八年里,她从来没有流露出一丁点儿知情的迹象:没有抱怨,没有哭闹,没有指桑骂槐,没有含沙射影。她不可能没听到过关于他有一个情人的风言风语、八卦传闻。皮乌拉不就巴掌大吗?每个人对别人的事都很清楚,尤其是床笫之间的事情。也许她是知道的,但是她情愿假装不知道,以避免麻烦,息事宁人。可是有时候,菲利西托心里说不是这样,他妻子的生活如此封闭,也没有其他亲人,出门只为望弥撒,或是去大教堂参加九日祭、念玫瑰经,不能排除她什么都不知道的可能性。

"我回来得早了一点儿,是因为我觉得不舒服。我觉得我要感冒了。"

"那么,你大概什么都没吃过?你想让我给你做点儿什么吃的吗?我来做,萨图妮娜已经走了。"

"不用,我不饿。我去看会儿电视,然后上床睡觉。有什么新闻吗?"

"我收到妹妹阿尔米达从利马寄来的一封信。她似乎要结婚了。"

"啊,好的,那么得给她送个礼物过去。"菲利西托都不知道赫特鲁迪斯在首都还有个妹妹。头一次听说，他试着回忆。也许是那个只有几岁、打着赤脚在阿尔加罗伯廉租公寓里跑来跑去的小姑娘？他就是在那家廉租公寓里认识自己的妻子的。不，那个小家伙是一个名叫阿尔基米罗·特雷里耶斯的鳏夫卡车司机的女儿。

赫特鲁迪斯点点头，往自己的房间走去。自从米盖尔和提布尔西奥搬出去住，菲利西托和妻子就分房睡了。他看着妻子没有曲线的身影消失在被卧室、餐厅、小客厅和厨房环绕的昏暗小院子里。他从来没有像爱一个女人那样爱过她，但是他喜欢她，还夹杂着些许同情，因为赫特鲁迪斯虽然没有抱怨过，但是有一个这么冷淡无情的丈夫，她肯定觉得很有挫败感。在一桩不是基于爱情而是因为一次酒醉和瞎混乱搞而结成的婚姻中，不可能还有其他的情形。或者，谁知道呢。虽然菲利西托想尽办法去忘记这个话题，它却时不时在他脑海中浮现，让他一整天难得安生。赫特鲁迪斯是阿尔加罗伯廉租公寓老板娘的女儿，那是拉蒙·卡斯蒂利亚区一家便宜的小公寓，那个区在当时是埃尔·齐佩最穷的区，那里住着很多卡车司机。有两个喝酒瞎混的夜晚，他不小心跟她睡过几次。他那样做并没有什么原因，只因为她在那儿，因为她是女人，而不是因为他喜欢那姑娘。谁都不喜欢她，谁会喜欢那个有点儿斜眼、邋里邋遢、闻起来总有一股大蒜和洋葱味儿的小娘们呢？就因为那两次没有爱情也几乎没有欲望的胡搞，赫特鲁迪斯怀孕了。至少她和她母亲是这么跟菲利西托说的。司机们称之为包租婆的公寓老板娘鲁斯米拉夫人把他告到了警察那儿。他不得不去供认，在警察局长面前承认他跟那个未成年少女上床了。他同意结婚是因为一想到自己将有一个得不到承认的儿子出生就良心不安，也是因为他相信了她们的故事。后来，小米盖尔出生时，他开始怀疑了。这真是他儿子吗？当然，他从来没有为这件事去套过赫特鲁迪斯的话，也没有跟阿德莱达或任何人说过这件事。但是，这么多年来，他一直怀疑米盖尔不是他儿子，因为在阿尔加罗伯廉租公寓里举行的那些小聚会上，并不只有他跟包租婆的女儿睡过。米盖尔一点儿不像他，他是一个有着白皙皮肤、浅色眼睛的男孩。赫特鲁迪斯和她母亲为什么要让他负责呢？也许是因为他单身、人好、工作很卖力，因为包租婆无论如何都想把女儿嫁出去。也许，米盖尔真正的父亲已经结婚了，或是一个声名狼藉的白人阔佬。这件事时不时就会再次扰乱他的心情。他从来没让任何人察觉到这一点，尤其是米盖尔本人。菲利西托对待米盖尔就像他对待提布尔西奥一样，像是他儿子似的。他让米盖尔入伍也是为了他好，因为他当时正在走歪路。他从来没有对他的小儿子显露过任何偏爱。他的小儿子确实跟他像是一个模子里刻出来的，是一个地地道道的楚鲁卡纳斯土著，不管是脸上还是身上，都没有一点儿发白的地方。

在生活困难的那些年，赫特鲁迪斯一直很勤劳，能够自我牺牲。之后，当菲利西托开起纳利瓦拉运输公司，情况好转了以后，她还是一样。现在，虽然他们有一栋体面的房子、一名女仆和稳定的收入，她还是跟过穷日子的那些年一样过得很俭朴。她从来没向他要过钱给自己买点儿什么，只拿买食物和应付其他日常开销的钱。他得时不时逼她给自己买双鞋或是一套新衣服。但是，就算她买了，她也终日趿着人字拖，穿着那件教袍般的晨衣。她什么时候变得这么信教？她一开始并不是这样的。他觉得，随着年月流逝，赫特鲁迪斯渐渐变得像一件家具，而不再是一个活生生的人。除了早安、晚安，他们俩常常一整天不说一句话。他的妻子没有女伴，不走亲访友，也没人来看她。当儿子们好多天都不来看她时，她也不会去看他们。提布尔西奥和米盖尔偶尔会到家里来,每次都是因为过生日或是过圣诞,而她会待他们很亲热。但是除了这些时候,她似乎并不太在意她的孩子们。有时候,菲利西托会向她提出在十二点的弥撒过后一起去电影院、到防波堤去散散步或是去听听演兵广场的周日露天音乐会。她总会温顺地同意,但是他们在散步时也几乎一言不发。他觉得赫特鲁迪斯急切地想回到家里,坐到她的摇椅上,待在小院子边,待在收音机或电视旁,她总在其中搜索宗教节目。据菲利西托的记忆,这个女人总是完全恭顺地迁就他的意愿。他从来没有跟她起过争执,有过不和。

  他在小客厅里待了一小会儿,听了听新闻。犯罪、抢劫、绑架……老一套了。其中,他听到了一条新闻,让他寒毛直竖。播音员说一种拦劫汽车的新方法正在利马的车匪路霸中流行起来:利用红灯往一位女士驾驶的车里扔一只活老鼠,女士会十分恐惧、恶心地松开方向盘,尖叫着跑出车外。然后,偷车贼们从从容容地将车开走。裙子上的一只活老鼠!真脏!电视台总用鲜血淋漓、乌七八糟的东西来毒害人们。他一般不会听新闻,而是会放上一张塞西莉亚·巴拉萨[①]的唱片。但是现在,他焦急地听着《二十四小时》的播报员评论称,全国的罪案都在增加。还用你们说?他想。

  他在大概十一点睡下了,很快就睡着了。这毫无疑问是因为白天强烈的情绪波动。但是他在凌晨两点就醒了,然后几乎再也合不上眼了。他突然生出一阵阵害怕,一种灾祸临头的感觉,尤其是还有一种面对正在发生的事情感觉自己毫无用处、无能为力的痛苦。

[①] 塞西莉亚·巴拉萨(Cecilia Barraza, 1952—),秘鲁当代土生白人音乐风格演唱家。

当他又昏昏睡去时，脑子里翻滚着疾病、事故、灾难的影像。他做了一个噩梦，梦里有蜘蛛。

他六点时起了床。在床边，他对着镜子练起了气功，像平常一样记起了他的师父，杂货店老板老刘。树的姿势，被风吹动，前后、左右摇摆，再转圆圈。双脚稳稳站在地上，努力清空大脑，摇摆，寻找中心。寻找中心。不要失去中心。慢慢地抬起手臂，再放下，仿佛一阵细雨从天而降，为他的身体和灵魂带来凉意，为他的神经和肌肉带来平静。让天地各在其位，用双臂隔开天地，一手在上挡住天，一手在下抓住地，然后按摩手臂、脸庞、肾脏和双腿，甩掉身体各处堆积的紧张感。用双手划开水流，再将水流拢起。用轻柔、迟缓的按摩让腰、背部发热。像一只蝴蝶展开双翅那样张开双臂。一开始，这些奇慢无比的动作、这种必须让空气流经机体各个角落的缓慢呼吸都让他觉得很不耐烦；但是时间长了，他也习惯了。如今他明白，这种小心的、深深的吸气和呼气，这些通过一手抬起、一手伸向地面并微微屈膝来定住天上星辰、避免世界末日的动作，给他的身体和心灵带来了好处，这些好处就在这个"慢"字里。最后，他闭上双眼，保持静定几分钟，双手合十，仿佛在祈祷。这时已经过去半个小时了。皮乌拉清澈、洁白的晨光已从窗外照进来。

临街大门上的几下猛敲打断了他的气功练习。他去开门，想着今天早上萨图妮娜来早了，她从来没有在七点前来过。但是当他打开临街大门时，门口站的却是卢辛多。

"快呀，快去呀，菲利西托先生，"拐角的瞎子很激动，"有一位先生对我说，您在桑切斯·赛罗大道上的办公室烧起来了。您快叫消防队，快点儿奔过去吧。"

4

　　伊斯马埃尔和阿尔米达的婚礼是里格贝尔托和卢克莱西亚记忆中时间最短、宾客最少的一次，却让他们吃了不止一惊。婚礼举行得很早，地点是在乔里约斯市政府，当时街上还有穿校服的学生拥向学校，还有巴兰科、米拉弗洛雷斯和乔里约斯的白领乘着公交车或开着汽车赶去上班。伊斯马埃尔做足了应做的预防措施，不让他的儿子们提前知道婚礼的事。他只在婚礼前通知了里格贝尔托，让他在早上九点整带着身份证件出现在乔里约斯市长办公室，如果愿意，可以带着他妻子。当他与卢克莱西亚到达市政府时，这对新人已经在那儿了。纳尔西索也在，他为了这个场合穿了一套深色西装和一件白色衬衣，打了一条带小金星的蓝色领带。

　　伊斯马埃尔一身灰色衣装，一如既往地优雅。阿尔米达穿着定制的套装，穿着新鞋子，看上去既拘束又迷茫。她称卢克莱西亚为"夫人"。虽然卢克莱西亚一边拥抱她一边请求她对自己以"你"相称："现在我们要成为好朋友了，阿尔米达。"但是对于这位前任女仆来说，如她的愿是很难的，如果不称之为不可能的话。

仪式进行得很快。市长磕磕巴巴地宣读了婚约缔结双方的责任和义务。他一读完，两位见证人便在登记册上签了字。大家照例要拥抱、握手，但是一切都很冷淡。里格贝尔托想，虚假而不自然。走出市长办公室，伊斯马埃尔带着一丝狡诈的微笑对里格贝尔托和卢克莱西亚说："那么，现在，我的朋友们，如果你们有空，我邀请你们去参加宗教婚礼仪式。"这叫人很吃惊。他们还要在教堂举行婚礼！"这事儿比看上去更严肃啊。"卢克莱西亚评论道，当时他们正往卡亚俄港口边古老的拉利瓜卡门圣母教堂走去，天主教婚礼在那里举行。

"唯一的解释是，你的朋友伊斯马埃尔儿女情长起来了，他真的恋爱了。"卢克莱西亚又说："他没有老糊涂吧？说真的，他看起来不像。谁能看明白这一切呢？我的上帝啊，至少我是不能的。"

教堂里也已一切就绪。据说在殖民地时期，从卡亚俄港去往利马的旅人总会在这里停一下，求卡门圣母保护他们不受盗匪劫掠。那时，在港口和总督领地首府之间的一片片旷野中聚集着成群的盗匪。神父花了不到二十分钟就为新婚夫妻主持完了婚礼并赐了福。没有任何庆祝活动，没有祝酒，只有纳尔西索、里格贝尔托和卢克莱西亚再一次祝贺并拥抱了这对新人。到了这一刻，伊斯马埃尔才向他们透露，阿尔米达和他将从那儿赶往飞机场，开始他们的蜜月旅行。行李已经在汽车的行李厢里了。"但是，你们别问我们要去哪里，因为我不会告诉你们。啊，趁我还没忘，你们明天一定要看《商报》的社会版。你们会在上面看到向全利马宣布我们结婚的公告。"他大笑了一声，狡黠地冲他们挤了挤眼。阿尔米达和他立即出发了，纳尔西索开车送他们，他已经从见证人又做回了伊斯马埃尔·卡雷拉的司机。

"我还是无法相信这一切真的在发生。"卢克莱西亚又说了一遍,这时,她和里格贝尔托正沿着科斯塔内拉海滨大道回到他们位于巴兰科的家,"你不觉得像一场游戏、一幕戏剧、一场玩笑吗?总之,我不知道是什么,但不像是在真实生活里发生的事。"

"是的,是的,你说得对,"她的丈夫表示同意,"今天早上的这一幕有一种不真实感。好了,伊斯马埃尔和阿尔米达现在离开这里去逍遥快活了,摆脱了马上要临头的事情。我是说,我们这些留下来的人马上要临头的事情。我们最好也赶快启程去欧洲。我们为什么不将旅行提前呢,卢克莱西亚?"

"不,我们不可以,不能在丰奇托有这么个问题的时候,"卢克莱西亚说,"如果我们在这个时候走,丢下他一个人去面对脑子里的一团乱,你不内疚吗?"

"我当然内疚,"里格贝尔托改口道,"要不是因为那家伙儿次该死的神秘现身,我早就买好飞机票了。你不知道我有多期待这次旅行,卢克莱西亚。我仔仔细细地研究过路线,考虑过最细节之处。你看着吧,你会喜欢的。"

"那对双胞胎要到明天看了公告才会知道,"卢克莱西亚估计,"等他们知道那对小鸳鸯已经飞走了,我肯定,你是他们第一个会去要求解释的人。"

"当然是我,"里格贝尔托同意,"但是,这要到明天才会发生,我们今天就过上一天消消停停、清清静静的日子吧。不要再谈那些鬣狗了,求你了。"

他们努力地照此去做。无论是在午饭时、午后还是晚餐时,他们一点儿都没有提起伊斯马埃尔·卡雷拉的儿子们。当丰奇托从学校回来时,他们把婚礼的事告诉了他。那孩子自从与艾迪尔贝尔托·托雷斯相遇后,就一直心不在焉的,好像有重重心事、无暇他顾似的,这会儿,他对结婚的事情一点儿也没放在心上。他听了他们的叙述,礼貌地微笑了,然后把自己关在了房间里,据他说,他有很多作业要做。但是虽然里格贝尔托和卢克莱西亚在那一天剩下的时间里都没有提到过那对双胞胎,两人却都清楚,无论他们做什么、说什么,他们的脑海深处一直有一种不安:他们知道父亲的婚事后会有什么反应?他们不会表现得文明而理性,这一点,毫无疑问,因为那兄弟俩根本就不是文明而理性的人,他们被称为鬣狗是有原因的,这是他们俩还是小毛孩的时候就在自己那个街区挣来的外号,摘都摘不掉。

晚餐后,里格贝尔托把自己关在书房里,准备再做一次总令他激动不已的比较式欣赏,因为这种方式可以令他全神贯注,让他不再担心其他的一切。这一次,他听了他最喜欢的音乐之一,约翰内斯·勃拉姆斯①创作的《第二号钢琴协奏曲,作品83号》的两版录音:都由柏林爱乐乐团演奏,前一版由克劳迪奥·阿巴多②指挥,毛利齐奥·波里尼③担任钢琴独奏,第二版则由西蒙·拉特尔爵士④指挥,叶菲姆·布朗夫曼⑤演奏钢琴。两个版本都极美。他从来都无法毫不犹疑地决定哪一版更好;每一次,他都觉得这两版虽然各不

---

① 约翰内斯·勃拉姆斯(Johannes Brahms,1833—1897),浪漫主义中期德国作曲家。
② 克劳迪奥·阿巴多(Claudio Abbado,1933—2014),意大利指挥家。
③ 毛利齐奥·波里尼(Maurizio Pollini,1942—),意大利钢琴家。
④ 西蒙·拉特尔爵士(Sir Simon Rattle,1955—),英国指挥家,柏林爱乐管弦乐团首席指挥。
⑤ 叶菲姆·布朗夫曼(Yefim Bronfman,1958—),美籍俄裔钢琴家。

相同，却同样无可挑剔。但是，这天晚上，在第二乐章"热情的快板"开始时，听着布朗夫曼的演奏，发生了某件事，让他做出了选择。他觉得双眼濡湿了。他很少会在听演奏时哭，是因为勃拉姆斯，因为这位钢琴家，还是因为这一天的所有事情使他处于高度敏感的状态呢？

到了睡觉的时候，他的感觉和他渴望的一样：非常疲惫，但十分平静。伊斯马埃尔、阿尔米达、那两条鬣狗和艾迪尔贝尔托·托雷斯似乎都已远去，被远抛在脑后，不复存在了。那么，他能一觉睡到天明吗？想得美！卧室里几乎一片黑暗，只有卢克莱西亚床头柜上的灯亮着。他在床上翻来覆去好一会儿，却蓦地满怀激情，睡意全无，于是，他突然非常低声地问妻子：

"你有没有想过伊斯马埃尔和阿尔米达的故事是怎样的，亲爱的？是什么时候、怎么开始、谁先主动的？什么样的小把戏、怎样的巧合、如何的碰触和玩笑加速了故事的发展？"

"正想着呢。"她转过身，好像想起了什么似的低声说。她将脸庞和身体紧贴向丈夫，在他耳边悄声说："我一直在想着这件事，亲爱的，从你告诉我这个消息的那一刻开始就在想了。"

"啊，是吗？你是怎么想的？比方说，你想到了什么？"里格贝尔托向她侧过身，双手揽过她的腰肢，"为什么不跟我说说呢？"

房间外，巴兰科的街道上，夜晚已一片死寂，只有远远的沙沙海浪声时不时响起。会有星星吗？不，在每年的这个时候，利马的天空中从来不会有星星探出头来。卢克莱西亚，用她最动听的含糊而缓慢的嗓音，用她那对于里格贝尔托来说恍若乐音的嗓音，缓缓道来，仿佛在吟诵一首诗歌：

"不管你觉得有多么难以置信，我可以详详细细地为你再现伊斯马埃尔和阿尔米达的罗曼史。我知道,自从你的朋友在海上玫瑰对你说他们俩要结婚以来,这事就一直让你睡不着觉,让你满脑子坏念头。我是通过谁知道的呢?你会大吃一惊的:是胡斯蒂尼亚娜。从很久以前,她和阿尔米达就是好朋友了。更确切地说,是自从克洛蒂尔德开始犯小病小痛、我们派胡斯蒂尼亚娜过去几天帮着阿尔米达忙家里的事开始。那些日子太令人伤心了,可怜的伊斯马埃尔想着他的终身伴侣、他孩子们的母亲可能会死去,他的天都塌下来了。你不记得了吗?"

"当然记得,"里格贝尔托撒谎道,他在妻子耳边一个音节、一个音节地说,仿佛这是一个不可言说的秘密,"我怎么会不记得呢,卢克莱西亚?那时候,发生了什么事?"

"这个嘛,嗯,她们俩成了好朋友,开始一起出去逛街。从那时候起,阿尔米达的脑子里似乎就已经有了如今已一举成功的这个计划。从铺床叠被、打扫房间的女仆到成为堂堂伊斯马埃尔·卡雷拉先生的合法妻子,他可是利马备受尊敬的大老爷、大财主啊。而且,他已经七老八十了。"

"忘掉这些评论吧,别再提这些我们已经知道的东西了,"里格贝尔托责备道,假装伤心,"我们谈谈真正重要的东西嘛,亲爱的。你很清楚那是什么。事实,事实。"

"我正要说呢。阿尔米达非常狡猾地计划了一切。当然,如果这个皮乌拉小女人没有些姿色,她的聪明或狡猾是不会有用的。胡斯蒂尼亚娜见过她的裸体,当然。如果你问我她是怎么见到的、为什么见到,我不知道。她们肯定曾经一起洗过澡,或者在某个晚上曾经睡在同一张床上,谁知道呢。她说,等你见到阿尔米达光着身子、发现她身材有多好时,会大吃一惊的,那可是她寒碜地穿着那些专给胖女人穿的麻袋一样的套装时显不出来的。胡斯蒂尼亚娜说，她可不胖，她的胸和屁股都很挺翘、结实，乳头硬挺，腿部线条圆润，看不出来吧？她的肚子光洁得像一面鼓。而且，她的阴部几乎没有阴毛，像一个日本小女人。"

"阿尔米达和胡斯蒂尼亚娜看见彼此光着身子，有没有可能兴奋起来？"里格贝尔托浑身发热地打断她，"她们有没有玩玩、互相触摸、爱抚、最后做起爱来？"

"在这个世界上，一切都是有可能的，亲爱的。"卢克莱西亚以她一贯的睿智说道。现在，夫妻俩紧紧抱在了一起。"我可以先告诉你，当胡斯蒂尼亚娜看见阿尔米达的裸体时，她的那里甚至痒了起来，你知道我说的是哪里。她一边脸红一边笑着跟我坦白。她常拿这种事开玩笑，你知道的，不过，我觉得她见到阿尔米达确实兴奋了。所以，谁知道呢，她俩之间什么事都可能发生过。不管怎么样，谁都想象不出阿尔米达藏在她常穿的那些普普通通的围裙和裙子底下的身体究竟是怎么样的。虽然你我都没有注意到，但是胡斯蒂尼亚娜觉得，自从可怜的克洛蒂尔德病入膏肓，她的死似乎无可避免以后，阿尔米达就开始比以往更注重自己的外表了。"

"比方说，她做了什么呢？"里格贝尔托又一次打断了她，他的声音沉缓、厚重、心跳加速，"她向伊斯马埃尔暧昧地暗示了吗？她做了什么？怎么做的？"

"她每天早上上工时，比以往打扮得仔细多了。她梳了头，配上一些风骚的小装饰，谁都不会注意的。还有胳膊、胸部和屁股的某些新动作。但是，伊斯马埃尔那个老家伙可注意到了。虽然克洛蒂尔德死后他成了那副样子，愣呆呆的、恍若梦游，被痛苦给击垮了。他失去了人生方向，不知道自己是谁，也不知道身在何方。但是，他注意到周围有些事在发生。他当然注意到了。"

"你又扯得离题了,卢克莱西亚,"里格贝尔托抱紧她埋怨道,"现在不是谈死不死的时候,亲爱的。"

"然后,哦,奇迹啊,阿尔米达变成最忠诚、最周到、最殷勤的人了。她就在那儿,总在她的老板触手可及的地方,为他准备一杯母菊马黛茶,为他斟上一杯威士忌,为他熨好衬衫、缝好扣子、理好三件套西装,让管家替他把鞋擦亮,催纳尔西索立刻把车开出来,因为伊斯马埃尔先生准备出门,而且他不喜欢等。"

"这些有什么要紧,"里格贝尔托啃咬着妻子的一只耳朵,生起气来,"我想知道更加私密的东西,亲爱的。"

"同时,凭着一种只有我们女人才有的智慧,一种由夏娃亲传到我们身上的智慧,一种存在于我们的灵魂中、血液里,而且我想也存在于我们的心脏与卵巢中的智慧,阿尔米达开始铺设陷阱,而因妻子的死而心碎神伤的鳏夫会像一个小天使那样坠落其中。"

"她对他都做了什么?"里格贝尔托忙不迭地哀求,"详详细细地告诉我吧,亲爱的。"

"冬天的夜晚,将自己关在书房中的伊斯马埃尔总会突然痛哭起来。这时,仿佛魔法一般,阿尔米达就会出现在那里,在他身边。她忠心耿耿、满含敬意、深受感动,用那种仿佛歌唱般的北方腔说些亲昵的话语。她会离家主非常近,也会流几滴眼泪。他可以感觉到她的人,闻到她的气味,因为他们的身体碰到了一起。当阿尔米达替她的老板擦干额头和眼睛时,可以说是不知不觉,在她努力劝解他、安慰他、爱抚他的过程中,领口滑落了,伊斯马埃尔擦到了她的胸口和脸庞,他的眼睛无法不看到一个女人那对丰润、黝黑、年轻的奶子。从他那个年纪的角度来看,这对奶子应该不像是属于一个年轻姑娘的,倒像是属于一个小女孩的。然后,他的脑子里开始闪过一个念头:阿尔米达不只是一双不知疲倦地铺床叠被、拍扫墙壁、擦亮地板、清洗衣服的手,也是一具丰满、柔软、鲜活、火热的身体,一个芬芳、潮湿、令人兴奋的私处。从此,在他的女仆亲热地表达忠诚和感情的过程中,可怜的伊斯马埃尔开始觉得那个被包裹着缩成一团的东西,他两腿之间那个因为缺乏使用而几乎已毫无希望的东西竟开始蠢蠢欲动,开始复活了。这些事,胡斯蒂尼亚娜当然是不知道的,她是猜出来的。我也不知道,但是,我很肯定,一切就是这样开始的。你不也这么觉得吗,亲爱的?"

"胡斯蒂尼亚娜告诉你所有这些事的时候,你跟她是不是光着身子,我亲爱的?"里格贝尔托说,他轻轻啃咬着妻子的脖子、耳朵和嘴唇,双手抚摸着她的脊背、屁股和胯下。

"我当时对她就跟你现在对我一样。"卢克莱西亚回答道,她也爱抚着他,啃咬着,亲吻着他,在他嘴里低语,"我们几乎无法呼吸,因为我吞着她的口水,她吞着我的口水,我们都快要窒息了。胡斯蒂尼亚娜认为是阿尔米达迈出了第一步,而不是他。是她首先碰了伊斯马埃尔。这里,是的。就是这样。"

"是的,是的,当然是的,继续说,继续说,"里格贝尔托哼哼着,忙活着,几乎说不出话来,"肯定是这样。就是这样。"

有好一会儿,他们沉默地拥抱着、亲吻着,但是,里格贝尔托突然非常费力地停了下来。他从妻子身边稍稍抽开一些。

"我还不想结束,亲爱的,"他悄声说,"我很享受。我渴望你,我爱你。"

"那就停一会儿,"卢克莱西亚说着,也挪开了一些,"那么,我们说说阿尔米达吧。在某种意义上,她所做的、所得到的很令人敬佩,你不觉得吗?"

"从各种意义上都是如此,"里格贝尔托说,"一件真正的艺术品,值得我尊重和崇敬。她是一个伟大的女人。"

"顺便说一句,"他的妻子声音一变,说道,"如果我死在了你前面,我一点儿也不介意你娶胡斯蒂尼亚娜。她已经知道你所有的怪癖,不管是好的还是坏的,尤其是坏的那些。所以,你记着吧。"

"又来了,又说起死来了,"里格贝尔托哀求道,"我们再说回阿尔米达吧。你别老走神,行行好。"

卢克莱西亚叹了口气,她贴近她的丈夫。她的嘴找着他的耳朵,然后,慢慢地对他说:

"就像我刚才说的那样,她总在触手可及的地方,总在伊斯马埃尔左右。有时,当她弯下身子清除沙发上那块小污渍时,她的裙子会滑动,她不知不觉地——但他可有知有觉——露出她那浑圆的膝盖、光滑而有弹性的大腿、纤细的脚踝、一小块肩膀和手臂、脖子和乳沟。这样的不小心没有也不可能带有一丝粗鄙。一切都似乎很自然、很偶然,从来不做作。因为一次次偶然,因为这些小插曲,这位鳏夫,这位老人,我们的朋友,这位惧怕儿子们的父亲,竟发现他还是一个男人,他的小鸡鸡还活着,而且非常有活力。就像我正在碰的这只一样,亲爱的。坚硬、潮湿、颤抖个不停。"

"我一想到伊斯马埃尔发现自己还宝刀未老、发现他的小鸡鸡虽然这么长时间没用过却还能唱歌时会感到多么高兴,我就很激动,"里格贝尔托在被单下扭动着,信口说道,"当他还沉浸在鳏居之痛,却开始想着他的女仆,有了幻想、欲望和遗精,该有多甜蜜、多美好,我亲爱的,这令我很是感动。谁先碰的谁?我们来猜猜吧。"

"阿尔米达从来没想过事情竟然会发展到这一步。她本希望伊斯马埃尔会慢慢喜欢她待在身边,他会因为她而渐渐发现他并不是外表看起来那样已经垮了,发现在他备受摧残的外表、颤颤巍巍的步履、松动的牙齿和差劲的视力之下,他的性器还在蠢蠢欲动,发现他还能够拥有欲望。她希望他能克服这份荒唐感,有一天能最终敢于迈出大胆的一步;希望这样一来,他们就能在那栋因克洛蒂尔德之死而了无生气的殖民地时期大宅子里建立起一种隐秘的、亲昵的同谋关系。也许,她认为这一切可能会让伊斯马埃尔将她从女仆升为情妇,甚至为她置一栋小房子,付给她一小笔生活费。这就是她所梦想的,我敢肯定。再没别的了。她根本不会想到她在伊斯马埃尔身上引起的巨大变化,也不会想到情势所致,她竟成了这位痛苦、失望的父亲报复的工具。"

"不过,这是什么?这闯进来的是谁?这被单底下发生了什么事?"卢克莱西亚中断了讲述,夸张地翻来滚去,抚摸着他。

"继续,继续,我亲爱的,行行好,"里格贝尔托恳求她,他喘不上气来,越来越急切,"现在一切正到好处,你别停下不说了呀。"

"我看得出来。"卢克莱西亚笑了,她移动身子,脱掉睡裙,并帮着丈夫脱掉睡衣,两人彼此缠绕,搅乱床单,拥抱着,亲吻着。

"我需要知道他们第一次睡觉是怎样的。"里格贝尔托命令道。他将妻子紧紧贴向自己的身体,说话时将两人的嘴唇相贴。

"我会告诉你的,但是,至少让我稍微呼吸一下,"卢克莱西亚从容地回答,慢慢地用自己的舌头扫过丈夫的嘴,并在自己的嘴里迎来丈夫的舌头,"他们的第一次开始于一声哭泣。"

"谁的哭泣?"里格贝尔托身体绷直,分了神,"为什么哭?阿尔米达是处女吗?你是指这个吗?他给她开的苞?他把她弄哭了?"

"就是伊斯马埃尔在夜里有时候会有的哭泣,小傻瓜,"卢克莱西亚说道,一边对他的屁股又掐又揉,让双手直滑到睾丸上,轻轻地摇晃,"因为他想起了克洛蒂尔德。一声很响亮的哭声,还有抽泣声,穿过房门,透过墙壁。"

"当然,抽泣声传到了阿尔米达的房里。"里格贝尔托兴奋起来。他一边说话一边将卢克莱西亚翻转过来,将她放在自己身下。

"抽泣声将她吵醒,让她下了床,跑出门去安慰他。"她说道,一边轻巧地在丈夫身下滑动,分开双腿,拥抱住他。

"她没有时间穿上晨衣,跋上便鞋,"里格贝尔托抢着说,"也没有梳头,什么都没做。她就这样半裸着跑进了伊斯马埃尔的房间。我现在都能看见她,我亲爱的。"

"记住,周遭的一切都在一片黑暗中。她在家具之间跌跌撞撞,循着那可怜人的哭声走向他的床。当她到了床边,她拥抱了他,而……"

"而他也抱住了她,几下子扯掉了她身上穿的小睡衣。她假装反抗,但是并没有假装多久。她稍一开始挣扎,就立刻抱住了他。她会非常惊讶地发现那一刻的伊斯马埃尔是一头独角兽,他会贯穿她,让她尖叫……"

"让她尖叫,"卢克莱西亚跟着说了一遍,然后哀求着尖叫起来,"等等,等等,你先别走,不要这么坏,不要这样对我。"

"我爱你,我爱你。"他爆发了,吻着妻子的脖子,感觉她浑身绷紧了。接着,几秒钟以后,她呻吟着,放松了身体,喘着气,一动不动了。

他们就这样,一动不动,一言不发地待了几分钟,慢慢恢复过来。然后,他们开着玩笑起了床,洗了澡,将床单抚平,再次穿上睡衣和睡裙,熄灭了床头灯,试着入睡。但里格贝尔托还是睡不着,他感觉到卢克莱西亚的呼吸随着她渐入梦乡而变得平和、绵长。她的身子不动了。她已经睡着了。她会做梦吗？

在这个时刻，他十分意外地明白了为什么一段时间以来他的脑子里会常常零星而混乱地产生那样一种联想，更确切地说，是自从丰奇托开始向他们讲述他与那个怪诞的艾迪尔贝尔托·托雷斯之间不可能的相遇、不现实的巧合开始。他必须立刻重读托马斯·曼《浮士德博士》里的那一章。他读那部小说是在很多年前，但他仍清楚地记得那一段，那是故事的爆发点。

他一声不响地起床，光着脚，摸着黑，扶着墙走到他的书房，他的小小文明空间。他打开沙发椅上的小灯。他常常坐在这张沙发椅上看书、听音乐。巴兰科的夜色中，有一种同谋般的寂静。大海传来无比遥远的轻响。他毫不费力地在放小说的书架上找到了这本书。就在那儿。第二十五章。他在那儿标了一个十字和两个感叹号。这是爆发点，是高潮不断、亮点频出的一段，是在现实世界中引入超现实维度从而改变了整个故事性质的一段。魔鬼第一次出现在年轻的作曲家阿德里安·莱韦屈恩位于意大利帕莱斯特里纳的隐居之所并与其交谈、向其提出那无比著名的盟约的一段。他刚开始重读这一段，便立刻被其叙述技巧之精妙所俘获。恶魔像一个普普通通的小个子男人出现在阿德里安面前，唯一不同寻常的征兆是打一开始从他身上漫出的令年轻音乐家直打冷战的寒气。他一定得问问丰奇托，假装有点儿傻乎乎、很随意地好奇一问："那个家伙每次在你面前出现时，你会不会感觉到冷？"啊，遇见这个将改变他生命的人之前，阿德里安还会前兆性地犯偏头疼、犯恶心。"告诉我，丰奇托，那个人每次在你面前出现时，你是不是凑巧会头疼、肠胃不舒服或有任何身体不适？"

据他儿子的描述，艾迪尔贝尔托·托雷斯也是一个普普通通的小个子男人。那段令人惶惑的对话发生在意大利山区一座昏暗的古宅中，在那里，这个人突然爆发出讥诮的笑声。读到对这笑声的描写时，里格贝尔托不禁骇然。但是为什么他的潜意识会将他读到的这一切与丰奇托和艾迪尔贝尔托·托雷斯联系在一起？这没意义啊。托马斯·曼小说中的恶魔指梅毒和音乐，这是其在人世间邪恶力量的两个体现，而他的儿子从来没听这个艾迪尔贝尔托·托雷斯谈起过疾病或古典音乐。是否该扪心自问：艾滋病如当年的梅毒一样在当今世界危害极大，它的出现是否就是地狱生灵在当代生活中渐渐赢得霸权的征兆？这样的想象是很愚蠢的。他是不信神的，他是一个顽固不化的不可知论者，却也在这一刻，一面读一面感觉到四周的书籍和版画的黑影与室外的昏暗在这一瞬间被灌入了一个残酷、暴戾、邪恶的幽灵。"丰奇托，你有没有察觉到艾迪尔贝尔托·托雷斯的笑声不像人类？我是说，他发出的声响不像是从人类的喉咙里发出的，倒像是疯子的嗷嗷叫、乌鸦的嘎嘎啼或蛇类的嘶嘶声？"小家伙会哈哈大笑，会认为他的父亲发疯了。他再一次不安起来。悲观的心情在几秒钟内便抹去了他刚刚与卢克莱西亚分享的极乐时光，抹去了重读《浮士德博士》那一章带给他的乐趣。他熄了灯，脚步沉重地回到卧室。不能继续这样下去了，他得有分寸、有技巧地问问丰奇托，搞明白那些见面到底是怎么回事，干净利落地驱散他儿子那狂热想象编造出来的荒唐鬼影。我的上帝啊，现在可不是恶魔重新出动、再次在人类面前现身的时代了。

5

菲利西托·亚纳克自掏腰包在《时代报》刊登的声明让他一夜之间成了整个皮乌拉的名人。人们会在路上拦住他,祝贺他,向他表达自己的支持,请他签名,不过,主要是劝他要小心:"您做的事情真是大胆,菲利西托先生。切哇!现在您的性命是真的有危险了。"

这些事既没有让运输公司老板骄傲,也没有令他害怕。最令他震撼的是看到登在皮乌拉主要日报上的这则小小声明在利图马警长,尤其是希尔瓦上尉身上所引起的变化。这个粗鄙的警察局长一逮着机会就会得意地对皮乌拉女人的屁股品评一番,菲利西托一直不喜欢他,而且,他认为,这种反感之情是相互的。但是,从这时开始,警长的态度不再那么傲慢了。声明登出的当天下午,两个警察就来到了他位于阿雷基帕街的房子里,神情和气而谄媚。他们来向亚纳克先生表达对其遭遇的担忧。画小蜘蛛的那帮匪徒放火烧毁了纳利瓦拉运输公司的一部分时,他们都没显得这么殷勤。这两个条子是怎么了?他们似乎真的为他的情况感到痛心,热切地想向那帮敲诈犯下战书。

最终，希尔瓦上尉从口袋里拿出了《时代报》上那份声明的剪报。

"您登这么个东西，真是疯了，菲利西托先生，"他半是开玩笑半是认真地说，"您就没想过，您这么放大话，后脑勺可能会挨上一刀或是吃上一颗枪子儿吗？"

"这不是放大话，我事前想了很久，"运输公司老板温和地说，"我希望这些龟儿子能一下子就明白，他们从我这儿是拿不到一分钱的。他们可以烧了我这栋房子，烧了我所有的卡车和客车。他们要是愿意，甚至可以干掉我的老婆和孩子。就是去他的一分钱也不给！"

他身材矮小，但意志坚定，说这话时既没有咋咋呼呼，也没有怒气冲天。他的双手一动不动，目光坚决不移，平静从容，但已下定决心。

"我相信您，菲利西托先生。"上尉难过地表示赞同。然后，他便不再拐弯抹角："问题是，您无意中，不知不觉把我们卷入了一场愚蠢的麻烦。拉斯科楚恰上校，我们的地区长官，今天早上为了这则小小的声明打电话到警察局来了。您知道是为了什么吗？告诉他，利图马。"

"为了把我们臭骂一顿，说我们是废物，说我们成事不足，先生。"警长难过地说。

菲利西托·亚纳克笑了。自从收到画着小蜘蛛的信件以来，他第一次觉得心情很好。

"你们就是这样的，上尉，"他微笑着低声说，"你们的长官批了你们一顿，我可真开心啊。他是真的姓这么个别致的姓氏吗？拉斯卡楚恰①?"

利图马警长和希尔瓦上尉也不自在地笑了。

"当然不是,这是他的外号,"警察局长澄清道,"他名叫阿孙迪诺·里奥斯·帕尔多上校。我不知道为什么或是谁给他取了这么个雅号。他是个好警官,不过也是一个非常爱发牢骚的家伙。他受不了一点儿气,为了一点点小事就会把大家都臭骂一顿。"

"您若以为我们没有认真对待您的报案,那您就是搞错了,亚纳克先生。"利图马警长插了一句。

"得等到匪徒有所动作才能行动,"上尉接着说,他突然干劲十足起来,"现在,他们既然现了形,我们已经全面行动起来了。"

"这对我不算什么安慰,"菲利西托·亚纳克做了一个难过的表情,说道,"我不知道你们正在做什么,但是,就我来说,谁都不能把我那被烧掉的公司还给我了。"

"损坏险难道不承担吗?"

"本来应该承担的,但是他们正在扯皮耍赖。他们说只有交通工具被保,房屋设施没有。我的律师卡斯特罗·珀索博士说,也许我们得打官司。这意味着无论怎样我都会有损失。所以,你们看到了。"

"您别担心,菲利西托先生,"上尉轻轻地拍了他一下,安慰道,"这些人会落网的,很快就会落网的。我郑重承诺。我们会通知您的。再见。请代我向您那位一流的秘书何塞菲塔女士致意。"

确实,从那天起,警方开始显出了勤恳努力的样子。他们询问了纳利瓦拉运输公司的所有司机和员工。他们把菲利西托的两个儿

---

① 拉斯卡楚恰,西语写为 Rascachucha,其中 rasca 意为"搔、挠",chucha 意为"母狗",所以此人姓氏又可直译为"挠母狗",菲利西托因此有此一嘲。

子米盖尔和提布尔西奥带到警察局,连着好几个小时一顿问题轰炸。但对于他们的问题,这两个男孩并不总是知道该怎么回答。他们甚至逼问了卢辛多,让他过来指认请他通知菲利西托先生说他的公司被烧了的那个人的声音。但是,瞎子发誓说他以前从来没有听过跟他说话的这个人的声音。虽然警察上蹿下跳地忙活,运输公司老板还是觉得心灰意冷,满腹怀疑。他内心里觉得他们是永远抓不住匪徒的。那些敲诈犯会继续追逼着他,然后,所有这一切会突然之间以悲剧告终。然而,这些阴郁的想法没有令他决不向他们的威胁和进攻低头的决心动摇一丝一毫。

最令他沮丧的是他与老伙计、同行和竞争者红脸汉维格诺罗的对话。有一天上午,维格诺罗来纳利瓦拉运输公司找他,当时菲利西托已经在停车场一角的临时办公桌——就是一块木板支在两个油桶上——上坐定。从那里可以看见那场大火将他过去的办公室变成了怎样的一团烟尘、断壁和烧成焦炭的家具。火焰甚至毁掉了一部分天花板。从烧穿的洞口可以望见一小片高高的蓝天。幸好,除了闹厄尔尼诺的那几年,皮乌拉很少下雨。红脸汉维格诺罗非常不安。

"您不该这样做,伙计,"他一边拥抱菲利西托,朝他亮出《时代报》的剪报,一边说道,"您怎么会这样赌上性命呢?您总是做什么事都很沉着,菲利西托。您这次是搞什么鬼?朋友是用来干什么的,切哇?您要是问过我,我不会让您这么乱来。"

"所以我没有问您,伙计。我就猜您会劝我别登那个声明,"菲利西托指了指他已成废墟的旧办公室,"我得用某种方式来回应对我做出这种事情的人。"

他们出了门,去一家在梅利诺广场和塔克纳街的街角新开张的歌舞酒馆里喝杯咖啡,酒馆就在一家中餐馆旁边。酒馆很暗,黑暗中，有许多苍蝇盘旋。从那里可以望见小广场上灰扑扑的杏树和卡门教堂暗淡的门脸。店里没有酒客，他们可以安安静静地交谈。

"您从来没遇到过吗，伙计？"菲利西托问道，"您从来没收到过这种敲诈信吗？"

他惊讶地看见红脸汉维格诺罗现出一种古怪的神情，他显得慌慌张张，有一刻，似乎不知道该回答他。他颓丧的眼中有一种内疚的目光；他不停地眨眼，避免去看菲利西托。

"您别告诉我说，您，伙计……"菲利西托紧紧握住他朋友的臂膀，嘟囔着说。

"我不是英雄，也不想当英雄，"红脸汉维格诺罗低声承认道，"所以，是的，我就这么告诉您。我每个月付给他们一小笔钱。而且，虽然我并不确知，但我肯定皮乌拉所有的或者几乎所有的运输公司也都在付这些保护费。您也本该这样做，您不该莽撞地跟他们对抗。我们都以为您也付了，菲利西托。您真是胡来啊，我和我们的同行都不理解您。您是发疯了吗？不要挑起打不赢的仗啊，老兄。"

"我很难相信您在这群龟儿子面前竟然就这样脱了裤子任人玩，"菲利西托难过起来，"我脑子里想象不出来，我向您发誓。您可一直都像是个硬骨头，伙计。"

"没有多少钱，一笔小数目，可以归到普通开销中去。"红脸汉维格诺罗羞愧地耸耸肩，他不知道两只手该怎么放，便胡乱挥着，仿佛它们是多余的，"不值得为了这点儿小事拿生命冒险，菲利西托。如果您好声好气地跟他们还价，他们要求的那五百块也许能还掉一半，我向您保证。您没看见他们对您的公司干出的事吗？您竟然还在《时代报》上登出这么个声明。您是在拿您自己和您家里人的命冒险，甚至还有可怜的玛贝尔的命，您没发现吗？您斗不过他们的,我可以肯定地告诉您,就像我肯定我叫维格诺罗。地球是圆的,不是方的。接受这个事实,别试图纠正我们身处的这个扭曲世界了。黑社会是很强大的,他们到处渗透,从政府和法官开始。您竟然相信警察,真是太天真了。这些勾当若条子也有份,我是一点儿也不会惊讶的。您不知道我们生活在一个什么样的国家里吗,伙计?"

菲利西托·亚纳克几乎没怎么听他说话。他真的很难相信他听到的这一切:红脸汉维格诺罗竟每月向黑社会交保护费。菲利西托二十年前就认识他了,一直认为他是一个非常正直的人。操他娘的,这是个什么世界啊。

"您肯定所有的运输公司都交保护费吗?"他又问道,一边追着朋友的眼睛看,"您没夸张?"

"您要是不相信我,就去问他们。就像我叫维格诺罗一样肯定。就算不是所有的,也差不多了。现在不是要英雄主义的年代,菲利西托朋友。要紧的是能干活,让生意转起来。如果除了交保护费没有其他办法,那就交保护费,这就完事。您也跟我一样干吧,别把手往火坑里伸,伙计。您可能会后悔的。别拿您牺牲了这么多才建立起来的东西当赌注啊。我可不想去参加您的葬礼。"

经过这次谈话,菲利西托的头都抬不起来了。他又是痛苦,又是同情,既感到愤怒,也觉得惊骇。就连在孤寂的夜晚,在他家的小客厅里,当他放起塞西莉亚·巴拉萨的歌曲时,他甚至无法开心起来。他的同行们怎么可能就这样被人吓破了胆?他们没发觉一旦顺了匪徒的意,就绑住了自己的手脚,危及了自己的未来吗?敲诈犯会一天比一天要求得更多,直到整垮他们。他觉得整个皮乌拉都在联合起来伤害他,就连那些在街上拦住他、拥抱他、祝贺他的人都是些伪君子，他们参与了这场阴谋，要夺去他这么多年流血流汗挣来的一切。"不管发生什么事，您放心，父亲。您的儿子不会任这些胆小鬼或任何人糟践的。"

《时代报》上的小小声明为菲利西托·亚纳克带来的名气并没有改变他规律而辛勤的生活，不过，他无法习惯人们竟会在街上将他认出来。他总是很拘谨，不知该怎样回应路人的赞美和表示支持的动作。他还是起得很早，练气功，八点前到纳利瓦拉运输公司。乘客数量降低了，这令他很担心，但他可以理解；在公司的那场大火之后，有些客人被吓着了，害怕匪徒会拿车开刀，害怕他们会在公路上拦劫、放火，这并不奇怪。开往阿亚瓦卡的客车需要顺着一条狭窄而曲折的道路，贴着安第斯山脉的深沟险壑爬行两百多公里，这趟车损失了将近一半客户。而只要跟保险公司的问题不解决，他就无法重建办公室。但是，菲利西托不介意在仓库角落里的木板和油桶上工作。他跟何塞菲塔女士一起将幸存的账簿、发票、合同、收据和来往信件翻看了好几个小时。幸好，他们没有损失很多重要文件。但是他的秘书无法释然。何塞菲塔试图掩饰，但是菲利西托看得出她对于必须在司机、机械师、来来去去的乘客和排队寄发邮包的人眼皮底下露天工作有多么地紧张和不快。她跟他坦白过，愠怒的脸庞露出小姑娘般的哭相：

"在大家面前工作这码子事让我不知怎么了，我觉得好像在跳脱衣舞[①]似的。您不觉得吗，菲利西托？"

"您要是跳一曲脱衣舞，他们好多人会很开心的，何塞菲塔。您也看见了，希尔瓦上尉每次见到您都要说那些个恭维话。"

[①] 原文为英文。

"我一点儿也不喜欢那个警察的油嘴滑舌，"何塞菲塔开心地脸红了，"更不喜欢他盯着我的那种眼神，您知道他盯的是哪儿，菲利西托先生。您觉得他是个变态吗？别人都这么说。说上尉只看女人的那儿，好像我们身上没有别的东西似的，切哇。"

《时代报》登出声明的当天，米盖尔和提布尔西奥要求跟他见一面。他的两个儿子在公司的货车和客车上当司机和监察员。菲利西托带他们去埃尔·齐佩区的翠金酒店餐厅里吃了柠檬汁浸黑牡蛎片和恰贝罗肉干炸青蕉片。那里开着广播，音乐声让他们不得不很大声地说话。从他们的桌子这里可以看到一家人正在棕榈树下的游泳池里游泳。菲利西托没有点啤酒，而是点了汽水。他从儿子们的表情中可以猜到他们要说什么。大儿子米盖尔首先开口。他很强壮、矫健，皮肤非常白，眼睛和头发的颜色都很浅，他总是穿得比较讲究，与提布尔西奥不同。提布尔西奥很少换下那一身蓝色牛仔裤、网球衫和篮球鞋。就在这会儿，米盖尔穿着一双软帮鞋，一条灯芯绒裤子和一件浅蓝色底上印着几幅赛船图案的衬衫。他爱俏爱得无可救药，有着上流社会的爱好和做派。菲利西托强迫他去服兵役时，他以为儿子里在军队会丢开他表现出来的富家子弟做派。但是，事与愿违，他从军营出来时跟进去时没有两样。运输公司老板这辈子再一次想道："他是我儿子吗？"那孩子一边对他说话，一边拿着一块腕表和一根小小的皮手链摸呀摸：

"我跟提布尔西奥考虑了一件事情，父亲。我们也问过妈妈了。"他像每次跟菲利西托讲话时一样，有点儿尴尬。

"就是说你们会考虑了，"菲利西托开玩笑说，"我知道这一点很高兴，这是一个好消息。能知道你们想出了什么绝妙的主意吗？我希望，不会是要我拿画小蜘蛛的诈骗犯的事去问问万卡班巴的巫医吧？因为我已经问过阿德莱达了，连能预知一切的她都完全猜不出他们可能是谁。"

"这件事很严肃，父亲。"提布尔西奥插嘴道。这个孩子的血管里倒确实流淌着他的血液，这毫无疑问。他跟菲利西托很像，有他父亲那样晒得发黑的皮肤、直垂的黑发和瘦弱的小身板。"别说笑了，父亲，求您了。听我们一句吧。这是为了您好。"

"好的，行，我听你们说。是什么事，孩子们？"

"您在《时代报》登了那则声明，您现在有危险。"米盖尔说。

"我不知道您有没有发现危险到了什么程度，父亲，"提布尔西奥继续说，"这就好像您把绳索套到了自己脖子上。"

"我以前就有危险，"菲利西托纠正他们，"所有人都有危险。赫特鲁迪斯和你们也一样。自从这群婊子养的送来第一封信敲诈我，就是这样了。你们难道不知道？这不止关系到我一个人，而是关系到全家人。难道纳利瓦拉运输公司将来不是由你们继承吗？"

"但是，现在您比以前更加危险了，因为您公开向他们宣战了，父亲，"米盖尔说，"他们会有所反应的，他们面对这样的挑衅不可能淡定。他们会试图报复，因为您让他们出了丑。整个皮乌拉都这么说。"

"别人总在路上拦住我们，提醒我们，"提布尔西奥抢着说，"'照顾好你们的父亲，孩子们，这些人不会原谅他这种挑衅的。'大街上、广场上，人家就是这样对我们说的。"

"这么说，倒是我挑衅他们了，真可怜，"菲利西托愤怒地打断了他们，"他们威胁我、烧了我的办公室，我倒成了挑衅的人，就因为我让他们知道我不会像那些软蛋同行一样任人敲诈？"

"我们不是在批评您，父亲，相反，"米盖尔坚持说，"我们支持您,我们很骄傲您在《时代报》上登了那则声明。您给家里大大长脸了。"

"但是,我们不希望您被杀,请理解我们,求您了,"提布尔西奥帮腔道,"您雇个保镖会比较明智。我们调查过了,有一家很正经的公司,他们向皮乌拉的所有体面人提供服务,银行家、农民、矿主。也不是很贵,我们这儿有价目表。"

"一个保镖?"菲利西托笑了起来,但笑声勉强而嘲讽,"一个兜里装着小手枪、像影子一样跟着我的家伙?如果我雇人保护我,那就正中了那些贼人的下怀。你们的脑袋里装的是脑子还是锯末?那就等同于承认我害怕:我在这上面花钱是因为他们吓到我了。这跟他们向我要求的保护费是一样的。我们不要再谈这件事了。吃吧,吃吧,你们的恰贝罗肉干炸青蕉片都凉了。我们换个话题吧。"

"但是,父亲,我们这么做是为了您好,"米盖尔还想劝服他,"是为了让您不要发生什么事。听我们的吧,我们是您的儿子。"

"一个字都别再提了,"菲利西托命令道,"如果我出了什么事,你们就会掌管纳利瓦拉运输公司,你们可以想干什么就干什么。如果你们愿意,甚至可以给自己雇保镖。我是死也不会这么做的。"

他看着儿子们低下头去,毫无胃口地开始吃东西。他们俩一直都相当温顺,即使是在男孩儿常常反抗父亲权威的少年时代也一样。他不记得他们俩曾经让他很头疼过,除了有时出些无伤大雅的小岔子,比如米盖尔的那次事故,他当时在通往卡塔卡欧斯的公路上学开车,一头小驴突然冲到路上,他把它给撞死了。他们如今虽然已是男子汉,却依然非常听话,就连他命令米盖尔志愿入伍一年锻炼锻炼时,他也一声不吭地遵从了父亲的意思。他们在工作上也很尽职,这是有一句说一句。他对他们从来都不是很严厉,但他也不是会娇惯孩子，把他们养得游手好闲、女里女气的那种溺爱型父亲。他一直试着训练他们，让他们懂得面对困境，当他不再能领导公司的时候，他们得能够将公司发展下去。他让他们读完中学，学习机械，拿到客车和货车的驾驶执照。他们俩都轮过纳利瓦拉运输公司的所有岗位：保管员、清洁工、会计助理、助理司机、监察员、司机，等等。他可以死得瞑目了，他们俩已经做好了接替他的准备。他们俩处得也很好。他们很团结，幸好。

"我……我可不怕这些婊子养的。"他突然捶着桌子喊道。他的儿子们停下了吃喝。"他们最坏不过是杀了我，可我不怕死。我活了五十五年了，也够了。我知道等我去跟我父亲团聚时，纳利瓦拉运输公司会有好手接管，我也就心安了。"

他发现两个男孩都试图微笑，但他觉得他们俩都又惶惑又紧张。

"我们还不希望您死，父亲。"米盖尔喃喃道。

"如果那些人伤害您，我们会叫他们付出沉重代价的。"提布尔西奥说。

"我不相信他们敢杀我，"菲利西托安慰他们俩，"他们是小偷，是敲诈犯，仅此而已。想杀人，得比寄几封画着小蜘蛛的信更有种才行。"

"至少，您买一把左轮手枪，武装起来，父亲，"提布尔西奥再次出击，"这样，您可以自卫，如果万一……"

"我会考虑的，我们再看吧，"菲利西托让步了，"现在，我希望你们能向我保证，等我离开这个世界，等你们掌管纳利瓦拉运输公司时，你们也不会接受这些龟儿子的敲诈。"

他看见他的儿子们彼此交换了一个既惊讶又不安的眼神。

"以上帝的名义向我发誓，就现在，"他向他们请求道，"如果我发生什么事,我希望在这件事情上放下心来。"

两人点点头,画了个十字,喃喃道:"我们以上帝的名义发誓,父亲。"

午饭余下的时间里,他们聊起了别的事情。菲利西托心里开始转起一个酝酿已久的主意。自从提布尔西奥和米盖尔搬出去住,他就不怎么清楚他们俩不上班的时候做些什么了。他们俩没有住在一起。老大租住在米拉弗洛雷斯住宅区的一栋房子里,当然,那是白人区;提布尔西奥跟一个朋友在卡斯蒂利亚区合租了一套公寓,就在新体育场附近。他们有女朋友吗?有情人吗?他们爱聚会玩乐吗?好赌博吗?他们周六晚上会跟朋友们买醉吗?他们常去饭馆、酒铺?他们嫖妓吗?他们怎么打发闲暇时光?他们周日来阿雷基帕街的家里吃午饭时并不会多说自己的私生活,他和赫特鲁迪斯也不会问起这些事。也许,最好什么时候跟他们谈谈,多了解一点儿孩子们的私生活。

那些日子里,最糟糕的事情是他因《时代报》上的声明而不得不接受采访。有好几家本地电台,还有《邮报》和《共和国报》的记者,以及RPP新闻台①驻皮乌拉通讯员。记者们的问题让他很紧张;他双手发潮,背上仿佛有一条条蛇爬过。他回答问题时停顿时间很长,寻找着合适的词,但他非常坚决地否认自己是一个平民英雄,也不是任何人的榜样。完全不是这样。想什么呢?他只是在遵循他父亲的处世哲学。他把这条忠告当作遗产留了下来:"永远别让任何人糟践你,孩子。"记者们都会微笑,有几个会故作硬气地看着他。他都不介意。他只是强打精神继续说。他只是一个干活的人,

---

① 秘鲁当地的新闻台。

仅此而已。他出身很穷，非常穷，他生在楚鲁卡纳斯附近的亚帕特拉，他所拥有的一切都是靠劳动挣来的。他交税、守法。他为什么要让几个连脸都不露一下就寄来威胁信的贼夺走他拥有的一切呢？如果谁都不对这些敲诈让步，敲诈犯就会消失。

他也不喜欢接受荣誉称号，不得不做演讲时，他总是冒冷汗。当然，他在内心深处是很骄傲的，他总想着，他的父亲，佃农阿里诺·亚纳克，若是看到在皮乌拉中心举行的有区主席、市长和皮乌拉主教出席的一次午餐会上由扶轮社在他胸前挂上模范市民奖章，该有多高兴啊。但是，当他必须靠近麦克风致答谢词时，他的舌头打结了，声音也发不出来了。当恩里克·洛佩兹·阿尔布哈尔城市文化体育协会宣布他为皮乌拉年度人物时，他也是如此。

那些日子里，一封来自格拉乌俱乐部的信寄到了阿雷基帕街的房子，信的落款是俱乐部主席、杰出的化学家、药剂师加拉比托·莱昂·塞米纳里奥博士。信里通知他，领导委员会已经一致决定接受他成为本组织会员的申请。菲利西托无法相信自己的眼睛。他是两年或是三年前递交的申请，然后，因为一直没收到回复，他以为被踢出局了，因为自己不是白种精英——那些去格拉乌俱乐部打网球、乒乓球，玩金蟾吞金①、卡乔牌，在泳池游泳，在有舞可跳的周六伴着皮乌拉最好的乐队跳舞的先生们都是这样自诩的。在格拉乌俱乐部的一次庆典上，他看见了自己最崇拜的土生白人艺术家塞西莉亚·巴拉萨唱歌后，才鼓起勇气递交了那份申请。他是跟玛贝尔一起去的，坐在红脸汉维格诺罗的桌子上，他是会员。如果别人问菲利西托·亚纳克，他人生中最幸福的一天是哪一天？他可能

---

① 一种向青蛙模型口中投掷钱币的游戏。

会选择那个晚上。

甚至在他见到塞西莉亚·巴拉萨的照片或本人之前,她就已经是他秘密的爱恋对象了。他是爱上了她的声音。他从来没有对任何人说过,这是很私密的感情。他当时正在如今已经不复存在的皇后饭店里,这家饭店位于埃吉古伦防波堤和桑切斯·赛罗大道的拐角处。那时,每个月的第一个周六,他都会在那里跟他所属的皮乌拉省际司机协会领导委员会一起吃午饭。他们当时正举着一小杯黑牧豆汁祝酒,这时,他突然听到店里的广播中放起一首他最喜欢的华尔兹:《灵魂、心与生命》。他从来没有听过这么优雅、激情而洒脱的演唱。无论是赫苏斯·瓦斯克斯①、莫洛楚科牛仔②、露恰·雷耶斯③还是他认识的任何土生白人歌手,都从来没能将这首美妙的华尔兹演绎得像他第一次听到的这位女歌手这么深情、优雅而俏皮。她在每一个字、每一个音节中都表现出无比的真挚与和谐,倾注着无比的温柔与甜蜜,让人想随歌起舞,甚至哭泣。他问起她的名字,人家告诉了他:塞西莉亚·巴拉萨。听着这个女孩的歌声,他觉得自己第一次完全理解了土生白人华尔兹中许多他以前觉得神秘而难以理解的词语:琶音、仙乐、沉醉、华彩、渴望、天籁。

灵魂,为了征服你

心,为了爱你

---

① 玛利亚·德·赫苏斯·瓦斯克斯(María de Jesús Vásquez,1920—2010),秘鲁歌唱家。
② 莫洛楚科牛仔(Los Morochucos),二十世纪四五十年代的秘鲁土生白人音乐组合。
③ 露恰·雷耶斯(Lucha Reyes,1936—1973),秘鲁歌唱家。

生命，为了和你呀

在一起！

他觉得自己被征服了，被感动了，被迷住了，也被爱着。从那时起，每到夜晚，在睡觉前，或是在清晨，在起床前，他有时候会想象自己在那位名叫塞西莉亚·巴拉萨的女歌手身边，生活在琶音、华彩、仙乐和沉醉之间。他没跟任何人说过，当然，尤其是玛贝尔，但他一直对那张笑意盈盈的小脸蛋、那双会说话的眼睛和诱人的微笑有一种柏拉图式的迷恋。他收集了她登在报纸、杂志上的好多照片，小心翼翼地锁在书桌抽屉里。大火让那些照片报了销，但是塞西莉亚·巴拉萨的唱片，他分别收在阿雷基帕街的家里和卡斯蒂利亚区的玛贝尔家里，这些唱片并没有被毁掉。他相信那位艺术家录制的所有唱片他都有。以他的拙见，她已经将土生白人音乐，将华尔兹舞曲、马利内拉舞曲、通德罗舞曲和普雷贡舞曲提高到了新的高度。他几乎每天都听这些唱片，一般是在晚上，吃过晚饭以后。当赫特鲁迪斯去睡觉以后，在有电视和音响的小客厅里，歌声让他浮想联翩；有时候，他甚至会激动地感觉到，听着那弥漫在夜色中，恍若爱抚般的甜美声音，他竟眼眶湿润了。因此，当有广告说她会来皮乌拉在格拉乌俱乐部演唱，而且演出会对大众开放的时候，他是最先去买票的人之一。他邀请了玛贝尔。红脸汉维格诺罗让他们俩坐在自己的桌子上。演出前，他们就坐在这张桌子边配着红葡萄酒和白葡萄酒吃了一顿丰盛的大餐。能亲眼看见这位歌唱家，即使并不是很近，也让菲利西托晕乎乎的。他觉得她比照片里更美丽、更可爱、更优雅。他在每首歌唱完后都非常热烈地鼓掌，引得玛贝尔指着他对维格诺罗说："你看这老色鬼都成什么样了，维格诺罗。"

"你别瞎想,亲爱的玛贝尔,"他掩饰道,"我是为塞西莉亚·巴拉萨的歌艺鼓掌,只是她的歌艺。"

第三封画着小蜘蛛的信在第二封信之后很久才送到,菲利西托甚至纳闷,在那场大火、《时代报》的声明和声明闹起来的动静之后,黑帮分子是不是被吓住了,所以只得放过他了。那场大火已经过去三周了,但是与保险公司的纠纷还没解决。有一天早晨,就在车库的临时办公室里,何塞菲塔女士拆信件时叫道:

"真奇怪,菲利西托先生,有一封没有寄信人的信。"

运输公司老板一把将信从她手中抢过来。这正是他害怕的事情。

敬爱的亚纳克先生:

我们很高兴您如今在我们亲爱的皮乌拉城里这么受欢迎,受敬重。我们祝愿这种受欢迎的程度会对纳利瓦拉运输公司有利,尤其是在公司因您的固执而遭遇事故之后。您最好接受现实的教训,识时务一些,不要像头骡子一样倔。我们不希望您再遭受比上次更加严重的损失了。因此,我们请求您要灵活变通,接受我们的要求。

跟整个皮乌拉一样,我们也注意到了您登在《时代报》的声明。我们不怨恨您。不仅如此,我们理解您眼看着大火毁了您的办公室,出于一时狂怒而决定登那份声明。我们会忘记这件事,您也忘了吧,我们从头来过。

我们给您两周的期限——从今天算起十四天——请您认真考虑一下,通情达理一些,让我们把这件事情了结吧。否则,您后果自负。这后果会比您迄今已经遭受过的更严重。常言道,明白人一点就透，亚纳克先生。

愿上帝保佑您。

这次，这封信的字是打出来的，但是落款还是前两次的同一个蓝墨水图画：一只小蜘蛛，有五条长长的腿，中心有一个点，代表脑袋。

"您不舒服吗？菲利西托先生？您别告诉我又是那种信。"他的秘书一直问。

她的老板垂着双臂坐在椅子上，面色苍白，眼睛紧盯着那张纸，显得十分惊恐。终于，他点了点头，将手放到嘴边，示意她保持沉默。公司里的人不应该知道这件事。他请她倒杯水来，然后慢慢地将水喝掉，一边努力抑制住满心的震荡、不安。他觉得心脏狂跳，呼吸困难。这些王八蛋当然没有善罢甘休，他们当然还是会旧话重提。但是如果他们以为菲利西托·亚纳克会让步，那他们就打错算盘了。他觉得愤怒、痛恨，感觉到令他颤抖的狂怒。也许米盖尔和提布尔西奥说得有道理。当然，不是说保镖的事，他永远不会在那种事上胡花钱。不过，左轮手枪的建议也许倒真在理。如果那些臭家伙站到他面前，他会无比开心地开枪宰了他们，用子弹把他们打成筛子，甚至在他们的尸体上吐口水。

他稍稍平静了一点儿之后，便飞快地往警察局走去。但是希尔瓦上尉和利图马警长都不在，他们出去吃午饭了，大概会在下午四点钟回来。他坐到桑切斯·赛罗大道的一家咖啡馆里，点了一杯冰汽水。两位女士走上前来跟他握手。她们崇拜他，他对所有皮乌拉人来说都是一位楷模、一种鼓舞。她们一边祝福他一边离去了。他微笑着感谢她们。说真的，我现在可不觉得自己是个英雄，完全谈不上,他想道。倒不如说是个傻瓜。天字第一号大蠢蛋,这就是我。他们随心所欲地玩我,我却连屁个头绪都没有。

他沿着大道上高高的人行道,在吵闹的摩的、自行车和行人之间慢慢走回办公室,这时,他在灰心丧气中突然非常想见见玛贝尔。见见她,跟她谈谈,或许就能感觉到自己的欲望一点点涌上来,感受到一种迷乱之情,让他有片刻晕眩,让他忘记那场大火,忘记卡斯特罗·珀索博士与保险公司之间的纠纷和最近这封画着小蜘蛛的信。也许,在欢好之后,他能平静、开心地睡一会儿。据他回忆,他这八年来从来没有突然在中午去玛贝尔家,他总是在傍晚时分,在跟她事先约好的日子去。但是,这是非常时期,他可以打破惯例。他很累,天很热,所以他没有步行,而是打了个的。他在卡斯蒂利亚区下车时,看见玛贝尔正站在自家门口。她是要出去还是刚回来?她惊讶地看着他。

"你在这儿?"她对他说,当作打招呼,"今天?这个时候?"

"我不想打搅你,"菲利西托道歉,"如果你有约,我就走。"

"我是有约会,但是我可以取消,"玛贝尔从惊讶中反应过来,对他微笑道,"进来,进来。你等我一会儿,我处理一下,马上回来。"

菲利西托察觉到,虽然她说话很和蔼,但她其实并不高兴。他来得不是时候。也许她正要出去买东西。不,不,她更可能是去找一个女友逛逛街,然后一起吃午饭。或者,也许会有一个男人在等着她,一个像她一样年轻,她喜欢,也许偷偷在见面的男人。他想象着玛贝尔正要去会情郎,因而感觉到一阵嫉妒。一个会脱掉她衣服、会令她尖叫的家伙。他破坏了他们的计划。他感觉到一股欲望,感觉到裆下微微发痒,也有了一点点勃起。哎呀,这都多少天了。玛贝尔今天早上很漂亮,她穿着一条白色小裙子,手臂和肩膀都裸露在外，穿着一双细高跟的雕花鞋，头发梳得很精致，画了眼影，涂了口红。她有个小男友吗？菲利西托已经进了屋，脱了西装，摘了领带。当玛贝尔回来时，她发现他正在重读那封画着小蜘蛛的信。她的不快已经过去了。现在，她又像每次跟他在一起时那样笑意盈盈、温柔甜蜜了。

"今天早上，我又收到了一封信，"菲利西托道歉，一边将信递给她，"我非常恼火。我突然很希望见见你。所以，我就来这儿了，我亲爱的。请原谅我就这么来找你，也没通知你一声。我希望我没有破坏你的任何计划。"

"这里就是你的家，小老头，"玛贝尔又对他微微一笑，"你什么时候想来就可以来。你没有破坏我的任何计划。我正要去药店买点儿药。"

她拿起信，坐到他身边，越读表情越难过。她的双眸笼罩上了一抹乌云。

"也就是说，那些该死的没有停手，"她非常严肃地叫道，"你现在要怎么办？"

"我去了警察局，但是那两个条子不在。我今天下午会再去一趟。我不知道有什么用，那两个蠢货什么也不干。他们忽悠我，这就是他们唯一会做的事情：花言巧语地忽悠我。"

"这么说，你来是为了让我宠一宠你，"玛贝尔对他微笑，让他情绪好转了一点儿，"对不对，小老头？"

她将手拂过他的脸，他握住她的手，吻了吻。

"我们去房里吧，亲爱的玛贝尔，"他在她耳边悄声说，"我很想要你，就现在。"

"哎哟，哎哟，这我倒是真没想到，"她大惊小怪地又笑了，"在这个时候？我都认不出你了，小老头。"

"你会看到的，"他说，一边拥抱她，亲吻着她的脖子，闻着她的气味，"你真好闻，亲爱的。我正在改变习惯，重返青春，切哇。"

他们进了卧房，脱掉衣服，做了爱。菲利西托非常兴奋，他一进入她便高潮了。他搂住她，默默地爱抚她，把玩她的头发，亲吻她的脖子和身体，啃咬她的乳头，胳肢她，抚摸她。

"真温柔啊，小老头，"她抓住他的两只耳朵，非常靠近地看着他的眼睛，"也许哪一天你就要对我说你爱我了。"

"我不是已经跟你说过很多次了吗，小傻瓜？"

"你兴奋的时候会对我说，那可不算，"玛贝尔开玩笑似的反驳道，"你在事前和事后从来没对我说过。"

"那么，我现在已经不那么兴奋了，我对你说。我非常爱你，亲爱的玛贝尔。你是我唯一真正爱过的女人。"

"你爱我胜过塞西莉亚·巴拉萨吗？"

"她只是一个梦，我的童话，"菲利西托笑着说，"你是我在现实中唯一的爱人。"

"那我信你了，小老头。"她大笑着将他的头发拨乱。

他们躺在床上聊了好一会儿，然后，菲利西托起了床，洗了洗，穿上了衣服。他回到纳利瓦拉运输公司，下午的大半时间都在处理办公室里的事务。下班后，他再次去了警察局。上尉和警长已经在那儿了，他们在上尉的办公室接见了他。他没对他们说一句话，只将第三封画着小蜘蛛的信递给了他们。希尔瓦上尉将信一字一句地朗读了一遍，利图马警长全神贯注地看着他，一边用他那双胖乎乎的手抚摩一本笔记本，一边听他读信。

"好的，一切的发展都在意料中，"希尔瓦上尉读完信说道，似乎非常满意自己预见了发生的一切,"他们没有让步,就像之前我所预料的。这种坚持会让他们倒霉的,我已经跟您说过了。"

"那么,我是应该非常高兴吗?"菲利西托讽刺地问道,"他们烧了我的办公室还不满足,还在继续给我寄匿名信。现在,他们给我下了两周的最后通牒,威胁我说会做出比放火更糟糕的事情。我到这里来,您却对我说一切的发展都在意料中。说实话,你们的调查没有一毫米进展,这些龟儿子却在对我为所欲为。"

"谁说我们没有进展?"希尔瓦上尉指手画脚地高声反驳道,"我们已经有了相当大的进展。到现在,我们已经排除了这些家伙是皮乌拉已知的那三个向商人收取保护费的团伙。而且利图马警长已经找到了一些可能是好线索的东西。"

他说话的那种方式让菲利西托虽然将信将疑,却还是相信了他。

"线索?真的吗?哪里?什么线索?"

"现在告诉您还太早了。但是,有总比没有强。我们一旦确定,您就会知道的。请相信我,亚纳克先生。我们正全身心地投入到您的案子中。我们在您身上投入的时间比其他所有事情都多。您是我们的头等要务。"

菲利西托告诉他们,他的儿子们很担心,劝他雇一个保镖,而他拒绝了。他们还建议他买一把左轮手枪。警察们觉得如何?

"我不建议您这样做,"希尔瓦上尉立刻回答道,"一个人只有在准备要用手枪时才应该带手枪,我不觉得您是一个能杀人的人。您这是无谓地冒险,亚纳克先生。说到底,您自己看吧。如果即使我这么说了,您还是想办一张持枪许可证,我们会替您办手续。我告诉您,这需要时间。您得通过一项心理测验。总之,您再好好想想吧。"

菲利西托回到家时,天已经黑了,花园里有蛐蛐儿在唱歌,有蛤蟆在呱呱叫。他立刻喝了一碗鸡汤,吃了一些沙拉和一个果冻,都是萨图妮娜端给他的。当他正要去客厅看电视新闻时,他发现赫特鲁迪斯那沉默而游移的身影在向他靠近。她手上拿着一张报纸。

"全城都在谈论你在《时代报》登的这则声明,"他的妻子在他坐的沙发椅旁边坐定,说道,"在今早的弥撒上,连神父都在布道中提到了它。全皮乌拉都读过了,除了我。"

"我不想让你担心,所以什么都没对你说,"菲利西托解释道,"但是你已经拿到它了,为什么还没读呢?"

他发觉她在座位上不自在地动来动去,避开他的目光。

"我忘记了,"他听到她嘟囔着说,"因为视力不好,我从来不读书,所以我已经几乎看不懂我要读的东西了。字母在我面前跳来跳去。"

"那么,你得去眼科测测视力,"他提醒她,"你怎么可能忘记阅读?我不相信有人会这样,赫特鲁迪斯。"

"可我就是这样,"她说,"是的,我有一天会去测测视力的。你不能给我念一念你在《时代报》登的内容吗?我求过萨图妮娜,但是她也不识字。"

她将报纸递给他,他戴上眼镜念道:

画小蜘蛛的敲诈犯先生们:

　　就算你们烧了我用一辈子清清白白工作创办起来的纳利瓦拉运输公司的办公室,我还是要公开地告诉你们,我是永远不会把你们要求的保护费付给你们的。我宁愿你们杀了我。你们不会从我这儿拿到一分钱,因为我认为我们这些正直、勤劳、体面的人不应该怕像你们这样的强盗和小偷,而是应该坚决地与你们对抗,直到把你们送进监狱。那才是你们该待的地方。

这话是我说的,我在此签名:

菲利西托·亚纳克(我没有母姓)

那女性的身影好一会儿都一动不动,咀嚼着她刚刚听到的话。最终,她喃喃道:

"所以,神父在布道时说的话是真的喽。你是一个勇敢的男人,菲利西托。愿被俘获的基督怜悯我们。如果我们能平安,我要在十月十二日被俘获的基督节去阿亚瓦卡向他祈祷。"

6

"今天晚上不说故事喽,里格贝尔托。"当两人关灯睡下时,卢克莱西亚说道。她声音里刻满了担忧。

"我今晚也没有心情幻想,我亲爱的。"

"你终于有他们的消息了?"

里格贝尔托点点头。伊斯马埃尔和阿尔米达的婚礼过去已有七天了,他和卢克莱西亚一整个星期都忧心忡忡地等待着那两条鬣狗对发生的事情如何反应。但是,一天天过去,什么都没发生。直到两天前,伊斯马埃尔的律师克劳迪奥·阿尔尼利亚斯博士给里格贝尔托打了电话,向他示警。那对双胞胎已经调查到两人是在乔里约斯市长办公室登记结婚的,因此,他们知道里格贝尔托是见证人之一。他应该做好准备,他们随时会给他打电话。

几个小时后,他们打来电话了。

"米奇和埃斯科比塔约我见面,我只能同意,我还能怎么样呢?"他又说道,"他们明天会过来。我没立刻告诉你,是不想让你这一天都不高兴，卢克莱西亚。麻烦找上我们了。我希望至少能够全身而退。"

"你知道吗，里格贝尔托？我不怎么在意他们，我们早知道会这样的。我们早就在等着了，不是吗？难熬的时候就得忍着，有什么办法。"他的妻子改变了话题，"伊斯马埃尔的婚事和那对恶少的怒气这会儿对我来说一点儿都不重要。最让我担心的，最让我睡不着觉的，是丰奇托。"

"又是那家伙？"里格贝尔托惊慌起来，"他又神秘地现身了？"

"从来就没停止过，亲爱的，"卢克莱西亚声音破碎地说道，"事实上，我认为是小家伙不信任我们，不告诉我们了。这是最让我不安的。你看不出那可怜的孩子是什么样吗？伤心难过，失魂落魄，自我封闭。他以前什么都跟我们说，可是现在，我恐怕他是隐瞒不谈了。也许，正因为这样，痛苦正在吞噬他。你没注意到吗？你一直想着那些鬣狗，你都没注意到这几个月来你的儿子改变了多少。如果我们不赶紧做点儿什么，什么事都可能发生在他身上，而我们会一辈子后悔。你没发觉吗？"

"我很清楚这一点，"里格贝尔托在被单下翻来覆去，"可是我不知道我们还能怎么办。如果你知道，告诉我，我们就照办。我已经不知道还能怎么办了。我们带他去看了利马最好的心理学家，我跟他的老师们谈过，我每天都尝试着跟他交谈，再次获取他的信任。你告诉我你还希望我怎么做，我会照做的。我跟你一样为了丰奇托被折磨苦了，卢克莱西亚。你以为我不在乎我的儿子吗？"

"我知道，我知道，"她同意，"我想着，也许，说到底，我不知道。你别笑，我因为发生在他身上的事都懵了。总之，好吧，就是一个想法，只不过是一个想法而已。"

"告诉我你想到了什么,我们就照做,卢克莱西亚。随便什么,我都会做的,我向你发誓。"

"你为什么不跟你的朋友奥多诺万神父谈谈呢?反正,你别笑,我不知道。"

"你想让我跟一个神父谈这件事?"里格贝尔托吃了一惊,他轻笑了一声,"为什么?让他给丰奇托驱魔?你把那个恶魔的玩笑当真了吗?"

那个笑话是好几个月前,也许是一年前,非常不经意地开起来的。在某个周末吃午饭时,丰奇托似乎不情不愿、毫不在意地突然向他的父亲和继母谈起了他与那个奇人的第一次见面。

"我已经知道你的名字了,"那位先生从旁边的桌子上对他和蔼地微笑着说,"你叫鲁斯贝尔。"

小男孩吃惊地看着他,不知道该说什么。他正对着瓶口在喝一瓶印加可乐,膝盖上放着他的书包,他直到那一刻才发觉,离他家不远的巴兰科公园的那家偏僻咖啡馆里还坐着那位先生。这位绅士鬓角银白,眼带笑意,非常瘦削,穿着虽朴素,却十分庄重。他穿着一件缀有白色菱形花纹的深紫色毛衣,外面罩一件灰色西装外套。他正小口、小口地啜饮着一小杯咖啡。

"我明确禁止过你在街上跟陌生人谈话,丰奇托,"里格贝尔托先生提醒儿子,"你忘了吗?"

"我叫阿尔丰索,不叫鲁斯贝尔,"他回答,"我们朋友们叫我丰乔[①]。"

[①] 阿尔丰索(Alfonso)是正式的大名,丰乔(Foncho)是阿尔丰索的昵称,而前文中出现的丰奇托(Fonchito)是丰乔的指小词形式,也是表示亲昵。

"你父亲对你这么说是为了你好,小家伙,"他的继母插嘴道,"从来就搞不清楚谁会是那种在学校门口对学生们下手的家伙。"

"他们要么卖毒品,要么是绑架犯或是恋童癖。所以,要很小心哪。"

"这样的话,你本应该叫鲁斯贝尔的。"那位绅士对他微笑。他那慢吞吞、文绉绉的声音将每一个词的音都发得很正确,堪比语法老师。他那瘦削的长脸似乎最近才修过面。他的手指很长,指甲剪得短短的。我跟你发誓他看上去是一个规矩人,爸爸。"你知道鲁斯贝尔是什么意思吗?"

丰奇托摇摇头。鲁斯贝尔,他跟你说的?里格贝尔托先生来了兴趣。你刚刚是说鲁斯贝尔吗?

"带去光明者,光之使者。"那位先生平静地解释道。他说起话来像放慢镜头似的,爸爸。"这就是说,你是一个很帅气的小伙子。等你长大了,利马的所有姑娘都会为你疯狂。学校里没教过你鲁斯贝尔是谁吗?"

"我已经料到了,我能想象他在找什么。"里格贝尔托低声说,现在,他注意儿子说的话了。

丰奇托又摇了摇头。

"我知道我应该尽快离开,我记得很清楚,你跟我说过多少次,对于像那位想跟我搭讪的先生那样的陌生人,永远不应该跟他们说话,爸爸。"他打着手势澄清道,"但是,但是,我跟你说,在他身上、在他的举止中、在他说话的方式里有一种东西,让他看起来不像坏人。而且,他逗得我起了好奇心。我记得,在马克哈姆,从来没人跟我们讲过鲁斯贝尔。"

"他是大天使中最美的一位,是上帝的宠儿。"他不是在开玩笑,他讲得非常认真,刮得干干净净的脸上有一丝善意的微笑,一只手指指向天空,"但是鲁斯贝尔因为自知貌美,所以自高自大,犯下了傲慢之罪。他竟自觉与上帝平起平坐。你想想看。于是上帝惩罚了他,他便由光明天使变成了黑暗王子。一切就这样开始了:历史、时间与罪恶的出现,以及人类的生命。"

"他不像是一位神父,爸爸,也不像是挨家挨户散发宗教杂志的那种福音书传教士。我于是问他:'您是神父吗,先生?''不,不,我怎么会是神父,丰奇托,我不知道你为什么会这么想。'然后他就笑了。"

"你竟跟他聊起天来,真是不谨慎,也许他一直跟踪你到了这儿呢。"卢克莱西亚夫人一面抚着他的额头,一边责备道,"再别这样了,再别了。向我保证,小家伙。"

"我得走了,先生,"丰奇托站起身来说,"我家里有人在等我。"

那位绅士没有试图阻拦他。他冲他微笑得更开朗了,微微颔首,挥挥手,以示告别。

"你很清楚他是什么人,对吗?"里格贝尔托又说道,"你已经十五岁了,你知道这种事情的,不是吗?一个变态,一个恋童癖。我猜你很清楚那是什么意思,我不需要向你解释。他当然是在试探你。卢克莱西亚说得对。你不该回答他的话。他跟你说话时,你该立刻站起来走开。"

"他不像基佬,爸爸,"丰奇托安抚他,"我跟你发誓。对于那些找小男孩的基佬,我能根据他们看人的方式当场就把他们揪出来。甚至都不用他们开口,真的。而且,也因为那些人总是想碰我。这个人完全相反,他是一个非常有教养、非常文雅的先生。他似乎没有坏心,真的。"

"这些人才是最糟糕的,丰奇托,"卢克莱西亚夫人肯定地对他说,她是真的慌了,"道貌岸然,那种人看起来不像,但确实是。"

"告诉我,爸爸,"丰奇托改变了话题,"那位先生跟我说的大天使鲁斯贝尔的事是真的吗?"

"嗯,《圣经》上是这么说的,"里格贝尔托先生犹豫了,"无论如何,对信徒来说这是真的。马克哈姆中学竟然没让你们读过《圣经》,真是难以置信,至少该当作常识来看一看。但是,我们别说岔了。我再对你说一次,孩子,绝对禁止你接受陌生人的东西。不能接受邀请,不要聊天,什么都不可以。你明白的,对吗?还是说,你希望我干脆禁止你上街?"

"我已经长大了,不能这样了,爸爸。求你了,我已经十五岁了。"

"是啊,你已经老得跟玛土撒拉①一样了。"卢克莱西亚笑起来。但是里格贝尔托立即便听到她在黑暗中叹了一口气。"我们要是早知道这整件事会怎么发展……真是噩梦啊,我的上帝。已经快一年了,我估计。"

"一年,也许更长一些,亲爱的。"

里格贝尔托几乎立刻就忘记了关于在巴兰科公园的小咖啡馆里那位跟丰奇托谈起鲁斯贝尔的陌生人的故事。但是,一周后,据他儿子说,他在圣阿古斯丁中学踢了一场足球赛后往回走时,那位绅士又出现在了他面前,里格贝尔托又回忆起了这个故事,开始不安。

"我当时正在圣阿古斯丁的更衣室洗完澡出来,要去跟塌鼻子佩佐洛会合,一起搭公交车去巴兰科。然后,虽然你不会相信,但他

---

① 玛土撒拉(Matusalén),据《圣经》记载,他是亚当第七代子孙,是最长寿的老人。他的长寿使得他的名字成了古老事物的代名词。

就在那儿,爸爸。就是那同一位先生,就是他。"

"你好,鲁斯贝尔,"那位先生带着上一次那种亲切的微笑向他打招呼,"你还记得我吗?"

他就坐在隔开了足球场和圣阿古斯丁中学大门的门厅里。在他身后,可以看见哈维尔·普拉多大道上由私家车、小卡车和公交车排成的长蛇阵。有几辆车的车灯正亮着。

"是的,我确实记得。"丰奇托欠欠身说道。然后,他用一种毫不含糊的腔调回了一句:"我爸爸禁止我跟陌生人谈话,不好意思。"

"里格贝尔托做得很对。"那位先生点着头说道。他还是穿着上一次那同一套灰色三件套,但是紫色毛衣是另外一件了,没有白色的菱形花纹。"利马满是坏人。到处都有变态和堕落的人。像你这样的漂亮孩子是他们最喜欢的目标。"

里格贝尔托先生睁大了双眼:

"他说了我的名字?他告诉你他认识我吗?"

"您认识我爸爸吗,先生?"

"我还认识你的妈妈埃洛伊莎,"那位绅士肯定地回答,变得十分严肃,"同样的,我也认识你的继母卢克莱西亚。我不能说我们是朋友,因为我们几乎没怎么见过面,但是我对他们俩印象很好,而且自从我第一次见过他们以后,我就觉得他们是完美的一对。知道他们很照顾你,为你操心,我很高兴。在利马这个堪比所多玛和蛾摩拉[①]的城市里,一个像你这么帅气的男孩子可一点儿也不安全。"

"你能告诉我所多玛和蛾摩拉是怎么回事吗,爸爸?"丰奇托问

[①] 所多玛(Sodoma)与蛾摩拉(Gomorra)是《圣经》中的两个城市。因城中居民行事充斥着罪恶,而遭上帝毁灭。后来成为罪恶之城的代名词。

道，里格贝尔托在他眼中察觉到一丝狡黠的光。

"那是两座古城，非常腐朽堕落，因此上帝将它们夷平了，"他忧虑地回答，"至少信徒是这么相信的。你得读一点儿《圣经》，孩子，当作常识性读物嘛。至少看看《新约》。我们生活的这个世界充满了《圣经》的典故，如果你不明白，你就会非常困惑、懵懂。比方说，你就会对古典艺术、古代史一窍不通。你肯定那家伙跟你说他认识我和卢克莱西亚？"

"他还说他认识我妈妈，"丰奇托肯定地说，"他甚至说了她的名字：埃洛伊莎。他说话的那种方式叫人不能不相信他说的是真话，爸爸。"

"他对你说他叫什么名字了吗？"

"嗯，这个倒没有，"丰奇托愣了，"我没问他，也没给他时间告诉我。你吩咐我一个字也不要对他说，我就跑开了。但是他肯定认识你，肯定认识你们。要不然，他不会对我说出你的名字，也不会知道我妈妈的名字，不会知道我继母叫卢克莱西亚。"

"如果你碰巧再遇见他，一定要问问他叫什么名字。"里格贝尔托说道，一边怀疑地打量着小男孩：他对他们说的那些可能是真的吗？还是他的另一番杜撰？"当然，绝不要跟他聊天，更不要接受他给的可口可乐或是别的。我越来越相信，他就是那种在利马到处找小男孩的变态，要不然他去圣阿古斯丁中学能干什么呢？"

"你想听听我怎么想吗，里格贝尔托？"卢克莱西亚夫人对他说，她在暗影中将身体紧贴住他，像在读他的心思，"有时候，我觉得这一切都是他编出来的。丰奇托和他的天马行空就是这样。他曾经给我们耍过这种把戏，不是吗？我就想啊，没什么好担心的，那样的绅士不存在，也不可能存在。他编出了这一切来博人注意，让我们紧张不安，让我们心里挂着他。但问题是，丰奇托是一个骗人高手，因为当他向我们讲述那几次相遇时，我觉得他说的那些不可能不是真的。他说得那么真实，那么天真，那么有说服力，说到底，我不知道。你不也是这样吗？"

"当然是，跟你一样，"里格贝尔托承认道，他拥抱着他的妻子，用她的身体温暖自己，也用自己温暖着她，"一个大骗子，当然。但愿这整个故事都是他编出来的，卢克莱西亚。但愿，但愿哪。一开始，我也没多想，但是这些神秘的现身已经开始让我着魔了。我每次一读书，那个臭家伙就会来分我的心。我听音乐，他就会在那儿。我看我的版画，看见的却是他的脸，但那又不是一张脸，而是一个问号。"

"有了丰奇托，我可从来不会无聊，真的，"卢克莱西亚夫人试着开玩笑，"我们试着睡一会儿吧。我可不想再一晚上睡不着了。"

过了好几天，小男孩没再跟他们说起那个陌生人。里格贝尔托开始觉得卢克莱西亚说得在理了。这一切都是儿子的幻想，是为了装腔作势，吸引他的注意力。直到那个有些微寒、下着细雨的冬日下午，卢克莱西亚迎接他时的表情让他吓了一跳。

"怎么这个表情？"里格贝尔托吻了吻她，"是因为我提前退休吗？你觉得这是个馊主意？你害怕整天看见我窝在家里吗？"

"丰奇托，"卢克莱西亚指了指楼下，小男孩的房间就在那里，"他在学校里出了点儿事情，他不愿意告诉我是什么事。他一进来我就发觉了。他回来时脸色苍白，还发抖。我本以为他发烧了。我给他量了体温，但是，不，他并不发烧。他好像失魂落魄似的，很害怕，几乎说不出话来。'不，不，我什么事都没有，继母。'他几乎发不出声音。你去看看他吧，里格贝尔托。他把自己锁在房间里。

希望他会告诉你他是怎么了。也许我们应该打电话给医务急救公司。我不喜欢他那副表情。"

又是恶魔,里格贝尔托想。他大步走下通往公寓下一层的楼梯。确实,又是那个臭家伙。丰奇托一开始抗拒了一下。"你反正不会相信我,我干吗要告诉你呢,爸爸?"但是,最后,他在父亲的软语劝导下让步了:"你最好说出来,跟我分享一下,小家伙。跟我说说会对你有好处的,真的。"确实,他的儿子面色苍白,举止失常。他说话时好像在机械重复别人的话,又好像随时会哭出来。里格贝尔托一次也没有打断他;他一动不动地听他说话,凝神关注着他说的话。

事情发生在马克哈姆中学,在每天最后几节课之前的三十分钟午后休息时间里。丰奇托没有去足球场玩,他的朋友都在那里,或是踢球,或是躺在草坪上聊天,但是他坐到了空空的看台一角,准备复习上一节数学课,这是最叫他头疼的科目。他正沉浸在一道含有向量和立方根的复杂等式中。这时,有什么东西,"就像是第六感,爸爸",让他觉得有人在看他。他抬头一看,那位先生就在那儿,也坐在空无一人的看台上,靠他很近的地方。他的穿着跟平常一样得体而简单,打着领带,穿着那件灰色西装,里面是一件紫色毛衣。他的胳膊下夹着一个文件夹。

"你好,丰奇托,"他说道,一边自然地对丰奇托微笑着,好像他们是老相识,"你的同学们在玩,你却在学习。一名模范学生,我早就猜到了。嗯,就应该这样。"

"他是什么时候到的?什么时候爬上看台的?那位先生在那儿干什么?说真的,我开始发起抖来,我也不知道是为什么,爸爸。"他儿子的脸色又苍白了一点儿,似乎不知所措。

"您是学校里的老师吗,先生?"丰奇托问他,他挺害怕,却又不知道在害怕什么。

"老师,不,我不是,"他回答丰奇托,一直是那副不变的平静沉着和文雅举止,"我有时候会在一些实际问题上给马克哈姆中学帮个忙。我给校长提一些行政方面的建议。如果天气好,我喜欢来这儿,来看你们这些学生。你们让我想起我的青春时代,而且,从某种方式来说,你们让我重返青春。但是天气好这一条已经算不上了,真遗憾,下起小雨来了。"

"我爸爸想知道您叫什么名字,先生,"丰奇托说,他听见自己说话竟这么费劲,而且声音抖成这样,很是惊讶,"因为您认识他,不是吗?您也认识我继母,不是吗?"

"我叫艾迪尔贝尔托·托雷斯,可是里格贝尔托和卢克莱西亚应该都不记得我了,我们并不怎么熟。"那位绅士用他一贯不慌不忙的态度解释道。不过今天跟前几次不一样,那副文雅的笑容和那双和蔼、锐利的眼睛不但没有令丰奇托感到平静,反而令他心惊。

里格贝尔托注意到他的儿子说不出话来了。他的牙齿直打战。

"别激动,小家伙,一点儿也不用着急。你觉得不舒服吗?我给你带一小杯水来?你想晚一点儿再继续跟我讲这个故事吗?也许等到明天?"

丰奇托摇摇头。他说话说得很困难,好像他的舌头失去了知觉。

"我早知道,你不会相信我的。我早知道,我告诉你所有这一切都是白搭,爸爸。但是,但是,当时发生了一件很奇怪的事情。"

他将目光从父亲身上移开,盯在了地面上。他坐在床沿上,还穿着校服,半蜷着身子,一脸烦恼。里格贝尔托先生觉得有一股对这小男孩的温柔和同情涌上心头。很明显,他很痛苦。但是,他不知道该怎么帮他。

"如果你告诉我这是真的,我就相信你,"他说,一边用一种对他来说不多见的温柔抚过孩子的头发,"我很清楚你从来没对我撒过谎,也知道你现在也没变,丰奇托。"

里格贝尔托先生之前是站着的,现在,他坐到了儿子书房的椅子上。他看着儿子费力地想说出话来,看着他多么难过地盯着墙,再将目光扫过书架上的书,只为了避免直视父亲的眼睛。最后,他拿出气力来继续往下说:

"就在这时,当我跟那位先生说话时,塌鼻子佩佐洛跑了过来。他是我的朋友,你认识的。他嚷嚷着跑过来:'你怎么了,丰乔!休息时间已经结束了,大家都往教室走了。快点儿,伙计。'"

丰奇托一跃而起。

"不好意思,我得走了,休息已经结束了。"他向艾迪尔贝尔托·托雷斯告别,跑向了他的朋友。

"塌鼻子佩罗佐见我时做着怪相,还摸着头,好像我脑子进水了,爸爸。"

"你疯了吗,伙计,还是怎么了,丰乔?"他俩一起跑向教学楼时,佩罗佐问道,"能说说你到底在跟谁告别吗?"

"我不知道那家伙是谁,"丰奇托气喘吁吁地解释道,"他叫艾迪尔贝尔托·托雷斯,他说他帮助校长处理些实际事务。你以前曾在这附近见过他吗?"

"可是,你在说哪个家伙,笨蛋?"塌鼻子佩佐洛喊道,他气喘吁吁地停下了脚步,回转过身来看向丰奇托,"你没跟任何人在一起,你是在跟空气说话,就像那些脑子不对劲的人。你不是要对我们发疯了吧,伙计?"

他们走到了教室,从那里已经看不到足球场的看台了。

"你没看见他?"丰奇托攥住他的胳膊,"就那位长着白头发、穿着三件套、打着领带、穿着紫色毛衣、坐在那儿、坐在我旁边的先生?你向我发誓你没看见他,塌鼻子!"

"那你就别耍我呀,"塌鼻子佩佐洛再次将一根手指放在太阳穴旁边,"你当时像个大笨蛋似的一个人待着,那里除了你没别人。或者说是你发疯了?或是看见幻象了?你别闹,阿尔丰索。你想要我,对吗?我向你保证你是要不了我的。"

"我早知道你不会相信我,爸爸。"丰奇托叹着气低声说。他停了一会儿,然后肯定地说:"但是我很清楚我看到了什么,没看到什么。你可以放心,我也没有发疯。我跟你说的这些事都是发生了的事情。发生了的事就是这样。"

"好啦,好啦,"里格贝尔托试着安抚他,"也许是你的朋友佩佐洛没看见那个艾迪尔贝尔托·托雷斯。他也许待在一个死角,有什么障碍物挡住了他的视线。你别再琢磨这件事了。还能有什么其他解释呢?你的朋友塌鼻子没看到他,只是这样。到了这个年纪,我们是不会再相信妖魔鬼怪的,不是吗,孩子?忘了这一切吧,尤其是忘了艾迪尔贝尔托·托雷斯吧。我们就当他不存在,也从来没存在过。他过气了,就像你们现在常说的。"

"又是这个孩子的另一场狂热想象,"卢克莱西亚夫人之后会这样评价,"他会永远令我们吃惊。要不然就是有一个只有他能看见的家伙出现在他面前,就在那儿,在他学校的足球场上。他那小脑袋瓜真是没治了,我的上帝啊!"

但是后来,也是她催着里格贝尔托瞒着丰奇托去学校跟校长麦克菲尔森先生谈一谈。这场谈话让里格贝尔托先生很是难过。

"当然,他既不认识也没听说过艾迪尔贝尔托·托雷斯,"到了晚上，他们通常的聊天时刻，他这样告诉卢克莱西亚，"而且，毫不意外地，那美国佬还肆无忌惮地嘲笑了我。他说一个陌生人完全不可能进得了学校，更别提足球场了。不是老师或是员工，就无权踏入那里。麦克菲尔森先生还认为这是聪明而敏感的孩子们常有的幻想。他对我说，一点儿也不必在意这件事情。在我儿子这个年纪，除非是傻子，否则他时不时看见个把鬼魂是再正常不过的事情。我们约好了，他和我都不会对丰乔谈起这次会面。我觉得他说得有理。何必因为一件没头没脑的事情跟着他闹呢？"

"你看看，结果恶魔真的存在，还是秘鲁人，名字叫艾迪尔贝尔托·托雷斯。"卢克莱西亚突然大笑起来。但是，里格贝尔托察觉出那是一种紧张的笑声。

他俩都躺在床上，很明显，这么晚了，他们已经不会讲故事，不会幻想，也不会做爱了。他们最近常常这样。他们不再编织能让他们渐渐兴奋起来的故事，而是聊天。有时候，他们聊得那么开心，时间就这样过去，直到他们再也挡不住睡意。

"我恐怕这不是值得发笑的事情，"过了一会儿，她自己也承认道，重新严肃起来，"这件事闹得太大了，里格贝尔托。我们得做点儿什么。我不知道是什么，但得做一点儿事。我们不能视而不见，好像什么事都没发生。"

"至少，我现在可以肯定，这是一个幻象，是他的老把戏，"里格贝尔托沉思着，"但是他讲这些故事是要干什么呢？这些事不是无缘无故的，它们是有原因的，在下意识里是有根源的。"

"有时候，我见他那样一言不发，那样自我封闭，我都要难过死了，亲爱的。我感觉到那孩子在默默地受苦，我的心都碎了。他知道我们不相信他说的那些神秘现身，所以他已经不再跟我们说了。

而这更糟糕。"

"他可能看到了幻象，有了幻觉，"里格贝尔托先生信口说道，"谁都会这样，管你是聪明还是傻。他相信他看见了他其实并没看见的东西、只存在于他脑袋里的东西。"

"当然，肯定是编造出来的，"卢克莱西亚夫人下结论道，"恶魔应该是不存在的。我认识你时，我是相信有恶魔的、里格贝尔托，相信上帝，相信恶魔，就像所有正常的天主教家庭一样。你让我相信那些都是迷信，是无知群众的蠢话。现在，这并不存在的东西钻到我们家里来了，你怎么想？"

她又紧张地笑了一下，但立刻止住了。里格贝尔托发觉她在平静地沉思着。

"我不知道他是不是存在，老实对你说，"他承认道，"我现在唯一肯定的就是你已经说过的那一点。他可能存在，这是有可能的。但是我不能接受他竟是个秘鲁人，名叫艾迪尔贝尔托·托雷斯，还把时间都用来跟在马克哈姆中学的学生身后转悠。别逗我了。"

他们想来想去，最后决定带丰奇托去见一名心理学家，做一个评估。他们在朋友中间打听了一下。大家都推荐奥古斯塔·德尔米拉·赛斯佩德斯博士，她在法国留过学，是儿童心理学专家。将自家有问题的儿子或女儿交给她的人都对她的学识和理智大加赞扬。他们本来担心丰奇托会有所抵触，想方设法将这件事很小心地向他提起。但是令他们惊讶的是，那小家伙一点儿没有反对。他同意见一见她，他到她的诊所去了好几次，接受了赛斯佩德斯博士让他做的所有测验，还非常合作地跟她谈了谈。当里格贝尔托和卢克莱西亚去那位女博士的诊所时，她带着一脸令人安心的微笑接待了他们。她大概快六十岁了，体形丰满，行动敏捷，待人和蔼，诙谐幽默：

"丰奇托是世界上最正常的孩子，"她向他们保证，"真遗憾，他那么讨人喜欢，我还真想能照顾他一段时间呢。每次与他的谈话都叫人开心。他聪明、敏感，也正因如此，他有时候觉得与他的同学们有点儿距离。但是，没错，他再正常不过了。如果有什么事是你们能完全肯定的，那就是艾迪尔贝尔托·托雷斯不是幻象，而是一个活生生的人，就像你们和我一样真实而具体。丰奇托没有对你们撒谎。他也许确实添油加醋了，那是他丰富的想象力帮了忙。他从来没有将与这位绅士的相遇当成天使或恶魔显灵。从来没有！多蠢啊。他是一个脚踏实地、头脑正常的孩子。是你们臆想出了这一切，因此你们才是真正需要心理学家的人。我给你们约个时间吧？我不只接诊孩子，也接诊那些突然开始相信恶魔存在而且相信他会浪费时间在利马街头、巴兰科和米拉弗洛雷斯溜达的成年人。"

奥古斯塔·德尔米拉·赛斯佩德斯博士一边将他们送到门口，一边还在继续开玩笑。告别时，她请求里格贝尔托先生哪一天让她看看他收藏的色情版画。"丰奇托跟我说它们棒极了"，这是她开的最后一个玩笑。里格贝尔托和卢克莱西亚离开诊所时陷入了迷惘。

"我跟你说过，去找心理学家非常非常危险，"里格贝尔托对卢克莱西亚说道，"我不知道我怎么会倒霉地听了你的话。一名心理学家可能比恶魔本人更危险，我读过弗洛伊德就知道了。"

"你要是认为应该跟赛斯佩德斯博士一样把这件事当成玩笑，那随便你，"卢克莱西亚为自己辩护，"但愿你别后悔。"

"我不是把它当成玩笑，"他回答道，现在他严肃起来了，"最好相信艾迪尔贝尔托·托雷斯并不存在。如果赛斯佩德斯博士说的是真的，如果这家伙真的存在，还追着丰奇托跑，你告诉我，我们现在该做些什么。"

他们什么也没做，有很长一段时间，那孩子再也没跟他们说起这件事。他继续着平常的生活，在一样的时间上学、放学，下午就自己待一个小时来做作业，有时候甚至是两小时。有时候，周末跟塌鼻子佩佐洛出去。而且，虽然是不情不愿的，但他还是在里格贝尔托先生和卢克莱西亚夫人的推动下，有时候跟同街区的其他孩子一起去电影院、体育馆，去踢足球或参加某个聚会。但是在他们的夜间卧谈中，里格贝尔托和卢克莱西亚都认为，虽然他看起来很正常，但已经跟以前不一样了。

他有什么地方改变了？很难说清楚，但是他们俩都很肯定，确实有什么地方改变了。而且这改变是很深刻的。这是年龄的问题？在童年和少年之间的艰难过渡期，他的声音变了，变得嘶哑了；他的脸上长出了一层绒毛，预示着未来的胡须。与此同时，这孩子开始感觉到他已经不是一个孩子了，但也还不是一个男人，于是他在穿衣方式、坐姿、表情和手势、跟朋友与女孩讲话的方式上都试图立即成为他日后将会成为的那个男人。他看上去沉默而内敛，吃晚饭时回答关于在学校和交朋友方面的问题时更是惜字如金。

"我知道你怎么了，小家伙，"有一天，卢克莱西亚向他发起进攻，"你恋爱了！是不是这么回事，丰奇托？你喜欢上了某个女孩儿？"

他摇摇头，一点儿没脸红。

"我现在没有时间来考虑这些事，"他严肃地说道，没有一丝幽默，"很快就要考试了，我想取得好成绩。"

"这样我就喜欢了，丰奇托，"里格贝尔托先生赞同地说，"你以后会有大把时间来追女孩。"

突然，那张红润的小脸蛋被一个微笑点亮了，丰奇托的眼睛里透出了以前那种调皮捣蛋的神气：

"你知道我在这个世界上唯一喜欢的女人就是你呀,继母。"

"哎呀,我的天哪,让我吻你一下,小家伙,"卢克莱西亚夫人鼓起掌来,"可是这样摸来摸去是什么意思,老公?"

"意思是谈论恶魔突然让我的想象力和其他部位炽热起来了,我亲爱的。"

然后,有好一会儿,他们惬意地想象着那个恶魔和丰奇托的笑话已经去见上帝了。但是,不,它没有。

7

那是一个早晨,当时的利图马警长和希尔瓦上尉正全神贯注地忙活着,上尉偶尔会开开小差,为皮乌拉的女人们沉迷,特别是对何塞菲塔女士。他们试图找到一条线索,能为调查指明方向。外号拉斯卡楚恰的里奥斯·帕尔多上校,地区警察头子,刚刚又暴跳如雷地骂了他们一顿,因为菲利西托·亚纳克在《时代报》上挑衅黑社会的事已经传到了利马。内政部长亲自打电话命令他将这件事立刻解决。媒体已经报道了这件事,不止是警察,就连政府也在公众面前出了丑。逮住敲诈犯,杀一儆百,这是上头的命令!

"我们得维护警察的名誉,妈的!"拉斯卡楚恰没好气地吹着粗粗的八字胡,瞪着红通通的眼睛吼道,"不能让几个机灵鬼就这样嘲笑我们。你们要么立刻逮住他们,要么就后悔一辈子吧。我向圣马丁·德·坡雷斯发誓!向上帝发誓!"

利图马和希尔瓦上尉仔仔细细地分析了所有证人的证词,做成了小卡片，互相比较，交叉比对了信息，提出各种假设，又一条条排除。上尉时不时地会叹上一口气，欲火难耐地赞美一通他心爱的何塞菲塔女士的珠圆玉润。他会非常严肃地做着下流的手势向他的这位下属解释，她那对屁股不仅又大又圆又对称，而且"走路的时候它们还会一颤一颤的"，这总让他的心和睾丸同时一动。因此，他说："虽然何塞菲塔年纪不小了，老摆出一张臭脸，还有点儿罗圈腿，但她仍是个赞爆了的娘们。"

"操起来会比玛贝尔那个大美人还要爽，如果你一定要让我做个比较的话，利图马。"他肯定地说，他的双眼暴凸圆睁，好像那两位女士的屁股就摆在他面前，而他正在掂量似的，"我承认，菲利西托先生的情妇曲线优美，胸前雄伟，腿形和手臂也很漂亮，又有肉感，但是，她那屁股，你大概也发觉了，可很不怎么地。没什么手感。那屁股没发育好，没长开，长到什么时候就长蔫了。在我的分类体系里，她那儿就是个不起眼的小屁股，你懂我的意思。"

"您为什么不把精神集中到调查中来呢，上尉？"利图马请求道，"您已经看到里奥斯·帕尔多上校有多生气了。照这个节奏，我们永远也结不了这个案子，也永远不会再升职了。"

"我能看出来，你对女人的屁股一点儿不感兴趣，利图马。"上尉同情地判定道，一脸沉痛。但是，他立刻微笑起来，像一只猫一样将舌头舔过嘴唇。"这是你培养男子气概时的一个缺陷，我向你保证。一个好屁股是上帝为了男人的幸福而放在女人身上的无上圣物。人家说，连《圣经》都承认这一点。"

"我当然感兴趣，上尉。但是，您不止是感兴趣，您那是着魔，是怪癖，恕我直言。我们还是回到小蜘蛛身上来吧。"

连着好几个小时，他们看呀，看呀，一字一句、一笔一画地检查着敲诈犯的信和图画。他们向总局请求对这些匿名信进行笔迹鉴定,但是,笔迹专家刚做了痔疮手术,正在住院,他请了两个星期的假。有一天,他们俩正拿着信与检察院登记在案的罪犯的签名和字迹进行比对,这时,某种怀疑恍如黑暗中的小火花一样突然在利图马脑中迸出。一段回忆、一个联想。希尔瓦上尉注意到自己的这位副手有些不对劲。

"你突然傻了,怎么了,利图马?"

"没什么,没什么,上尉,"警长耸耸肩,"一个笨想法。我刚刚记起了我以前认识的一个家伙。我要是没记错的话,他就老是画小蜘蛛。犯傻了,肯定的。"

"肯定的。"上尉审视着他,也这样说道。他将脸凑近,改变了声调。"但是,我们既然什么都没有,犯傻也比什么都没有强。那家伙是谁?来吧,跟我说说。"

"那是老黄历了,上尉,"警察局长发觉,副手的声音和眼神里满是不自在,翻开那些回忆虽是不得已,却似乎还是令他很不舒服,"我猜,他跟这事儿一点关系也没有。不过,是的,我记得很清楚,那个龟儿子总是在画画,画一些可能是小蜘蛛的鬼画符。画在纸上,画在报纸上。有时候,甚至用一根小木棒画在奇恰酒铺的泥地上。"

"这龟儿子是谁,利图马?干脆点儿告诉我,别兜圈子耍我。"

"我们去喝一杯果汁,离开这个火炉一小会儿吧,上尉,"警长提议道,"这是一个很长的故事,要是您不觉得无聊的话,我就跟您说说。我来付果汁钱,您别操心。"

他们去了奇拉之珠,那是利贝尔塔德街上的一家小酒吧,靠近一栋居民大院。利图马告诉他的长官,他年轻时,那里边有一家斗鸡场，赌注下得很大。他来过几次，但是他并不喜欢斗鸡，看着那些可怜的畜生撕来咬去，被砍被宰，叫他难受。店里没有空调，不过，倒是有几台电扇给这店里降降温。里面空无一人，他们点了两杯多加冰的路枯马果汁，点燃了香烟。

"那个龟儿子叫何塞费诺·罗哈斯，他是船夫卡洛斯·罗哈斯的儿子。过去，在发洪水的那几个月里，这位船夫常会将庄园里的牲口走河道带到屠场来。"利图马说，"我认识他的时候还很年轻，还只是个小孩。我们那时有我们的圈子。我们喜欢寻欢作乐，喜欢弹吉他、喝啤酒、追女人。有人给我们起了个名字，或者也许是我们自己取的，'硬杆子'。我们还创作了我们的队歌。"

然后，利图马用粗犷的嗓子低声唱起来，又骄傲，又快活：

我们都是硬杆子

都不爱干活：

只想喝喝酒！

只想赌赌博！

只想嫖嫖妞！

上尉哈哈大笑，鼓掌赞道：

"行啊，利图马。也就是说，至少在年轻时你还挺有种的。"

"一开始，我们是三个硬杆子，"警长沉浸在他的回忆当中，满心怀念地继续说，"我的表兄弟们，雷昂兄弟，何塞和猴子，和鄙人我。三个曼加切人。我不知道何塞费诺怎么就跟我们混到一块了。他不是曼加切利亚区的人，他是加利纳塞拉区人，就是以前的旧市场和屠场所在的地方。我不知道我们为什么会让他加入到队伍中来。

我们这两个区斗得可凶了,总是拳头、刀子伺候。那是一场让皮乌拉血流成河的大战,我可跟您说。"

"啊呀,你跟我说的是这个城市的史前时代啊,"上尉说,"曼加切利亚区么,我很清楚是在哪里,就在北边,沿桑切斯·赛罗大道往下,圣特奥多罗公墓附近。但是,加利纳塞拉区呢?"

"就在那儿,离演兵广场很近,靠近河,往南边去,"利图马指着说道,"那地方叫加利纳塞拉区,是因为屠场将牲口切开零售时会引来许多黑头秃鹫①。我们曼加切人是拥护桑切斯·赛罗的,而加利纳塞拉人都是秘鲁人民党人。何塞费诺那个龟儿子就是加利纳塞拉人,他说他小时候当过屠夫的学徒。"

"那么,你们当时是在混帮派喽?"

"只是小打小闹,上尉。我们胡闹一下,没什么大不了的。打打架,我们没干过更出格的事儿。但是后来,何塞费诺成了拉皮条的。他讨得女孩子的欢心,再将她们塞到绿房子②里去做鸡,这是去往卡塔卡欧斯的路口那间妓院的名字。那时候,卡斯蒂利亚还不叫卡斯蒂利亚,而是叫塔卡拉。您去过那地方吗?很豪华的。"

"没有,但是我听过大名鼎鼎的绿房子很多事情。它在皮乌拉完全就是个神话啊。这么说,是拉皮条的呀。他就是画小蜘蛛的那个人吗?"

"就是他,上尉。我觉得是小蜘蛛,但是,也可能是我记岔了。我不是很肯定。"

---

① 黑头秃鹫(gallinazo),西语读为"加利纳索",加利纳塞拉区(Gallinacera)由此得名,gallinacera 为 gallinazo 的衍生词。
② 绿房子(Casa Verde),典出略萨同名小说《绿房子》(1966年)。

"你为什么这么恨这个拉皮条的,利图马?能说说吗?"

"有很多原因。"警长一张大脸阴沉了下来,眼睛里充满了怒火;他正飞快地揉搓着下巴肉。"最主要是因为我在坐牢时他对我做的事情。您已经知道这一段经过,我因为跟这里的一个庄园主玩俄罗斯轮盘赌而蹲了监狱,就在绿房子里。一个姓塞米纳里奥的醉醺醺的白人阔佬在这场赌局里把自己的脑袋给轰了。何塞费诺趁着我在蹲监狱,抢走了我的婆娘。他把她塞进绿房子,让她为他卖淫。她叫鲍妮法西娅。我把她从亚马逊那边圣玛丽亚·德·聂瓦镇的马拉尼翁河上流地区带过来的。等她做起皮肉生意,他们就给她取名塞尔瓦蒂卡。"

"啊,好吧,那你有足够的理由来恨他,"上尉点着头承认,"这么说,你可是个有故事的人啊,利图马。看看你现在这么温和,谁能想得到呢?你看起来好像连只苍蝇都没杀过似的。我都想象不出你会玩俄罗斯轮盘赌,真的。我只玩过一次,跟一个同学,在一个喝多了的晚上。我现在想起来仍觉得蛋都被吓僵了。那么,那个何塞费诺,你怎么没杀了他呢?能说说吗?"

"不是我不想,而是不愿意再去蹲号子,"警长不紧不慢地解释道,"不过,我把他狠揍了一顿,他大概到现在都还疼着呢。我跟您说的可是至少二十年前的事了,上尉。"

"你肯定那个拉皮条的整天都画小蜘蛛吗?"

"我不知道是不是小蜘蛛,"利图马又纠正了一遍,"但是,他确实画画,整天都画。在餐巾纸上,或是放在他面前的什么小纸片上。这是他的怪癖。也许,这跟我们要找的东西一点儿关系都没有。"

"想想,试着回忆一下,利图马。集中精神,闭上眼睛,往回看看。就像菲利西托·亚纳克收到的那些信上的小蜘蛛一样吗?"

"我的记忆力没这么强,上尉,"利图马道歉说,"我跟您说的是好多年前的事了,我跟您说过,也许是大约二十年前,也许更久。我不知道我为什么会这么联想。我们最好忘了它吧。"

"你知道拉皮条的何塞费诺后来怎么样了吗?"上尉不依不饶。他表情凝重,两眼紧盯着警长。

"我再没见过他,也再没见过另外两个硬杆子,也就是我的表兄弟。自从我重新入了部队,我就一直在山区、在雨林,或是利马。可以说,是围着秘鲁兜了个圈。我最近才回到皮乌拉。所以我才对您说我突然想到的这件事很有可能毫无意义。我不肯定那是不是小蜘蛛,我跟您说。他画东西,这是没错的。他老是画,我们硬杆子们都笑他。"

"如果这个拉皮条的何塞菲诺还活着,我想认识认识他,"局长将桌子轻轻一拍,说道,"查查他,利图马。我不知道为什么,但是,我觉得有门儿。也许我们咬到了一块肉,软嫩、多汁的一块肉。我的嘴里、血液里、睾丸里都能感觉到它。在这些事情上我从来不会出错。我已经看到隧道尽头的光亮了。行啊,利图马。"

看到上尉那么高兴,警长挺后悔将自己的心血来潮讲给他听。在混硬杆子的那个时候,何塞费诺真的不停地画画吗?他已经不那么肯定了。那天晚上,值完班,他像往常一样沿着格拉乌大道而上,往他住的房子走去。他的住处在布宜诺斯艾利斯区,离格拉乌营房很近。一路上,他努力回忆,想确定是不是记错了。不,不是的,虽然他现在已经没有那么肯定。他在曼加切利亚区灰扑扑的街道上度过的幼年光景一波波涌回记忆中,那时,他跟猴子、何塞常去紧挨着城市的流沙地,在角豆树下设陷阱抓捕鬣蜥,用他们自己造的弹弓打鸟,或者躲在流沙地的草木丛和沙丘之间偷看洗衣妇,她们在靠近蓄水池的地方会站到齐腰深的河里洗衣服。有时候,水一溅,她们的胸部会透出来,他们几个就兴奋得眼睛发红,裆部发烫。何塞费诺是怎么加入到这队伍里来的?他已经不记得是怎么、什么时候、为什么会这样了。无论如何,那个加利纳塞拉人加入他们的时候,他们已经不是小孩子了,因为他们那时候已经开始去奇恰酒铺了,还会将打零工——比如卖赛马赌博券——挣来的索尔去赌钱、胡闹和买醉。也许不是小蜘蛛,但肯定是小图画。何塞菲诺整天都画。他记得很清楚。聊天时、唱歌时,或者当他避开其他人去琢磨他那一肚子坏水的时候,他都会画画。这不是他记错了。也许何塞费诺画的是蛤蟆、毒蛇、小鸡鸡。但他又怀疑起来。突然之间,那些画变成了井字棋里的圈圈和叉叉,或是他们在琼加的小酒吧里见到的人们的漫画,那酒吧是他最喜欢的地方之一。琼加,小琼加!那地方还在吗?不可能在了。就算她还活着,她也已经老得不会有体力来打理一家酒吧了。不过,谁知道呢。她可是女中豪杰,谁都不怕,对阵醉汉也毫不逊色。有一次,何塞费诺想要耍她逗个乐,结果她把他给狠狠收拾了一顿。

硬杆子们!琼加!操他娘的,时间过得好快啊。也许,雷昂兄弟、何塞费诺和鲍妮法西娅都已经死了,被埋了,留下的只有回忆了。真叫人伤心啊。

他几乎是摸着黑在走路,因为公共照明用的路灯在过了格拉乌俱乐部、进入布宜诺斯艾利斯住宅区以后就变得稀疏、寒碜起来。他走得很慢,因柏油路上的坑洞而磕磕绊绊,身边的住房从有花园的两层楼房渐渐变得越来越低矮、寒酸。离他的住处越来越近,房子也变成了棚屋,变成了以砖坯、角豆树干为墙、以锌皮为顶的粗陋建筑,杵在没有人行道也几乎不见车辆来往的街道上。

在利马和山区服役多年回到皮乌拉以后,他立刻在军队营区的一间小房间里安顿下来,因为警察和士兵一样有权住在里面。但是他不喜欢跟军队里的同袍住在一起。看着同一批人,聊着同样的话题,就好像还在服役似的。所以,六个月后,他搬到了卡兰恰一家的房子里,他们有五间出租房。房子很简朴,利图马的卧室非常小,但是付的钱也很少。而且,他在那里感觉更独立。当他到家时,卡兰恰夫妇正在看电视。丈夫当过老师,妻子则曾是市政府员工。他们已经退休好久了。租约只包含早餐。但是如果房客愿意,卡兰恰夫妇也可以从邻近的一家小饭馆里叫来午饭和晚饭,饭菜还相当丰富。警长问他们是否恰好记得在老体育馆附近的一家小酒吧,是一个有点儿男人气的女人开的,名叫或者别人管她叫琼加。他们茫然地看看他,摇了摇头。

那天晚上,他久久无法入睡,觉得身上有点儿不舒服。该死的,他竟会想到跟希尔瓦上尉谈起何塞费诺。现在,他已经很肯定那个拉皮条的画的不是小蜘蛛而是别的东西了。再去搅动那一段往事,对他没有好处。回忆起年轻时代,回忆起过去的这么多年——他已经快五十岁了——以及他现在生活的形只影单、他受过的不幸、跟塞米纳里奥那场愚蠢的俄罗斯轮盘赌和在牢里的那几年,还有跟鲍妮法西娅的那一段,都让他很难受,而这最后一件,每次回想起来都让他口中一阵苦涩。

他最后终于睡着了,但睡得不好。他做了噩梦,醒过来却只记得一些残破、骇人的画面。他洗了脸,吃过早饭,不到七点便已上了街,朝他记忆中的琼加小酒吧所在的地方走去。要找到方向是很不容易的。在他的记忆中,那里是城郊,由泥土和箣竹搭成的茅屋稀稀拉拉地立在流沙地上。如今那里却是街道、水泥地、用料贵重的住房、电线杆、人行道、汽车、学校、加油站和商店。变化真大！旧时的郊区如今已是城市的一部分，与他记忆中的毫无相似之处。他试着询问邻里——他只走上前去问年纪大的人——但没有用。谁都不记得那家小酒吧，也不记得琼加。这里许多人甚至都不是皮乌拉人，而是从山区来的。他很不舒服地感觉到，他的记忆在欺骗他；他记忆中的东西从来没有存在过，都是鬼影幻象，而且一直都是这样，纯粹是他想象出来的东西。想到这一点，他很是害怕。

到了晌午，他不再继续寻问，而是返回了皮乌拉市中心。在回警局以前，他觉得热烘烘的，便在拐角喝了一杯汽水。街上已是一片闹声喧天，挤满了私家车、公交车，到处是穿着校服的学生。卖彩票和其他小玩意的商贩大声地叫卖他们的商品，汗津津、急匆匆的人群挤满了人行道。这时，他突然记起了他的表兄弟雷昂兄弟家以前住的街名和门牌号：莫罗蓬街十七号。就在曼加切利亚区正中心。他眯起双眼，仿佛又看见了那栋小平房暗淡苍白的门脸、那一扇扇装着栅栏的窗户、那一个个放着蜡花的花盆架和那家奇恰酒铺，酒铺上头总有一根竹竿挑着一面小白旗，表明那里供应新鲜的奇恰酒。

他打了个摩的去桑切斯·赛罗大道。他感觉到成滴的大汗淌过脸庞，浸湿了后背。他步行走入了那座由大街小巷、半月形花园、死胡同和空地组成的迷宫，也就是曾经的曼加切利亚区。据说，这个街区叫这个名字是因为在殖民地时期，这里住的是从马达加斯加运来的马尔加切奴隶。那里的一切也人事全非、面目一新了。泥土街道如今铺上了柏油，房屋砌着砖墙，抹上了水泥，有了几栋高楼，有了公共照明，街上再不见奇恰酒铺，也不见驴子，只有流浪狗。混乱有了秩序，街道变得笔直，彼此平行。已经没有任何东西像他记忆中的曼加切利亚了。这个街区变得体面了，但也变得乏味、没有个性了。不过，莫罗蓬街还在，十七号也在。只不过，他找到的不再是他表兄弟们的小房子，而是一家大机械行，挂着巨幅广告，上面写着"出售各种品牌的轿车、大小货车、客车零配件"。他走了进去。店里空旷而昏暗，一股油味。他在里面见到装到一半的车身和引擎，听到焊接的噪声，也看到有三四个穿着蓝色工作服的工人，弯着腰修理他们的机器。广播里放着一首热带雨林音乐，《孔塔玛纳姑娘》。他进到一间办公室里，里面有一台风扇呜呜吹着，一个非常年轻的女人坐在一台电脑前。

"您好。"利图马说道，一边脱下警帽。

"有什么能为您效劳吗？"那姑娘看着他，带着一丝不安，人们常常会这样看着警察。

"我在调查以前住在这里的一户人家，"利图马指指这家店，对她说道，"当时这里不是一间车行，而是一间小民房。他们姓雷昂。"

"据我记得，这里一直是一家机械行。"那姑娘说。

"您很年轻，不可能记得的，"利图马回答道，"但是，也许这里老板会知道。"

"您要是愿意，可以等他。"姑娘给他指了指一把椅子。接着，她的脸突然一亮："哎呀，我多傻呀。当然啦！机械行老板就姓雷昂，何塞·雷昂先生。也许他能帮到您。"

利图马跌坐在椅子上。他的心跳得很猛。何塞·雷昂先生。操他娘的。就是他，就是他的表兄弟何塞。他肯定就是硬杆子之一。不然还能是谁呢？

他等呀等，焦躁不已，坐立不安，觉得每分钟都很漫长。硬杆子何塞·雷昂终于出现在机械行里，他如今胖乎乎的，挺着大肚子，稀疏的头发间有绺绺白发,而且,还穿得像个白人阔佬似的,穿着西装、有领衬衫,鞋子擦得跟镜子一样亮。尽管如此,利图马还是一眼就认出了他。他激动地站起身来,张开双臂。何塞没有认出他来,他惊讶地将脸凑得很近,打量着他。

"我看得出来,你不知道我是谁嘛,表兄弟,"利图马说,"我变了这么多吗?"

何塞咧嘴大笑。

"我简直无法相信,"他也张开双臂喊道,"利图马!真是大惊喜啊,兄弟。这么多年了,切哇。"

两人拥抱着,彼此拍打着,看得那位办公室女郎和工人们很是惊讶。他们微笑着热烈地彼此打量。

"你有时间喝杯咖啡吗,表兄弟?"利图马问道,"或者你希望我们晚一点儿或者明天见面?"

"我处理两三件小事,然后我们就去回忆一下硬杆子们的时代,"何塞说着又拍了他一下,"你坐,利图马。我很快就完事。真是太高兴了,兄弟。"

利图马重在椅子上坐下,他从那里看见雷昂查看书桌上的文件,跟女秘书在几本大部头里查了些什么东西,走出办公室在机械行里巡了一周,视察机械师们的工作。利图马注意到他是多么自信地下达命令、接受员工的问候,也注意到他是多么自如地做出指示或解决疑难。士别三日啊,表兄弟,他想道。他很难将那个年轻时光着脚在曼加利亚区的羊群、驴群之间跑来跑去的、邋里邋遢的何塞与这位大中午便穿着隆重的三件套西装和皮鞋的大机械行阔老板联系在一起。

利图马挽着何塞的胳膊,两人出门来到一家名叫"美丽皮乌拉"

的咖啡餐厅。他的表兄弟说,这次相遇值得庆祝,便点了啤酒。他们为过去的时光干了一杯,满怀思念地聊了很久那些共同的回忆。当年何塞开这家机械行时,猴子是他的合伙人。但是,后来他们有了分歧,他便退出了这门生意,可是,兄弟俩一直还是很团结的,还常常见面。猴子结婚了,有三个孩子。他在市政府工作了几年,后来开了个砖瓦厂。他混得不错,皮乌拉有很多建筑公司给他打电话,尤其是现在,这段时间有不少新街区出现,有很多肥差。所有的皮乌拉人都梦想着能有自己的房子,能顺风顺水真是太棒了。何塞也没什么可抱怨的。一开始很艰难,有很多竞争,但是,他的服务质量慢慢占了上风,如今哪,不是他自吹,他的机械行是城里最好的几家之一。活多得干不过来,感谢上帝。

"也就是说,你和猴子不再是硬杆子,不再是曼加切人,而成了白人阔佬,"利图马开玩笑道,"只有我还是穷得叮当响,我会永远当个条子的。"

"你在这儿待了多久了,利图马?你之前为什么不找我呢?"

警长撒谎说没多久,还说他打听了他们的下落,但一直没结果,最后他才想起来到旧城区里转一圈。就这样,他直直地撞见了莫罗蓬街十七号。他想不到那片满是破落茅屋的流沙地竟会变成这样。还有一家叫人肃然起敬的机械行!

"时代变了,好在是越变越好了,"何塞赞同地说,"对于皮乌拉和秘鲁来说,这是一个大好时代,表兄弟。但愿能一直这样,大吉大利啊。"

他也结婚了,娶了一个特鲁希略女人。但是这场婚姻是一场灾难。他们水火不容,已经离了婚。他们有两个女儿,跟她们的母亲住在特鲁希略。何塞偶尔去看看她们,她们假期会过来跟他住。她们在上大学,大女儿学牙科,小女儿学药物学。

"祝贺你啊,表兄弟。她们俩都会成为专业人士,多么幸运啊。"

然后,当利图马正准备在谈话中提起那个皮条客的名字时,何塞好像读懂了他的心思一样,抢先说道:

"你还记得何塞费诺吗,表兄弟?"

"我怎么会忘记那个龟儿子呢?"利图马叹了口气。在一段长长的停顿后,他好像没话找话似的问道:"他怎么样了?"

何塞耸耸肩,做了一个鄙视的表情。

"我有好多年没有任何消息了。他走上邪道了,你知道的。他靠女人生活,有一些婊子为他工作。他是越发变坏了。猴子和我跟他分开了。他时不时地来敲我们一笔,跟我们说他周身病痛,还有债主威逼。他甚至因为一桩罪行而卷入了一件不光彩的事情当中,被控同谋罪或是包庇罪。他要是哪一天在什么地方被他喜欢的那些坏人给杀了,我也不会惊讶的。他现在正在某个监狱里蹲得发臭吧,谁知道呢。"

"确实,为非作歹就像蜂蜜吸引苍蝇那样吸引着他,"利图马说,"那个贱胚生来就是当罪犯的料。我不明白当初我们为什么会跟他混在一起,表兄弟。而且,他还是加利纳塞拉人,我们可是曼加切人。"

利图马本来一直心不在焉地看着表兄弟的一只手在桌上的动作,却在这一刻注意到,何塞正用拇指指甲在满是刻纹、烧痕和污渍的粗糙桌板上画线。他几乎窒住了呼吸。他定睛看去,并一遍遍地对自己说,他没有发疯,也没有着魔。他的表兄弟无意识地用指甲勾画的正是一只只小蜘蛛。是的,小蜘蛛,就像菲利西托·亚纳克收到的那些匿名威胁信中的一样。他没有在做梦,也没有出现幻觉,他妈的。小蜘蛛,小蜘蛛。操他娘的,操他娘的。

"我们现在有一件很见鬼的麻烦事,"他掩饰着自己的紧张,指着桑切斯·赛罗大道喃喃道,"你大概听说了。你可能已经在《时代报》上看过纳利瓦拉运输公司老板菲利西托·亚纳克写给敲诈犯的信了。"

"皮乌拉最带种的人,"他的表兄弟赞道,他的眼里闪着钦佩之情,"我不止像所有的皮乌拉人一样读过那封信,我还把它剪了下来,叫人框了起来,就挂在我办公室的墙上,表兄弟。皮乌拉这些软蛋企业家和商人在黑社会面前脱了裤子任人玩,付给他们保护费,菲利西托·亚纳克是这些家伙的榜样啊。我认识菲利西托先生好长时间了,我们机械行为纳利瓦拉运输公司的客车和货车进行修理和调校。我给他写了几句话,为他在《时代报》上刊登的信而叫好。"

他用胳膊肘戳了一下利图马,指了指他肩章上的杠杠。

"你们有义务保护这个家伙,表兄弟。如果黑社会派杀手结果了菲利西托先生,那可真是桩悲剧。你也看到了,他们现在已经把他的公司烧了。"

警长看着他,点着头。这样的愤怒和钦佩之情不可能是装出来的;是他搞错了,何塞用指甲划的不是小蜘蛛,只是几条线。是巧合,是偶然,常常会这样。然而,就在这时,他的记忆再次反转,因为,他渐渐更加清楚明了地回想起来,他记起来了。从他们小时候开始,他的表兄弟何塞才是那个真正会老是用铅笔、树枝或小刀画些小星星的人,那些小星星看起来就像是小蜘蛛,不是那个拉皮条的何塞费诺。这回忆清楚得令他颤抖。当然了,当然了。是何塞。早在他们认识何塞费诺很久以前,何塞就老是在画画了。猴子和他本人因为何塞的这个怪癖嘲过他很多次。操他娘的，操他娘的。

"我们什么时候能一起吃个午饭或是晚饭？让你见见猴子，利图马。他见到你会多高兴啊！"

"我也会很高兴，何塞。我最美好的回忆可都在皮乌拉。这还用说嘛！我们在一起的那段时间，硬杆子的时代。我觉得，那是我一生中最好的日子。那时候我很幸福。然后灾祸就临头了。而且，据我记得，你和猴子是我在这世上仅有的亲戚啦。看你愿意什么时候，你们告诉我日子，我来找你们。"

"那么，吃午饭好过吃晚饭，"何塞说，"我嫂子丽塔可是个醋坛子，她吃起猴子的醋来，你是想象不出来的。他每次晚上出去，她都会跟他大闹一场，快像要揍他了。"

"那就吃午饭，没问题。"利图马心中很不平静，他害怕被何塞猜出盘旋在他脑子里的念头，便找了个借口道别了。

他往警察局走时呼吸困难，满心慌乱，不知所措。他甚至不太清楚自己正走在什么地方。一辆卖水果的三轮车穿过拐角时差点儿卷翻了他。当他到达警局时，希尔瓦上尉一见到他，便察觉到了他的情绪。

"你可别现在来给我乱上添乱啊，利图马，"他从书桌前站起身来警告道，他的怒气让那间小办公室都颤动了，"你这是出了什么屁事？有什么人死了吗？"

"是对何塞费诺·罗哈斯就是画小蜘蛛的人的怀疑死了，"利图马含糊地说，一边摘下警帽，用手帕擦了擦汗，"原来，嫌疑犯不是那个拉皮条的，而是我的表兄弟何塞·雷昂。就是我跟您说过的硬杆子之一，上尉。"

"你是在耍我吗，利图马？"上尉迷惑地嚷道，"你给我解释一下你刚刚说的这些蠢话该怎么理解。"

警长坐了下来,试图让风扇的凉风直吹到他的脸上去。利图马非常详细地向警察局长讲了他这天上午遇到的所有事情。

"也就是说,现在是你的表兄弟何塞在拿指甲画小蜘蛛喽,"上尉怒了,"而且,他明知菲利西托·亚纳克的小蜘蛛和纳利瓦拉运输公司是整个皮乌拉的谈资,他竟还无比莽撞地在一名警长面前暴露了自己。我看你脑子里是一团糨糊啊,利图马。"

"我不能肯定他那时候用指甲画的是不是小蜘蛛,"他的下级内疚地道歉,"我可能在这一点上也搞错了,我求您原谅我。我已经什么都不能确定了,上尉,包括我脚踏的这片土地。是的,您说得对。我的脑袋就像是一锅蟋蟀。"

"倒不如说是一锅小蜘蛛,"上尉笑了,"那么现在,看看谁来了。就差您来了。上午好,亚纳克先生。请进,请进。"

利图马一看运输公司老板的表情,就知道有很严重的事发生了:黑社会又来信了吗?菲利西托脸色发青,眼圈发黑,嘴半张着,状似痴呆,两眼惊恐地大睁着。他刚刚摘下帽子,他的头发乱成一团,好像他忘记梳头了似的。他一直都是穿着很得体的,可现在,他的马甲扣错了扣子,第一颗扣子扣入了第二个扣眼中。他的外表看起来荒唐、邋遢,又滑稽。他说不出话来。他没有回应上尉的问候,只是从口袋里取出一个信封,手颤抖着将信封递给了上尉。他似乎比任何时候都要矮小、脆弱,简直像一个小矮人。

"操他娘的。"警察局长含糊地骂道,一边将信取出,开始高声朗读:

敬爱的亚纳克先生：

　　我们告诉过您，您的固执和您在《时代报》上的挑衅会产生令人不快的后果。我们告诉过您，您会后悔自己不肯通情达理一些，不肯跟我们协商。我们只想为您的生意提供保护，为您的家庭带来安全。我们总是言出必行的。我们手上有一位您钟爱的人，我们会一直扣住这个人，直到您让步，跟我们达成协议。

　　我们已经知道您有去向警察抱怨的不良习惯，好像这能有什么用似的。但是，我们猜想，为了您自己好，您这一次会适当地守住秘密。叫人知道我们手上有这个人，对谁都没好处，尤其是如果您希望这个人不要因为您的另一次鲁莽行事而受苦的话。这件事应该只有您知我们知，也应该秘密、快速地解决。

　　您既然喜欢使用报刊媒体，那就在《时代报》上登一则小小的声明，感谢阿亚瓦卡被俘获的基督为您降下神迹。这样，我们就知道您同意我们向您提出的条件了。我们说到的这个人就会立刻毫发无伤地回到家中。否则，您可能就再也不会知道这个人的消息了。

　　愿上帝保佑您。

虽然没看到，但利图马猜到那封信的落款便是那只小蜘蛛。

"谁被绑架了，亚纳克先生？"希尔瓦上尉问。

"玛贝尔。"运输公司老板窒息一般一字一句地说道。利图马看到这个小个子男人眼眶湿润，大颗的泪珠流过他的双颊。

"请坐，菲利西托先生。"警长把自己坐的那把椅子让出来，扶他坐下。

运输公司老板坐下来，用双手捂住脸。他慢慢地、静静地哭泣着。他瘦小、虚弱的身体不时猛地颤抖起来。利图马为他难过。可怜的男人，那些龟儿子现在算是找到让他服软的方法了。太不应该了，太不公平了。

"我可以向您保证一件事，先生，"上尉似乎也被菲利西托·亚纳克的遭遇所打动，"他们不会碰您的女朋友一根头发的。他们是想吓唬您，再没别的了。他们知道伤害玛贝尔对他们没有一丁点儿好处。他们知道自己手上是一个碰不得的人。"

"可怜的姑娘，"菲利西托·亚纳克抽噎着说道，"这是我的错，是我把她卷进来的。她会怎么样啊？我的上帝，我永远都不会原谅我自己。"

利图马看着希尔瓦上尉那张挂着一抹黑须的圆脸从难过变成了愤怒，又转为同情。利图马看着上尉伸长胳膊，拍了拍菲利西托先生的肩膀，然后将脑袋伸向前，坚定地对他说：

"我用我所拥有的最神圣的东西，也就是以我母亲的名义向您发誓，玛贝尔不会有事的。他们会将她毫发无伤地送还回来。以我母亲之名起誓，我会解决这个案子，这些婊子养的会付出沉重的代价。我从来不发这样的誓，菲利西托先生。您是一个很有种的男人，整个皮乌拉都这么说。您别现在撑不住了，求您了。"

利图马很是震撼。警察局长说的不假：他从来不会像刚才那样发誓。他觉得自己的劲头也鼓起来了：他会做到的，他们会做到的。他们会逮住这帮黑社会。这些臭东西会后悔他们对这个可怜人做出这种混账事来的。

"我不会现在撑不住的，永远都不会。"运输公司老板擦干眼睛，喃喃说道。

8

　　米奇和埃斯科比塔非常准时，就在上午八点整。卢克莱西亚亲自为他们打开门，他们亲了亲她的脸颊。然后，当他们在小客厅里坐定，胡斯蒂尼亚娜便过来问他们想喝点儿什么。米奇要了一杯告尔多咖啡①，埃斯科比塔则要了一杯带汽的矿泉水。那是一个灰蒙蒙的上午，几片云低垂在墨绿色海面上，海上泛着从利马海湾打过来的泡沫。在远海，可以看见几艘小渔船。伊斯马埃尔·卡雷拉的儿子们穿着深色三件套西装，打着领带，衣服口袋里放着小手帕，手腕上牛气哄哄的劳力士闪闪发亮。当他们看到里格贝尔托进来时，都站起身来："你好，叔叔。"该死的习惯，这位屋主人想道。这几年来，在利马的年轻人当中有个相当流行的潮流，就是管所有熟人和上了年纪的人都叫"叔叔""阿姨"，捏造一种并不存在的亲属关系。不知道为什么，这种潮流叫里格贝尔托很是恼火。米奇和埃

---

① 告尔多（cortado），又译"康塔多"，一种加入少量牛奶调配而成的特浓咖啡。

斯科比塔跟他握了手，冲他微笑，对他那么亲热，热情得有点儿假。"你看上去真精神，里格贝尔托叔叔""退休生活很适合你啊，叔叔""自从我们上次见到你，我都不知道你又年轻了几岁"。

"从这儿望过去，很漂亮啊，"最后，米奇指着防波堤和巴兰科的海说道，"天气晴朗的时候，能从拉蓬塔直望到乔里约斯，不是吗，叔叔？"

"我还能看见所有那些乘着三角翼和滑翔伞、擦着这栋楼的窗户经过的家伙，他们也能看见我们，"里格贝尔托说，"有一天，一阵风就会把某个勇敢的滑翔者刮进我们屋子里来。"

他的"侄儿"们夸张地笑起来，附和着这个玩笑。他们比我更紧张，里格贝尔托惊讶地想道。

他们是双胞胎，但是，除了身高、体格和恶习缠身以外，他们一点儿也不相像。他们会在维拉俱乐部或是雷加塔斯俱乐部的健身房里花上很多个小时健身、举重吗？他们的生活放荡不羁，喝酒、嗑药、纵酒寻欢，怎么还能保有这一身肌肉呢？米奇的脸圆圆的，表情志得意满，嘴很大，一口牙齿恍若食肉野兽，还长了一双招风耳，长得很白，简直像个美国佬；发色很浅，时不时地会很机械地微笑，好像一个关节玩偶。埃斯科比塔则皮肤黝黑，深的眼睛很是敏锐，他嘴唇极薄，声音尖细刺耳，留着弗拉门戈歌手或斗牛士那种长长的鬓角。哪一个更笨？里格贝尔托想道，哪一个又更坏呢？

"你现在把时间都空下来了，就不想念办公室吗，叔叔？"米奇问。

"实际上，并不想念，侄儿。我看很多书，听优美的音乐，我会沉浸在我的艺术书籍中好几个小时。我一直喜欢绘画多过保险，伊斯马埃尔大概对你说起过。现在，我终于可以将大量时间投入其中了。"

"你搞的这间图书馆可真赞啊,叔叔,"埃斯科比塔指着隔壁书房里摆放整齐的书架嚷道,"好多书啊,真见鬼了!你已经全都看过了吗?"

"嗯,还没有全看过,"这个更粗蠢,他想,"有些只是供查阅的书,像是角落里那个书架上的字典和百科全书。但是,我的观点是,一本书放在家里比放在书店里更让你有可能读它。"

两兄弟茫然地看着他,无疑在纳闷他是在开玩笑,还是在说真的。

"有这么多艺术书籍,就好像你把世界上所有的博物馆都搬进了你的书房似的。"米奇故作狡黠、智慧地说。然后,他总结道:"这样,你不用费事离开家就能参观各大博物馆,多舒服啊。"

"这家伙蠢到这份儿上,倒透出点儿聪明劲儿来啦。"里格贝尔托突然想到。没法知道哪一方更蠢:伯仲之间啊。小客厅里笼罩着一股无比沉重、漫长的沉默。为了掩饰紧张感,他们三个都望着书房。是时候了,里格贝尔托想道。他微微有些害怕,但也很好奇,想知道会发生什么事。待在自己的地盘上,被自己的书籍和版画环绕着,他很荒唐地觉得自己受到了保护。

"好吧,叔叔,"米奇说道,他飞快地眨着眼,手指举在空中,指着他的嘴,"我想已经是时候让我们直面问题,说说那些令人伤心的事情了。"

埃斯科比塔继续从他那已半空的杯子里喝着矿泉水,一边发出漱口般的声响。他不停地挠着前额,一双小眼睛从他的兄弟身上跳到里格贝尔托身上。

"伤心?为什么伤心,米奇?"里格贝尔托摆出一副惊讶的表情,

"发生了什么事，孩子们？我们又有小麻烦了吗？"

"你很清楚发生了什么事，叔叔，"埃斯科比塔嚷道，他的声音里有一丝受了侮辱的意味，"求你别装。"

"你是说伊斯马埃尔？"里格贝尔托装傻，"你们是想跟我谈他吗？谈你们的父亲？"

"我们现在是利马的笑料和谈资。"米奇表情夸张，起劲儿地咬着自己的小指头。他说话时也不把手指从嘴里拿开，声音娇气做作。"你肯定也发现了，因为连石头都发现了。这城里，也许整个秘鲁，都再也不聊别的八卦。我这辈子从来没想过我们家会被卷到这种丑闻里去。"

"一桩你本可以使之避免发生的丑闻，里格贝尔托叔叔。"埃斯科比塔痛苦地说道，还摆出一脸哭相。到现在，他似乎才发觉他的杯子已经空了。他将杯子放到中间的茶几上，小心得有些夸张。

先是做戏，然后是威胁，里格贝尔托估计。当然，他很不安，但是，他对正在发生的事情感到越来越好奇。他像观看一对蹩脚的演员一样观察着这对双胞胎。他摆出一张全神贯注、殷勤讨好的脸。不知道为什么，他很想笑。

"我？"他假装惶恐，"我不知道你想对我说什么，侄儿。"

"我爸爸一直听你的话，"埃斯科比塔语气非常强烈地说道，"你也许是唯一一个他会理会的人。你很清楚这一点，叔叔，所以，求你别装了。我们来这里不是玩猜谜游戏的。求你了！"

"如果你向他建议，如果你反对，如果你让他看到他要做的事有多么荒唐，这场婚事就不会成。"米奇在桌子上轻轻一拍，肯定地说道。现在，他已经变了模样，那双浅色眼眸的深处有一条小小的毒蛇在爬行。他的声音也激动起来。

里格贝尔托听到从楼下的防波堤传来一点儿音乐声：这是磨刀匠吹的哨笛声。他总能在同一时刻听到这乐声。那磨刀匠是个很准时的人。他得当面见一见这个人。

"而且，这桩婚事没有任何价值，因为它纯粹就是垃圾，"埃斯科比塔修正他兄弟的话，"一场没有任何法律效力的闹剧。这你也是知道的，叔叔，因为你好歹是律师。所以，我们就脱掉裤子敞开来说，如果你愿意的话。一就是一，二就是二。"

这蠢货到底想说什么？里格贝尔托先生心里纳闷。他们将谚语当作万金油一样随意乱用，都不知道这些话是什么意思。

"如果你及时通知我们我爸爸在暗中谋划些什么，我们哪怕报警，也会把这件事制止下来。"米奇继续说。他说话时还带着强装的伤心，但是，他已经无法避免自己的声音里带出一丝狂怒了。现在，他那双有些阴沉的小眼睛正威胁地盯着里格贝尔托。

"可你，没有通知我们，反倒帮着瞎胡闹，甚至还作为见证人签了字，叔叔。"埃斯科比塔抬起手，在空中愤怒地一挥，"你就在纳尔西索旁边签了字。你们把司机，那个可怜的文盲，拖到了这场非常非常丑陋的阴谋当中。这样利用一个无知的人，不仗义啊。说真的，我们没想到你会这样，里格贝尔托叔叔。我想不到你竟会参加这一场荒唐透顶的闹剧。"

"你让我们失望了，叔叔，"米奇最后收尾，他一直动来动去，好像衣服穿得太紧了似的，"这就是令人伤心的事实：失——望。就是这样的感觉。告诉你这一点叫我很难过，可就是这样。我当着你的面，无比坦率地对你说，因为这就是令人伤心的事实。你对发生的事情负有重大责任，叔叔。不止我们这么说，律师们也这么说。我们脱掉裤子敞开来告诉你吧，你不知道你有多危险，这事可能会给你生活的私人方面和另一方面都带来很坏的后果。"

另一方面是哪一方面？里格贝尔托先生心想。他们俩都越说越大声，一开始的亲热礼貌和微笑都已化为乌有。双胞胎如今都非常严肃；他们已经不再掩饰心中的不满。里格贝尔托面无表情，一动不动地听着他们说话，表面上很平静，但其实他并不这么觉得。他们会提出来给我钱吗？他们会用雇用杀手来威胁我吗？他们会冲我掏左轮手枪吗？对于这兄弟俩来说，一切都有可能。

"我们来不是为了责备你。"埃斯科比塔突然改变了策略，重新放软了声音。他微笑着，轻抚着一侧的鬓角，但是，他的微笑中带有某种扭曲而好战的意味。

"我们很爱你，叔叔，"米奇叹着气肯定地说，"我们从出生起就看见你，你就像是最亲近的亲人。只是……"

他想不过来了，便张着嘴，眼神踌躇地停在那里，傻愣愣的。然后，他选择继续愤怒地啃自己的小指头。是的，这是比较粗蠢的那个。里格贝尔托心里确定。

"感情是相互的，侄儿们，"他利用这段沉默插进去一句话，"请平静下来。让我们像理性、文明的人一样谈谈。"

"这一点你比我们更容易做到。"米奇高声回答道。当然，里格贝尔托想，他并不知道自己在说什么，但是，他有时候倒能蒙对。"刚刚娶了自己的女仆，娶了一个愚昧无知、长着虱子的土著女人的又不是你的父亲，而是我们的父亲。他把我们变成了利马所有体面人家的笑话。"

"而且，这场婚姻屁都不值，"埃斯科比塔再次说道，一边疯狂地手舞足蹈，"一场没有任何法律效力的胡闹。我猜你很清楚这件事，里格贝尔托叔叔。所以，别再装糊涂蛋了，这一点儿不适合你。"

"我应该清楚什么事,侄儿?"他非常镇静地问道,带着一股看起来似乎很真实的好奇,"我希望你能给我解释一下糊涂蛋这个词的意思。它是蠢货的同义词,不是吗?"

"我是想说,你因为全然的无知而卷入了一场大麻烦里,"埃斯科比塔爆发了,"一场他娘的大麻烦里,如果你允许我这么放肆的话。也许你不是故意的,还以为是在帮你的好朋友呢。我们相信你是一片好意。但是,这已经不重要了,因为对所有人来说,法律就是法律,这次尤其如此。"

"这件事可能会给你和你的家人在私人方面带来严重问题,"米奇可怜起里格贝尔托来,他一边说一边又将小指头插入了嘴里,"我们不想吓你,但是事情就是这样。你绝不该在那张纸上签字。我是在客观、公正地告诉你这一点。当然,还要加上我对你的满腔热爱。"

"我们告诉你是为了你好,里格贝尔托叔叔,"埃斯科比塔说道,"虽然你不会相信,但我们更多的是在想着你的利益,而不是我们的。但愿你不要后悔犯了这个错。"

很快,他们就会开始歇斯底里。这两个畜生会揍我的,里格贝尔托推测。双胞胎兄弟渐渐被暴怒左右,他们的目光、表情和手势都越来越有攻击性。我得靠拳头自保吗?他想。他都不记得自己上一次打架是在什么时候了,但肯定是在拉雷科莱塔中学,某一次课间休息的时候。

"我们跟利马最好的律师进行过各种咨询。我们知道自己在说什么。所以,我们可以向你保证,你卷入了一场该死的非常大的麻烦里了。请原谅我对你说了粗话,但是,我们男人就应该直面事实。

你最好能了解情况。"

"因为同谋罪和包庇罪。"米奇语气庄严地解释,他很慢、很慢地一个词、一个词地说,注入更多的好战意味。他说话一直跑音跑调,他的眼睛恍若两支蜡烛。

"对婚姻的撤销已在进行当中,判决很快会下来,"埃斯科比塔告诉他,"所以,你最好帮我们,里格贝尔托叔叔。我是说,这对你最好。"

"更确切地说,我们不是希望你帮我们,而是帮我爸爸,里格贝尔托叔叔。帮你一辈子的老友,帮一个对你来说像是大哥哥一般的人。也帮你自己,让你能从这场你害得自己和我们陷进去的操他娘的大麻烦里摆脱出来。你发现了吗?"

"坦白地说,没有,侄儿。我什么也没发现,我只发现你们的情绪很激动,"里格贝尔托平静地责备他们,但态度亲切,还对他们微微笑着,"你们俩同时在讲话,所以,我得承认你们让我有点儿头晕眼花。我不是很明白这是怎么回事。为什么你们不冷静一下,慢慢地告诉我,你们希望我怎么样呢?"

双胞胎兄弟以为他们赢了这一局吗?他们就是这么想的吧?因为他们的态度突然缓和了下来。现在,他们笑嘻嘻地看着他,点着头,彼此之间心照不宣、心满意足地看来看去。

"是的,是的,请原谅,我们有点儿鲁莽了,"米奇抱歉地说,"你知道我们很爱你,叔叔。"

他的耳朵跟我的一样大,里格贝尔托想道。但是,他的耳朵会扇来动去,我的却不会。

"特别是请原谅我们对你大声嚷嚷来着,"埃斯科比塔接着说,他一直没来由地用手拍打着空气,像一只狂躁的小猴子,"不过,现在事情弄成这样,也只能这样了,你得理解。我爸爸那老糊涂发的这场疯让米奇和我也拗起来了。"

"事情很简单,"米奇解释道,"我们很理解,我爸爸是你公司里的老板,你不能拒绝作为见证人在那张证书上签字。倒霉的纳尔西索也一样。法官当然会考虑到这一点。这会为你们减轻罪行。你们什么事都不会有。律师们都为此担保了。"

在他嘴里,律师这个词就像是一根魔杖,里格贝尔托好笑地想着。

"你们错了,纳尔西索和我都不是因为我们是你爸爸的下属才同意当他的见证人的,"他和蔼地反驳他,"我这么做是因为伊斯马埃尔不但是我的老板,也是一辈子的朋友。纳尔西索也是一样,是因为他一直以来对你父亲抱有深厚感情。"

"那么,你可是给你亲爱的朋友好心办了坏事儿啦。"埃斯科比塔又发起怒来;现在,他的脸已经涨红了,就好像他突然中暑了似的;他深色的眼珠瞪视着里格贝尔托。"老头子不知道自己在干什么。他糊涂好长时间了,有好长时间,他不知道自己在哪儿、自己是谁,甚至不知道自己在干什么,任自己被那个跟他发情胡搞的臭土著女人所迷惑,如果你允许我这么说的话。"

发情胡搞?里格贝尔托先生想。这大概是西班牙语里最丑的一个词了,又臭又恶心。

"我爸爸一直都是一位绅士,你以为如果他心智健全,会娶一个女仆吗?而且,这女仆大概还比他小四十几岁?"米奇帮腔道,他的嘴张得很大,露出一口大牙。

"你相信会发生这种事吗?"现在的埃斯科比塔两眼通红,声音破碎,"不可能的,你很聪明,有文化,你不要自己骗自己,也别试图骗我们。因为不管是你还是谁，都不能把我们当小孩儿耍，我可以告诉你了。"

"如果我认为伊斯马埃尔心智不健全，我就不会同意当他的见证人，侄儿们。我求你们，让我说话。我明白，你们很受打击，当然，这事是很严重。但是，你们应该努力接受既成的事实。这不是你们想的那样。伊斯马埃尔的婚事也令我很惊讶。当然，大家都一样惊讶。但是，伊斯马埃尔很清楚自己在做什么，对这一点，我很肯定。他决定结婚时，神智是完全清醒的，他十分清楚自己要做的事情，也清楚其后果。"

他一边讲，一边看着双胞胎兄弟脸上的愤怒和憎恨越来越盛。

"我估计你大概不敢在法官面前把你说的这些蠢话再重复一遍吧。"埃斯科比塔从座位上站起身来，火冒三丈地向他跨了一步。现在，他脸色不是涨红，而是发青，而且人在发抖。

里格贝尔托先生没有动弹。他等着埃斯科比塔来推搡他，也许打他，但是，这个双胞胎控制住了自己，转过身又坐了下去。他的一张圆脸满是汗水。威胁已经来了，殴打也会来吗？

"如果你想吓唬我，那你做到了，埃斯科比塔，"他带着不可动摇的平静承认道，"或者说，你们俩做到了。你们想听真话吗？我快吓死了，侄儿们。你们年轻、强壮、冲动，你们的前科能让最厉害的人害怕。而我，很清楚你们的前科，因为，你们大概还记得，我有很多次帮助你们摆脱了从小毛头的时候便开始惹来的各种麻烦事和烂摊子：比如你们在普库萨纳强奸了那个小姑娘的时候，你们记得吗？我甚至还记得她的名字：弗洛拉丽萨·洛卡。她就叫这个名字。当然，我也没忘记我得给她的父母带去五万美元，好让你们俩不必因为你们干的好事儿去蹲监狱。我很清楚，如果你们愿意，你们可以把我碾成渣。这一点是明摆着的。"

双胞胎兄弟俩茫然地彼此看看，他们变得严肃起来，他们尝试着微笑，却笑不出来，便暴躁起来。

"你别这样。"最后，米奇说道，他将小指头从嘴里抽出来，在里格贝尔托的胳膊上轻轻一拍，"我们都是很绅士的，叔叔。"

"我们永远不会对你动手的，"埃斯科比塔惊慌地说道，"我们爱你，叔叔，虽然你并不会相信，虽然你签了那份恶心的文件，很对不住我们。"

"让我说完，"里格贝尔托摆着手安抚他们，"虽然我很害怕，但是，如果法官叫我去作证，我还是会对他说实话的。我会说伊斯马埃尔做出结婚的决定时很清楚自己在做什么。我会说他并没有老糊涂，没有痴呆，也没有受阿尔米达或是任何人的迷惑。因为你们的父亲依然比你们俩加在一起还要聪明。这就是绝对的事实，侄儿们。"

房间里再一次陷入沉重而刺人的沉默之中。屋外，白云已转黑，在远处的海平线上，有几道电灯光线，可能是某艘船的聚光灯，也可能是风暴的闪电。里格贝尔托感觉胸中翻腾起伏。双胞胎兄弟俩依然脸色发青，照他们看着他的那副样子，他心里想，他们应该正在百般克制着自己不要扑到他身上将他痛揍一顿。你把我拖进来，可真是害了我啦，伊斯马埃尔，他想。

埃斯科比塔是第一个说话的。他说话时声音很低，就好像要说出一个秘密似的，他紧紧盯着里格贝尔托，眼神里闪着鄙视。

"我爸爸给你钱了，是吗？他给了你多少，叔叔，能问一下吗？"
这个问题来得太意外，问得他瞠目结舌。

"你别误会这个问题，"米奇想打个圆场，他压低了声音，摆着手安抚他,"没什么不好意思的,大家都有需要嘛。埃斯科比塔问你是因为,如果是钱的事儿,我们也愿意酬谢你。因为,说真的,我们需要你,叔叔。"

"我们需要你到法官面前,作证说,你是在压力和威胁之下作为见证人签字的,"埃斯科比塔解释道,"如果你和纳尔西索作了这个证,一切就能进行得更快,这场婚姻也能很快被宣布无效。当然,我们是准备好报答你的,叔叔,很慷慨的报答。"

"帮助都是要报答的,我们很清楚自己生活在一个什么样的世界里,"米奇补充道,"当然,会以绝对秘密的方式。"

"而且,你会帮我爸爸一个大忙,叔叔。那可怜虫现在应该很绝望,不知道怎么逃脱自己因一时软弱而跌入的陷阱。我们会将他救出这场麻烦,他最后会感激我们的,你看着吧。"

里格贝尔托眼睛一眨不眨,身子一动不动地听着他们说话。他僵在座位上,仿佛沉浸在深刻的思考之中。双胞胎兄弟俩焦急地等待着他的回答。沉默持续了将近一分钟。远处,时不时能听到那磨刀匠已很微弱的哨笛声。

"我要请你们离开这栋房子,不要再踏进来一步,"最后,里格贝尔托先生说道,态度一如既往的平静,"说实话,你们比我原本想的还要不堪,孩子们。哎呀,如果说有人从你们还是小毛孩的时候就很了解你们的话,那就是我了。"

"你这是在侮辱我们,"米奇说,"你别搞错了,叔叔。我们尊重你满头白发,但是,也只是这样了。"

"我们不准你这样,"埃斯科比塔拍着桌子说道,"你不会有好果子吃的,我可告诉你。你自己退休后都得走着瞧了。"

"你别忘记,等那老疯子蹬了腿,谁会成为公司的主子。"米奇威胁道。

"我已经请你们离开了，"里格贝尔托说，他站起身来，指着门口，"更重要的是，不要再出现在我的这栋房子里。我不想再见到你们。"

"你以为你能就这样把我们从你家里赶走吗，你个下流胚?"埃斯科比塔说，他也站起身来，握紧了拳头。

"闭嘴，"他兄弟抓住他的胳膊，打断了他，"这事儿不能以打架收场。向里格贝尔托叔叔道歉，说你不该骂他，埃斯科比塔。"

"没必要，你们走了别再回来就够了。"里格贝尔托说。

"是他冒犯了我们，米奇。是他正把我们像赶两条长着疥疮的狗一样赶出他的家门。难道你没听到他说的话吗?"

"道歉，妈的，"米奇命令道，他也站起身来了，"现在道歉。求他原谅。"

"好吧，"埃斯科比塔让步了，他身子抖得像一片树叶，"我为自己对你说的话求你原谅，叔叔。"

"我原谅你，"里格贝尔托说道，"这次谈话已经结束了。谢谢你们来看我，孩子们，早安。"

"我们会更加平静地再谈一次的，"米奇告辞道，"我很遗憾这一回会这样收场，里格贝尔托叔叔。我们本想跟你达成一个友好协议。你这么毫不让步，这事儿得走法院了。"

"这对你没好处，我是一番好意才告诉你的，你会后悔的，"埃斯科比塔说，"所以，你最好再想想。"

"我们走吧，兄弟，你闭嘴吧。"米奇抓住他兄弟的胳膊，拽着他往大门口走去。

双胞胎兄弟俩一离开这栋房子，里格贝尔托便看到卢克莱西亚和胡斯蒂尼亚娜一脸惊恐地出现了。胡斯蒂尼亚娜手上拿着实心的擀面杖当作伤人的武器。

"我们都听到了,"卢克莱西亚抓住丈夫的手臂说道,"他们要是对你做任何事,我们早准备好进来干涉,扑到那两条鬣狗身上去。"

"啊,擀面杖就是用来干这个的。"里格贝尔托一问,胡斯蒂尼亚娜就在空中挥舞着她的临时棍棒,非常严肃地说道。

"我手上拿着烧火铁棍呢,"卢克莱西亚说,"我们能把那两个强盗的眼珠子给挖出来。我向你发誓,亲爱的。"

"我表现得很不错,不是吗?"里格贝尔托挺起胸膛,"我一刻也没有被这两个蠢货给吓住。"

"你表现得就像一位大英雄,"卢克莱西亚说,"至少这次,是机智打败了蛮力。"

"像个爷们儿,先生。"胡斯蒂尼亚娜也附和道。

"这一切,一个字都不要告诉丰奇托,"里格贝尔托吩咐道,"那孩子已经够头疼的了,不能再去烦他。"

她们俩表示同意,然后,三个人便突然同时笑开了。

9

菲利西托·亚纳克在《时代报》上登出第二次声明(与第一次不同,这次是匿名刊登)六天以后,绑匪们还是不见动静。利图马警长和希尔瓦上尉虽然百般努力,还是没能找到玛贝尔的半点儿踪迹。绑架案的消息还没有见报,但希尔瓦上尉说这样的奇迹不会持续多久;纳利瓦拉运输公司老板的案子在整个皮乌拉引起了极大的关注,这么重要的一件事肯定很快会成为报纸、电台、电视台的头版新闻。人们随时可能知道这一切,拉斯科楚恰上校会再发一场大火,他会破口大骂,粗言秽语,捶胸跺脚。

利图马很了解他的上司,知道警察局长有多不安,虽然局长并没有说出来,而是假装镇静,继续跟往常一样说话恬不知耻、色情下流。毫无疑问,他会跟利图马一样,心想画小蜘蛛的黑社会是不是做过了头;菲利西托先生的情妇,那个黑发美女是不是已经死了,被埋在郊外的哪个垃圾堆里了。每次与被这场不幸折磨着的运输公司老板见面,警长和上尉都会被他的黑眼圈、他双手的震颤所打动,动容地看着他话说到一半声音便会哽住，愣在那里，惊恐地呆望着，一言不发，疯狂地眨着泪汪汪的小眼睛。他随时会心脏病发作，在我们面前翘辫子了，利图马担心。他的上司如今抽的烟是以前的两倍，还总把烟头叼在嘴里，咬啊咬，他只在非常担心的时候才这样做。

"如果玛贝尔女士不出现，我们怎么办，上尉？我跟您说，这件事让我晚晚都睡不着觉。"

"那我们就自杀，利图马，"警察局长试图开个玩笑，"我们就玩俄罗斯轮盘赌，这样，我们就能很带种地离开这个世界，就像跟你打赌的那个塞米纳里奥一样。可是，她会出现的，不要这么悲观嘛。他们看了《时代报》上的小声明就知道，或者他们会相信，他们终于把亚纳克打垮了。现在，他们只是要让他再痛苦一会儿，好让这活儿板上钉钉。让我闹心的不是这个，利图马。你知道是什么吗？我怕菲利西托先生昏了头，突然再登个声明翻悔，把计划破坏啦。"

要劝服他可不容易。上尉花了好几个小时给他摆出各种道理，让他当天就在《时代报》上登那个声明，劝他让步。他先是跟他在警局谈，后来又去了"别人的脚"，这是一家小酒吧，他和利图马几乎是用拖的才把菲利西托带到了那里。他们俩看着他一杯接一杯地喝下了半打黑牧豆鸡尾酒，虽然他跟他们说了好几遍，他从来不喝酒。酒会伤他的胃，让他心烧得慌，还拉肚子。但是，现在不一样。他遭到了一场可怕的打击，是他这辈子最痛苦的一次，酒精能让他止住再次痛哭一场的欲望。

"我求您相信我，菲利西托先生，"警察局长耐心地向他解释，"我不是请求您在黑社会面前低头，请理解这一点。我不会劝您照他们的要求掏保护费的。"

"我也永远不会那样做,"运输公司老板颤抖着,但斩钉截铁地反复说着,"就算他们杀了玛贝尔,而我为了不内疚地活着而不得不自杀,我也不会。"

"我只是请您假装一下,仅此而已。让他们以为您接受了他们的条件,"上尉坚持道,"您不用给他们掏哪怕一分钱,我凭我母亲,还有何塞菲塔那个俏娘们,向您发誓。我们需要他们把那姑娘放了,这能让我们追踪到他们的蛛丝马迹。我很清楚我在对您说什么,相信我。这是我的职业,我对这些狗杂种会怎么行动了如指掌。别这么固执,菲利西托先生。"

"我这么做不是因为固执,上尉。"运输公司老板已经镇定下来,他的表情现在又是悲壮又是滑稽,因为有一绺头发垂下来,搭在额头上,盖住了他右眼的一部分;他似乎没有注意到。"我非常爱玛贝尔,我爱她。一个像她这样的人,跟这件事一点儿关系也没有,却成了这些罪犯的贪婪和邪恶的牺牲品,这让我心都碎了。但是,我不能让他们称心如意。这不是为了我,您要明白,上尉。我不能玷污我父亲的英名。"

他沉默了一会儿,望着已经空了的黑牧豆酒杯,利图马想,他可能又要哭了。但是他没有。这个紧紧裹在他那身灰色西装和马甲里的小个子男人只是低着头,不看他们两个,开始回忆起他的父亲来,但他好像不是在对他们说,而是在自言自语似的。几只蓝头苍蝇绕着他们的脑袋嗡嗡叫着飞来飞去,远处,可以听见有两个男人因为一起交通意外在大声争吵。菲利西托说得断断续续,搜肠刮肚,尽力强调他所讲述的那些值得强调的东西,有时候还会情难自已。利图马和希尔瓦上尉很快就明白了,楚鲁卡纳斯的亚帕特拉庄园里的佃农阿里诺·亚纳克是菲利西托一辈子最爱的人,不仅因为他血管里流着阿里诺的血,更是因为多亏了他的父亲,他才得以从贫困中,或者更确切地说,是从他出生时和童年时的贫贱——那是他们都无法想象的贫贱生活——中站起来,最后成为企业家,成为一支拥有许多货车、卡车、客车的车队的主人,拥有一家有信誉的运输公司,光耀了他那卑微的姓氏。他赢得了人们的尊重;认识他的人都知道他正派而高尚。他让他的儿子们受到了良好的教育、过上了体面的生活,让他们有一份职业,还会把纳利瓦拉运输公司这么一家深受客户和竞争者尊重的企业留给他们。这一切不仅是因为他自身的努力,更是得益于阿里诺·亚纳克的牺牲。他不仅是菲利西托的父亲,也是他的母亲和全部家人,因为将他带到这个世界上来的那个女人,他从来就没见过,也没见过其他任何亲戚。他甚至都不知道他为什么会出生在亚帕特拉,这是一个黑人和黑白混血混居的村镇,亚纳克一家是混血土著,也就是说是乔洛人,在那里显得格格不入。他们生活得很孤单,因为亚帕特拉的非黑种人都不跟阿里诺和他的儿子来往。也许是因为他们没有家人,也许是因为父亲不希望菲利西托知道他们是什么人或他的叔伯和表兄弟在哪里,所以他们一直都是独自过活的。他不记得了,当时他还很小,但是他知道,他出生没多久的一天,他母亲就走了,天知道去了哪里、跟谁走的。她再也没出现过。从他记事起,他就记得他的父亲在东家给的一小片土地和东家的庄园里像骡子一样干活,没有周末,没有节假日,一周七天、一年十二个月都是如此。阿里诺·亚纳克将他挣来的微薄收入全都用来让菲利西托吃饭上学,给他买鞋子衣服,买本子铅笔。有时候,父亲会在圣诞节送他一件玩具,或是给他一个铜板,让他可以买个棒棒糖或是皮糖。他不是那种会对孩子一个劲儿亲吻、溺爱的父亲。父亲内敛而严厉,从来不会吻他或抱他,也不曾给他讲过笑话逗他笑。但是他放弃了一切，好让孩子长大了不会像他一样当一个不识字的佃农。在那个时代，亚帕特拉连一所小小的学校都没有，菲利西托不得不从家里走去楚鲁卡纳斯的国立小学，去时走五公里，回来又是五公里。而且，他不总是能碰到好心的司机能让他爬上卡车，省得走着过去。他不记得自己曾经缺过一天课。他一直成绩都很好。他的父亲不识字，所以他得自己将成绩册上的内容念给他听。当菲利西托看见阿里诺听着老师们的赞美之辞，像只孔雀一样骄傲时，就觉得很幸福。因为楚鲁卡纳斯唯一的一所中学没有名额了，为了让菲利西托能够上中学，父子俩不得不来到了皮乌拉。让阿里诺非常开心的是，菲利西托被皮乌拉圣米盖尔联合中学录取了，这是全城最有名的国立学校。在父亲的命令下，菲利西托没有告诉他的同学和老师说自己的父亲在加利纳塞拉区的中央市场以装卸货物为生，也没有说父亲晚上还会乘着市政府的卡车收捡垃圾。这一切的努力都是为了能让儿子上学，让儿子长大后不当佃农、装卸工或垃圾清理工。阿里诺临终前对他的嘱咐，"永远别让任何人糟践你，孩子"，一直是他人生的座右铭。他现在也不会让这些强盗、纵火犯、绑匪，让这帮杂种来糟践他。

"我父亲从没求过施舍，也没让任何人侮辱过他。"他总结道。

"您的父亲应该是一个跟您一样值得尊敬的人，菲利西托先生，"警察局长恭维他，"我永远也不会要求您背叛他，我向您发誓。我只求您装装样子，骗骗人，照他们的要求在《时代报》登出那则声明。他们会以为他们已经将您打垮了，他们会放了玛贝尔。这是眼下最要紧的。他们会暴露，那样我们就能逮住他们了。"

最后，菲利西托先生同意了。他和上尉一起写下了第二天登在报纸上的文章：

感激阿亚瓦卡被俘获的基督

我全心感激阿亚瓦卡被俘获的基督,他以无上慈悲降下我向他祈求的神迹。我会永远感激,愿意追随他那无边智慧和仁慈为我指引的每一步。

一名信徒

他们等待着画小蜘蛛的黑帮分子的踪迹,在那几天里,利图马收到了雷昂兄弟的一个消息。他们已经说服了猴子的老婆丽塔,让猴子晚上出来,这样,他们就不吃午饭,改吃晚饭,定在周六。他们在一家中餐馆碰面,就在劳德斯中学的那座修道院旁边。利图马把警服留在了卡兰恰夫妇的公寓里,穿上了便装,他唯一的一套三件套西装。他先前就将西装送去了洗衣店,让店里把衣服洗一洗、熨一熨。他没打领带,但是,他在一家降价处理的店里买了一件衬衫。去赴表兄弟们的约之前,他还让一个报童给他把皮鞋擦亮,又在一家公共浴室洗了个澡。

对他来说,猴子比何塞更难认出来。猴子确实变了。不仅是外貌上,他也比年轻时胖得多了,没有多少头发了,眼睛下方有紫色的眼袋,鬓角、嘴边和脖子上都有细细的皱纹。他穿一身运动装,衣着优雅,脚上是一双白人阔佬的软帮鞋。他手腕上戴着一条小链子,胸口还挂着一条。但是,他最大的变化是他那种平静、沉着的举止,像一个已经发现了生命的奥秘和与全世界和平相处的方法而非常自信的人。在他身上,再不见年轻时的那种猴模猴样和丢丑卖乖——他的外号便是因此而来。

他很亲热地拥抱了利图马:"再见你真是太好了,利图马!"

"我们就差唱硬杆子之歌啦！"何塞嚷道。然后，他拍着手，让中国老板拿几瓶冰冰凉的库斯科啤酒过来。

一开始，这聚会进行得有些勉强、艰难，因为在重温共同的回忆以后，出现了长时间的沉默，伴随着勉强的笑声和紧张的目光。已经过了好长时间，每个人都过着自己的生活，要唤起当年的同声同气并不容易。利图马不自在地在座位上动来动去，心想也许本该避免这次重聚。他记起了鲍妮法西娅，记起了何塞费诺，胃里有什么东西皱成一团。然而，伴着一盘盘炒饭、中国面条、烤鸭、馄饨和软炸虾，一瓶瓶啤酒空了，他们的热血也随之澎湃起来，说话也更放得开了。他们开始觉得更放松、更自在。何塞和猴子说起了笑话，利图马则催着他的表兄弟再来几个年轻时拿手的模仿秀，比如加西亚神父在他位于梅利诺广场的卡门圣母教区教堂里的布道。猴子一开始还不肯，但是，他马上就鼓起劲儿来，开始像那位爱集邮、爱发火的西班牙老神父一样宣讲，扔出《圣经》上的威慑之词，据传这位神父曾经跟一帮女信徒一起烧掉了皮乌拉历史上第一家妓院，就是开在流沙地里、在往卡塔卡欧斯去的路上、由小琼加的父亲经营的那家。可怜的加西亚神父！硬杆子在街上冲他喊："纵火犯！纵火犯！"这让他多遭罪呀！他们让那火爆脾气的老头子的最后几年时光变成了苦难的折磨。而他，每次在街上与他们相遇时，都会扯着嗓子骂他们："懒汉！醉鬼！自甘堕落！"哎呀，真好笑。多好的时光啊，就像探戈曲里唱的一样，一去不复返啦。

他们用一盘中国水果甜点为这顿晚饭画下句点，但是他们还在继续喝着酒，利图马的头已经成了轻飘飘、乐陶陶的一团乱麻。一切都在转圈，他时不时地会打上一个挡都挡不住的哈欠，差点儿让他把下颌给弄脱臼了。突然，就在这一片半梦半醒、昏昏欲睡中，他发觉猴子开始谈起菲利西托·亚纳克来了。他在问利图马什么事情。他觉得这场刚刚冒头的酒醉烟消云散，他的意识又清醒过来了。

"可怜的菲利西托先生现在怎么样，表兄弟？"猴子又说了一遍，"你应该知道些什么。他还是坚持不肯按要求给保护费吗？小米盖尔和提布尔西奥都很担心，这档子破事儿把他们俩整惨了。虽然菲利西托先生作为父亲对他们俩很严厉，可他们爱他们的老头子。他们担心黑社会会杀了他。"

"你认识菲利西托先生的两个儿子？"利图马问道。

"何塞没跟你说吗？"猴子回答道，"我们认识他们很久了。"

"他们过去常把纳利瓦拉运输公司的车开到行里来修理或调校，"何塞似乎因为猴子的坦白而不太舒服，"他们俩是好人。也不是说我们有多要好，认识而已。"

"我们跟他们赌过好多次，"猴子又说，"提布尔西奥掷骰子很有一手。"

"再跟我说说这两个人，"利图马继续说，"我只见过他们大概两次，当时他们到警察局里来录口供。"

"非常好的人，"猴子肯定地说，"他们因为父亲的遭遇而很难过。虽然老头子对他们似乎很独断专行，让他们在公司里从最底层开始，什么工种都干过。他现在还让他们当司机呢，据说工资跟其他人是一样的。虽然他们是他的儿子，他也不搞特殊。他连一个铜板也没有多付给他们，也不准他们放更多的假。而且，你肯定也知道，他还把小米盖尔扔进了军队，据说是为了治一治他，因为他走上了歪路。多有魄力的老头儿啊！"

"菲利西托先生是那种只偶尔出现在生活中的少见的家伙，"利图马下结论道,"他是我见过的最正直的人。随便哪个别的公司老板都会交上保护费来摆脱掉这场噩梦。"

"好吧,无论如何,小米盖尔和提布尔西奥会继承纳利瓦拉运输公司,然后成为穷光蛋。"何塞尝试着改变话题,"那么,你怎么样,表兄弟?我是说,比如在婆娘的问题上。你有老婆吗?有情人吗?还是几个情人?或者只是嫖妓?"

"你别太过了,何塞,"猴子指手画脚,就像当年一样夸张,"你看你那种疑神疑鬼的好奇心都让咱表兄弟慌神了。"

"你不是还在想着被何塞费诺弄去当了妓女的那姑娘吧,表兄弟?"何塞笑了起来,"都叫她塞尔瓦蒂卡,对吗?"

"我已经不记得那是谁了。"利图马看着天花板说。

"你别给咱表兄弟又提些伤心的事,切哇,何塞。"

"我们还是谈菲利西托先生吧,"利图马提议道,"说真的,多有个性、多带种的男人呀。他可把我给镇住了。"

"谁不是呢,他已经成了皮乌拉的英雄了,几乎跟格拉乌上将一样有名,"猴子说,"他现在变成了这么受欢迎的人,也许黑社会就不敢干掉他了。"

"相反,他们恰恰会因为他这么出名而试图干掉他;他让他们丢了丑,他们是不会允许这种事发生的,"何塞争论道,"这事关黑社会的名声啊,兄弟。如果菲利西托先生这次掌赢了,所有交保护费的公司老板明天就都不会再交保护费了,黑社会就破产啦。你们认为他们会容忍这种事吗?"

他的表兄弟何塞是不是紧张起来了?利图马打着哈欠察觉到何塞又开始用指甲尖在桌板上划一条条小杠了。他没有定睛去看,没让自己像前几天那样自我暗示说他是在画小蜘蛛。

"你们为什么不做点儿什么呢，表兄弟？"猴子抗议道，"我是说，你们这些治安警察。你别生气啊，利图马，可是，警察，至少在皮乌拉这里，就是银样镴枪头。什么都不干，只会收好处。"

"不止是在皮乌拉，"利图马顺着他说，"我们在整个秘鲁都是杆银样镴枪头，表兄弟。不过，我可告诉你，至少我，在我穿上这套警服的这么多年里，我还没找任何人要过任何好处。所以，我活得比乞丐还穷呢。说回菲利西托先生，事实上，事情没有进展，是因为我们没有什么技术手段。那位本来应该帮助我们的笔迹学专家现在正在休假，因为他做了痔疮手术。所有的调查都因为那位先生的屁股受伤而停了下来，你们想想。"

"你是说你们对那些黑社会一点儿线索都没有？"猴子不依不饶，利图马可以发誓，何塞在用眼神求着他的兄弟不要再说这个话题了。

"我们有几条线索，但是没有一条靠得住，"警长说道，"可是，他们迟早会行差踏错。问题是，现在的皮乌拉不是只有一个黑社会活动，而是有好几个。可是他们会落网的。只要他们出岔子，他们就会暴露。可惜直到现在，他们还一个错都没犯过。"

利图马又问了他们一些关于运输公司老板的两个儿子提布尔西奥和小米盖尔的问题，他再一次觉得何塞不喜欢谈这个话题。在某一刻，两兄弟之间出现了自相矛盾：

"事实上，我们认识他们没多久。"何塞时不时地说一句。

"怎么没多久？至少六年了，"猴子纠正道，"你已经不记得提布尔西奥开着一辆小卡车带我们去奇克拉约的那一次了吗？那是多久以前？好久了。当时我们尝试了一个小生意，后来黄了。"

"什么小生意，表兄弟？"

"向北方的公社和合作社售卖农业机器，"何塞说，"那些兔崽子一直不给钱。每一张票据都要唧唧歪歪。我们几乎损失了所有的投资。"

利图马没有再追问。那天晚上，他跟猴子和何塞分了手，感谢他们请他吃中餐。他乘一辆公交车回到公寓，钻到床上。然后，他有好长一段时间都睡不着，想着他的表兄弟们，尤其是何塞。他为什么这么怀疑何塞？只是因为他用指甲在桌子上画的画吗？或者，他的表现是真的有些可疑之处？每当谈话里出现菲利西托先生的儿子们时，何塞就会表现得很奇怪，好像很惊慌似的。或者，这纯粹是自己因为毫无头绪而在瞎猜？他需要将这些疑虑向希尔瓦上尉报告吗？最好等到这一切不这么模糊，等到事情有个影儿再说吧。

然而，他第二天早上做的第一件事就是把一切都告诉了他的上司。希尔瓦上尉认真地听他说完，没有打断他，还一边用一支小得能藏进他手指缝里看不见的铅笔在一本小本子上做着笔记。最后，他嘟囔道："我觉得这里面没有什么重要的东西。没有可以跟的线索，利图马。你的姓雷昂的表兄弟们似乎很干净。"不过，他还是一言不发地沉思起来，嘴里咬着铅笔，好像那是个烟头似的。突然，他做出了决定：

"你知道吗，利图马？我们再去跟菲利西托先生的儿子们谈一谈。照你跟我讲的这些来看，我们对这两个人的底似乎还没挖透。还得再榨一榨。约他们明天过来，当然，分开约。"

就在这个时候，门口的警卫敲响了小办公室的门，他那年纪轻轻、还没长毛的脸从门口探进来：菲利西托·亚纳克先生打电话过来了，上尉。非常紧急。利图马看着警察局长接起老旧的电话，听他咕哝了一句"早上好，先生"。然后，他就看见局长的脸一亮，好像有人刚刚告诉他说他中了大奖似的。"我们这就过去",他尖叫道,然后挂了电话。

"玛贝尔出现了,利图马。她正在卡斯蒂利亚区她自己的小房子里。我们走,快点儿。我不是跟你说过吗?他们相信啦!他们把她放啦!"

他那么高兴,好像已经逮住了画小蜘蛛的黑帮分子似的。

10

"这可真是个惊喜呀。"奥多诺万神父看见里格贝尔托出现在圣器室里,便喊了一声。神父刚刚在这里脱下他主持八点钟弥撒时穿的十字褡。"你竟然在这儿,小耳朵?都这么长时间了。我简直无法相信。"

他是一个身材高壮、性情快活的男人,一双和善的小眼睛在玳瑁眼镜后闪闪发亮,头秃得厉害。在这间墙壁破损掉色、地砖碎裂的小小圣器室里,日光透过一扇挂着蜘蛛网的蒂内教派式窗户照进来,而他似乎占据了室内的全部空间。

他们彼此拥抱,像过去一样亲热;他们有好几个月没见面了,也许有一年了。在拉雷科莱塔中学,他们俩从小学一年级到中学五年级都是同班同学,一直很要好,有一年,他们甚至还同过桌。后来两人都进了天主教大学学习法律,依然经常见面。他们都参加了天主教行动组织①,

---

① 天主教行动组织(Acción Católica),又译"公教进行会""教友行动",为世俗天主教徒为在社会上扩大天主教影响力而成立的组织。

一起上同样的课，一起学习。直到有一天，佩平·奥多诺万给了他的朋友里格贝尔托人生中的一个大意外。

"你别告诉我你出现在这里是因为你皈依了，来这里是想让我听你忏悔，耳朵仔。"奥多诺万神父开着玩笑，一边挽着里格贝尔托的胳膊将他带到自己在教区教堂里的小办公室里，并给他让了把椅子。办公室里有几个书架，放着书和小册子，还有一个十字架、一张教皇的照片和一张佩平父母的照片。有一块天花板塌了，露出建筑用的萄竹和烂泥。这座小教堂是殖民地时期的遗迹吗？它破破烂烂的，随时可能倒塌。

"我来见你是因为我需要你的帮助，就这么简单。"里格贝尔托跌坐下来，然后烦闷地喘了口气，座椅接住他的体重后便"嘎吱"一响。只有佩平还会叫他中学时的外号：耳朵仔、小耳朵。在他少年时，这外号曾让他有些压抑，但现在已经不会了。

那天早上，在天主教大学的咖啡馆里，当时他们刚开始读法律系二年级，佩平·奥多诺万突然向他宣称他们将有一段时间不会见面，因为他这天晚上就要去智利的圣地亚哥，开始新入教者的课业。他的态度自然得仿佛是向里格贝尔托评论一堂民法课或是利马联盟与大学足球联队的最近一场经典赛事。当时，里格贝尔托以为他的朋友是在跟他开玩笑。"你是说你要去当神父啦？你别玩了，伙计。"确实，他们俩都参加了天主教行动组织，但是，佩平从来没有向他的朋友耳朵仔暗示过感受到了主的召唤。但佩平现在对他说的不是玩笑，完全不是，这是他多年来独自一人静静地深思熟虑后的决定。后来，里格贝尔托得知，佩平跟他的父母有很多摩擦，因为他的家人想尽办法劝他不要进神学院。

"好的，伙计，当然，"奥多诺万神父说，"如果我可以帮你一把,我很乐意,里格贝尔托,绝没问题。"

佩平一直都不是会在学校的每一次弥撒接受圣餐的那种虔诚的孩子,神父们会对那些孩子溺爱有加,并试图让他们相信自己负有天命,上帝选中了他们来担当教士之职。他是世界上最正常的孩子、爱运动、爱聚会、爱玩闹,有一段时间,他甚至有过一个爱人,胡利耶塔·马耶尔,她是一个长着雀斑的排球运动员,在圣乌苏拉中学读书。他像拉雷科莱塔的所有学生一样按时参加弥撒,在天主教行动组织中,他一直是一个相当努力的成员。但是,在里格贝尔托记忆里,他并不比其他人更加虔诚,也不曾对有关宗教使命的谈话特别感兴趣,就连神父们偶尔在他们位于乔斯卡的一座乡间别墅里组织的静修活动,他都不常去。不,这不是开玩笑,而是一个不可逆转的决定。他从小就感受到了神的召唤,在决定迈出这一大步之前,他想了很久,但没跟任何人说过。现在,已经没有回头路了。当天晚上,他就出发前往智利了。他们下一次见面是在好几年以后,佩平已经是奥多诺万神父了,他穿着神父装,戴着眼镜,过早地谢了顶,刚开始他不可救药的自行车骑手生涯。他依然是一个简单、和蔼的人,以至于两人每次见面时的某种主旋律便是里格贝尔托对他说:"还好你没变,佩平,还好你虽然是个神父,看起来却并不像。"而佩平每次都会拿他年轻时的绰号耍弄地回敬道:"而你,还是长着那么一对驴子似的玩意儿呀,小耳朵,这是为什么呢?"

"不是关于我,"里格贝尔托向他解释道,"是丰奇托。卢克莱西亚和我已经不知道该拿这个小家伙怎么办了,佩平。他快把我们俩逼疯了,真的。"

他们依然常常见面。奥多诺万神父为里格贝尔托和他的第一任妻子、丰奇托去世的母亲埃洛伊莎举行了婚礼。里格贝尔托丧妻之后，又是奥多诺万神父为他和卢克莱西亚举行了婚礼。仪式很私密，只有一小帮朋友参加。他还为丰奇托施洗礼，而且，他还经常去里格贝尔托位于巴兰科的公寓里吃午饭、听音乐，总是受到热情款待。里格贝尔托为教区的慈善事业捐过款（个人捐过，他任职的保险公司也捐过），帮过奥多诺万神父几次。他们见面时，主要谈音乐，佩平·奥多诺万一直都很喜欢音乐。有时候，里格贝尔托和卢克莱西亚会邀请他去听利马爱乐乐团在圣乌苏拉中学的音乐厅里举办的演奏会。

"别担心，伙计，没什么事，"奥多诺万神父说，"世界上所有的年轻人在十五岁时都会有问题，也会制造问题。如果他们没有问题，那么他们就是笨蛋。这很正常。"

"他要是喝酒、泡妞、抽大麻烟，干些我们在叛逆期干的那些调皮捣蛋的事，那是正常，"里格贝尔托痛苦地说，"不，老伙计，丰奇托并没有走这条路。而是，反正，我早知道你会笑的，但是，一段时间以来，他一直认为他面前突然有恶魔出现。"

奥多诺万神父试着忍住笑，但没忍住，他爆出了一声响亮的大笑。

"我不是笑丰奇托，而是笑你，"他声明，一边还在笑，"笑你呀，小耳朵，你竟会说起恶魔来了。这个人物从你嘴里听起来奇怪极了。很不和谐。"

"我不知道他是不是恶魔，我从来没跟你说过他是恶魔，我从来没有用过这个词，我也不知道你为什么要这么说，爸爸。"丰奇托抗议道，他的声音很低。父亲为了不漏听孩子说的任何一个字，不得不弯下身子，将头凑过去。

"好的，对不起，孩子，"他道歉，"我只求你告诉我一件事。我是在很严肃地跟你说,丰奇托。每次艾迪尔贝尔托·托雷斯突然出现在你面前时,你觉得冷吗?就好像有一股冰冷的大风跟着他刮到了你所在的地方似的?"

"你说什么呢,爸爸?"丰奇托的眼睛大睁,犹豫着该笑还是该继续保持严肃,"你是在耍我还是怎样?"

"他突然出现时是不是就像恶魔出现在著名的乌拉卡神父面前一样,化成了裸体女士的样子?"奥多诺万神父又笑了起来,"我猜你也读过里卡多·帕尔马①的那篇传说了,小耳朵,那是非常有趣的一篇。"

"好啦,好啦,"里格贝尔托再次道歉,"你说得对,你从来没对我说过那个艾迪尔贝尔托·托雷斯是恶魔。我求你原谅,我知道我不应该拿这件事情开玩笑。我说觉得冷是因为托马斯·曼的一部小说,那里面的主人公是一位作曲家,恶魔就在他面前突然出现了。把我的问题忘了吧。实际上,我也不知道该怎么称呼这个家伙,孩子。一个人就这样突然出现又消失,能在最意想不到的地方现身,他不可能是有血有肉、像你我这样的真人,不是吗?我向你发誓,我不是在嘲笑你,我是真心诚意地在跟你说话。如果他不是恶魔,那就是个天使。"

"你当然是在嘲笑我,爸爸,你看不出来吗?"丰奇托抗议道,"我没说过他是恶魔或是天使。那位先生让我觉得他就是一个像你和我一样的人,当然有血有肉,而且很正常。你要是愿意的话,我们的谈话就此打住,我们不要再谈起艾迪尔贝尔托·托雷斯先生了。"

---

① 里卡多·帕尔马(Ricardo Palma,1833—1919),秘鲁浪漫主义作家、记者、政治家。

"这不是个游戏，看起来不像。"里格贝尔托先生非常严肃地说。奥多诺万神父已经不再笑了，现在，他非常认真地听着里格贝尔托说话。"那孩子虽然没对我们说，但是他显然被这件事搅乱了。他都不像他自己了，佩平。他以前一直胃口很好，吃饭从来都没有问题，可如今他几乎不怎么吃东西。他不再做运动，他的朋友们来找他，他总编些借口。卢克莱西亚和我得赶着他，他才会提起劲儿出门去。他变得不大说话、内向、孤僻，他以前是那么爱交朋友，话也多呀。他白天、晚上都封闭着自己，好像有一种巨大的疑惧正吞噬着他。我已经认不出我的儿子了。我们带他去看了一位心理学家，她给他做了各种测试。然后，她诊断说他什么事也没有，说他是这世界上最正常的孩子。我向你发誓，我们已经不知道该怎么办了，佩平。"

"如果我告诉你有多少人以为自己看见了神鬼现身的话，里格贝尔托，你会吃惊得四脚朝天的，"奥多诺万神父试图安抚他，"一般都是老妇人。孩子嘛，更少见一些，他们一般会有些不健康的念头。"

"你不能跟他谈谈吗，老伙计？"里格贝尔托没心情开玩笑，"劝劝他？总之，我也不知道。这是卢克莱西亚的主意，不是我想到的。她认为丰奇托面对你也许比面对我们更愿意说心里话。"

"最近一次是在拉克玛的电影院里，爸爸，"丰奇托已经垂下了目光，说话时犹犹豫豫，"周五晚上，我跟塌鼻子佩佐洛去看詹姆斯·邦德的最新电影的时候。我正一心沉浸在电影里，看得正高兴，突然，突然……"

"突然怎么了？"里格贝尔托先生催促他。

"突然我就看见他了，就在那儿，坐在我旁边，"丰奇托说，他低着头，深深地呼吸着，"是他，毫无疑问。我向你发誓，爸爸，他就在那儿。艾迪尔贝尔托·托雷斯先生。他的眼睛闪闪发光,然后,我看见几滴眼泪流过他的脸颊。不可能是因为那部电影,爸爸,银幕上没有发生任何悲伤的事情,全都是打架啊、接吻啊、冒险啊。所以说他是在为别的事情哭。然后,我也不知道该怎么说,但是,我突然觉得他是因为我才那么伤心的。我是说,他是在为我而哭。"

"为你?"里格贝尔托艰涩地说,"那位先生为什么要为你而哭,丰奇托?他有什么好同情你的?"

"这我就不知道了,爸爸,我只是在猜测。不然,你觉得他为什么要坐在我旁边哭呢?"

"电影结束、灯光亮起来的时候,艾迪尔贝尔托·托雷斯仍坐在你旁边的座位上吗?"里格贝尔托问道,虽然他已很清楚答案会是什么。

"不,爸爸。他已经走了。我不知道他是什么时候站起来走掉的,我没看见他。"

"好的,好的,当然可以,"奥多诺万神父说,"只要丰奇托愿意跟我谈,我会跟他谈谈的。最要紧的是,你不要逼他。你别想着强迫他来。绝不能这样。让他自愿过来,如果他愿意的话。我们俩就像朋友一样聊聊天,就这么告诉他。你别太放在心上,里格贝尔托。我跟你打赌,这只是小孩子的傻把戏,仅此而已。"

"我一开始也没太在意,"里格贝尔托说道,"我和卢克莱西亚认为,他是一个爱幻想的孩子,所以编造出这么个故事来吸引目光,来让我们注意他。"

"可是,这个艾迪尔贝尔托·托雷斯是真有其人还是纯属他编造出来的?"奥多诺万神父问道。

"这正是我想查清楚的,佩平,所以我才来见你。到现在我都还没搞清楚这一点。我今天认为他是真的,明天又不这么想了。有时候我觉得那孩子对我说的是实话,有时候又觉得他是在玩我们、骗我们。"

里格贝尔托一直不理解,为什么奥多诺万神父没有转向教学,没有在教会中走一条学者兼神学家的知识分子道路——他很有学问,很敏锐,热爱思想和艺术,读了很多书——而要固执地局限在神父一职,窝在这个无比寒碜的桥下教区里?周围住的应该都是些没什么文化的人,他的天才在这方天地里就是暴殄天物。他曾经壮起胆子跟他谈到过这个问题。你为什么不写书或是开讲座呢,佩平?比方说,你为什么不在大学里教课呢?在他认识的人里,如果说有谁看上去明显是有知识分子天赋的,是对思想抱有激情的,那就是你啦,佩平。

"因为最需要我的地方就是桥下教区,"佩平·奥多诺万只是耸了耸肩,"神父紧缺,知识分子倒是过剩啊,小耳朵。如果你以为做我现在做的事让我很为难,那你就错了。教区的工作很激励我,它让我能彻底地投入到真实生活中去。在图书馆里,有时候,一个人会过分隔绝于日常的、普通人的世界。我不相信你的那些文明空间,它将你与其他人隔开,把你变成一个隐士。这个问题我们已经讨论过很多次了。"

他不像一位神父,因为他从来不会跟他的老同学触及宗教话题。他知道里格贝尔托在上学时就已不再信教,但跟一个不可知论者打交道似乎一点儿都不会令他不自在。在少有的几次去位于巴兰科的房子里吃饭时,他和里格贝尔托从饭桌上起身后常常会关在书房里,放上一张唱片,一般来说会听巴赫,佩平·奥多诺万特别偏爱巴赫的管风琴乐曲。

"我本以为这些神秘现身都是他编出来的,"里格贝尔托说道,"但是,那个看过丰奇托的心理学家,奥古斯塔·德尔米拉·赛斯佩德斯博士,你大概听说过她,不是吗?她好像很有名,她又让我怀疑起来了。她明白地告诉卢克莱西亚和我,丰奇托没有撒谎,他说的是真话,艾迪尔贝尔托·托雷斯确实存在。她让我们俩很是茫然,你大概想象得到。"

里格贝尔托告诉奥多诺万神父,犹豫了很久以后,卢克莱西亚和他决定找一个专业机构("就是那些吃醋的丈夫雇来监视淘气妻子的那种机构吗?"神父嘲弄地说,里格贝尔托肯定地回答:"就是那种。"),让他们在丰奇托每次跟朋友出门或是独自上街时都跟着他,跟踪一周。侦探社的报告——"顺便一提,这可花了我一大笔钱。"——非常有文采,但自相矛盾:在任何时候、任何地方,那孩子都没有跟上了年纪的先生有过任何接触,不管是在电影院、阿尔圭耶斯家的聚会上,还是他上学、放学时,或是他与他的朋友佩佐洛在圣伊西德罗的一家迪斯科舞厅短暂停留时,都没有。然而,在那家舞厅里,丰奇托进厕所撒尿时又有了一次不期而遇:那位先生又在那儿洗着手(当然,侦探社的报告里没有提这个)。

"你好,丰奇托。"艾迪尔贝尔托·托雷斯说。

"在舞厅里?"里格贝尔托问道。

"在舞厅的厕所里,爸爸。"丰奇托说得更确切。他说得很肯定,但是,他的舌头似乎很沉重,每说一个字都让他很费力。

"你跟你的朋友佩佐洛在这儿玩呀?"那位绅士似乎很伤心。他已经洗完了手,现在正用一张从挂在墙上的小纸箱里刚刚抽出来的纸擦着手。他穿着以前穿的那件紫色毛衣,但是没有穿那件灰色三件套西装,而是一件蓝色的。

"您为什么哭,先生?"丰奇托大着胆子问道。

"艾迪尔贝尔托·托雷斯也在那儿?在一家舞厅的厕所里?"里格贝尔托先生一惊,"就像你在拉克玛的电影院见到他坐在你旁边一样?"

"在电影院里,我是在黑暗中看见他的,我可能看错了,"丰奇托毫不犹豫地回答道,"在舞厅的厕所里时可不是这样。光线很充足,他在哭,眼泪从他的眼睛里流出来,顺着他的脸滑下来。那样子,那样子,我不知道怎么说,爸爸。很叫人难过,非常难过,我向你发誓。看着他静静地哭,什么也不说,只是非常痛苦地看着我。他似乎很难过,他让我也觉得难过。"

"抱歉,我得走了,先生,"丰奇托磕磕巴巴地说道,"我的朋友塌鼻子佩佐洛还在外面等我。我看您这样哭感觉怪怪的,先生。"

"所以说,你也看到了,佩平,这不是能一笑置之的事情,"里格贝尔托总结道,"他是在跟我们编故事吗?他是在说胡话?还是有幻觉?除了这方面,那孩子说起其他事情的时候都显得很正常。这个月在学校里的成绩和平常时候一样好。卢克莱西亚和我都不知道该怎么想了。他是在慢慢地发疯吗?这是不是青少年时期的神经紧张,只是一时的?他只是想吓唬我们,让我们关心他?所以我来了,老伙计,所以我们想到了你。你要是能帮我们一把,那我就太感激了。是卢克莱西亚想到的,我跟你说过了:'奥多诺万神父可能就是解药。'她是信徒,你知道的。"

"当然可以,没有问题,里格贝尔托,"他的朋友再次向他保证,"只要他愿意跟我谈,这是我唯一的条件,我可以去你家看他;他可以到教区教堂这里来;或者,我也可以跟他在别的地方碰面。这周随便哪天都可以。我已经发现这件事对你们来说很重要。我向你保证会尽我所能。就一条,不要强迫他。你跟他提议,让他来决定是否愿意跟我谈。"

"你要是能替我摆平这件事,连我都会信教的,佩平。"

"想都别想,"奥多诺万神父拒绝了他,"我们教会里不欢迎像你这样的顶级罪人,小耳朵。"

他们不知道该怎么跟丰奇托提这件事,是卢克莱西亚大着胆子跟他谈了谈。孩子一开始有点儿茫然,没怎么当真。"可是,怎么,继母,我爸爸不是不可知论者吗?他想让我跟一位神父谈?他想让神父听我忏悔?"她解释说奥多诺万神父是一个很有生活经验、很有智慧的人,不管他是不是神父。"那么要是他劝得我进了神学院,当上了神父呢?你和我爸爸会怎么说?"孩子还在开玩笑。

"这可不行,丰奇托,就算开玩笑也别这么说。你?当神父?上帝饶了我们吧!"

孩子同意了,就像他之前同意去见德尔米拉·赛斯佩德斯博士一样。他还说,他愿意去桥下教区。里格贝尔托亲自开车送他过去。他将儿子留在那里,几个小时以后又去接他。

"他是一个很可爱的家伙,你那朋友。"丰奇托只评论了这么一句。

"那么这次谈话挺值得喽?"里格贝尔托试探着说。

"非常好,爸爸。你这个主意非常棒。我跟奥多诺万神父谈话学了很多东西。他不像个神父,他不会给你提建议,他会听你说话。你之前说的没错。"

但是,虽然他的父亲和继母再三恳求,他也不肯再向他们做更多的解释了。他只肯谈些泛泛的东西,比如,虽然神父向他保证自己当时没有也从来没有养过猫,圣器室里却时不时地会有老鼠出现,而且教区的教堂里弥漫着一股猫尿味。("你没注意到吗，爸爸？")

里格贝尔托很快便推断出在佩平和丰奇托谈话的那几个小时里发生了很奇怪、也许是很严重的事。不然，为什么奥多诺万神父在之后的四天里一直找尽借口避不见面呢？就好像他害怕跟里格贝尔托见面，害怕跟他讲自己与那小家伙的那次聊天似的。他约了人、在教区里有事情、要跟主教会面、要去医生那里做个什么检查。这样那样的蠢话，就为了避免跟他碰面。

"你是在找借口不跟我讲你跟丰奇托的谈话是什么情况吗？"到了第五天，神父终于肯接他的电话了，他便直接问道。

听筒里有几秒钟的沉默，然后，里格贝尔托终于听到神父说了一段让他目瞪口呆的话：

"是的，里格贝尔托。说实话，是的。我一直在躲着你。我要跟你说的是出乎你意料的，"奥多诺万神父神秘地说，"不过，反正没有别的办法，我们就谈谈这件事吧。我周六或周日去你家吃午饭。你们哪天更方便？"

"周六吧，丰奇托这天常常去他的朋友佩佐洛家吃午饭，"里格贝尔托说，"你刚刚跟我说的话会让我直到周六都睡不着觉，佩平。卢克莱西亚的情况会更糟糕。"

"自从你突发奇想让我跟你儿子谈谈以后，我就一直是这样，"神父干巴巴地说，"那么，就周六见，小耳朵。"

奥多诺万大概是唯一一个不坐大巴或公交车而是骑自行车在偌大的利马城里来来去去的宗教人士了。他说，这是他唯一的锻炼方式，他非常持之以恒，所以也能保持非常好的身体状况。而且他很喜欢踩脚蹬。他总是一边蹬、一边思考，在脑子里准备他的布道辞、写信、安排一天的任务。当然，他得一直非常警惕，尤其是在拐角处和红绿灯前,这个城里的人到了这些地方都是不管不顾的,开车的到了这些地方总是更多地想着轧倒行人和骑自行车的人,而不是安全地开车。尽管如此,他一直运气不错,因为在他蹬着两个轮子满城跑的这二十多年里,他仅被撞过一次,且没有什么大碍,只被偷过一辆自行车。多划算!

到了周六,快中午的时候,里格贝尔托和卢克莱西亚看见奥多诺万神父奋力蹬着自行车沿巴兰科的保罗·哈里斯防波堤而来,他们俩一直从自家住的顶层公寓的平台上偷偷望着大街呢。他们大大舒了一口气。对于这次旨在向他们说明他与丰奇托谈话情况的会面,神父竟拖了这么久,他们觉得非常奇怪,他们甚至担心过他会在最后一刻编出个借口又不来了。在那次谈话里发生了什么事情,竟让他在谈起它时表现得这么支支吾吾的?

胡斯蒂尼亚娜下楼到街上去跟门房说,让他准许奥多诺万神父将自行车搬到楼里来,免得车被贼偷去。然后,她陪神父进了电梯。佩平拥抱了里格贝尔托,亲了亲卢克莱西亚的脸,请他们俩容他去厕所洗洗手、洗洗脸,因为他一路骑来出了汗。

"你从桥下骑自行车到我们这儿花了多长时间?"卢克莱西亚问道。

"半个小时,"他说,"利马现在堵车堵得这么厉害,骑自行车比开车还快。"

他要了一杯果汁来开胃,看向他们俩,慢慢地,向他们微笑着。

"我知道你们肯定因为我不告诉你们到底怎么了而一直在痛骂我。"他说。

"是的,佩平,就是那样,骂得你狗血淋头,体无完肤。你知道这件事让我们多不安。你是个虐待狂。"

"情况怎么样?"卢克莱西亚焦虑地问道,"他跟你坦白地谈了吗?他把一切都告诉你了?你怎么想?"

奥多诺万神父现在很严肃,他深深吸了一口气,嘟囔说蹬这半个小时自行车比他愿意承认的还要累人。然后,他停顿了很长时间。

"你们知道吗?"他看着他们,表情痛苦,却又像是在挑衅,"说实话,我对我们将要进行的这场谈话觉得一点儿也不自在。"

"我也是,神父,"丰奇托说,"我们没必要一定要谈。我很清楚,我爸爸因为我而神经紧张到了极点。您要是愿意,想做什么就做什么吧,我嘛,您就借我本杂志,就算是讲宗教的也行。然后,我们告诉我爸爸和继母说我们已谈过了,您随便编点儿什么,安抚他们一下。就行了。"

"行啊,行啊,"奥多诺万神父说,"真是有其父必有其子,丰奇托。你知道吗?你父亲在你这么大时,在拉雷科莱塔就是个大骗子。"

"你跟他谈到那件事了吗?"里格贝尔托毫不掩饰他的焦急,问道,"他跟你说心里话了吗?"

"事实上,我也不知道,"奥多诺万神父说,"这个孩子就像水银,我觉得他一直从我手中滑脱。但是,你们放心。我至少对一件事很肯定。他没发疯,没说胡话,也不是在耍你们。我觉得他是世界上最健康、最稳重的孩子。看过他的那个心理学家对你们说的都是真的:他一点儿心理问题都没有。当然,这是在我能判断的范围内。我既不是精神病医生,也不是心理学家。"

"可是,那么,那个家伙的神秘现身,"卢克莱西亚打断他,"你弄清楚了吗?艾迪尔贝尔托·托雷斯到底存在还是不存在?"

"虽然,正常这个词可能不是最恰当的,"奥多诺万神父避开这个问题,修正了自己的话,"因为,这个孩子有些特别之处,有些让他不同于一般人的地方。我不仅仅在说他很聪明。当然,他确实聪明。我一点儿也不夸张,里格贝尔托,我也不是说来恭维你。但是,除此以外,这孩子的脑子里、心灵中有些引人注意的东西,一种非常特别的、他独有的敏感。我想,那不是我们这些凡夫俗子能有的。就是这样。而且,我不知道这是该高兴还是该害怕。我也不排除他是想让我有这种印象,而且他像一个完美的演员那样做到了。我犹豫了很久该不该来告诉你们这些,但是我觉得我最好还是告诉你们。"

"我们能有话直说吗,佩平?"里格贝尔托先生不耐烦起来,"你别再回避这件事情了。更明白地说,你别再说这些屁话了,我们就直接说问题的关键。你明白讲,别净拣没用的说,求你了。"

"说这些脏话干吗,里格贝尔托,"卢克莱西亚责备道,"我们实在太烦躁了,佩平。请你原谅他。我觉得,这是我第一次听你的朋友小耳朵说起话来像一个村夫。"

"好吧,请原谅,佩平,但是,请干脆一点儿告诉我,老伙计,"里格贝尔托并不让步,"那个无处不在的艾迪尔贝尔托·托雷斯真的存在吗?他是在电影院、舞厅的厕所、学校的体育场里出现在丰奇托面前了吗?这样的胡说八道可能是真有其事吗?"

奥多诺万神父又大汗淋漓了,但是,这次不是因为骑自行车,里格贝尔托想,而是因为必须给这件事下个结论而带来的紧张感。这到底是他妈怎么回事?他怎么了?

"我们这么说吧,里格贝尔托,"神父说,他非常小心地斟酌着自己的话,好像话里长了刺似的,"丰奇托认为自己看见他了,他认为自己跟他谈话了。我觉得这一点是毫无疑问的。嗯,我认为他自己是很坚定地相信这一点的,他也相信,当他告诉你自己看见过他、跟他说过话时,他没有对你说谎。即使这些现身和消失似乎很荒唐,也确实荒唐,他依然这样相信。你们明白我想跟你们说什么吗?"

里格贝尔托和卢克莱西亚互相看了看,然后又沉默地看向奥多诺万神父。神父现在似乎跟他们一样糊涂。他很难过,看得出来他对自己的答案也不满意。但是,同样明显的是,他没有其他答案了,他不懂也不能更明白地解释这件事了。

"我当然明白,但是,你跟我说的这些一点儿意义也没有,佩平,"里格贝尔托抱怨道,"丰奇托不是在试图欺骗我们,这是一种假设,当然啦。他是在自己骗自己,是在自我暗示。你是这么认为的吗?"

"我知道,我对你们说的这些让你们失望了,你们期待着能有更明确、更清楚的答案,"奥多诺万神父继续说道,"我很抱歉,但是,我没法说得更具体了,小耳朵。我做不到。这就是我能够弄明白的一切了。那孩子没有撒谎。他认为自己看见了那位先生,而且,也许,也许,他可能真看见他了。可能只有他能看见他,别人看不见。我不能更进一步了。这只是一个猜想。我再说一遍,我无法排除你儿子把我当孩子耍的可能性。换句话说,他比我更加聪明能干。也许,他是随你、小耳朵。你还记得吗?在拉雷科莱塔,拉格涅尔神父管你叫撒谎精。"

"但是,你得出的结论一点儿也不清楚,反而非常模糊,佩平。"里格贝尔托嘟囔道。

"是见了鬼吗?是幻觉吗?"卢克莱西亚想弄清楚。

"你们也可以这么说。但是如果你们把这些说法等同于神经失调或脑部疾病,那就不对了,"神父说,"我的感觉是,丰奇托对他的头脑和神经有绝对的控制力。他是一个发展很平衡的孩子,能清楚地辨别真实与虚幻。我可以把手放到火上担保他神智正常。换句话说,这不是一个精神病医生能解决的事情。"

"我猜你不是在说什么神迹吧,"里格贝尔托又是恼火又是嘲弄地说,"因为,如果丰奇托是唯一一个能看见艾迪尔贝尔托·托雷斯并跟他说话的人,你就是在跟我说超能力。我们已经沦落到这步田地了吗,佩平?"

"我当然不是在说神迹,耳朵仔,丰奇托也不是,"神父也生气了,"我是在说一件我也不知道该怎么称呼的事情,就这么简单。这个孩子正在经历一次非常特别的体验。我不会说这是一次宗教体验,因为你不知道也不想知道那是什么,但是,我们姑且用'精神'这个词吧。敏锐感觉上的、强烈情感上的体验。这种感觉与我们生活的这个物质的、理性的世界只存在非常间接的关系。对他来说,艾迪尔贝尔托·托雷斯象征着所有的人类痛苦。我知道你不明白我的话。所以,我之前才这么害怕到这里来向你们报告我与丰奇托的谈话。"

"一次精神体验?"卢克莱西亚夫人重复道,"这具体是什么意思?你能跟我们解释一下吗,佩平?"

"也就是说恶魔出现在了他的面前,名叫艾迪尔贝尔托·托雷斯,还是个秘鲁人,"里格贝尔托讽刺又生气地总结道,"基本上,这就是你用一个迷信奇迹的小神父的那一套陈词滥调对我们说的全部了,佩平。"

"午餐备好了,"胡斯蒂尼亚娜适时地在门口说,"各位可以随时前往就座。"

"一开始,我并不讨厌,只是觉得惊讶,"丰奇托说,"但是,现在我觉得讨厌了。不过,讨厌也并不确切,神父。倒不如说,这件事让我很苦恼,叫我不好受,叫我伤心。自从我看到他哭以后,就是这样了,您发觉了吗?开头几次,他并没有哭,他只是想说话。而且,虽然他没对我说过为什么哭,我却觉得他是为了发生的所有不幸在哭。也是为我而哭。这是最让我难过的。"

一段长长的沉默之后，奥多诺万神父终于说，虾子很美味，而且，看得出来是来自玛赫斯河。他该为了这道佳肴祝贺卢克莱西亚还是胡斯蒂尼亚娜？

"都不是，而是厨娘，"卢克莱西亚回答道，"她叫纳迪维达，当然，她是阿雷基帕人。"

"你最后一次见到那位先生是什么时候？"神父问道。他已经失去了他到现在为止一直保持的那种自信而肯定的架势，他看上去有些紧张，他问出这个问题时非常地谦恭。

"昨天，在巴兰科，过叹息桥的时候，神父，"丰奇托立刻回答道，"我正在桥上走着，我估计周围还有三个人。然后，突然，他就在那儿了，坐在栏杆上。"

"一直在哭吗？"奥多诺万神父问道。

"我不知道，我只在路过的时候看到了他一会儿。我没有停下，我加快脚步，继续往前走了过去，"那孩子澄清道，他现在似乎害怕了，"我不知道他当时是不是在哭。但是，他脸上的表情确实很悲伤。我不知道该怎么说，神父。我从来没在任何人身上见过托雷斯先生那样的悲伤，我向你发誓。他感染了我，我也好长时间心烦意乱，痛苦得要死，不知道该怎么办。我很想知道他为什么哭。我想知道他希望我怎么做。有时候，我心想，他是为了所有受苦受难的人在哭。为了病人，为了盲人，为了在街上乞讨的人。嗯，我也不知道，我每次看见他，脑子里就会闪过很多东西。只是我不知道怎么解释这些东西，神父。"

"你解释得很好啊，丰奇托，"奥多诺万神父承认道，"这个你别担心。"

"但是,我们该怎么办呢?"卢克莱西亚问道。

"给我们出个主意吧,佩平,"里格贝尔托也说,"我完全傻掉了。如果事情像你说的那样,那么这孩子就有某种天赋,一种超级感知能力,能看见别人看不见的东西。是这样的,不是吗?我应该跟他谈这件事吗?我应该闭口不谈吗?我很担心,很害怕。我不知道该怎么办。"

"给他爱,由他去,"奥多诺万神父说,"可以肯定的是,这个人,无论他存在与否,他并不是变态,也一点儿都不愿意伤害你的儿子。无论他存在与否,比起丰奇托的肉体,他更多的是与其灵魂相呼应,好吧,你愿意的话,是与其精神相应。"

"一起玄秘事件?"卢克莱西亚插话道,"会是这样吗?但是丰奇托从来都不是很信宗教的人。要我说,是完全相反。"

"我很想说得更确切一些,但是我不能,"奥多诺万带着挫败的表情再次坦承道,"这孩子身上正发生的事情找不到理性的解释,我们对自己身上的一切并不完全知晓啊,小耳朵。人类,每一个人,我们都是满布暗影的深渊。有一些男人,有一些女人,他们会拥有比旁人更强烈的感觉能力,他们能觉察出、感知到其他人注意不到的事情。这纯粹是出于他们的想象吗?是的,也许吧。但是,这也可能是某种我不敢言明的东西,里格贝尔托。你的儿子如此强烈、如此真切地经历着这一切,我不愿意相信这纯粹是想象出来的。我不愿意,也不会再多说了。"

他沉默下来,表情半是呆傻半是温柔地盯着那盘石首鱼配米饭。卢克莱西亚和里格贝尔托一口都没吃。

"我很遗憾不能帮到你们很多,"神父难过地继续说道,"我没能帮你们走出这场麻烦,反倒把自己卷进来了。"

他停顿了很长时间,焦虑地看看这个,又看看那个。

"我对你们说,这是我有生以来第一次面对某样我还没有准备好面对的东西,我这样说并没有夸张,"他非常严肃地喃喃道,"对我而言,这是一件无法用理性解释的事情。我已经对你们说过,我也不排除这孩子有一种独特的伪装能力,他让我听信了一场天方夜谭。这不是不可能的。我想了很久。但是,不,我不这么认为。我认为他是很真诚的。"

"你对我们说,我们的儿子与异世界常有来往,这可让我们无法安心啦,"里格贝尔托耸耸肩说道,"丰奇托就和那位劳德斯的女圣徒①一样。那是一位女圣徒,对吗?"

"你会笑的,你们俩都会笑的,"奥多诺万神父说,他把玩着叉子,没有向石首鱼发动进攻,"但是,这几天,我无时无刻不在想着这孩子。在我这辈子认识的所有人里,我认识了很多人,我认为丰奇托是最接近我们这些信徒称之为纯粹灵体的人。这可不止因为他长得帅。"

"你的神父相出来了,佩平,"里格贝尔托生气了,"你是在暗示我儿子可能是天使吗?"

"无论如何,是一个没有小翅膀的天使。"卢克莱西亚笑着说,她现在非常开心,眼神里闪着狡黠的光。

"就算你们会笑,我也要说,还要一再地说,"奥多诺万神父也笑着说道,"是的,小耳朵,是的,卢克莱西亚,你们听见的没错,就算你们觉得很滑稽。一个小天使,为什么不呢?"

---

① 指贝尔纳黛特·苏比罗斯(Bernadette Soubirous,1844—1879),法国女圣徒,宣称曾多次见到圣母显灵,传说死后尸体百年不朽。

11

当利图马警长和希尔瓦上尉到达玛贝尔住的那栋位于河对岸卡斯蒂利亚区的小房子里时,两人已是大汗淋漓。日光狠狠射下,无云的天空中只有几只黑头秃鹫在盘旋,没有一丝微风吹来缓解热气。从警察局一路走来,利图马都在问着自己:那个漂亮姑娘会处于什么样的状态?那些混蛋有没有虐待菲利西托·亚纳克的情人?他们有没有揍她?有没有强奸她?很有可能,考虑到她那么漂亮,他们怎么可能不趁着她日夜都听凭他们处置的机会尝点儿甜头呢?

菲利西托本人来给他们打开了玛贝尔家的门。他兴高采烈,如释重负,很是开心。利图马一直见到的那张严肃的脸已经变了模样,最近几天来又是悲凉又是滑稽的表情已经消失了。现在,他咧着嘴,微笑着,小眼睛闪着快乐的光芒。他似乎变年轻了。他没穿西装外套,马甲的纽扣解开了。他真是瘦弱啊,前胸和后背几乎都要贴上了,真是个三寸丁,利图马觉得他简直就是个小矮人。一看见两名警察,他便做了一件对他这样一位很少表露情感的男人来说很不寻常的事情：他张开双臂，抱住了希尔瓦上尉。

"事情就像您说的那样，上尉，"他热情地拍着上尉，"他们放了她，他们放了她。您说得对，警察局长先生。我找不到词儿来感谢您。多亏了您，我又活过来了。也多亏了您，警长。非常感谢，非常感谢两位。"

他激动得两眼发潮。玛贝尔正在洗澡，马上就来。他让他们俩在小客厅里坐下，就在耶稣圣心的画像下面，对着一张小桌子，桌子上有一只小小的纸板驼羊模型和一面秘鲁国旗。风扇"吱吱嘎嘎"有节奏地转着，风吹得塑料花直晃。听着警官的问题，运输公司老板坦率又高兴地回答：是的，是的，她很好，当然是吓了一大跳，但是幸好他们没有打她，也没有折磨她，感谢上帝。他们一直蒙着她的眼睛，绑着她的双手，多么没天良、多么残酷的人呀！等玛贝尔出来，她会亲自跟他们详细说的。时不时地，菲利西托将双手伸向天空："如果她有什么事，我永远不会原谅自己。小可怜哟！遭这场罪都是因为我。我从来都不是很信神，但是，我向上帝保证了，从现在开始，我一定会每周日都去望弥撒。"利图马想，他爱她爱到骨头里去了。他肯定会美美地操上她一顿。这个念头让他想起了自己的孤独，想起了他好长时间都没有女人了。他对菲利西托先生感到嫉妒，对自己感到愤怒。

玛贝尔出来跟他们打招呼。她穿着一件花晨衣，趿着拖鞋，头上缠头巾似的包着一条毛巾。她没有化妆，面色苍白，眼神还很惊恐，利图马觉得这样的她没有到警局录口供那天好看了。但是他喜欢她挺直的小鼻子那两扇鼻翼翕动的样子，喜欢她精致的脚踝和小腹的曲线。她腿上的皮肤比她手上和胳膊上的更白皙。

"我很抱歉没什么东西招待两位。"她说，一边示意两人坐下。

她还试图跟他们俩开个玩笑。"你们大概想象得到,我这两天购不了物,冰箱里连罐可口可乐都没有。"

"我们对您的遭遇感到很难过,女士,"希尔瓦上尉非常隆重地向她施了一礼,"亚纳克先生对我们说,他们没有虐待你。是真的吗?"

玛贝尔做了一个奇怪的表情,像是微笑,又像是要哭。

"嗯,也就只是这样了,再没别的。他们没有打我,也没有强奸我,算我走运。但是,我可不会说他们没有虐待我。我这辈子从来没有这么害怕过,先生。我从来不曾在地上没有被褥也没有枕头地睡过这么多个晚上。而且被蒙住眼睛,像埃奇科财神①那样被绑住双手。我觉得我这辈子都会骨头疼。这不是虐待吗?不过至少我还活着,这倒不假。"

她的声音在颤抖,有时候,从她黑黑的眼眸深处还会透出一丝深深的恐惧,但她在努力压制这种恐惧。该死的龟儿子,利图马想道。他对玛贝尔的遭遇感到又难过、又愤怒。他们得付出代价,他妈的。

"您不知道我们多么遗憾地在这个时候来打搅您,您肯定想休息了,"希尔瓦一边把玩着他的警帽一边道歉,"但是,我希望您能理解我们。我们可不能浪费时间,女士。您介不介意我们问您几个问题?这是必需的,得赶在这些家伙溜掉之前。"

"当然,当然,我很理解,"玛贝尔同意道,她摆出一副好脸色,却没能完全掩饰住她的不快,"您就问吧,先生。"

---

① 埃奇科(equeco),秘鲁、玻利维亚、阿根廷等南美地区的富裕、欢乐之神,形象一般为一名两手拎满日用品和食物的矮个子男人。

利图马被菲利西托·亚纳克对自己的小女人所做出的亲热表现给打动了。他的手甜蜜地抚过她的脸庞,仿佛她是他宠爱的小狗,他将她额头上的碎发拂开,塞进当作头巾用的毛巾里,还将靠近她的大麻蝇赶开。他温柔地看着她,再不看向别处。他握着她的一只手,握在自己的双手中。

"您看到他们的脸了吗?"上尉问道,"您要是再看见他们,能认出来吗?"

"我觉得不行,"玛贝尔摇摇头,但是她似乎对自己说的话并没有把握,"我只看见了他们中的一个,而且几乎没怎么看清。那天晚上我到家时,他就站在树旁边,就是那棵开红花的凤凰木旁。我没怎么注意他。他半侧着身子,我觉得,又是站在黑暗中。当他转过身来对我说句什么,我可以看见他的时候,我的头上就被蒙上了一块毛毯,蒙得我喘不上气来。一直到今天早晨之前,我再没看见任何东西了,今早……"

她停了下来,表情扭曲。利图马明白她正在百般克制,让自己不要哭出来。她尝试着继续往下说,但是她说不出话来。菲利西托用眼神恳求他们可怜可怜玛贝尔。

"镇定一点儿,镇定一点儿,"希尔瓦上尉安慰她,"您很勇敢,女士。您经历了一场可怕的遭遇,但是,他们没有打倒您。我只求您最后坚持一小下。我们当然不愿意再谈这件事,我们情愿帮助您将那些不好的回忆都埋葬掉。但是,绑架您的那些恶棍必须进监狱,必须为他们对您做的事而受到惩罚。您是唯一能帮助我们找到他们的人。"

玛贝尔伤心地微微一笑,同意了。她振作起来继续往下说。利图马觉得她的讲述很连贯、很流畅,不过有时候一阵突如其来的恐惧袭来，会让她颤抖着沉默几秒钟。她面色苍白，牙齿打战。她是在重新经历那些噩梦般的时刻吗？她是再次感受到了那股她在落到黑帮手里的那一周里曾日日夜夜感受到的极度恐惧吗？但是，然后，她会继续讲述她的故事。她时不时地会被希尔瓦上尉打断，他（非常没礼貌地，利图马惊讶地想着）就她所讲的经过问些具体细节。

绑架是在七天前发生的，就在玛利亚教友派合唱团在利马街的圣弗朗西斯科教堂里举行了一场演唱会之后，玛贝尔是跟她的女友弗洛拉·迪亚兹一起去看的，这个朋友在胡宁街上开了一家名叫"弗洛丽塔原创"的服装店。她们来往好长时间了，有时候会一起去电影院、喝下午茶、逛街购物。周五下午，她们常常会去圣弗朗西斯科教堂——皮乌拉曾在这里宣布独立——因为那里总有音乐表演、演唱会、合唱团、舞会和职业团体的演出。那个周五，玛利亚教友派合唱团演唱了宗教赞歌，有好多是用拉丁语唱的，或者听起来是这样。弗洛拉和玛贝尔觉得很无聊，所以她们没等演出结束就溜出来了。她们在吊桥桥头分别，玛贝尔是步行回家的，因为离得很近。她一路上没注意到任何奇怪的事情，也没察觉有哪个行人或是哪辆车在跟踪她。完全没有。只有成群的野狗，只有成群的孩子在疯吵瞎闹，人们将椅子和摇椅拖到家门口，坐着乘凉聊天。酒馆、店铺、饭馆已有客人上门，各家的电唱收音两用机开得震天响，音乐声混杂一处，周遭震耳欲聋。（"有月亮吗？"希尔瓦上尉问道，有一刻，玛贝尔不知所措："有吗？对不起，我不记得了。"）

她好像记得，她家所在的那条小街空无一人。她几乎没有注意到那个半靠在凤凰木上的男人的身影。她手上拿着钥匙，如果那家伙试图靠近她的话，她会有所警觉，会喊救命，会跑开。但是，她没发觉他有一丝丝动作。她将钥匙插进锁眼,她得用点儿力气——"菲利西托大概跟你们说过,那锁总有点儿卡"——这时,她感觉到有几个身影在向她靠近。她没有时间反应。她感觉头上被蒙了一块毯子,感觉到有好几只胳膊抓住了她,一切都是同时发生的。("几只胳膊?""四只、六只,谁知道呢。")他们把她扛起来,堵住她的嘴不让她尖叫。她觉得一切就发生在一瞬间,仿佛爆发了一场地震,而她就在地震中心。虽然她非常惊恐,但还是拳打脚踢,直到她感觉到自己被塞进了一辆小货车、轿车或是卡车里,那些家伙绑住她的手脚和脑袋,让她动弹不得。然后,她听到了那句至今依然回荡在她耳边的话:"如果你还想继续活着,就别动,安静一点儿。"她感觉到有人将什么冰凉的东西划过她的脸庞,也许是一把刀,也许是一把左轮手枪的枪柄或是枪管。车子开动了;随着车子的晃动,她在车厢地板上撞来撞去。于是,她缩起身子,一声不响,心里想着:我要死了。她甚至提不起劲儿来祈祷。她没有呻吟,没有反抗,任他们蒙住她的眼睛,给她罩上一顶蒙头罩,再将她的手绑起来。她没有看见他们的脸,因为他们是摸着黑干这些事情的,当时他们也许还在公路上跑着。没有电灯,周围只有沉沉夜幕。可能有乌云,那么就可能是没有月亮了。他们兜了一圈又一圈,她觉得仿佛兜了几个小时、几个世纪,但也可能只有几分钟。她的脸被蒙着,手被绑着,又满心惊恐,失去了时间的概念。从那时起,她就一直不知道今天是周几,也不知道现在是不是晚上,或者是不是有人在看着她,还是她一个人被扔在房间里。他们放她躺倒的地方,地板非常硬。有时候,她能感觉到有虫子在她腿上爬,也许是那些可怕的蟑螂,比起蜘蛛或老鼠,她更讨厌蟑螂。他们攥住她的胳膊将她拖下小卡车,她跌跌撞撞摸索着走进一栋房子,房子里有一台收音机在放土生白人音乐，然后她又走下了楼梯。他们将她放到地板上的一张席子上，就走了。她待在那里，待在一片黑暗中，颤抖着。现在她倒是可以祈祷了。她向圣母和所有她记得的圣徒祈祷，当然，还有利马的圣罗莎和阿亚瓦卡被俘获的基督，求他们庇护她，求他们别让她就这么死去，求他们结束这种折磨。

在她被绑架的这七天里，她没有跟绑架者进行过一次谈话。他们从来没有让她出过那个房间。她再没见过光，因为他们一直没有摘掉她的蒙眼布。她能摸着黑在一个容器或是一个桶里大小便，一天两次。有人会将桶拎走，洗干净再拎过来，但那人总是一言不发。一天两次，那同一个人或是另一个人，会给她带来一盘炖菜配饭和一份汤，还有一杯半热的汽水或是一小瓶矿泉水，但他总是沉默不语。为了让她能吃饭，他们为她摘掉蒙头罩，松开双手，但是，从来不会除掉她的蒙眼布。每次玛贝尔求他们，求他们告诉她会将她怎么样，为什么要绑架她，总会有同一个响亮而惯于发号施令的声音回答她："闭嘴！你问问题就是在拿命开玩笑。"她一直没能洗澡，甚至都没法洗洗手或脸。所以当她重获自由时，她做的第一件事就是洗了一个长长的澡，把浴球打上肥皂，直搓到身体红肿起来。第二件事就是把她在这可怕的七天里穿的衣服全部扔掉，连鞋子一起。她会将这些东西一并打成包，送给圣胡安·德·迪奥斯的穷人们。

这天早晨，突然有人进到了她的房间兼囚室里，按脚步声来判断，有好几个人。他们还是一直什么都没对她说，只是将她拎起来，让她走路。她上了几级台阶，他们又将她放到一辆车上躺倒，应该就是他们绑架她时的那同一辆小货车、轿车或是卡车。车子兜了一圈又一圈，兜了好长时间，而她，随着颠簸，浑身的骨头压来撞去。

最后，车子刹住了。他们给她的手松了绑，命令道："数到一百，再解开蒙眼布。如果你提前解开了，就一枪打死你。"她照办了。她解开蒙眼布时，发现自己被放到了流沙地里，离拉利瓜不远。她走了一个多小时才走到卡斯蒂利亚区最外围的几栋小房子那里。她在那里打了个出租车，回到了这里。

当玛贝尔讲述她的历险时，利图马非常专注地听着，但是他没有忽略菲利西托先生对情人表示出的亲热。运输公司老板将手抚过她的额头，用宗教般的虔诚看着她，喃喃地叫着"小可怜，小可怜，我亲爱的"，他的那副样子里有一种孩童般的、少年般的、天使般的神气。这些表现有时候让利图马觉得不自在，他觉得，在菲利西托先生这个年纪，这样做很夸张，有些滑稽。他应该快比她大了三十岁。他想着。这姑娘都能当他女儿了。这老头是被完全迷住了。小玛贝尔是热情如火型的还是冷若冰霜型的？热情如火型的，当然。

"我劝她离开这里一段时间，"菲利西托·亚纳克对两位警察说，"去奇克拉约、特鲁希略、利马，随便什么地方，直到这件事情结束为止。我不希望她再有什么事。你不觉得这是个好主意吗，上尉？"

警官耸了耸肩。

"我相信她留在这里也不会有什么事的，"他沉思着说道，"那帮强盗知道她现在会受到保护，他们知道接近她有多危险，他们不会疯狂到这么做的。我非常感谢您的证词，女士。这对我们有很大帮助，我向您保证。您介不介意我再问您几个小问题呢？"

"她已经很累了，"菲利西托先生抗议道，"您为什么不让她安静一会儿呢，上尉？明天或者后天再问她吧。我想带她去看大夫，让她在医院里住一整天，做一次全面检查。"

"你别担心，小老头，我待会儿再休息吧，"玛贝尔插言道，"您想问什么就问吧,先生。"

十分钟以后,利图马心想他的上司太过分了。运输公司老板说得没错;那可怜的女人刚刚熬过一次可怕的经历,她以为自己会死,这几天对于她来说是一场生死磨难。上尉想要玛贝尔如何记住他一直追问的那些无关紧要、愚蠢至极的细节呢?他不明白。他的上司为什么会想知道她被关起来时有没有听见公鸡或母鸡咯咯叫、猫儿喵喵叫、狗儿汪汪叫呢?玛贝尔怎么能根据声音数出绑架者有几个人,或者他们是否都是皮乌拉人,或者是不是有人说话像利马人、山区人或东部人?玛贝尔尽力回答着,她搓着手,犹豫着,她有时候会混淆,显现出一脸惊恐,这也正常。她不记得了,先生,她没注意这一点,哎呀,真遗憾。她耸着肩、搓着手道歉:"我真笨呀!我应该想到这些事情的,我应该试着注意、试着记住的。但是我当时好慌张啊,先生。"

"您别担心,您当时昏了头也很正常,您不可能什么都记得,"希尔瓦上尉给她鼓劲,"可是,可是,再做最后一点儿努力吧。您记得的任何东西都会对我们非常有用,女士。我的有些问题,您可能觉得很没有必要,但是,有时候,从这些无关紧要的小地方就能揪出带我们抵达目的地的线索。"

最让利图马觉得奇怪的是,希尔瓦上尉反复让玛贝尔回忆被绑架当晚的周围环境和细节。确实没有一个邻居在大街上乘凉吗?没有一个女邻居将半个身子探出窗外来听小夜曲或跟情郎聊天吗?玛贝尔觉得没有。但是,也许有吧,不,不,当她从玛利亚教友派的音乐会回来时,街道的这个角落没有一个人。说到底,也许有人吧,这也有可能,只不过她没有注意,没有发觉,她多笨呀。利图马和上尉非常清楚,那次绑架没有一个证人,因为他们询问过周围的所有人。那天晚上，谁也没有看见什么，谁也没有看见什么奇怪的事。也许这是真的，或者，就像上尉说的，也许是没有人愿意惹祸上身。"在黑社会面前，大家都会发抖啊。所以，他们情愿什么也看不见，什么也不知道。这群下流胚就是这样的软蛋。"

终于，警察局长让运输公司老板的情人喘了口气，然后，问了她一个普通的问题。

"您觉得，女士，如果菲利西托先生没有让那群绑匪以为他会付赎金，他们会怎么对付您？"

玛贝尔睁大了眼睛，她没有回答警官的问题，而是转向了自己的情人：

"他们问你要我的赎金啦？你没跟我说，小老头。"

"他们没有问我要你的赎金，"他澄清道，再一次亲了亲她的手，"他们绑架你就是为了强迫我把他们向纳利瓦拉运输公司索要的保护费交给他们。他们放了你是因为我让他们以为我接受了他们的敲诈。我不得不在《时代报》上登了一则声明，感激阿亚瓦卡被俘获的基督的一个神迹。这就是他们等待的讯号。所以他们才放了你。"

利图马看见玛贝尔的脸色再次苍白起来。她再一次发起抖来，牙齿直打颤。

"也就是说你会付那些保护费吗？"她结结巴巴地说。

"死也不会，亲爱的，"菲利西托先生吼道，他非常坚定地摇着头、摆着手，"这一点，永远不行。"

"那么，他们会杀了我，"玛贝尔低声说，"也会杀了你，小老头。我们现在会怎么样，先生？他们会杀了我们俩吗？"

她将双手捂住脸，发出一声抽泣。

"您别担心，女士，会有人全天二十四小时保护您的。时间不会很久,没那个必要,您看着吧。这些罪犯日子不长了,我向您发誓。"

"你别哭,你别哭啊,亲爱的,"菲利西托先生安慰着她,爱抚着她,拥抱着她,"我向你发誓,再也不会有坏事发生在你身上。再也不会了。我向你发誓,我的心肝啊,你得相信我。你最好听我的请求,离开这座城市一段时间,听我的吧。"

希尔瓦上尉站起身来,利图马也跟着他站起来。"我们会一直保护您的,"警察局长再次向他们保证,以作告别,"您放宽心,女士。"玛贝尔和菲利西托先生都没有送他们到门口。他们俩待在小客厅里,她嘤嘤哭泣,他则安慰着她。

门外,等待他们的是一轮烈日和跟往常一样的景象;衣衫褴褛的孩子们在踢球,饥肠辘辘的狗在吠叫,街角有一堆堆垃圾,沿街的商贩与一排轿车、卡车、摩托车和自行车抢着道。不止天上有黑头秃鹫,还有两只这样的大怪鸟已经落了地,在刨着垃圾。

"您觉得如何,上尉?"

他的上司掏出一包黑色香烟,递了一支给警长,自己也取了一支,两人就着一个老旧的墨绿色打火机点燃了烟。他长长地吸了一口,然后喷出一个个烟圈,表情非常满足。

"他们完啦,利图马,"他说道,一边给他的下属虚晃一拳,"这帮混蛋犯下了他们的第一个错,我就等着这个呢。他们完啦!我们去埃尔·查兰,我请你好好喝一杯多加冰的果汁,庆祝一下。"

他咧着嘴笑着,就像他打扑克、掷骰子或是下西洋跳棋时赢了一把那样搓着手。

"那个小娘们的证词比黄金贵啊,利图马,"他又说道,一边抽着烟,又惬意地吐着烟,"我猜,你也察觉到了。"

"我什么也没察觉到,上尉,"利图马茫然地坦白道,"您是说真的还是在要我?那可怜的女人连他们的脸都没看到。"

"操,你真是个差劲的警察,利图马,还是个更差劲的心理学家,"上尉嘲弄地说,他上下打量着利图马,痛快地笑着,"我不知道你是怎么升到警长的,妈的。更别提给我当副手了,这么说都算抬举你了。"

利图马又喃喃地自言自语:"比黄金贵,是的,先生。"他们正走过吊桥,看见一群小孩子在游泳,在河岸沙滩附近大呼小叫,扑腾得河水哗哗作响。好多年前,他与他的表亲雷昂兄弟也做过同样的事情。

"你别告诉我,你没发现小玛贝尔那个机灵鬼一句实话都没说,利图马。"上尉变得非常严肃,继续说道。他吸着香烟,挑衅似的将烟圈吐向天空,他的声音和眼睛里有着胜利的意味。"她一直说得自相矛盾,给我们编的故事狗屁不如。她想拿我们当孩子耍,还想把我们当婊子玩,好像你我是一对儿天字第一号大傻瓜似的,利图马。"

警长突然站住了,万分惊愕。

"您说的这些是认真的吗,上尉?还是您在蒙我?"

"你别告诉我连这再明摆着不过的事情你都没发现,利图马。"警长看出他的上司是在说真的,是非常笃定的。他说话时看着天空,因为对着太阳而不停地眨着眼睛。他很兴奋,很高兴。"你别告诉我你没发现那个长着个可怜小屁股的小玛贝尔从来就没有被绑架过。她是敲诈犯的同谋,她参与了这场绑架闹剧来软化可怜的菲利西托先生,她大概很想卷光他的钱。你别告诉我你没发现多亏了这群龟儿子犯的错,这案子实际上已经解决了,利图马。拉斯卡楚恰已经可以安心地睡觉了,他可以不必再来折磨我们的耐心啦。套儿已经下好啦,现在我们只差扑到他们身上,狠狠地干他们一场啦。"

他将烟头扔进河里,挠着腋窝哈哈大笑。

利图马已经摘下了警帽,将头发抹抹平。

"要么是我比看起来还要蠢,要么你是个天才,上尉,"他失落地说,"要么是您比一头山羊还疯,请原谅。"

"我是个天才,利图马,相信我吧,而且我掌握了人们的心理,"上尉狂喜地说道,"你要是愿意的话,我就给你做一个预言。等到我们逮住这帮贼崽子的那一天——这一天很快会到来,上帝在上——我会操烂我心爱的何塞菲塔女士的屁股,让她尖叫一整个晚上。生活万岁,娘的!"

12

"你找到可怜的纳尔西索了?"卢克莱西亚问他,"他怎么样?"

里格贝尔托先生点点头,然后筋疲力尽地倒在了自家客厅的座椅上。

"真是历尽千辛万苦啊,"他叹了口气,"伊斯马埃尔把我们卷入他的风流事和父子争斗里,真是把我们害惨了,亲爱的。"

伊斯马埃尔·卡雷拉的司机纳尔西索的亲戚们约里格贝尔托在琴恰入口的第一个加油站见面,他在公路上开了两个小时才开到那里。但是,到了以后,指定的那个加油站里没有一个人在等他。有好一会儿,他顶着日头看着货车、客车驶过,吞着从山区吹来的热风扑面刮来的灰尘。他又烦又累,差点儿就要启程回利马了,这时,一个小孩突然出现,自称纳尔西索的侄儿。他是个小黑人,皮肤非常黑,没有穿鞋,一双大眼睛仿似会说话,神神秘秘的。他说话时那么小心谨慎,里格贝尔托先生几乎没听懂他想对自己说什么。后来,事情总算弄清楚了,计划有变;他的叔叔纳尔西索会在格罗西奥·普拉多等他,就在信女梅尔乔丽塔(小家伙提到她名字时还划了个十字)生活过、施过神迹并死去的那栋房子门前。又花了半个小时开车驶过满是灰尘和坑洞的公路,驶过一个个种着供出口的各类水果的大葡萄园和小庄园。在格罗西奥·普拉多广场,在那位信女的故居-博物馆-祠堂门口,伊斯马埃尔的司机终于出现了。

"他半伪装着,披着某种斗篷,戴着悔罪徒似的风帽,好让别人认不出他来。当然,他也害怕得要死,"里格贝尔托微笑着回忆道,"那个黑人脸都吓白了,卢克莱西亚。说实话,这也难怪。那两条鬣狗白天黑夜都在追逼着他,比我设想的还要逼得厉害。"

他们先是派了个律师,其实就是个废话连篇的讼棍,想收买他。如果他到法官面前说他是受了逼迫才为他老板的婚礼当见证人,说他觉得伊斯马埃尔·卡雷拉先生结婚那天头脑并不清楚,他们就会给他一笔两万索尔的酬金。黑人回答说他会考虑一下,但是,他基本上是不愿意跟司法机关或者政府里的任何人打交道的,于是,警察便找上了他在琴恰的老家,传他去警察局。那对双胞胎已经报了案,告他是好几桩罪行的同谋,其中就包括密谋和绑架他的老板!

"他没有办法,只得又藏起来,"里格贝尔托继续说,"幸好,纳尔西索在整个琴恰都有亲朋好友。算伊斯马埃尔走运,这个黑人是世界上最正直、最忠诚的人。虽然他很害怕,但我觉得那对贼崽子是打不垮他的。我把他的工资给他,又给他留了一些钱,以防万一,以备不时之需。这件事越来越麻烦了,我亲爱的。"

里格贝尔托先生在小客厅的沙发椅上伸了个懒腰,打了个哈欠。当卢克莱西亚为他准备柠檬水时,他长时间地注视着巴兰科的大海。这是一个没有风的下午,空中有好几个人在乘滑翔伞。有一个擦过时靠得那么近,里格贝尔托都能看见他塞在钢盔里的脑袋。什么破事。正好撞在这个时候,在他正要开始退休的时候。他以为退了休便只有散心、休息、艺术和旅行,也就是说,只有纯然的享受。但事情从来不会按计划来:这是一条没有例外的规律。我从来没想过跟伊斯马埃尔的友谊竟会给我造成这么大的负担,他想,更没想到我得因此牺牲掉我小小的文明空间。如果是晴天,现在正是利马最奇妙的时刻,是极致美丽的几分钟。那颗大火球会沉入大海,坠入圣洛伦索和埃尔弗龙冬等岛屿后面的海平线,会点燃天空,将云朵染成玫红,在短短几分钟里呈现出一幅宁静而恐怖的景致,预示着黑夜的开始。

"你对他说了什么?"卢克莱西亚坐到他身边问道,"可怜的纳尔西索,就因为他对他的老板好,竟惹下这么大的麻烦。"

"我试图安抚他,"里格贝尔托先生一边惬意地品尝着柠檬水一边说道,"我让他不要害怕,他和我都不会因为当了婚礼见证人就有什么事。我说,我们做的事情一点儿罪过都没有。我说,而且,伊斯马埃尔会打赢跟鬣狗们的这一仗。我说,埃斯科比塔和米奇的四处活动和大呼小叫没有一点儿法律依据。我还说,如果他想更安心一点儿,就去找他在琴恰信得过的律师咨询一下他的案子,然后把律师的账单寄给我。总之,我是尽我所能了。他是一个很坚强的人,我再跟你说一遍,那些贼崽子是打不垮他的。但是,他们让他的日子很难过,这倒是真的。"

"难道对我们就不是吗?"卢克莱西亚抱怨道,"我跟你说,自从这场闹剧开始以后,我甚至害怕到街上去。大家都会跟我打听那对小情侣,好像利马人再没别的事情好在意了似的。我看所有人都有一副记者的神气。你不知道,当我听见、看见他们写的那些连篇鬼话、满纸谎言的时候,我有多恨他们。"

她也害怕了,里格贝尔托先生想。他的妻子在对他微笑,但是,他能察觉到她眼中透出的那一丝逃避的眼神和她一直搓着手的那种不安情状。可怜的卢克莱西亚。不止她万分期待的欧洲之行泡了汤,还要再添上这一场风波。伊斯马埃尔那个老家伙却在欧洲度蜜月,没有一点儿消息,而他的宝贝儿子们在利马对纳尔西索、对他和卢克莱西亚百般为难,把保险公司也折腾得鸡飞狗跳。

"你怎么了,里格贝尔托?"卢克莱西亚惊讶地说,"自己偷着乐的人,多半是想起了自己干的坏事。"

"我是在笑伊斯马埃尔,"里格贝尔托解释道,"他的蜜月度了快有一个月了。他都八十多岁啦!我已经确认过了,他不是七十几岁,而是八十多了。真行啊!① 你发现了吗,卢克莱西亚?他用了那么多伟哥,他的脑子会被榨干的,这样一来,鬣狗们称他脑子糊涂也就成了真话。阿尔米达肯定是头小野兽,她要把他榨干啦!"

"你别这么粗俗啦,里格贝尔托。"他的妻子笑着假装批评他。

她很懂得乐观地面对困境,里格贝尔托感动地想着。这些天来,那对双胞胎的恐吓行动让这个家里只闻法院传唤和警察传讯,满耳都是坏消息——最坏的一条:他们找了个法律上的借口,卡住了里格贝尔托在保险公司的退休手续——但是卢克莱西亚没有显示出一点点软弱的迹象。她全身心地支持他不向鬣狗们的敲诈低头,继续忠诚于他的上司兼朋友的决定。

"唯一让我介怀的是,"卢克莱西亚仿佛读懂了他的心思似的,"伊斯马埃尔竟然连电话也不打,也不给我们写几行字过来。你没注意到吗?他是真的知道他让我们有多头疼吗?他知道可怜的纳尔西

---

① 原文为法语。

索的遭遇吗?"

"他什么都知道,"里格贝尔托保证道,"阿尔尼利亚斯跟他有联系,把事情都告诉他了。他跟我说,他们每天都会通话。"

克劳迪奥·阿尔尼利亚斯博士多年来一直是伊斯马埃尔·卡雷拉的律师,如今充当了里格贝尔托和他的前老板的中间人。据他说,伊斯马埃尔和阿尔米达正在欧洲旅行,很快就会回到利马。他保证,伊斯马埃尔·卡雷拉的两个儿子妄图撤销这场婚姻并以年老痴呆无能为由弄到一纸保险公司所有权裁决书的所有计谋注定会一败涂地。只要伊斯马埃尔出现,做个相应的身体检查和心理测验,这场控告就会不攻自破。

"可是,我就不明白了,为什么他不能干脆一点儿解决掉呢,阿尔尼利亚斯博士?"里格贝尔托先生喊道,"对伊斯马埃尔来说,这场风波一定比对我们来说更痛苦。"

"您知道为什么吗?"阿尔尼利亚斯博士解释道,他摆出一脸狡诈,两根大拇指塞进扣住他长裤的那两条颜色浮夸、怪诞的背带中,"因为他希望那对双胞胎能继续透支。他们现在肯定正东借西借地凑钱来付给这支律师大军,并到处给警察和法官塞好处。这些开支会活活揭掉他们一层皮,这是非常有可能的,他希望他们彻底破产。这是卡雷拉先生非常细致地计划好的。您发现了吗?"

里格贝尔托先生现在发现了,自从伊斯马埃尔·卡雷拉发现那两条鬣狗巴望着他死掉、巴望着继承他财产的那天开始,他对他们的怨恨就非常病态,而且无法改变了。他从来没想过温和的伊斯马埃尔竟能生出这么深的恨意,竟能这么具有报复心,更别提还是对他的亲生儿子。丰奇托也会有朝一日盼着他死吗?说起来,那孩子在哪儿呢?

"他跟他的朋友佩佐洛出去了,我相信是去电影院了,"卢克莱西亚告诉他,"你有没有发觉这几天他似乎好一些了?好像他已经把艾迪尔贝尔托·托雷斯忘了似的。"

是的,他至少有一个星期没再见到那个神秘人物了。无论如何,他是这么告诉他们的,到现在为止,里格贝尔托先生还没逮到过他的儿子撒谎。

"这一片混乱把我们计划已久的旅行毁了,"卢克莱西亚夫人叹了口气,突然伤心起来,"西班牙、意大利、法国。真叫人伤心,里格贝尔托。我一直梦想着这趟旅行。你知道为什么吗?这都怪你。因为你一直那么详细地、那么执着地跟我描述这场旅行。参观各大博物馆、听一场场演奏会、看一部部戏剧、品尝各家饭店。说到底,我们有什么办法呢?耐心一点儿吧。"

里格贝尔托表示同意:

"只是推迟一点儿,我亲爱的,"他吻着她的头发安慰道,"我们春天去不成,就秋天去。那也是一个非常美的季节,树叶转成金黄色,街道上落叶铺成地毯。那是一年中听歌剧和演奏会的最佳时节。"

"你认为到了十月份这两条鬣狗的风波会过去吗?"

"他们没有钱。他们正在将他们剩下的那点儿钱花在撤销那场婚姻和剥夺他们父亲的公民权利上,"里格贝尔托说道,"他们不会得逞的。他们会破产。你知道吗?我从来没想过伊斯马埃尔做得出他现在正在做的这些事情:先是跟阿尔米达结婚,然后计划一场针对米奇和埃斯科比塔的完美复仇。人确实是不可能被彻底了解的,每个人都是深不可测的。"

他们聊了好长时间,天渐渐黑了下来,城市亮起了盏盏灯光。

他们不再能看见大海和天空。夜空中满是小小的亮光,似乎是萤火虫。卢克莱西亚告诉里格贝尔托,她读了丰奇托要交给学校的一篇作文,很受感动。她无法将之忘掉。

"他自己拿给你看的?"里格贝尔托逗她,"还是你在他的书桌里翻来翻去了?"

"嗯,它就放在那儿,就在眼前。我很好奇,所以看了。"

"你未经他同意,背着他看他写的东西,这可不对。"里格贝尔托假装批评她。

"那篇作文让我一直在想,"她没有理会他,继续说道,"那是一篇半哲学半宗教的文章,关于自由与邪恶的。"

"在你手上吗?"里格贝尔托来了兴趣,"我也想看一眼。"

"我复印了一份,八卦先生,"卢克莱西亚说道,"我给你放在书房了。"

里格贝尔托先生在他的书籍、唱片和版画的环绕下开始读丰奇托的作文。《自由与邪恶》非常短,文中说,也许上帝创造人类时已经决定,人类不会是个傀儡,他的生命不会从生到死地被安排好,就像植物和动物一样,而是一个拥有自由意志的生灵,有能力自行决定自己的行为。自由便由此而生。但是,人类拥有的这种天赋使得人类可以选择邪恶,甚至创造邪恶,做出的事情会与上帝的造物完全相悖,而且更像是恶魔的来由,是它存在的根本。这样一来,邪恶便是自由之子,是人类的造物。但这并不意味着自由本身是邪恶的,不,自由是一种天赋,它带来了各种科学技术的伟大发明和社会进步,带来了奴隶制度与殖民制度的消失,带来了人权,等等。但是,它也是各种残忍行径和巨大痛苦的根源,这些不幸从未停止,如影随形地始终伴随着进步之路。

里格贝尔托先生担心起来。他觉得，这篇文章里的所有想法都在某种程度上跟艾迪尔贝尔托·托雷斯的神秘现身和他的几次哭泣有关。或者，这篇文章是丰奇托和奥多诺万神父谈话的结果？他的儿子又去见佩平了吗？就在这时，胡斯蒂尼亚娜非常激动地闯进了书房。她来告诉他那个"新郎官"打电话找他来了。

"他说就这么通报，里格贝尔托先生，"姑娘解释道，"'告诉他说是新郎官给他打电话啦，胡斯蒂尼亚娜。'"

"伊斯马埃尔！"里格贝尔托先生从书房冲了出来，"喂？喂？是你吗？你已经到利马了？你什么时候回来的？"

"我还没回来呢，里格贝尔托，"一个淘气的声音说道，他听出来那就是他老板的声音，"我从一个我当然不会告诉你是哪里的地方打电话给你，因为有一只小小鸟告诉我，你的电话被我们都知道的那帮人给监听了。所以我只能说，是一个非常美的地方，嫉妒死你吧？"

他非常开心地笑了起来。里格贝尔托惊慌起来，他突然怀疑他的前上司兼朋友突然之间确实是傻了，彻彻底底地傻了。那些鬣狗有本事雇一家间谍机构来给他的电话做手脚吗？不可能，他们的脑灰质还到不了这一步。或者，也许会？

"好吧，好吧，你还想怎么样呢？"他回答，"这样对你更好，伊斯马埃尔。我看蜜月过得很顺利，你还喘得上气来。也就是说，你至少还活着。我很开心，老伙计。"

"我状态极佳，里格贝尔托。让我告诉你一件事。我从来没有像这些日子里感觉这么好、这么幸福过。就是你听到的那样。"

"那就太好啦，"里格贝尔托再次说道，"嗯，我不想跟你说些坏消息，尤其是在电话上。但是，我猜你已经知道你在这里惹下的麻烦了。你已经知道像雨点一样落到我们身上的那些事情了吧?"

"克劳迪奥·阿尔尼利亚斯非常详尽地把事情告诉我了,他给我发来了剪报。读到我被绑架了、得老年痴呆了,我都乐了。你和纳尔西索似乎是绑架我的同谋啊,不是吗?"

他再次哈哈大笑,长久而响亮,满含讽刺。

"你能乐呵呵地面对这一切真是太好了,"里格贝尔托抱怨道,"纳尔西索和我可不怎么乐,你应该想象得到。那小兄弟俩用他们的阴谋和威胁都快把你的司机逼疯了。对我们也一样。"

"我很抱歉给你们带来了这么多麻烦,"伊斯马埃尔严肃起来,试图缓和一下气氛,"我害得你的退休手续被卡住了,还取消了欧洲之行。我都知道,里格贝尔托。非常抱歉给你和卢克莱西亚带来了这些麻烦。不会耽搁太久的,我向你发誓。"

"比起跟一个像你这样的家伙的友谊,退休和一次欧洲旅行又算什么呢?"里格贝尔托讽刺地说,"我最好就别跟你说法官几次传唤我作为包庇和绑架案的嫌疑同谋犯去录口供的事儿了,别破坏了你美妙的蜜月。总之,我希望这一切很快变得只是我们的笑料和轶事吧。"

伊斯马埃尔再次哈哈大笑,好像这一切都与他无关似的。

"你这样的朋友现在已经没有啦,里格贝尔托。我一直知道。"

"阿尔尼利亚斯大概已经告诉你了,你的司机不得不躲了起来。那对双胞胎派了警察去找他,看他们丧心病狂的样子,即便同时派了几个杀手去卸掉他的什么地方,我也不会觉得惊讶。"

"他们的本事大着呢,"伊斯马埃尔承认,"那个黑人可是千金难买啊。你安抚他一下,让他不要担心。告诉他,他的忠诚会得到酬谢的,里格贝尔托。"

"你很快就会回来吗?还是你要继续度蜜月,直到你爆掉心脏,蹬腿了账?"

"我正在办一件小事情,它会让你大吃一惊的,里格贝尔托。我把这事一了结,就会回到利马去摆平这一切。你看着吧,这场风波三两下就会平息下去的。我真的很抱歉让你这么头疼,所以我才给你打电话,没别的事。我们很快就会见面的。替我亲一亲卢克莱西亚,给你一个大大的拥抱。"

"也拥抱你,替我亲亲阿尔米达。"里格贝尔托先生告别道。

他挂上电话后盯着电话机看了一会儿。威尼斯?蔚蓝海岸①?卡普里?这对爱情小鸟会在哪儿呢?在某个像是印度尼西亚或是泰国那样富于异国情调的地方?伊斯马埃尔确实像他说的那样幸福吗?照他朝气蓬勃的哈哈大笑来看,是的,毫无疑问。到了八十岁,他发现生活可以不止是工作,也可以疯狂一把,放肆而行,品味性爱的乐趣和报复的快感。这样对他更好。就在这时,卢克莱西亚焦急地走进了他的书房:

"怎么回事?伊斯马埃尔跟你说了什么?说呀,说呀。"

"他似乎非常、非常开心。他觉得这一切都很好笑,你觉得怎么样?"他总结道。这时,疑虑再次袭上心头:"你知道吗,卢克莱西亚?万一他是真的傻掉了呢?万一他都没有发觉自己发的这些疯呢?"

"你是说真的还是开玩笑,里格贝尔托?"

"我到现在一直都觉得他绝对神智清楚,绝对能够自制,"他怀

---

① 又称蓝色海岸,指从马赛向东直到意大利西北部的地中海海岸,沿岸有戛纳、尼斯、摩纳哥等旅游胜地。

疑地说，"但是，听着他在电话里的哈哈大笑，我就琢磨开了。因为这里发生的这一切把他给乐坏了，就好像他一点儿也不在乎他把我们拖入的这场丑闻和风波似的。总之，我也不知道，也许是我有点儿多心了。你发现了吗，如果伊斯马埃尔真的一夜之间老年痴呆了，我们会落得个什么处境？"

"你现在把这个念头塞进我脑子里还真是时候啊，里格贝尔托。我整晚都忘不掉这件事了。我要是失眠，你就倒霉了，我可警告你。"

"都是傻念头，你别理我。我这是在祈求保佑，别对我说可能发生的事真的会发生，"里格贝尔托安抚她道，"但是，说真的，我没想到他会这么不放在心上，就好像这一切跟他没关系似的。对不起，对不起。我知道他是怎么了。他现在很幸福，这就是一切的关键。伊斯马埃尔有生以来第一次知道真的干上一炮是什么感觉了，卢克莱西亚。他跟克洛蒂尔德的那些都是夫妻之间的消遣，跟阿尔米达却有罪恶感掺杂其中，办起事来就更痛快了。"

"你又开黄腔了，"他的妻子抗议道，"而且，我不知道你对夫妻之间的消遣有什么意见，我觉得我们的消遣进行得非常好啊。"

"当然，我亲爱的，美妙绝伦，"他亲着卢克莱西亚的手和耳朵说道，"最好跟他一样，不把这件事放在心上。要有耐心，等着这阵风吹过去。"

"你不想跟我出去吗，里格贝尔托？我们去电影院吧，到外面去吃点儿东西吧。"

"我们倒不如就在这里看一部电影，"她的丈夫回答道，"光是想着可能会出现某个拿着小机器的家伙给我拍照、向我打听伊斯马埃尔和那对双胞胎，我就没有胃口了。"

自从报界知道了伊斯马埃尔与阿尔米达结婚以及他的儿子们为了宣布婚姻无效、宣布他没有行为能力而采取警务和司法行动的消息以后，报纸、电台和电视节目里便再没谈过别的话题，社交网络和博客上也是一样。真相消失在狂热如火花迸飞的添油加醋、胡编乱造、闲言闲语、恶意诽谤和卑劣诬蔑之中。在这一片火花中，人们全部的恶毒、粗鄙、奸诈、不满、怨恨和复杂情绪似乎都浮现出来。在这场大戏中，伊斯马埃尔·卡雷拉和阿尔米达成了全城的消遣，他们被报纸、电台和电视台乱扣屎盆子，米奇和埃斯科比塔生起来一堆大火，每天用声明、采访、简讯、异想天开和胡言乱语将火拨得更旺，将他们俩放在火上不停地烤，里格贝尔托先生心想，如果不是自己也被拖进了这场媒体轰炸之中，如果他没有被学识不够就拿病态和无礼来凑的记者们追问个不停，这场戏对他来说本来会是件非常有趣的事情，而且还深具指导作用和教育意义。对于这个国家、这个城市，对于人类灵魂这个整体，对于从丰奇托的作文来看现在正在困扰着他的邪恶本身，都具有指导作用和教育意义。是的，他又想道。对于很多东西都是如此。在这个时代，或者说至少在这个社会里，媒体的作用不是提供信息，而是磨灭任何形式的、辨别谎言与真实的能力，是用一种虚构来替代现实，从中反映出被不满和嫉妒啃噬的大众心中那排山倒海般的各类情结、挫败感、痛恨与心灵创伤，一个证明小小的文明空间永远无法战胜不可度量的野蛮的证据。

与他的前老板兼朋友的这通电话让他很是沮丧。他并不后悔当朋友婚礼的见证人，帮他一把。但是，那个签名的后果开始压得他喘不过气来了。司法和警察方面的麻烦、退休手续方面的延迟都没有那么严重，因为他想（大吉大利啊，什么事都有可能发生）这些事无论如何总会解决的。然后,卢克莱西亚和他就可以去欧洲旅行了。最糟糕的是他被卷入的这桩丑闻,他现在几乎每天都会出现在某份三流报纸的版面上,通篇只见臭俗难耐的奇情夸张。他苦涩地自问:这个小小的庇护所里藏着书籍、版画、唱片和所有这些美丽的、精致的、细巧的、充满智慧的东西,你那么辛苦地收集来,以为在这个小小的文明空间里可以不受粗鄙、轻浮、愚蠢和虚夸的伤害,但这个地方对你又有什么帮助呢?他过去以为,他必须在风暴中建起这座文化的孤岛或堡垒,不受周遭野蛮的侵扰,但这行不通。他的朋友伊斯马埃尔和那两条鬣狗掀起的风波已经将他们的酸、他们的脓、他们的毒药渗入了他的书房,他多年来——二十年?二十五年?三十年?——总是会退守到这方领土来享受真正的生活。这种生活能够补偿他在公司里的凭单和合同,补偿地方政治里的勾心斗角和鸡毛蒜皮,补偿他不得不每天与之打交道的那些人的谎言和愚蠢。如今,因为这场风波,他再设法在书房中寻求清净独处也已无济于事。以前是有帮助的。他在留声机里放上一张美妙的唱片,阿图尔·奥涅格①的宗教歌剧《大卫王》,是在巴黎圣母院里录制的,这张唱片总是听得他非常激动。这次,他却连一刻也无法将精神集中在音乐中。他心不在焉,一直回想起最近这些天的一幕幕情景和种种担心,以及每次发现自己的名字出现在报道中的惊吓与气愤——虽然他不会买那些报纸,但是朋友们会给他送过来,或是不依不饶地跟他评论这些报道,破坏他和卢克莱西亚的生活。他只得将留声机关了,闭着眼睛静静地待着,听着自己的心跳声,嘴里有咸咸的味道。在这个国家是建立不起一片文明空间的,哪怕一丁点

---

① 阿图尔·奥涅格(Arthur Honegger,1892—1955),生于法国的瑞士作曲家。

儿也不行，他得出结论。野蛮终将摧毁一切。就像他每次感到沮丧时一样，他再一次对自己说，他年轻时决定不移民，留在这里，留在可怕的利马，坚信他可以安排好自己的生活，即使为了养家糊口，他每天必须花上好多个小时淹没在秘鲁上流社会的庸俗噪声之中，他还是能够真正地生活在那片由他自己建造起来、逃避日常束缚的纯粹、美妙、高雅、只见高山流水的飞地之中。当时的他错得多离谱啊。就在那时，他有了建立一个救赎空间的想法，他想到文明不是也从来不曾是一种运动、一种事物的普遍状态、一个包含整个社会的环境，而是在时间和空间中建立起来的一个个小小堡垒，抵御着某种力量的持续进攻，这股力量源自本能，激烈而粗暴，笨拙而丑陋，深具毁灭性，形同野兽，统治着世界，如今还钻入了他自己的家中。

这天晚上，吃过晚饭，他问丰奇托累不累。

"不累，"他的儿子回答道，"怎么这么问，爸爸？"

"我想跟你谈一会儿，如果你不介意的话。"

"只要不是谈艾迪尔贝尔托·托雷斯，我就很乐意，"丰奇托调皮地说，"我没再见到他，所以你放心吧。"

"我向你保证我们不会谈他。"里格贝尔托先生回答道。然后，就像他小时候常做的那样，丰奇托将两根手指交叉起来，吻着手指发誓："凭上帝发誓。"

"你别没事就乱用上帝的名字，我可是信教的，"卢克莱西亚责备他，"你们去书房吧。我会叫胡斯蒂尼亚娜把冰激凌给你们拿到那儿去。"

在书房里，他们品尝着路枯马果冰激凌。里格贝尔托先生一口一口地吃着，一边偷偷看着丰奇托。他盘着腿坐在父亲对面，慢慢地一勺一勺舀着他的冰激凌,似乎沉浸在某种遥想当中。他已经不是个孩子了。他什么时候开始刮胡子的?他的脸是刮过的,头发却蓬乱;他不怎么做运动,看起来却像是常做运动的样子,因为他的身材瘦削但健美。他是一个很帅气的孩子,女孩们应该都爱死他了。大家都这么说。但是,他的儿子似乎对这些事情不感兴趣,反倒沉溺于宗教幻想与思考。这是好事还是坏事?他情愿丰奇托是个普通的男孩吗?普通,他想着,一边想象着他的孩子用同龄年轻人那种缺音少字、猴子一样的切口说话,想象着他在周末喝得醉醺醺的,在泛美公路一百公里处亚细亚温泉浴场的舞厅里抽着大麻烟,嚼着古柯叶,或是吞着迷幻药片,就像利马的众多富家子弟一样。他浑身打了个寒战。看见幽灵或是恶魔本尊、写写关于邪恶的文章比那样好上一千倍。

"我看了你写的关于自由与邪恶的文章,"他说,"它就放在那儿,在你书桌上,让我很好奇。我希望你不介意。我很受震撼,真的。写得很好,充满非常个人化的想法。这是什么课程用的?"

"语言课,"丰奇托不在意地说,"伊图利亚加老师让我们进行自由写作,我就想到了这个题目。不过,这是个草稿,我还得改改。"

"我很惊讶,因为我不知道你对宗教这么感兴趣。"

"你觉得这是一篇宗教文章?"丰奇托觉得很奇怪,"我倒觉得这更像是谈哲学的。好吧,我不知道哲学和宗教会搅在一起,确实。你从来就没对宗教感过兴趣吗,爸爸?"

"我在拉雷科莱塔读过书,那是神父办的中学,"里格贝尔托先生说,"然后,我又上了天主教大学。我甚至还和佩平·奥多诺万当过一阵子天主教行动组织的头儿。年轻的时候,我当然曾经很感兴趣。但是,有一天,我失去了信仰,并且再也没有找回来。我觉得，当我开始思考时，我便失去了信仰。要当信徒，不适合想得太多。"

"也就是说，你是无神论者。你觉得在这一世之前或之后什么都没有吗？无神论者就是这样的，不是吗？"

"这就是在钻牛角尖啦，"里格贝尔托先生叹道，"我不是无神论者。无神论者也是有信仰的，他相信上帝不存在，不是吗？如果要说我是什么人，倒不如说我是不可知论者，一个宣称自己满腹疑惑、无法相信上帝存在或不存在的人。"

"既非驴，又非马，"丰奇托笑了，"这可是个逃避问题的大妙招啊，**爸爸**。"

他笑得爽朗而健康，里格贝尔托先生想，他真是个好孩子。他正经历着一场青春期的危机，他对阴间与现世心生困惑和不安，这更说明了他的好。他多想帮助他呀。可是，怎么、怎么帮呢？

"有点儿像是这样吧，不过这句嘲笑就没必要啦，"他说道，"你希望我对你说句实话吗，丰奇托？我嫉妒那些信徒。当然不是指那些狂热派，他们让我恐惧。是指那些真正的信徒，那些有所信仰并且试图根据自己的信仰来安排生活的人。有节有度，既不大惊小怪也不丢丑卖乖。我并不认识很多这样的人，但还是有几个的。我觉得他们令人嫉妒。说起来，你是信徒吗？"

丰奇托严肃起来，他在回答之前想了一下。

"我很想对宗教再多了解一些，因为从来没人教过我，"他带着一丝责备的口吻回避了答案，"所以我和塌鼻子佩佐洛加入了一个《圣经》阅读小组。我们每周五课后会碰头。"

"很好的主意，"里格贝尔托先生很高兴，"《圣经》是一本很了不起的书，不管是否信教，大家都应该读一读。首先，这是常识。

其次，这也是为了更好地理解我们生活的这个世界，我们周围发生的很多事情都直接或间接地源自《圣经》。"

"你就是想跟我谈这个吗，爸爸？"

"实际上，不是的，"里格贝尔托先生说，"我是想跟你谈谈伊斯马埃尔和我们现在陷入的这场丑闻。这件事大概也已经传到你学校里了吧？"

丰奇托又笑了起来。

"别人已经问过我一千次，你是不是像报纸上说的那样帮助他娶了他的厨娘。在博客上，你老是掺和在这个乱子里出现。"

"阿尔米达从来没当过他的厨娘，"里格贝尔托先生澄清道，"倒不如说她是女管家。她负责家里的清洁和管理，尤其是伊斯马埃尔丧妻之后。"

"我到他家去过两三次，一点儿也不记得她了，"丰奇托说，"她至少挺漂亮的吧？"

"可以说是很拿得出手的，"里格贝尔托先生很智慧地回答道，"对了，比伊斯马埃尔年轻很多。你别去相信报纸上说的那些浑话，说他被绑架了，说他傻了，说他不知道自己在干什么。伊斯马埃尔脑子很清楚，所以我才答应当他的证人。当然，我没想到事情会闹得这么大。说到底，事情会过去的。我是想告诉你，我在公司的退休手续被卡住了，那对双胞胎诬告我参与了一桩从未发生过的绑架案，所以，现在我被这些传讯和律师困在了这儿，困在了利马。就是这么回事。我们正在度过一段困难时期，在这件事情解决之前，我们得稍稍勒紧点儿裤腰带，因为把积蓄全都花光也不合适，我们三个的未来全靠这些积蓄了，尤其是你的未来。我想让你知道。"

"当然，爸爸，"丰奇托说道，一边给父亲鼓劲，"你别担心。如果有必要,你可以把我的零用钱暂停,直到这件事情过去为止。"

"那倒不至于,"里格贝尔托先生微笑道,"给你发零用钱还是绰绰有余的。在你学校里,师生之间是怎么说这件事情的?"

"绝大部分当然是站在双胞胎那一边。"

"站在鬣狗那一边?看得出来他们不认识这两个人。"

"其实是因为他们是种族主义者,"丰奇托肯定地说,"他们无法原谅伊斯马埃尔先生竟然娶了个土著女人。他们认为随便哪个头脑清楚的人都不会这么干,而阿尔米达唯一想要的就是弄他的钱。你不知道我为了维护你朋友的婚姻跟多少人吵过架了,爸爸。只有佩佐洛支持我,不过他更多的是为了朋友义气,而不是因为他觉得我说得有理。"

"你维护的是正义啊,孩子,"里格贝尔托先生拍拍他的膝盖,"因为,即使谁也无法相信,但是伊斯马埃尔结婚确实是出于爱情。"

"我可以问你一个问题吗,爸爸?"孩子像是已经准备离开书房时,突然说道。

"当然啦,儿子。随便问。"

"有件事我不明白,"丰奇托并不自在,但仍大胆地说道,"是关于你的,爸爸。你一直都很喜欢艺术、绘画、音乐和书籍。这是仅有的会让你谈论起来激情洋溢的东西。那么,你为什么会当律师呢?你为什么要将你的一辈子都用来为一家保险公司工作呢?你本应该当一个画家、一个音乐家,总之,我不知道。你为什么没有追寻你的爱好呢?"

里格贝尔托先生点点头,他在回答之前想了一会儿。

"因为胆怯,孩子,"他最终低声说道,"因为缺乏自信。我从来都不相信自己有天赋,能真正成为一个艺术家。但是,也许这只是一个不去尝试的借口。我当初决定不当一个创作者，而只是艺术的消费者、文化的爱好者，是因为胆怯，这就是令人伤心的事实。所以，你已经知道了。你别学我的样。不管你的爱好是什么，你一定要追寻到底，别跟我一样，不要背弃你的爱好。"

"我希望你没有不高兴，爸爸。这个问题我想问你很久了。"

"这个问题我也问了自己很多年，丰奇托。你强迫我做出了回答，我很感谢你。走吧，晚安。"

跟丰奇托聊过天以后，他心情很好地上床睡觉。他告诉卢克莱西亚，整个下午都沉浸在不快与痛苦中之后，听到儿子那么懂事，对自己真是太有帮助了。但是，他对她略去了他与儿子聊天的最后一部分内容。

"看到他这么平和、这么成熟，我很开心，卢克莱西亚。他参加了《圣经》阅读小组，你想想，有几个他这个年纪的孩子会做这样的事？没有几个。你读过《圣经》吗？我向你坦白，我只读过些片段，还是在好多年以前。你愿不愿意我们也把《圣经》读一读，评一评，就当是玩？这是一本很优美的书。"

"我很乐意，也许这样一来，你会重新皈依，回到教会的怀抱中。"卢克莱西亚说道。她思考了几秒钟以后，又加了一句："我希望读《圣经》不会跟做爱不可兼得，小耳朵。"

她感觉到丈夫坏坏地笑了起来，几乎同一时间，她也感觉到他贪婪的双手抚过她的身体。

"《圣经》是世界上最色情的书了，"她听到他热切地说道，"你会看到的，等我们读到《雅歌》的时候，等我们读到参孙对大利拉、大利拉对参孙做的那些荒唐事的时候，你会看到的。"

13

"虽然我们穿着警服，但是，这不是一次官方拜访，"希尔瓦上尉说道，一边殷勤地行了个军礼，他的肚子挺得鼓鼓的，警服的卡其色衬衫也绷了起来，"这是一次友情拜访，女士。"

"当然，很好。"玛贝尔说着为他们打开了门。她又是惊讶又是害怕，眨着眼看着两位警察。"请进，请进。"

上尉和警长不请自来时，她正沉思着再一次承认，她对于那个小老头的情感表现很是感动。她一直很喜欢菲利西托·亚纳克，或者说，在已经当了他情妇八年以后，她至少从来没有对他感到过嫌恶，那种肉体上和精神上的不愉快曾导致她与那些因争风吃醋、诸多要求、任性妄为或怨恨不满而让她很是头疼的露水情人与保护人突然分手。有几次分手对她来说意味着巨大的经济损失。但是，她敌不过这种嫌恶。当她嫌恶起一个男人时，她就无法再跟他睡觉了。她会过敏、头疼、打冷战，会开始想起她的继父。每次她必须为这个男人宽衣解带，在床上满足他的欲望时，她都会忍不住想吐。所以，她对自己说，虽然她从少女时便跟许多男人睡过觉——她十三岁时，发生了继父那件事，她便逃出了家门去跟叔叔婶婶住——但是，她不是也永远不会是别人口中的妓女，因为妓女与客人上床时懂得伪装，而她不行。玛贝尔与人上床，至少得对这男人有一些好感，而且，还得用某些方式来"婊子假正经"一番，就像粗鲁的皮乌拉人常说的那样，请几回客，约几次会，送几件小礼物，眉目传情几下，举止达意，将睡觉装点得更体面一些，让这档子事儿表面看来像是在谈情说爱。

"谢谢，女士，"希尔瓦说道，一边将手抬到帽檐边，做出敬军礼的样子，"我们尽量不占用您很多时间。"

利图马警长也附和道："谢谢，女士。"

玛贝尔请他们坐到客厅里，给他们端来两瓶清凉的印加可乐。为了掩饰她的紧张，她努力不开口说话，只是冲他们微笑，等待着。两名警察脱下警帽，在扶手椅上坐定，玛贝尔发觉他们俩的额头和头发都被汗浸湿了。她想着自己应该把风扇打开，但她没有这么做。她害怕，如果自己从扶手椅上站起身来，上尉和警长就会发现她的双腿和双手已经开始抖个不停。如果她的牙齿也开始打战，她该对他们作何解释呢？"我有点儿生病了，有点儿发烧，都是因为，总之，是因为我们女人的那点儿事，你们肯定知道我指的是什么。"他们会相信吗？

"我们的意思呢，女士，"希尔瓦上尉将声音放得亲昵一些，"不是想盘问您，而是进行一场友好的谈话。这是两码事，您明白我的意思。我说了，是友好的，我要再重申一次。"

在这八年里，她从来没有对菲利西托有过过敏反应。这无疑是因为那老头实在人太好了。如果他来访的那一天，她有点儿不舒服，来例假或者只是不愿意为老爷打开双腿，纳利瓦拉运输公司的老板就不会勉强她。完全相反，他会很担心，会想带她去看医生，去药店帮她买点儿药，会给她拿来体温计。他是不是很爱她？玛贝尔有千百次都想着确实如此。无论如何，那个小老头为她付这栋房子的月租费，每个月给她几千索尔，并不只是为了每周跟她睡上一两回。他不但完成自己的义务，还老是送她小礼物，她的生日和过圣诞节的时候，还有一些谁也不会送礼物的日子，像是国家节庆日啦，或是十月份的皮乌拉周。就连他跟她睡觉的方式都一次次向她表明，他重视的不仅仅是性爱。他会在她耳边说些情人之间的话儿，他会温柔地亲吻她，他会着迷地、带着感激之情地看着她，好像他还是个毛头小伙子似的。这不就是爱吗？玛贝尔想过很多次，如果她坚持要求，她可以让菲利西托抛弃他的妻子，抛弃那个比起人类更像一只毛毛虫、矮矮胖胖的土著女人，然后跟她结婚。这会是易如反掌的事情。只要怀上个孩子，比如说，然后号啕大哭，怂恿怂恿他，就行了："我猜你也不希望你的儿子是个私生子吧，不是吗，小老头？"但是，她从来没试过，她也永远不会去试，因为玛贝尔非常看重她的自由、她的独立。她不会牺牲这两样东西去换取一份相对稳定的生活；而且，她也不喜欢过不了几年就变成一位老人的护士和看护，她可能不得不给他擦口水，洗掉他睡觉时尿湿的床单。

"我保证，我们不会占用您很多时间，女士。"希尔瓦上尉又说了一遍，他兜着圈子，不愿意明明白白地向她解释这次突然来访的原因。但他看着她的样子，玛贝尔心想，说明他的礼貌举止全是幌子。"而且，等您厌烦我们俩的时候，您就坦白地告诉我们，我们就走开，不再烦您了。"

这个警察为什么要将礼貌夸张到这么滑稽的地步？他有什么目

的？他是想安抚她,当然,但是他那种矫揉造作和过分殷勤的举止,还有他假装出来的微笑,都反倒增加了玛贝尔的疑心。这俩人是想干什么?与这位警官不同,他的下属警长无法掩饰他有一些坐立不安。他古怪、不安又谨慎地看着她,仿佛他有些害怕接下来可能发生的事。他不停地揉着下巴,手指的动作几近狂乱。

"您能亲眼看到,我们没有带录音机来,"希尔瓦上尉又说道,一边戏剧化地摊开双手,拍着自己的口袋,"连纸笔都没带。所以,您可以放宽心:我们在这里说的话不会留下任何痕迹。这会是机密。只有您知我们知,再无第三者。"

被绑架的那周过后的几天,菲利西托展现出令人难以置信的温柔、殷勤,玛贝尔觉得都快喘不过气来了。她收到一大束用玻璃纸包着的红玫瑰,夹着一张他亲手写的卡片:"带着我所有的爱与痛,因为我让你经历了这场艰难的考验,我亲爱的玛贝尔,一个爱你的男人向你献上这束鲜花:你的菲利西托。"那是她这辈子见过的最大的一束花。她读完卡片,热泪盈眶,双手发潮,她只有在做噩梦时才会这样。她会接受小老头的提议,离开皮乌拉,等这场风波都过去吗?她在犹豫。这不是一个提议,而是一个要求。菲利西托害怕了,他认为她可能会受到伤害,他求她离开这里去特鲁希略,去奇克拉约,去利马,或者去见识一下库斯科,如果她愿意的话,想去哪儿都行,只要她远离那帮该死的画小蜘蛛的敲诈犯。他对她承诺得天花乱坠:她什么都不会缺的,她在外旅行时可以过得舒服又滋润。但是她还是下不了决心。不是说她不害怕,绝不是这样。与她认识的众多容易害怕的人不一样,害怕是玛贝尔到现在为止只感受过一次的情绪,当时她还小,她的继父趁着母亲去市场,钻进了她的房间,把她推到床上,想扒她的衣服。她奋起自卫,抓他、挠他,然后半裸着身子尖叫着跑到了街上。那一次,她确实明白了什么是真正的害怕。后来,她再也没有体会过那样的感觉。直到现在。因为,在那几天里,害怕,一种极度的、深深的、持续的恐惧重新进驻她的生命。一天二十四小时。无论白天或黑夜,无论上午或下午,无论沉睡或清醒。玛贝尔想着她到死也摆脱不掉这种感觉了。她上街时,总是不快地感觉到有人在监视她;即使在家里,即使重重封锁,依然会有惊恐袭来,令她浑身冰凉,令她无法呼吸。然后,她会觉得她的血管里已经没有血液在流淌了。虽然她明知道她是受到保护的,也许,正是因为这个。她受到保护了吗?菲利西托与希尔瓦上尉谈过之后向她保证过。确实,她家对面有一个警卫。她上街时,会有一男一女两个便衣警察,隔着一定的距离秘密跟着她。但是,正是这种全天二十四小时的监视让她愈加紧张了。希尔瓦上尉认为,绑匪们明知警察从早到晚围着她转,就不会莽撞、愚蠢到试图再次攻击她,他的这份笃定也加重了她的紧张情绪。不过,小老头还是认为她没有脱离危险。照他看,等绑匪们明白过来他对他们撒了谎,明白过来他刊登在《时代报》上的那条感激阿亚瓦卡被俘获的基督施下神迹的声明只是为了让他们把她放了,明白过来他并不想交保护费给他们,他们会勃然大怒,会试图报复在某个他爱的人身上。既然他们知道他这么多事情,他们肯定也知道菲利西托在这世上最爱的人就是玛贝尔。她应该离开皮乌拉,消失一段时间。如果那帮恶棍再对她下毒手,他将永远无法原谅自己。

玛贝尔觉得心都快跳出来了,但她依然沉默着。在两位警察的头顶、耶稣圣心脚下的镜子里,她看见自己的脸映在其中,惊讶于自己苍白的脸色,就像恐怖电影里的那些幽灵一样,煞白煞白的。

"我要恳求您听我说话时别紧张,也别害怕。"在一段长长的停顿过后，希尔瓦上尉又说道。他说得很温和，将声音压得很低，好像要向她透露一个秘密似的。"因为，也许您不觉得，但是我们来进行这一次私人行动，我再向您说一遍，是私人的，我们是为了您好。"

"您就干脆一点儿告诉我发生了什么事，您想怎么样吧。"玛贝尔透不过气来，但她总算说了出来。上尉虚伪的迂回和谨慎让她很是恼火。"您过来想对我说什么话就说吧。我不是傻子。我们别浪费时间了，先生。"

"那就有话直说了，玛贝尔。"警察局长态度一变。他的礼貌举止和恭敬态度突然之间全都消失了。他现在提高了声音，非常严肃地看着她，带着不恭不敬、高高在上的神气。这还不止，他还开始对她以你相称："我很为你难过，但是，我们什么都知道啦。你听得没错，小玛贝尔。一切，所有，什么都知道了。比如，我们知道你好长一段时间以来不止菲利西托·亚纳克先生一个情人，而是还有另一个人，比替你付这栋房子月租费的、穿马甲戴帽子的小老头更帅、更年轻的人。"

"您怎么敢！"玛贝尔抗议道，她的脸猛地红了，"我不允许您这样！这么污蔑人！"

"你最好让我说完，不要这么爱顶嘴，"希尔瓦上尉坚定的声音和威胁的手势猛地打断了她，"然后，你再想说什么就说什么。你可以随便哭闹跺脚，如果你愿意的话。这会儿，给我安静一点儿。我来说话，你闭上嘴。明白吗，小玛贝尔？"

也许，她必须离开皮乌拉。但是，要她独自生活在一个陌生的城市里——她只离开这座城市去过苏亚纳、洛比托斯、派塔和亚西拉，无论是北上还是南下，她都从来不曾穿越过本地区的边界线，也没有上过山区——一想到这个,她就失去了勇气。在一个没有亲戚朋友的地方、形单影只的,她要怎么办?她在那里会比在这里更没人保护。她就一直等着菲利西托来看她吗?她会住在饭店里,上午下午都会很无聊,唯一能做的事情就是看电视,这是说如果有电视的话,然后就是等啊等啊等。但是,有一个警察,无论男女,从早到晚监控着她的足迹,记录着她跟谁说了话、向谁打了招呼、谁又靠近过她,这种感觉她也不喜欢。与其说是有人保护,她更觉得是受人窥探,而这种感觉不但没让她放下心来,反倒让她紧张而不安。

希尔瓦上尉停了一会儿,慢吞吞地点了一支烟。他不慌不忙地吐了长长一口烟,烟在空中飘溢,让小客厅里充满了呛鼻的烟味。

"你可能会说,玛贝尔,警察管不着你的私生活,你说得很对。"警察局长继续说着,将烟灰弹到地上,那架势像是在讲道理,又像是在耍狠,"但是,我们关心的不是你有两个或是十个情人,而是你竟然疯到与其中一个合谋敲诈菲利西托·亚纳克先生,那个可怜的老头可那么爱你哪。你原来这么忘恩负义啊,小玛贝尔!"

"您说什么!您说什么!"她站起身来,现在的她颤抖着身子,满心气愤,也提高了嗓门,举起一只拳头,"我身边要是没有律师,我是一个字都不会说了。您要知道,我可晓得自己的权利。我……"

菲利西托真是固执啊!玛贝尔从来没想过这个小老头竟然准备死也不向敲诈犯交保护费。他看起来那么温和,那么宽容,却突然就在全皮乌拉面前展现出了钢铁般的意志。她重获自由的第二天,与菲利西托进行了一次很长的谈话。有一刻,玛贝尔突然出其不意地问道:

"如果那些绑匪们对你说,你不交保护费,他们就杀了我,你会任他们把我给杀了吗?"

"你也看到了没有发生这种事,亲爱的。"运输公司老板非常不自在地嘟囔道。

"坦白地回答我,菲利西托,"她继续问,"你会任他们把我给杀了吗?"

"然后我就会自杀。"他承认道。他的声音破碎,表情变得那么痛苦,她都同情起他来了。"原谅我,玛贝尔。但是我永远不会付保护费给一个敲诈犯。就算他们杀了我,就算他们杀了我在这个世界上最爱的人,也就是你,也是一样。"

"但是你自己也告诉我说你在皮乌拉的同行都这么干。"玛贝尔争辩道。

"很多商人、公司老板也一样,看起来是这样的,"菲利西托承认道,"确实,我是刚刚从维格诺罗那里知道这一点。随他们去。我不批评他们。每个人都知道自己做的事情,知道怎么捍卫他们的利益。但是我不像他们,玛贝尔。我不能这样做。我不能背弃我父亲的教诲。"

然后,运输公司老板热泪盈眶地说起他的父亲,说得玛贝尔万分惊讶。他们俩在一起的这些年里,她从来没听他这么深情地说起过自己的父亲。激动但又轻柔,就像他一边爱抚她一边对她说的那些温柔私语。他的父亲出身卑微,是一个佃农,一个楚鲁卡纳斯农民,后来到了皮乌拉这里,又当过搬运工和城市垃圾清洁工。他从来没有学过读写,一生的大部分时间都打着赤脚。当他们离开楚鲁卡纳斯,来到城里好让菲利西托能去上学的时候,这一点变得特别引人侧目。于是他不得不穿上鞋子,看得出,他走路时觉得多么古怪,穿上鞋以后他的脚有多疼。他不会给孩子拥抱和亲吻,也不会说些父母通常会对自家孩子说的那些亲热话来表达感情。他严厉而强硬，发起火来甚至会动手。但是，就算他自己少吃少穿，他依然供儿子读书，给他衣穿，给他饭吃，还把他送进驾校，让他学会了开车，拿到了驾照。他证明了自己是爱孩子的。多亏了那个不识字的佃农，才有了纳利瓦拉运输公司。他的父亲也许穷，但是他很伟大，因为他心地正直，因为他从不伤害别人，因为他没有违过法，也没有怨恨过那个抛弃了他、留下一个刚出生的孩子让他养的女人。如果罪过呀、邪恶呀、下辈子呀这些事都是真的，他现在就应该在天堂了。他连作恶的时间都没有，他的人生就像头牲口一样干着最廉价的活儿。菲利西托记得每晚都会看见他累个半死地躺倒。但是，他也确实从没容许任何人糟践过他。据他说，这一点决定了一个男人是有点儿价值还是贱如抹布。这也是他在工人医院里一张没有褥子的床上去世前留给菲利西托的忠告："永远别让任何人糟践你，孩子。"因为没有钱，菲利西托埋葬父亲时连墓穴都买不起，只得任人将他扔进了公用墓穴中。但他一直都谨遵父亲的这个忠告。

"你看出来了吗，玛贝尔？不是黑帮分子跟我要的这五百美元的问题。不是这个问题。而是如果我把钱给了他们，那他们就是在糟践我，把我变成一块破抹布。请告诉我你理解了，亲爱的。"

玛贝尔没有完全理解，但是，听他说起这些事情，她很受感动。直到现在，在跟了他这么长时间以后，她才发现在那瘦削、矮小的窝囊外表之下，菲利西托竟然有着刚烈的性格和经得起子弹考验的意志。是的，他会任由他们杀了她也不会让步。

"闭嘴，坐下。"警官命令道，玛贝尔便沉默下来，再次挫败地跌坐在座位上。"你暂时还不需要律师。你暂时还没有被逮捕。我们暂时还不是在审问你。这是一次友好而秘密的谈话，我已经告诉过你了。你最好能一次就给我记到脑子里去。所以,让我说话,小玛贝尔,而且你得把我要对你说的这些话好好听明白了。"

但是,在继续开口之前,他又长长地吸了一口烟,再慢慢地将烟吐出,吐成一个个烟圈。他是想折磨我,他就是为这个来的,玛贝尔想。她觉得很疲惫,又很困倦,好像随时都可能睡着似的。警长利图马坐在扶手椅上,稍稍向前倾身,好让自己不听漏上司说的每一个音节。他一声不响、一动不动,也一刻都不曾将目光从她身上移开。

"罪名很多,也很重,"上尉继续说道,他盯着她的眼睛,好像想将她催眠似的,"你试图让我们以为你是被人绑架了,其实一切都是一场戏,是你和同伙为了逼迫菲利西托先生这位非常爱你的绅士而策划出来的。你们没得逞,因为你们没有想到这位先生竟如此坚决地不受人敲诈。于是,你们为了让他服软,便烧了桑切斯·赛罗大道上的纳利瓦拉运输公司。但是,你们还是没能得逞。"

"我烧了他的公司?你拿这条来告我?说我是个纵火犯?"玛贝尔反对道,她再次试图站起身来,却徒劳无功,她自己的虚弱或者是上尉好战的眼神和挑衅的表情让她站不起来。她再次坐回到沙发椅上,蜷起身子,交叉起双臂。现在,除了困倦,她还觉得燥热。她已经开始出汗了。她觉得自己害怕得手上汗如泉涌。"这么说是我烧了纳利瓦拉运输公司喽?"

"我们还有其他一些轻微的指控,但是,这些是对你最严重的指控。"上尉说,然后他静静地转向他的下属,"来,警长,告诉这位女士她可能因为什么罪行而受到审判、可能被判什么刑。"

利图马来了精神,他在座位上动了动,用舌头舔舔嘴唇,从衬衣口袋里拿出一小张纸。他将它展开,清了清嗓子,像一个学生在老师面前背诵课文一样念了起来：

"非法合谋计划绑架、寄送匿名信、威胁勒索。非法合谋用炸药破坏商铺，并危及邻近住宅、商铺和个人，应予加刑。主动参与虚假绑架案，以恐吓、逼迫一位企业家，使其支付被索取的保护费。在虚假绑架案调查过程中对当局进行隐瞒、作假和欺骗。"他将小纸条收到口袋里，又加了一句："这些是针对这位女士的主要指控，上尉。检察院可能还会再加上几条不那么严重的，比如地下卖淫活动。"

"如果这位女士被判刑，最高可能是多少年呢，利图马？"上尉问道，他那双嘲弄的眼睛则紧盯着玛贝尔。

"八到十年徒刑，"警长回答道，"这当然取决于加刑和减刑的程度。"

"你们这是在吓唬我，可是你们打错算盘了。"玛贝尔嘟囔道，她费了好大劲儿才让她那条像鬣蜥的舌头一样干枯、粗糙的舌头说出话来，"律师不在场，我是不会回应这些谎言中的任何一条的。"

"暂时还没人问你问题，"希尔瓦上尉讽刺地说，"暂时来说，唯一请你做的就是听着。明白吗，小玛贝尔？"

他看着她，眼神放肆，逼得她垂下了目光。她又是沮丧又是挫败地同意了。

因为紧张和害怕，也因为想到她每走一步，那对隐形的警察都会当她的小尾巴，她有五天几乎没有出门。她上街只为了跑去街角的中国人那里买点儿东西，或是跑去洗衣店和银行。她总是一溜烟地跑回家，再次沉浸在惶恐与痛苦的思绪中。到了第六天，她再也受不了了。这样活着就像在坐牢，玛贝尔可不是生来离群索居的。她需要上街，需要看见天空，需要闻到城市的气息、听到城市的声响、踏上城市的街道，需要感觉男男女女的忙忙碌碌，需要听见驴叫和犬吠。她不是也永远不会是修道院里的小修女。她打电话给她的女友佐伊拉，提议去电影院看下午场电影。

"看什么呢，美女？"佐伊拉问道。

"什么都行，放什么就看什么，"玛贝尔回答道，"我需要见见人，需要聊一会儿天。我在这里都快窒息了。"

她们俩在演兵广场的檐廊酒店前见面。她们在埃尔·查兰吃了点儿午饭，然后进了位于皮乌拉大学旁边的露天广场购物中心的影城。她们看了一部有点儿重口味的电影，有裸露镜头。佐伊拉总是有点儿假正经，每次出现床上镜头时，她就会画个十字。其实她挺不要脸的，因为她在个人生活方面很放纵，隔三差五地就会换情人，甚至对此洋洋得意："只要我的身体撑得住，就得好好利用啊，亲爱的。"她不是很有姿色，但是身材很好，打扮得也很有品位。因为这一点，也因为她随心所欲的做派，她在男人堆里很吃得开。出了电影院以后，她建议玛贝尔到她家里去吃点儿东西。但是玛贝尔没有接受，她不想很晚的时候一个人回卡斯蒂利亚区。

她打了个出租车，当这台破旧车子驶入已经有点儿昏暗的街区时，她心想，说到底，警察向媒体隐瞒了绑架案的事情真算是走运。警方认为，这样一来，他们会打乱那帮敲诈犯的阵脚，更容易逮住他们。但是，她一直相信这消息随时都会上报，上电台，上电视。如果这个乱子被曝出来，她的生活会变成什么样？也许她该听菲利西托的，离开皮乌拉一段时间。为什么不去特鲁希略呢？别人说那里很大、很现代，正在蓬勃发展，有漂亮的海滩，有殖民地风格的房子和公园。别人还说每年夏天在那里举行的马利内拉舞蹈比赛很值得一看。那对便衣警察是不是开着车或骑着摩托跟着她？她从后窗和侧窗看出去，但没有看见一辆车。也许，保护的事只是说说而已。她真是个彻头彻脑的傻瓜，竟会相信条子的保证。

她下了出租车，付了钱，走了二十几步，从拐角走到了自己的家。街上空空荡荡，但是，街区里几乎所有邻居家的门窗都闪着微弱的灯光。她能隐隐望见屋里的人影。她的门钥匙已经备好。她打开门进去，当她伸出手去摸灯的开关时，她感觉到另一只手拦过来挡住她，并捂住她的嘴，扼住她的尖叫，同时，一具男人的身体贴上她，一个熟悉的声音在她耳边低语："是我，别害怕。"

"你在这儿干吗？"玛贝尔发着抖抱怨道。她觉得如果不是他抱住她，她会瘫倒在地。"你疯了吗？你个混……你疯了吗？"

"我需要操你。"米盖尔说，玛贝尔感觉到他滚烫的双唇落在她的耳朵和脖子上，热切而又饥渴。他强壮的双臂紧紧抱住她，他的双手抚摸着她的全身。

"蠢货，笨蛋，臭不要脸的。"她大骂着反抗，怒不可遏。她的惊恐过去了，只剩下满心气恼，只觉得头昏脑涨。"你不知道有警卫在看着这房子吗？你不知道因为你，我们可能会发生什么事吗？你个臭蠢驴！"

"谁也没看见我进来，那警察正在街角的歌舞酒馆里喝咖啡呢，街上一个人也没有。"米盖尔继续拥抱着她，亲吻着她，紧贴着她的身体，在她身上摩来擦去，"来，我们到床上去，我操完你就走。来吧，小美人。"

"讨厌的臭货，该死的混蛋，你怎么敢到这儿来？你疯了。"他们俩身处黑暗之中，她又怕又怒地试图反抗，试图推开他，但同时，虽然她很生气，她的身体却开始屈从了，"你没发觉你毁了我的生活吗，杀千刀的？你把你自己的生活也给毁了，背时鬼。"

"我向你发誓，谁也没看见我进来，我非常小心。"他反复说着，一边撕扯着她的衣服，将她扒光，"来吧，来吧。我想要，我对你很饥渴，我想要你尖叫，我爱你。"

她终于不再反抗。在黑暗中，她厌倦而疲惫地任他脱光她的衣服，把她放倒在床上，然后有几分钟时间，她沉迷于享乐之中。这可以称之为享乐吗？无论如何，这和以前的感觉很不一样，感觉紧绷、愤怒而痛苦。就算在快结束时到达最高潮，她也没能从脑子里挥走菲利西托的模样、那两个在警局里盘问过她的警察的模样以及如果消息上了媒体会掀起的轩然大波。

"现在，快点儿，走吧，在这一切过去之前别再踏进这房子了，"她感觉米盖尔放开了她，仰面躺到了床上，便命令道，"如果因为你发的这场疯，让你父亲知道了，我不会放过你的。我向你发誓你会后悔的。我向你发誓你会后悔一辈子的，米盖尔。"

"我跟你说了，谁也没看见我。我向你发誓，没人看见。至少告诉我，你爽不爽？"

"我一点儿也不爽，我正全心全意地痛恨着你，我可告诉你，"玛贝尔说道，她挣开米盖尔的手，坐起身来，"快点儿，快走吧，别让人看见你出去。你别再回这儿来了，你个蠢货。你会害我们都进监狱的，背时鬼，你怎么就看不出来呢？"

"好，我走，你别这样，"米盖尔说道，他也坐了起来，"我不计较你的这些谩骂，因为你很紧张。要不然，我会让你全都咽回去，小可爱。"

她在半明半暗中感觉到米盖尔正在穿衣服。终于，他俯下身来吻了吻她，并带着他在亲密时就会从全身每个毛细孔里散发出来的粗鄙之气对她说道：

"只要我还喜欢你,我想操你的时候,我就会来操你,小美人。"

"入狱八到十年可是很长一段时间,小玛贝尔。"希尔瓦上尉说道,他再次变换了口气,现在的他显得既难过又富有同情心,"尤其是,如果你在苏亚纳的女子监狱里蹲着的话,简直是地狱。我可以告诉你,我对那儿了如指掌。大部分时候都没有水、没有电。犯人们挤在一起睡,每张简易床要睡两三个人,还要加上她们的孩子,很多人就睡在地上,那里一股屎尿味,因为厕所总是被弄坏,所以她们都拉在桶里或是塑料袋里,一天才倒一次。没有谁的身体能够在这种环境下撑很长时间的。像你这样习惯了另一种生活的小女人就更不行了。"

虽然玛贝尔很想尖叫,很想痛骂他,但是她一句话都没说。她从来没有进过苏亚纳的女子监狱,但是她经过时曾从外面看见过。她直觉地觉得上尉在描述时一点儿没有夸张。

"那样的日子过上一年或一年半,周围都是妓女、杀人犯、小偷、毒贩,她们中有很多人在牢里发了疯。一个像你这样年轻漂亮的女人会变老、变丑,得上神经机能病。我可不希望你那样,小玛贝尔。"

上尉因房子女主人可能会遭遇这种命运而同情地叹了口气。

"你会说,跟你说这些事情,给你描绘出这样一幅场景,是很卑鄙的,"警察局长不留情面地继续说,"你错了,警长和我都不是虐待狂。我们不想吓唬你。你怎么说,利图马?"

"当然不是,完全相反,"警长又在沙发椅上动了动,肯定地说道,"我们来是一番好意,女士。"

"我们希望能为你免去这些可怕的事情,"希尔瓦上尉做了个鬼脸,脸都变了形,好像他突然有了一个非常糟糕的幻觉,惊恐地抬起了双手,"丑闻缠身啦、对簿公堂啦、审问作供啦,还要锒铛入狱。你发现了吗,玛贝尔?我们是希望你不需要因为与那些罪犯同谋而被判刑,希望你能够不受指控,继续过着你多年来一直过的这种好日子。你明白我为什么说我们的来访是为你好了吗?确实是这样的,小玛贝尔,你就相信我吧。"

她早预料到是怎么回事。她从惊恐变成暴怒,又从暴怒转成一种深深的沮丧。她觉得眼皮沉重,又一股睡意来袭,让她不禁时时闭上双眼。如果能睡一觉,能失去意识和记忆,就在这儿,缩在扶手椅上睡着,该有多妙啊。忘记一切,感觉这些事情都没有发生,感觉生活还跟以前一样,该有多妙。

玛贝尔将脸凑近窗玻璃,过了一会儿,她看见米盖尔出去了,她看见他在几米以外便被黑暗吞噬,消失不见了。她小心地观察左右。什么人都看不见。但是,这并没有令她放下心来。那名警卫可能就待在旁边某栋房子的门廊里,他可能从那里已经望见米盖尔了。他会向他的上司报告,警方会告诉菲利西托·亚纳克:"您的儿子兼雇员米盖尔·亚纳克晚上去了您情人的房子。"这件丑事就会这么曝光出来了。她会怎么样?她在浴室洗过澡,换掉床单,然后,点着床头柜上的小灯躺上床,试着睡觉,同时,就像她偷偷跟米盖尔见面的最近这两年半来的许多次一样,她再一次问自己,如果菲利西托知道了会有什么反应?他不是那种会掏出一把刀或是一把左轮手枪来洗刷污名的人,不是那种认为情情爱爱方面的耻辱得用鲜血来洗刷的人。但是他会抛弃她。她会被赶出去。她的积蓄勉强够她节衣缩食地活几个月。到那个时候,她想再获得一段像她与纳利瓦拉运输公司老板之间这样自在的关系可不太容易。她真是个傻瓜。一个蠢货。这都是她的错。她早知道她迟早会付出沉重代价的。她心情万分低落，睡意也就离她而去了。这又将是一个辗转反侧、噩梦连连的夜晚。

她有时能睡着，却又时时惊跳醒来。她是一个很实际的小女人，从来没有浪费过时间来自怨自艾或是后悔自己犯的错。她一生中最后悔的事情便是在那个年轻人跟踪她、寻找她、追求她的坚持不懈下屈服了，她没想到他会是菲利西托的儿子，便回应了他。事情开始于两年半前，当时，她察觉到自己在皮乌拉市中心的街道上、店铺里、饭馆中和咖啡馆里常常会遇见那个男孩，他皮肤白皙，体格健壮，长得很帅，穿得也不错。他老是对她投以暧昧的目光和迷人的微笑。她百般拿乔，先是答应跟他在某家糕点店喝果汁，跟他出去吃晚饭，然后是去河边的一家舞厅跳几次舞，最后才同意在蓄水池边的一家旅馆里跟他上床，直到这时，她才知道他是什么人。她从来没爱过米盖尔。好吧，玛贝尔从小就不爱任何人，也许是因为她的性格如此，也许是因为她十三岁时跟继父的那件事。她还是小姑娘时，与最初的几个恋人一起时吃过好多亏，所以，从那时起，她有过风流韵事，有些时间长一点儿，有些非常短暂，但是，她从来没有交过心，只有她的肉体和理性参与其中。她以为跟米盖尔的交往也会如此，见过两三次以后，在她决定好了的时候，这事儿就会结束。但这次并不是这样。那男孩爱上她了。他就像帽贝一样黏着她不放。玛贝尔发现这段关系已经变成了一个麻烦，她想斩断它。但是她做不到。这是她唯一一次无法甩掉一个情人。一个情人？也不完全是，因为这男孩要么很穷，要么很小气，所以他很少送她礼物，也不会带她去高档场所，他甚至告诉她说他们的关系永远不会很正式，因为他不是那种喜欢生儿育女、组建家庭的男人。也就是说，他对她的兴趣仅止于床上。

当她想强行分手时,他威胁说要把这一切告诉他父亲。从这一刻起,她就知道,这件事情不会有好结果,而她会是三个人里最倒霉的那个。

"与警方有效合作,"希尔瓦上尉热情地微笑着解释道,"法律行话里就是这么说的,小玛贝尔。关键词不是合作,而是有效。也就是说,合作必须是有用、有成果的。如果你诚实地合作,如果你的帮助让我们将那些把你卷入这场乱子的罪犯扔进监狱,你就不用去坐牢,甚至都不用受审。这不无道理,因为你也是这些恶棍的受害者。落得一身干净啊,小玛贝尔!想想这意味着什么!"

上尉又抽了几口烟。她看着那一团团烟将小客厅里已经很稀薄的空气染成浑浊,然后渐渐消散。

"你大概会纳闷我们希望你提供哪种合作。你为什么不跟她解释一下呢,利图马?"

警长点点头。

"目前,我们希望您继续假装,女士,"他非常恭敬地说道,"就像您一直以来在亚纳克先生和我们面前假装的那样。完全一样。米盖尔不知道我们已经知道了一切,而您,不能告诉他,而要继续装得好像这场谈话从来没有发生过。"

"这正是我们希望你做的,"希尔瓦上尉接上话头,"我对你坦白讲,再次向你证明我的信任。你的合作可能对我们非常有用,但不是用来钓米盖尔·亚纳克。他已经彻底完蛋了,他每走一步,我们都会知道。然而,我们不清楚也不认识他的同伙。有了你的帮助,我们可以给他们下个套,将这些黑帮分子送到他们该去的地方——送进监狱,而不是在外面溜达,让正派人没有好日子过。你可以帮我们一个大忙。我们也会有所回报,也帮你一个大忙。我说的话不仅仅代表国民警察,还有司法机关。我的提议是得到了检察官的首肯的。你听得可没错,小玛贝尔,检察官先生,赫尔南多·西姆拉博士的首肯!你在我这儿可中了大奖啦,姑娘。"

从那时起,她继续跟米盖尔在一起只是为了让他不要将他的威胁兑现,不要把他们的关系告诉菲利西托。"就算那个恼羞成怒的老家伙给你我各赏一颗子弹也要说,小美人。"她知道一个嫉妒的男人能干出什么荒唐事来。在她内心深处,她希望能发生什么事,一场事故、一场疾病,任何能将她救出这个麻烦的事情。她试图与米盖尔保持距离,她编造各种借口不跟他出去,不让他称心。但是,有时候,她没有别的办法,虽然不想去,可是担惊受怕,他们仍会到穷酸的歌舞酒馆里去吃晚饭,到三流舞厅里去跳舞,去往卡塔卡欧斯方向的路上按小时租的小旅馆里睡觉。她很少允许他到卡斯蒂利亚区的小房子里来找她。有一天下午,她与女友佐伊拉走进埃尔·查兰冷饮店里喝茶,玛贝尔跟米盖尔迎面撞上了。他跟一个年轻却难看的姑娘在一起,你侬我侬,手拉着手。她看见那男孩慌了神,脸红起来,转过脸不跟她打招呼。她没有觉得嫉妒,反倒松了一口气。现在分手会更加容易了。但是,他们下次见面时,米盖尔哭哭啼啼,求她原谅,还向她发誓说他后悔了,说玛贝尔才是他的今生挚爱,等等。而她,蠢呀,蠢呀,竟然原谅了他。

那天早上,玛贝尔因为几乎没合眼——最近常常这样——觉得心情低落,满脑子思绪纷乱。她仍为那个小老头感到难过。她不愿意伤害他。如果她早知米盖尔是他儿子,她永远不会跟他搅在一起的。他竟会生出这么个白皮肤、帅模样的儿子来,真是奇怪。他不是一个女人会爱上的那种男人,但他确实有些能让一个女人对一个男人产生好感的特质。她已经习惯他了。她不会把他看成一个情人,他更像是一个信得过的朋友。他让她有安全感,他让她觉得,有他在身边,他可以为她解决任何问题。他是一个正派人,心肠很好,是可以信任的那种男人。她将会很遗憾让他伤心、给他伤害、令他受辱的。因为,等他知道她跟米盖尔睡过觉,他会非常非常难过。

快中午的时候,有人敲门。她觉得她前一天晚上预感到的威胁就要成真了。她去开门,见到希尔瓦上尉和利图马警长站在门口。我的天哪,我的天哪,会发生什么事?

"你已经知道交易是什么了,小玛贝尔。"希尔瓦上尉说道。他好像想起了什么似的看了看表,然后站起身来。"当然,你不用现在答复我。我等你到明天,就在同一个时间。好好想想。如果米盖尔那个小疯子再来找你,你可别想着把我们的这场谈话告诉他,因为那就意味着你已经选择站在黑社会那一边来反对我们。这在你的记录里可是该加刑的情节,小玛贝尔。不是吗,利图马?"

当上尉和警长往门口走去时,她问道:

"菲利西托知道你们来向我提这件事吗?"

"这件事情亚纳克先生一点儿也不知情,他更不知道画小蜘蛛的敲诈犯就是他的儿子米盖尔,而你是他的同伙,"上尉回答道,"等他知道的时候,他会昏过去的。但是,这就是生活,你比谁都更清楚。有人玩火,就会有人被烧伤。想想我们的提议吧,仔细想想,你会发现这对你是有好处的。我们明天再谈,小玛贝尔。"

等警察走了,她关上门,背靠在墙上。她的心跳得好厉害。"我完了,我完了。你完了,玛贝尔。"她扶着墙,艰难地挪到小客厅里——她的两腿在发抖,睡意依然难以抵挡——然后,她跌坐在离她最近的扶手椅上,闭上眼睛,立刻便睡着或是晕过去了。她做了一个以前已做过几次的噩梦。她陷在一片流沙之中,双腿已经陷入泥沙里，腿上缠着黏糊糊的细丝，身体正慢慢往下沉。她好不容易爬到了最近处的岸边，但是她并没有得救，一点儿也算不上，因为有一只毛茸茸的野兽，一条电影里的龙，正盘着身子等待着她，它长着尖利的长牙，一双眼睛目光尖锐，正不停地审视着她，等待着她。

当她醒来时，她的脖子、头和背都很疼，全身都汗湿了。她走到厨房，一小口、一小口地喝了一杯水。"你应该镇定一下。头脑要冷静。你应该镇定地想想你要怎么做。"她到床上躺下来，只脱掉了鞋子。她不想思考。她情愿坐上一辆轿车、大巴或一架飞机，走得离皮乌拉越远越好，到一个没有人认识她的城市去。从零开始新的生活。但是，这是不可能的，无论她去哪里，警察都会找到她，逃逸会令她的罪名加重。她不也是个受害人吗？上尉也这样说过，这是绝对的事实。难道这是她的主意吗？绝对不是。当她得知米盖尔的想法后，她还跟那个蠢货争论过。直到他——再一次——威胁她说要让那小老头知道他们的恋爱关系："他会像扔一条狗一样把你扔掉的，小美人。到时候，你靠什么活得像现在这么滋润呢？"她这才答应加入这场绑架案的闹剧。

是他逼迫她的，她没有理由对这个婊子养的忠诚。也许，她唯一的出路就是跟警方和检察官合作。当然，她不会有好日子过了。会招来报复，而她会是报复的对象，会有人赏她一颗子弹或捅她一刀。哪一样更好？被杀还是坐牢？

那一天一夜余下的时间里，她一直没有离开家，满腹犹疑吞噬了她。她的脑袋里仿佛有一窝蟋蟀。唯一清楚的就是，因为她错误地跟米盖尔搅在一起，又同意参与这一场丑剧，她算是完了，而且再也好不了了。

她晚上什么也没吃，虽然她给自己做了一个火腿奶酪三明治，却连一口都没尝。她躺上床，想着到了早上那两个警察就会来问她的答复是什么。她一整夜都在冥思苦想，一次又一次改变计划。有时候，她抵挡不住睡意，但是她一旦睡着，又会害怕地醒过来。当崭新一天的晨光照进卡斯蒂利亚区的小房子时，她感觉到自己镇静下来了。她开始想明白了。不久之后，她作出了一个决定。

14

利马的那个冬日的周二，里格贝尔托先生和卢克莱西亚认为那是他们生命中最糟糕的一天，但荒谬的是，那天早晨，天色清朗无云，预示着会是个晴天。两周以来，雾霭一直不散，空气潮湿，小雨绵绵不断，雨点几乎打不湿什么，却会直渗进骨头里。这样的清晨看起来像是个好兆头。

初审法官办公室的约谈是上午十点。克劳迪奥·阿尔尼利亚斯博士吊着他万年不变的彩色背带，脚步歪斜地按照约定在九点来接里格贝尔托。里格贝尔托认为，审判官的新一轮审理就像之前的几次一样，纯粹是在浪费时间，法官会就他作为保险公司经理的职责和权限问一些傻问题，他会用一些显而易见的理由和同样的傻话来回答。但是这一次，他发现那对双胞胎已经将司法迫害升级了；除了借口检查他为公司服务的这些年里的职责和收入，使他的退休手续停滞不前，他们又对他展开了一项新的司法调查：调查一项有损保险公司的所谓欺诈行为，他在其中可能充当了包庇者和同谋，并从中得利。

里格贝尔托先生几乎不记得那件事了，那是三年前。客户是一个在利马定居的墨西哥人，在奇利昂河河谷拥有一座小庄园和一家奶制品工厂，他遭遇一场大火，产业被夷为平地。经过警方鉴定和法官裁定之后，他根据自己买的保险得到了所受损失的赔款。后来，经一位合伙人的揭发，这个人被控自己纵火以骗取保险金，但这时，他已经出了国，逃得无影无踪，公司没能追回骗款。现在，这对双胞胎说，他们有证据证明公司经理里格贝尔托在整个事件中疏忽大意，行为可疑。证据就是公司以前的一个员工的证词，那员工因为工作不力而被开除，他保证能够证明经理与诈骗犯勾结。这一切都是没头没脑的胡说八道，阿尔尼利亚斯博士已经准备好了反诉，告那两个双胞胎和那个假证人诽谤和中伤，他向里格贝尔托保证，这项控告会像一座沙堡一样不攻自破；米奇和埃斯科比塔会因为破坏他的名誉、作伪证和试图妨碍司法公正而支付赔款。

手续占用了他们一整个上午的时间。那间窄小、窒闷的办公室热得发烫，苍蝇成群，墙壁上挂满了铭文、钉满了小钉子。里格贝尔托坐在一把细细小小的椅子上，那椅子连他屁股的一半大小都不到，而且摇摇晃晃的，他得一直努力保持平衡，以免自己摔到地上，同时还得回答法官毫无根据、荒谬可笑的问题。他心想，这些问题除了破坏他的心情、浪费他的时间、消耗他的耐心以外，再没有别的目的了。这法官也已经被伊斯马埃尔的儿子们给收买了吗？那两个浪荡子变本加厉地找他麻烦，想强迫他作证说他们的父亲娶自己的女仆时头脑并不清楚。他们卡住了他的退休手续，现在又来这一手。那对双胞胎很清楚这桩控告会令他们反蚀一把米，为什么还要这么做呢？就只是因为盲目的痛恨，只是因为他参与了那场婚礼，就生出一股野蛮的报复心理吗？也许是一种弗洛伊德式的移情心理。他们出离愤怒，便拿他开刀，因为他们不能对伊斯马埃尔和阿尔米达做任何事，他们俩正在欧洲享受美丽人生呢。可他们打错算盘啦。他们整不垮他的。我们倒要看看谁会在他们兄弟俩挑起的这场小小战争中笑到最后。

法官是一个矮小、干瘦的男人，穿得很寒碜；他说话时并不看着对方的眼睛，说话声音又那么低，那么犹豫，引得里格贝尔托先生越来越不耐烦。有人在给这场讯问录音吗？显然没有。在法官和墙壁之间窝着一个记录员，头埋在一部硕大的卷宗里，但是没有看到任何录音机。审判官自己则仅仅拿了一本小本子，时不时地在上面记上一笔，他记得那么潦草，连他证词的一个简单概括都不可能记得完。所以，这一整个讯问就是一场闹剧，只为了给他找不痛快。他无比恼火，好不容易才能配合着这场荒唐的滑稽剧而不至于大发雷霆。出来以后，阿尔尼利亚斯博士对他说，他倒是该高兴才对：初审法官在讯问中表现得如此没精打采，很明显他并没有把那两条鬣狗的控告当回事。他会宣布控告无效，不予接受。绝对是这样。

里格贝尔托回到家中，很累，很不高兴，也不想吃午饭。他只消看看卢克莱西亚那张惊慌失色的脸就知道还有别的坏消息在等着他。

"怎么了？"他问道，一边脱下外套，将它挂在卧室的更衣室里。但他的妻子迟迟没有回答，他转过头来看看她。

"有什么坏消息吗，我亲爱的？"

卢克莱西亚脸色大变，声音颤抖着嘟囔道：

"是艾迪尔贝尔托·托雷斯，想想看吧，"她不禁发出一声呻吟，接着说道，"他出现在一辆公共汽车上。又来了，里格贝尔托。我的天啊，又来了！"

"哪儿？什么时候？"

"在从利马开往乔里约斯的公车上，继母，"丰奇托非常平静地说，一边用眼神哀求她不要太在意这件事，"我在共和国大道，靠近格拉乌广场的站台上的车。到下一站，已经是桑洪河那儿，他上来了。"

"他？他本人？是他吗？"她叫道，她将脸凑近，审视着他，"你对你现在告诉我的这些很肯定吗，丰奇托？"

"你好啊，年轻的朋友，"艾迪尔贝尔托·托雷斯向他问好，一边像往常一样点头致意，"多巧啊，看看我们在什么地方又碰上了。很高兴见到你，丰奇托。"

"他一身灰衣，穿着西装外套，打着领带，还有他的石榴红毛衣，"小家伙解释道，"头发梳得整整齐齐，胡子剃得干干净净，非常和蔼。当然是他，继母。幸运的是，这次他没哭。"

"自从上次我们见面，我觉得你好像又长了一点儿。"艾迪尔贝尔托·托雷斯上下打量了他一番，然后说道："不止是外表上。现在，你的目光更加沉着、更加笃定了，几乎是成年人的那种目光了，丰奇托。"

"我爸爸禁止我跟您说话，先生。我很遗憾，但是我得听他的。"

"他告诉了你为什么要禁止吗？"托雷斯先生问道，他一点儿也没有被惹恼。他好奇地看着丰奇托，微微地笑着。

"我爸爸和我继母认为您是恶魔，先生。"

艾迪尔贝尔托·托雷斯似乎并不怎么惊讶，但是，公车司机倒确实吃了一惊。他轻轻一刹车，回过头来看了看坐在后排座位上的这两名乘客。看到他们俩的脸以后，司机放下心来。托雷斯先生笑得更厉害了，但是并没有哈哈大笑。他点点头，没有再在意这件事情。

"在我们生活的这个时代，一切皆有可能，"他耸耸肩，像播音员一般字正腔圆地评论道，"甚至恶魔也可能游走于利马的街头，以公共汽车代步。说到恶魔，我听说你跟奥多诺万神父成了好朋友啊，丰奇托。是的，就是桥下教区教堂的那位，不是他还能是谁？你跟他处得好吗？"

"他是在耍你呢，你没发现吗，卢克莱西亚？"里格贝尔托先生肯定地说道，"现在看来，那人又出现在那辆公车上这件事就是一个笑话，而且他更加不可能提起佩平。他是在捉弄你呢，仅此而已。这事儿从一开始就是他在捉弄我们，这就是事实。"

"你要是看见他的脸色就不会这么说了，里格贝尔托。我觉得我很了解他，分辨得出他什么时候是在撒谎，什么时候不是。"

"您认识奥多诺万神父吗，先生？"

"他的教区教堂离我住的地方很远，但是，我有时周日会去听他的弥撒，"艾迪尔贝尔托·托雷斯回答道，"我会跑那么远是因为我很喜欢他的布道，那是一个有学问、有头脑的人才会布的道，他是在对所有人发言，而不止是对信徒。你跟他谈话的时候，没有这种感觉吗？"

"我从来没听过他的布道，"丰奇托澄清道，"不过，我确实觉得他很有头脑，很有人生经验，尤其是对宗教。"

"你真该听听他站在讲道台上时说的话，"艾迪尔贝尔托·托雷斯向他建议道，"尤其是现在，你对心灵方面的东西感兴趣了。他能言善道，风度翩翩，他的话里充满了智慧。他应该是教会里最后几位优秀传教士之一了，因为在过去的岁月里，无比重要的传教术没落已久了。"

"可是他不认识您呀，先生，"丰奇托鼓起勇气说道，"我跟奥多诺万神父说起过您，他都不知道您是谁。"

"我对于他而言，只是教堂教民中的普通一员而已，"艾迪尔贝尔托·托雷斯不动声色地回答道，"只是淹没在众多脸庞中的一张脸。您现在对宗教感兴趣，真是太好了，丰奇托。我听说你参加了一个小组，每周碰一次头阅读《圣经》。你读得开心吗？"

"你在冲我撒谎呢，小心肝，"卢克莱西亚温柔地责备他，试着掩饰自己的惊讶，"他不可能对你说过这些话。托雷斯先生不可能知道学习小组的事儿。"

"他甚至还知道我们上周读完了《创世记》，开始读《出埃及记》了。"现在，小家伙已经是一脸无比担忧的表情，他似乎也很惊愕，"他连这种细节都知道，我向你发誓。他让我吓了一跳，吓得我就这么向他坦承了我的惊讶，继母。"

"这没什么好惊讶的，丰奇托，"艾迪尔贝尔托·托雷斯对他微微一笑，"我很看重你，我有兴趣知道你的学习、家庭和生活过得怎么样。所以，我努力打听你在做什么，跟谁在一起。这是喜欢你的一种表示，仅此而已。明知鸡蛋没骨头，就不要硬挑拣。你听过这句谚语吗？"

"等他从学校回来，我可要臭骂他一顿，"里格贝尔托先生说道，他突然就火了，"丰乔不能再这样玩我们了，我已经厌烦了他对我们这样谎话连篇。"

他气哼哼地去厕所，用冷水洗了洗脸。他感觉到有些令人不安的事情，猜测着新的麻烦事。他从来都不相信人们的命运早已写定，不相信生活是人类懵懵懂懂照之演绎的剧本。但是，自从伊斯马埃尔倒霉催地结了婚,自从艾迪尔贝尔托·托雷斯开始在丰奇托的生活中一次次所谓的神秘现身,他就觉得他在自己生活中感知到了一丝命中注定的苗头。他过的日子是否可能就像加尔文教派所认为的那样,是由一种超自然力量提前设定好的一系列事件?而最糟糕的是,在那个不幸的周二,这家人的头疼才刚刚开始。

他们坐在饭桌前,里格贝尔托和卢克莱西亚一声不吭,表情沉重,勉强地翻扒着沙拉,却一点儿胃口都没有。这时,胡斯蒂尼亚娜没有征得同意便冲进了餐厅:

"有人打电话找您,先生,"她非常激动,两眼闪着光,就像有大事发生似的,"是伊斯马埃尔·卡雷拉先生!"

里格贝尔托一跃而起,跌跌撞撞地到书房去接听电话。

"是伊斯马埃尔吗?"他焦急地问道,"是你吗,伊斯马埃尔?你从哪里给我打电话?"

"从这儿,从利马,还能从哪儿呢。"他的前老板兼朋友回答道,他还和上次通电话时一样,一副无忧无虑、开心快活的腔调,"我们昨晚到的,现在等不及想见你们,里格贝尔托。你跟我有很多话要说,为什么我们俩不马上单独见个面呢?你吃过午饭了吗?好吧,那就过来跟我喝杯咖啡吧。是的,就现在,我在家里等你。"

"我马上过去。"里格贝尔托木头木脑地道了别。今天真是!今天真是!

他一口饭也不想再吃,他答应卢克莱西亚,他会立刻回来告诉她自己与伊斯马埃尔的谈话,然后一阵风似的出去了。他的朋友是他与那对双胞胎之间所有矛盾的根源,朋友的归来让他忘掉了自己与初审法官的会面,忘记了艾迪尔贝尔托·托雷斯在一辆从利马开往乔里约斯的公交车上再次现身。

这么说，老头子和他的新婚妻子终于度完蜜月回来了。他真的每天通过克劳迪奥·阿尔尼利亚斯了解那两条鬣狗的迫害给大家带来的种种麻烦吗？他会跟老头子开诚布公；他要告诉他已经够了，自从他答应当他的见证人以来，他的生活已经变成了一场满是司法部门与警察的噩梦，他必须立刻做点儿什么，让米奇和埃斯科比塔停止追逐。

但是，当他到达位于圣伊西德罗的那栋快被周遭高楼压扁了的新殖民地风格大宅时，伊斯马埃尔和阿尔米达对他表现得那么友好、亲切，他想把话说得明确而强硬的打算便泡汤了。这对夫妻的平静、快乐和优雅令他惊讶。伊斯马埃尔穿着运动休闲装，脖子上系了一条丝巾，穿着一双应该十分舒适合脚的凉鞋；他的皮夹克跟低领衬衣很搭，领口之上露出一张笑意盈盈、刚刚修过的脸，还喷着一款茴芹味道的上等香水。但是，阿尔米达的改变更加惊人。她似乎刚刚从专业发型师、化妆师和美甲师的手下走出来似的，过去的黑发如今变成了栗色，一个优雅的波浪取代了过去的直发。她穿着一套轻薄的印花套装，肩上披着一件淡紫色披肩，脚上穿着一双同色的中跟鞋。她身上的一切：精心护理过的双手、涂成淡红色的指甲、耳环、小金链、胸口的吊坠，还有她落落大方的举止——她向里格贝尔托打招呼时凑上了脸颊，让他亲吻她——都是一个一生都生活在有教养、有钱的上流社会人士之间、专注护理自己的身体、精心打扮的贵妇人才会有的。乍一看，她身上已经没有一丝一毫过去那个家政女工的影子。她在欧洲度蜜月的这几个月都用来上礼仪课了吗？

彼此问候完毕，夫妇俩将他让进了餐厅旁边的小客厅。从宽大的落地窗望出去，可以望见种满了蓖麻、九重葛、天竺葵和木本曼陀罗的花园。里格贝尔托注意到,在摆着咖啡杯、咖啡壶和一盘饼干糕点的小桌子旁边,有好几个包裹和大大小小的箱子,都用包装彩纸和饰带包得很精致。那是礼物吗?是的。是伊斯马埃尔和阿尔米达买给里格贝尔托、卢克莱西亚和丰奇托的,连胡斯蒂尼亚娜都有份,感谢他们对这对新人表现出来的亲厚:给里格贝尔托的是一套丝质睡衣和几件衬衫,给卢克莱西亚的是几件衬衫和披肩,给丰奇托的是衣服和运动鞋,给胡斯蒂尼亚娜的是防尘罩衣和凉鞋,还有腰带、皮带、袖扣、记事本、手工制作的小本子、版画、巧克力、艺术书籍和一幅桃色绘画,可以挂在卫生间或是房子的里间。

他们看上去变年轻了,更自信了,非常幸福,而且无比平静,连里格贝尔托都感染了这对新人的恬适和快乐。伊斯马埃尔应该对自己做的事情很有把握,他完全没有受到儿子们阴谋诡计的影响,就像他那次在海上玫瑰吃午饭时所预言的一样,他肯定比他们花了更多的钱来粉碎他们的阴谋。一切都尽在他掌握之中。还好。那么,他还有什么好担心的呢?有伊斯马埃尔在利马,那两条鬣狗搅起来的乱子会解决的。如果他的前老板愿意再扔给那两个蠢货一点儿钱的话,也许能够和解。所有这些压得他喘不过气来的圈套过不了几天就会撤去,他可以重拾他的私密生活、他的文明空间。我的主权和自由,他想道。

喝完咖啡,里格贝尔托听了夫妇俩在意大利旅行时的几段趣事。他都不怎么记得自己以前曾经听过阿尔米达的声音,而现在的她已变得能言善道。她说起话来落落大方,语法错误更少,也十分风趣。过了一会儿,她离开了,"好让两位绅士谈谈他们的要紧事",她解释说。她这辈子从来没有睡过午觉,但是现在,伊斯马埃尔教她吃过午饭以后合上眼躺个十五分钟。到了下午,她确实会因为这段小憩而感觉很好。

"你什么都别担心,亲爱的里格贝尔托,"只剩下他俩以后,伊斯马埃尔立刻拍着他说道,"再喝杯咖啡吗?一小杯白兰地?"

"看见你这么开心自得,我很高兴,伊斯马埃尔,"里格贝尔托摇摇头说,"看见你们俩过得这么好,我很高兴。真的,你和阿尔米达光彩照人,这就是婚姻生活美满的铁证。我当然很开心。可是,可是……"

"可是那两个魔王快把你逼疯了,我很清楚。"伊斯马埃尔·卡雷拉将这句话补完,又拍了拍他,一边不断地冲着他微笑,乐天而开朗,"你别担心,里格贝尔托,听我的。现在我回来了,我会负责一切的。我知道怎么面对这些问题,怎么解决它们。我非常抱歉,你对我这么慷慨,我却给你带来了这么多烦恼。明天一整天我都会跟克劳迪奥·阿尔尼利亚斯以及他事务所的其他律师一起忙这件事。我会让你摆脱掉诉讼和其他小问题,我向你保证。现在,坐下来听着。我有关于你的消息要告诉你。我们还是喝杯白兰地吧,我的老伙计?"

他亲自跑去倒了两杯酒,并祝他的朋友健康。两人碰杯祝酒,美酒在玻璃杯底倒映着橙黄光泽,香味中隐隐透出栎木酒桶气息,他们用这美酒润了润唇舌。里格贝尔托发觉,伊斯马埃尔正狡黠地观察着自己。一个淘气、嘲弄的微笑为他布满皱纹的双眼注入了生命。他在蜜月里整过假牙吗?他的假牙以前会松动,现在却似乎牢牢定在牙床上。

"我把我所有的公司股份都卖给了忠利保险公司,意大利最好、最大的保险公司,里格贝尔托,"他大声说道,一边张开双臂哈哈大笑,"你很熟悉这家公司,不是吗?我们跟他们合作过很多次。他们的总部在的里雅斯特，但是他们已走向了全世界。他们想进驻秘鲁已经很久了，我利用了这次机会。一笔绝妙的买卖。你看到了，我的蜜月不仅是一次享乐之旅，也是出差。"

他像个孩子正打开圣诞老人的礼物那样开心而幸福，乐呵呵的。里格贝尔托先生却还没能完全消化这个消息，他依稀记得几周前在《经济学人》上读到忠利保险公司有进军南美的计划。

"这家公司是你父亲创办的，你也在这里工作了一辈子，现在你把它给卖了？"他终于茫然地问道，"卖给了一家意大利跨国公司？你什么时候开始跟他们谈这件事情的，伊斯马埃尔？"

"大约六个月以前，"他的朋友慢慢摇着白兰地酒杯解释道，"这场谈判速战速决，没有什么问题，也谈得很好。我再对你说一遍，我做了一笔好买卖。坐得舒服一点儿听着。因为非常明显的原因，在真正谈成之前，这件事必须保持机密。这就是我授权那家意大利公司进行审计的原因，去年这事儿引得你很是奇怪。现在，你已经知道这一切背后是怎么回事了：他们想仔仔细细地检查一下公司的状况。雇用那家公司并付钱的并不是我，而是忠利保险公司。现在转让已成事实，我可以把一切都告诉你了。"

伊斯马埃尔·卡雷拉说了将近一个小时，里格贝尔托都没有打断他，除了仅有的几次请他加以解释。他听着他的朋友说话，惊讶于他的好记性，因为伊斯马埃尔在里格贝尔托面前像一本写好的书一样，毫无犹豫地将这几个月来出价、还价、再出价的种种曲折一页一页展现出来。他都听呆了。他觉得，一场这么艰难的谈判竟能这么悄无声息地完成，连他这个总经理都不知道，这简直是不可能的。谈判双方曾在利马、的里雅斯特、纽约和米兰会面；参与其中的有来自各国的律师、主要股东、代理人、顾问和银行家，但是伊斯马埃尔·卡雷拉的所有秘鲁员工都被排除在外,当然,也包括米奇和埃斯科比塔。这两个人在伊斯马埃尔将他们赶出公司时就已经提前得到了遗产,他们也已经卖掉了大部分股份,可直到现在,里格贝尔托才知道,通过别人挂名将股份买下来的就是伊斯马埃尔本人。那两条鬣狗还保有一小部分股份,但是现在他们将会成为忠利保险公司秘鲁分公司的小合伙人(事实上是小得可怜)。他们会有什么反应?伊斯马埃尔轻蔑地耸了耸肩:"当然是很糟糕。那又怎么样?"让他们哭号去吧。这桩买卖符合国内外所有规定。意大利、秘鲁和美国的管理机构都很赞成这桩交易。相应的税款已经分毫不差地付清了。一切都已生米煮成熟饭了。

"你觉得怎么样,里格贝尔托?"伊斯马埃尔·卡雷拉陈述完毕。他再次张开双臂,就像一个喜剧演员在向观众致意,等待着掌声。"我是不是还有活力,还像个生意人的样子?"

里格贝尔托表示同意。他不知所措,不知该怎么想。他的朋友笑嘻嘻、很得意地看着他。

"你还真是一直都让我惊讶啊,伊斯马埃尔,"他最终说道,"你在享受人生第二春,我已经看出来了。是阿尔米达让你重新活过来的吗?我还是想象不到你竟然这么轻易地舍弃了这家公司,这可是你父亲创办的,而你半个世纪以来流血、流汗、流泪才将它发展起来。你也许会觉得荒唐,但是,我觉得很难过,就好像失去了某种属于我的东西,而你还高兴得像是喝醉了酒!"

"并不是那么轻易,"伊斯马埃尔纠正道,变得严肃起来,"我一开始很犹豫。我也很难过。但是,看现在的情况,这是唯一的解决办法。如果我还有其他的继承人,唉,说到底,说这些伤心事干吗呢?你跟我都很清楚,如果我的儿子们占了公司会发生什么事。他们一眨眼工夫就会把公司整垮。最好的情况也不过是他们将它贱卖掉。公司在意大利人手上还会继续经营、兴旺发达。你可以拿到全额退休金,而且,另有奖金,我的老伙计。都已经办好了。"

里格贝尔托觉得他朋友的微笑已经变得哀伤起来。伊斯马埃尔叹了口气,眼中掠过一丝暗影。

"你拿了这么多钱要干什么呢,伊斯马埃尔?"

"安详、幸福地度过我的最后几年,"他立刻回答道,"我希望能健健康康地在我妻子身边享受人生。晚来总比不来好,里格贝尔托。你比谁都清楚,直到现在,我一直是为了工作而活。"

"享乐主义是一种很好的哲学,伊斯马埃尔,"里格贝尔托同意道,"至少这是我的哲学。到现在为止,我这辈子还没能完全将它付诸实践。但是,等那对双胞胎不来惹我了,卢克莱西亚和我能够照原来安排好的去欧洲旅行时,我希望能够学你的样。我们因为你儿子们的要求而不得不取消计划的时候,她非常失望。"

"明天我就来忙这件事,我已经跟你说过了。这是我日程上的第一条,里格贝尔托,"伊斯马埃尔说道,同时站起身来,"我在阿尔尼利亚斯的事务所开了会之后就给你打电话。还要看看我们能不能定个日子,跟阿尔米达和卢克莱西亚一起吃个午餐或晚餐。"

回家路上,里格贝尔托先生倚在汽车方向盘上,万千思绪像喷泉水一样在他脑子里翻来滚去。伊斯马埃尔卖掉自己的股份后赚了多少钱?好几百万吧。不管怎么说,是一大笔钱。就算最近这段时间公司经营得比较一般,但它仍然是一家很靠得住的公司,有非常出色的客户群,在秘鲁国内外都享有一流的好名声。确实,像伊斯马埃尔这样一位八旬老人已经不适合负责一家企业了。他可能已经将资金进行了更安全的投资,买些公债,成立养老金基金或投入更加有信誉的财政天堂的基金会：列支敦士登、根西岛或泽西岛，或者也许是新加坡或迪拜。光是利息便足够他和阿尔米达在世界的任何一个地方活得像国王一样舒坦了。那两个双胞胎会怎么样呢？跟新老板们斗争？他们那么蠢，不排除这种可能性。他们会像蟑螂一样被踩扁。那可好啊。不，也许他们会试图从交易额里分一杯羹，但伊斯马埃尔应该已经把钱收妥了。毫无疑问，如果他们的父亲态度缓和下来，扔给他们一些甜头，让他们别再纠缠，他们就会罢休。这样一来，一切就都解决了。但愿能尽快解决。这样他就终于能够实现他那些充满了物质、精神和艺术享受的愉快的退休计划了。

但是，在他内心深处，他还是无法相信这一切的结果会这么称伊斯马埃尔的意。他无法不猜测着事情并不会解决，反而会变得更复杂，而他不仅不能从米奇和埃斯科比塔用来拴住他的警务和司法网里逃脱出来，反而会被锁得更紧，直到生命终结。或许这种悲观心态是因为艾迪尔贝尔托·托雷斯重新出现在丰奇托的生活中？

他一回到位于巴兰科的家中就把刚刚发生的事情详详细细地告诉了妻子。没必要因为保险公司被卖给了一家意大利保险公司而担心，因为如果伊斯马埃尔与新老板们达成协议，用一笔钱来安抚那对双胞胎，让他们不去找别人麻烦，那么对里格贝尔托一家来说，这一转手也许会有助于事情的解决。最让卢克莱西亚震撼的是阿尔米达度完蜜月回来竟变成了一位优雅、大方、高贵的夫人。"我要给她打电话欢迎她，尽快安排一次午餐或晚餐，亲爱的，我好想看看变成了一位贵妇人的她。"

里格贝尔托将自己锁在书房中，他在电脑里查了关于忠利保险有限公司的所有信息。确实，它是意大利最大的，他本人也跟这家公司及其分公司打过好几次交道。最近几年里,他们在东欧、中东和远东地区扩张了许多,在拉丁美洲则更保守一些,生意集中在巴拿马。对于这家公司来说,利用秘鲁作为跳板进入南美是一个很好的机会。这个国家发展顺利,律法稳定,投资也在增长。

他正专心于这项调查时,听见丰奇托从学校回到家了。他关上电脑,焦急地等待着儿子来向他道下午好。孩子进到书房,走过来亲吻他,肩上还背着马克哈姆中学的书包,里格贝尔托决定直奔主题。

"这么说艾迪尔贝尔托·托雷斯又出现了,"他难过地说道,"我还以为我们已经永远摆脱他了呢,丰奇托。"

"我也是这么以为的,爸爸。"他的儿子回答道,真诚得让人生不起气来。他卸下书包,把它放在地上,然后坐到了父亲书桌对面。"我们进行了一次很短、很短的谈话。继母没有告诉你吗?也就是公交车开到米拉弗洛雷斯的时候,他在迪亚格纳尔大道下了车,就在公园旁边。继母没对你说吗?"

"她当然跟我说了,但是我希望你也跟我说说。"他发觉丰奇托的手指上有墨水渍,领带也解开了,"他对你说了什么?你们谈了些什么?"

"谈了恶魔,"丰奇托笑了,"是的,是的,你别笑。是真的,爸爸。而且,幸好这一次他没哭。我对他说,你和继母都认为他是恶魔本尊。"

他说话时带着一种形于外的坦然态度,他身上有一种那么清新、那么真实的东西,里格贝尔托心想,叫人怎么能不信他呢?

"他们也相信恶魔吗?"艾迪尔贝尔托·托雷斯吃了一惊,低声对孩子说道,"我觉得在我们这个时代,已经没有多少人相信这位先生的存在了。你的爸爸妈妈跟你说了为什么这么不待见我吗?"

"因为您非常神秘地突然出现,又突然消失,先生。"丰奇托也压低了嗓门解释道。这个话题似乎引起了车上其他乘客的兴趣,他们都也斜着眼偷看着他们俩。"我真不应该跟您谈话。我已经告诉过您了,他们禁止我这样做。"

"替我告诉他们,让他们不要害怕,他们可以高枕无忧,"艾迪尔贝尔托·托雷斯用几不可闻的声音保证道,"我不是恶魔,也不是任何像恶魔的东西,而是一个普普通通的人,就像你,就像他们,就像这公交车上的所有人。而且,你想错了,我并没有神奇地突然出现或消失。我们的相遇是凑巧,纯属偶然。"

"我要对你坦白地说,丰奇托。"里格贝尔托看着孩子的眼睛看了好长时间。孩子也眼睛一眨不眨地回视。"我很想相信你。我知道你不是撒谎精,你从来就不是。我很清楚,即使说实话会对你不利,你也是一直都对我说实话的。但是,这一次,我是说,在艾迪尔贝尔托·托雷斯这件该死的事情上……"

"为什么该死,爸爸?"丰奇托打断他道,"那位先生对你做了什么,你要用这么可怕的话来说他?"

"他对我做了什么?"里格贝尔托先生喊道,"他让我有生以来第一次怀疑起我的儿子来了,让我没办法相信你一直对我说的是实话。你明白我的话吗,丰奇托?就是这样。每次听你向我讲述你与艾迪尔贝尔托·托雷斯的相遇,不管我有多努力,我都没法相信你跟我说的那些都是真的。这不是责备,你要试着理解我。我现在跟你之间的这种状况让我很难过、很沮丧。等等,你等等,让我说完。我不是在说你想对我撒谎、想欺骗我。我知道你永远不会这样做。不,至少,不会蓄意或有意这样做。但是,我求你想一想我怀着对你全部的爱说出的这些话。好好想想。有没有可能你对我和卢克莱西亚讲的艾迪尔贝尔托·托雷斯的事情只是一个幻象、一种白日梦呢，丰奇托？人们有时候会遇上这样的事情……"

他住了嘴，因为他看见他的儿子脸色变苍白了，脸上满是无法遏制的悲伤。里格贝尔托觉得内疚起来。

"也就是说，我发了疯，看见幻象了，看见并不存在的东西了。这就是你想对我说的意思吗，爸爸？"

"我不是说你疯了，当然不是，"里格贝尔托道歉，"我连想都没有这么想过。但是，丰奇托，那个人也不是不可能只是一个挥之不去的想法、一种执念、一个白日噩梦。你别这么嘲弄地看着我。有可能的，我向你保证。我来告诉你为什么。在真实生活中，在我们生活的这个世界里，一个人不可能就这样突然出现在各种不可思议的地方——你学校的足球场、舞厅的厕所里、从利马开往乔里约斯的公交车上。这个人也不可能对你、对你的家庭、对你做了什么或没做什么无所不知。这不可能，你明白吗？"

"你要是不相信我，我又能怎么样呢，爸爸？"孩子一脸痛苦地说道，"我也不想让你难过。但是，我怎么能赞同你的话，说我自己是产生幻觉了呢？我可以非常肯定，托雷斯先生是有血有肉的，他不是幽灵。我最好再也不对你说起他了。"

"不，不，丰奇托，我希望你能一直告诉我这些见面的事，"里格贝尔托坚持道，"虽然我很难接受你对我说的关于他的事，但我很肯定你认为你告诉我的是事实。这一点，你可以放心。如果你对我撒谎了，你也不是故意的，或是没有察觉到。好啦，你还有作业要做，不是吗？你要是愿意，就去吧。我们以后再聊。"

丰奇托从地上拎起他的书包，朝书房门口走了几步。但是，在开门之前，他好像刚刚想起了什么似的，回头看向他的父亲：

"你很不喜欢他，但是托雷斯先生对你印象很好呢，爸爸。"

"你为什么这么说，丰奇托？"

"我相信你爸爸跟警方、跟司法机关有点儿麻烦，反正，你大概已经知道了。"艾迪尔贝尔托·托雷斯这么说着，以作道别，这时，他已经示意过司机他要在下一站下车，"我确信里格贝尔托是一个无可指摘的人，我很肯定他的遭遇是很不公平的。如果我能够为他做点儿事，我很乐意帮他一把。替我告诉他，丰奇托。"

里格贝尔托先生不知该怎么回答。他一声不吭地看着他的孩子，而孩子仍站在那儿，平静地看着他，等待着他的反应。

"他是这么跟你说的？"过了一会儿，他嘟囔道，"也就是说，他向我发出了一个信息。他知道我在司法上的麻烦，他想帮我。是这样吗？"

"就是这样，爸爸。你看到了，他很喜欢你。"

"告诉他，我接受，我很乐意，"里格贝尔托终于恢复了自制，"当然。他下次再出现在你面前时，你就向他道谢，告诉他说我很乐意跟他谈谈。他想在哪里谈都可以。叫他给我打电话。也许他有法子及时地帮我一把。我在这世上最大的愿望就是当面见见艾迪尔贝尔托·托雷斯并跟他谈一谈，儿子。"

"行，爸爸，如果我再看见他，我会告诉他的。我向你保证。你看着吧，他不是一个幽灵，而是有血有肉的人。我去做作业了。我有很多、很多作业。"

丰奇托离开书房以后，里格贝尔托本想重新打开电脑，但他几乎立刻就把它关上了。他已经对忠利保险有限公司和伊斯马埃尔曲折的金融操作完全失去兴趣了。艾迪尔贝尔托·托雷斯有可能真的对丰奇托说过那些话吗？他有可能真的知道他在司法上的麻烦吗？当然不可能。这孩子又给他下了个圈套，而他像个傻子一样踩了进去。要是艾迪尔贝尔托·托雷斯约他见面呢？那么，他想，我就重新信教，我会再次皈依，我下半辈子就钻到某座卡尔特会修道院里去。他笑了起来，含含糊糊地嘟囔道：多么穷极无聊呀，这世上的愚昧蠢钝真是浩瀚如汪洋啊。

他站起身，去最近的书架上扫了一眼，里面是他最喜欢的艺术书籍和目录。他一边查看，一边回忆着自己是在哪些展览上买下它们的。纽约、巴黎、马德里、米兰、墨西哥。他不能从早到晚都沉浸在这些书籍、版画和设计之中，一面听着优美的音乐一面欣赏着这些作品而浮想联翩，在时间中徜徉，经历非凡的历险，可以满怀激情，也可以怆然神伤；可以快意享受，也可以痛哭流泪；时而兴奋，时而激动。相反，他必须不停地见律师，见法官，想着那对纯属文盲的双胞胎，真是惨呀。他想：因为德拉克罗瓦①，我曾在一群裸女间目睹了萨达纳帕拉的死。因为年轻的格罗兹②，我曾在柏林一边意淫这群裸女，一边将她们斩首。因为波提切利③，我成了一位文艺复兴时期风格的圣母。因为戈雅④，我也当过从腿肚子开始吞噬亲

---

① 欧仁·德拉克罗瓦（Eugène Delacroix，1798—1863），法国著名浪漫主义画家。后文所提场面来自其画作《萨达纳帕拉之死》。
② 乔治·格罗兹（George Grosz，1893—1959），德国艺术家，其最为知名的作品为反映二十世纪二十年代柏林生活的讽刺画。
③ 桑德罗·波提切利（Sandro Botticelli，1445—1510），文艺复兴时期的意大利画家。
④ 弗朗西斯科·戈雅（Francisco José de Goya y Lucientes，1746—1828）西班牙浪漫主义画派画家。

生子女的淫荡魔鬼。因为奥伯利·比亚兹莱[1]，我又成了一个在屁股上别一朵玫瑰的基佬。因为皮特·蒙德里安[2]，我也曾是一个等边三角形。

　　他开始高兴起来，虽然他没有完全意识到，他的手已经找到他从查看书架的那一刻起就开始寻找的东西：二〇〇四年五月至八月，皇家艺术研究院[3]举办的塔玛拉·德·蓝碧嘉[4]回顾展的目录，他上次到英格兰的时候参观了那次展览。就在那儿，就在裤裆里，他感觉到睾丸深处有一丝令人振奋的瘙痒，同时激动起来，心中渐渐充满了怀念和感激。现在，除了痒，他还感觉到鸡鸡的顶部有微微的灼热。他拿着书躺到看书用的扶手椅上，打开一盏小灯，灯光让他能够无比细致地欣赏所有的画作。放大镜就在他手边。塔玛拉·德·蓝碧嘉这位波兰－俄罗斯艺术家的骨灰真的根据她的遗愿由她的女儿吉赛特从一架直升飞机上撒入了墨西哥的波波卡特佩特尔火山口了吗？这个女人告别这个世界的方式真是冷艳狂傲、惊天动地、壮丽绝伦。作品为证，这个女人不仅会作画，也会享受。这位艺术家的一双巧手将一股令人热血沸腾但又冰冷的淫靡注入那一具具柔软的、圆润的、丰腴的、婀娜娉婷的裸体之中，这一幅幅裸体画正在他眼前鱼贯而过：《节奏》《美人拉斐拉》《密尔托》《模特》《奴隶》。这是他最喜欢的五幅作品。谁说装饰风艺术和色情无法相

---

[1] 奥伯利·比亚兹莱（Aubrey Beardsley，1872—1898），十九世纪末的英国插画艺术家。
[2] 皮特·蒙德里安（Piet Mondrian，1872—1944），荷兰画家，非具象绘画的创始者之一，自称"新造型主义"，又称"几何形体派"。
[3] 原文为英文。
[4] 塔玛拉·德·蓝碧嘉（Tamara de Lempicka，1898—1980），波兰女画家，装饰艺术代表人物之一。

合？在二三十年代，这位眉毛拔得纤细、眼神炽热而贪婪、嘴唇性感、双手粗糙的俄裔波兰女子在画布上注入了一股强烈的、丰盈的淫靡，这股气质只是表面看来凝结不动，因为在一位专注的看客的想象和感官之中，画布上的静止、凝结会消失不见，各种形象会鲜活起来，会混杂一处、打成一团，会彼此爱抚、互相纠缠，会毫无廉耻地欢爱享受。塔玛拉·德·蓝碧嘉在巴黎、米兰、纽约、好莱坞及她位于库埃纳瓦卡的最后隐居地所描摹而成或凭空创作出的这些女人奉上了何其美妙、壮观、令人激动的一幕啊。她们圆滚滚、肉嘟嘟，丰满而优雅，骄傲地亮出她们那三角形的肚脐。塔玛拉应该对肚脐有特别的偏爱，而那些毫无廉耻的女贵族丰满而美妙的大腿也同样令她灵感迸发。她剥去那些女贵族的衣衫，再为她们套上淫靡和放浪的外衣。她给性少数派和中性[①]风格带来了尊严，扬起了美名。她带着这样的作风在巴黎和纽约的沙龙上招摇，让它们变得为人接受，很有名流范儿，他想。加布里埃尔·邓南遮[②]那个急色鬼为她发了狂，借口请她为自己画像，将她带到他位于加尔达湖畔的"意大利胜利"[③]的房子里，但实际上发了疯似的想占有她，并试图在那里强奸她，我对此可并不惊奇。她是从一扇窗户逃出去的吗？他慢慢地一页一页翻着，几乎没怎么留心那些千篇一律、像结核病患者一样眼窝发青的贵族男子，而是细细品味着那一个个绝妙的女性形象。她们两眼凸出，无精打采，头发压得扁扁的，像是戴着假发，指甲胭红，胸脯挺立，屁股肥硕，几乎总是像发情的猫咪一样扭曲

---

① 原文为法语。
② 加布里埃尔·邓南遮（Gabriele d'Annunzio，1863—1938），意大利诗人、记者、小说家、戏剧家，也是法西斯分子，支持墨索里尼。
③ "意大利胜利"（Vittoriale degli Italiani），加尔达湖畔知名景点之一。

着身体。有好一会儿,他沉浸在幻想中,感觉到自从开始有了那对鬣狗的那些无聊麻烦事以后,这么多天、这么多个礼拜里一直冷却的欲望再次充满了他的身体。这些美丽的小姐,裙装领口很低,衣料透明,首饰闪闪发光,她们都被一股深深的欲望所左右,这股欲望在她们的大眼睛里喷薄欲出,而他为这样的她们心醉神迷。从装饰风艺术跳到抽象派,多疯狂啊,塔玛拉,他心想。不过,就连塔玛拉·德·蓝碧嘉的抽象画作也透出一股神秘的性感气息。他感动而开心地发觉下腹部微微一跳,那是勃起的先兆。

就在这时,他回到日常的现实中来,发现卢克莱西亚已经进到书房里来,他都没有察觉到她打开门。怎么了?她站在他身边,眼眶润湿,两眼大睁,嘴唇微启,发着抖。她想要说话,但舌头不听使唤。她说不出话来,只能磕磕巴巴的,听不懂在说什么。

"又有坏消息啦,卢克莱西亚?"他想到艾迪尔贝尔托·托雷斯,想到丰奇托,惊恐地问道,"又来啦?"

"阿尔米达打电话过来,哭得像个疯婆子,"卢克莱西亚抽泣道,"你刚走,伊斯马埃尔就在花园里晕倒了。他被人送到了美洲私人诊所。他刚刚去世了,里格贝尔托!是的,是的,他刚刚死啦!"

15

"怎么了,菲利西托?"女灵媒又问了一遍,向他俯下身去,用手上那把又旧又破的草扇给他扇着风,"你不舒服吗?"

运输公司老板看着阿德莱达一双大眼睛中透出的担忧,他脑子昏昏沉沉的,却突然想到,她可是占卜师,她的职责就是清楚地知道他怎么了。但是,他没有力气回答她;他头很晕。他断定自己随时可能晕倒。但是,他无所谓。沉沉睡去,忘记一切,不去思考:多美妙呀。他模模糊糊地想着向阿亚瓦卡被俘获的基督求助,赫特鲁迪斯可信他了。但是,他不知道怎么求。

"我给你端一杯刚从滤水石里打上来的凉水吧,菲利西托?"

阿德莱达为什么对他说话这么大声呢?好像他聋了似的。他点点头,晕晕乎乎地看见这个黑白混血女人裹着那件土色粗麻布大褂赤脚跑向这间卖药草和圣徒像的小店的里间。他闭上双眼想道:你得坚强,菲利西托。你还不能死,菲利西托·亚纳克。勇敢一点儿,伙计!勇敢一点儿!他觉得嘴巴很干,心脏仿佛在他胸部的筋腱、骨骼和肌肉之间越胀越大。他想：我的心就要从嘴里跳出来啦。这时他才感觉到这个说法有多贴切。这不是不可能的，切哇。这个脏器在他的胸腔里响声如雷，无法控制。它可能突然就会断开，从他的身体这个牢笼中逃离，顺着他的咽喉爬上去，再和着一股混合着胆汁和鲜血的呕吐物喷出体外。他会看见自己的小心脏摔碎在女灵媒家的泥地上，扁扁平平，一动不动，躺在他脚下，也许周围还有拱来拱去的巧克力色蟑螂。这也许会是他这辈子记得的最后一幕。当他睁开灵魂之眼时，他已站在上帝面前了。或者，也可能是恶魔面前，菲利西托。

"发生了什么事？"他不安地问道。他一见到他们俩的脸就明白有很严重的事情发生了，所以他们才这么紧急地召他到警局来，所以希尔瓦上尉和利图马警长才表情这么不自在，眼神这么游移，这么做作地似笑非笑。两个警察见他走进逼仄的办公室，都沉默下来，愣住不动了。

"拿着，菲利西托，很清凉的。张开嘴，慢慢地、小口小口地喝掉它，亲爱的。这会对你有好处的，你看着吧。"

他点点头，眼都没睁便张开双唇，快慰地感觉到阿德莱达像喂婴儿般喂进他嘴里的清凉液体。他觉得这凉水浇熄了他腭上舌尖的燥火，虽然他还不能也不愿开口说话，但他心里想道：谢谢，阿德莱达。女灵媒小店里向来的宁静、昏暗稍稍平复了他的紧张情绪。

"有很重要的事情，我的朋友。"希尔瓦上尉终于说道，他的表情严肃起来，站起身来用一种罕见的热情握住他的手，"来，我们到大道上找个更凉快的地方去喝杯咖啡。我们在那儿会比在这儿聊得更舒服。这个山洞里热得要命，您不觉得吗，菲利西托先生？"

他还没来得及回答，警察局长便从衣帽架上抓起他的警帽，领着利图马走向了门口。利图马就像个机器人，还一直回避他的目光。他们这是怎么了？很重要的事情是什么事情？发生了什么事吗？这两个条子出了什么问题？

"你觉得好点儿了吗，菲利西托？"女灵媒问他。

"是的。"他很困难地嘟囔道。他的舌头、上腭和牙齿都很疼。但是，这杯凉水对他很有好处，它将这一股正从他身体里流失的精力找回来了一点儿。"谢谢，阿德莱达。"

"哎呀，哎呀，还好，"这个黑白混血女人画着十字，微笑着喊道，"你可吓死我了，菲利西托！你刚刚好苍白啊！哎呀，切哇！我看见你进来，像一个口袋似的倒在摇椅上，你那会儿已经像是半个死人啦。你怎么了，亲爱的，有谁死了吗？"

"您搞得这么神秘，倒让我担起心来了，上尉，"菲利西托接着追问，他已经开始慌了，"这些严重的事情是什么，可以说一下吗？"

"给我一杯很浓的咖啡，"希尔瓦上尉对服务员吩咐道，"给警长一杯告尔多。您喝什么，菲利西托先生？"

"汽水、可口可乐、印加可乐，什么都行，"他不耐烦地轻轻敲着桌子，"好啦，有话直说。我这个人能够接受坏消息。我对这档子破事已经习惯了。您就干脆放马过来吧。"

"事情解决了。"上尉直视着他的眼睛说道，但是上尉看着他的样子一点儿不高兴，倒像是很痛苦，甚至还带着同情。而且令人惊奇的是，他没有继续往下说，反倒沉默了下来。

"解决了？"菲利西托喊道，"您是说你们逮住他们了？"

他看见上尉和警长点了点头，但是他们一直表情严肃，郑重得可笑。他们为什么要这么奇怪地看着他，好像他很令他们同情似的？桑切斯·赛罗大道上吵闹得恍如地狱，人们熙来攘往，汽车喇叭声、喊叫声、犬吠声和驴叫声此起彼伏。正播放着一首华尔兹，但是那个女歌手没有塞西莉亚·巴拉萨那副甜美的歌喉。她怎么会有呢？她的声音哑得就像一个喝惯烧酒的老家伙。

"你还记得我上次来这里吗，阿德莱达？"菲利西托说话的声音很低，他寻找着合适的词语，很担心会再次发不出声音。为了更顺畅地呼吸，他已经解开了马甲的纽扣，扯松了领带。"就是我把第一封画着小蜘蛛的信念给你听的时候。"

"是的，菲利西托，我记得很清楚。"女灵媒忧心忡忡地用一双大眼睛紧盯住他。

"你还记得吗？当时我已经要走了，你突然来了启示，对我说要我顺了他们的意思，要我照他们的要求每月付钱给他们。你还记得这件事吗，阿德莱达？"

"当然记得啦，菲利西托，当然啦，我怎么会不记得呢？你总算要告诉我发生了什么事吗？你为什么这么脸色苍白、头晕目眩？"

"你当时说得对，阿德莱达。你一直都说得对。我要是听你的就好了，因为，因为……"

他说不下去了。他的话音被一声抽泣打断，然后他哭了起来。他很久没有哭过了，自从他父亲死在皮乌拉工人医院急救室那间黑暗的小房间里那天起就再没有哭过？或许自从他第一次跟玛贝尔上床的那个晚上起就再没有哭过？但是这后一次并不算数，因为那是幸福的泪水。而现在，他的眼泪流个不停。

"一切都解决了，我们现在就解释给您听，菲利西托先生，"上尉终于鼓起劲来开了口，把说过的话又重复了一遍，"我恐怕您不会喜欢您即将听到的这些话。"

他在座位上坐直，全神贯注地等着。他觉得小酒吧里的人群仿佛都消失了，街上的嘈杂也安静下来了。有些什么东西让他怀疑，接下来的事情会是最近这段时间落到他身上的倒霉事中最糟糕的一件。他的腿开始颤抖。

"阿德莱达，阿德莱达，"他一边擦着眼睛一边呻吟，"我得找个方法发泄一下。我忍不住了。我向你发誓，哭哭啼啼可不是我的习惯，请原谅。"

"别担心，菲利西托，"女灵媒冲他微微一笑，一边亲热地拍了拍他的手，"偶尔哭一哭对我们大家都有好处。我有时候也会大哭一场。"

"您就说吧，上尉，我准备好了，"运输公司老板说道，"请说得清楚一点儿，大声一点儿。"

"我们一步步来。"希尔瓦上尉清清嗓子，磨着时间。他把咖啡杯端到嘴边，喝了一小口，然后继续说道："您最好把经过从头了解起来，就像我们当时发现的那样。那个保护玛贝尔女士的警卫叫什么名字，利图马？"

坎德拉里奥·维兰多[①]，二十三岁，通贝斯人。他在警队待了两年，这是长官第一次让他穿上便衣执行任务。他们将他安插在那位女士的小房子对面，就在卡斯蒂利亚区那条死胡同里，靠近河边萨雷斯会神父们开的胡安·波斯科中学。他们命他小心别让房子里的女主人发生任何事。如果有必要，他必须援救她。他还得记录谁来看过她，不着痕迹地跟踪她，记录她跟谁约会见面、去拜访过谁、做什么或是不再做什么。他们发给他标配的武器和二十发子弹、一

[①] 坎德拉里奥·维兰多（Candelario Velando）直译为"守夜的傻瓜"，应为作者的文字小游戏。

台照相机、一本小本子、一支铅笔和一部手机,手机只能在万不得已的情况下使用,而且绝不能用来打私人电话。

"玛贝尔?"女灵媒将她那双有些疯癫的眼睛睁得很大,"你的小女朋友?是她?"

菲利西托点点头。水杯已经空了,但是他似乎没有注意到,因为他时不时仍将它端到嘴边,动动嘴唇和喉头,好像真的咽了一小口似的。

"就是她,阿德莱达,"他点了好几次头,"玛贝尔,是的。我到现在还没法相信。"

他是一个好警察,尽职又准时。他很喜欢这份工作,到现在为止,他都一直拒绝收受好处。但是,那天晚上,他很累,他已经跟着那位女士逛街又保护她的房子长达十四个小时了,刚在那个灯光照不到的角落里坐下,将背靠在墙上,便立刻睡着了。他不知道睡了多久,应该是很久,因为当他惊醒的时候,那条小街已经变得静悄悄的了,打陀螺的孩子们都不见了,一间间小房子里,灯光已经熄灭,门已经关好。连狗都不再游荡、吠叫。邻里居民似乎都已睡着了。他慌忙起身,贴在暗影中靠近了那位女士的房子。他听到有人说话。他将耳朵贴在一扇窗户上。似乎是在争吵,他们说的话,他一个字都没听明白,但是,毫无疑问,是一个男人和一个女人,他们在吵架。他跑过去蹲到另一扇窗户下,从那里他能听得更清楚。他们在彼此破口大骂,但是没有动手,暂时还没有。只有长长的沉默,然后又是说话声,这次声调更加绵长。可以说,她正在软化、让步。有人来看她,而且,看上去,来访者正在干她。坎德拉里奥·维兰多立刻明白过来,那个人不是菲利西托·亚纳克先生。那么,这位女士有别的情人?房子里最终完全安静下来了。

坎德拉里奥退回到他先前睡着的拐角处。他重又坐下来，点燃一支香烟，然后背靠在墙上等着。这一次他没有打瞌睡，也没有开小差。他很肯定那位来访者随时会再次出现。果然，等了好一会儿以后，那人出现了，而且他的百般小心反倒把自己给暴露了：他将门稍稍打开，只探出脑袋来看了看左右。他以为没人能看见他，便走了出来。坎德拉里奥看见了他的全身，从他的身形和动作来看，他肯定那不可能是纳利瓦拉运输公司那个小矮人似的老头子。那是一个年轻男人。他看不清他的脸，实在是太暗了。他看见那人向吊桥走去，便跟在他后面。他慢慢地走着，努力不让自己被人看见，距离隔得有点儿远，但是一直都能看见那人。他在过吊桥时靠得近了一些，因为那里有些夜猫子，他可以藏身在他们中间。他看见那人迈上演兵广场的一条人行道，消失在檐廊酒店的酒吧里。他等了一会儿，也跟了进去。那人就在吧台前——年轻、白皙、醉醺醺的，留着猫王那样的刘海——正将看上去像一小瓶皮斯科的东西一口干掉。这时，他认出了那人。那人来桑切斯·赛罗大道的警察局录口供的时候，坎德拉里奥见过他。

"肯定是他吗，坎德拉里奥？"利图马警长摆出一脸疑窦，问道。

"是米盖尔，非常、非常地肯定。"希尔瓦干巴巴地说道，一边又将咖啡杯端到了嘴边，似乎很不喜欢对菲利西托说出他正在说的这些话，"是的，亚纳克先生。我很遗憾，但就是米盖尔。"

"我的儿子米盖尔？"运输公司老板飞快地重复道，不停地眨着眼睛，摆着一只手，脸色突然发白了，"半夜三更？在玛贝尔家？"

"他们大吵特吵呢，警长，"坎德拉里奥·维兰多警卫向利图马解释道，"他们是真的在吵，说的尽是些婊子啊、龟儿子啊以及更难听的脏话。接着是一段很长时间的沉默。我那时候想象的就和您现在想象的一样：他们和解了，就上床去了。不是来一发还能是什么呢？这最后一点，我没有听见，也没看见，只是一种假设。"

"你最好别把这些事告诉我。"阿德莱达不自在地垂下目光说道。她的睫毛又长又软。她难过了起来。然后，她亲热地拍了拍运输公司老板的膝盖。"除非你认为跟我说说会对你有好处。随你高兴，菲利西托。随你决定。我这朋友不是白当的，切哇。"

"这个假设表明你的脑子堕落得很厉害啊，坎德拉里奥，"利图马对他微笑道，"好的，小伙子，你可想过头啦。不过里面既然提到屁股，上尉会喜欢你这个故事的。"

"那就是线索的开头，总算出现了。我们顺藤摸瓜，抽丝剥茧。自从我在绑架案后询问过她，我就嗅出点儿不对了。她老是自相矛盾，她不会装假。事情就是这样，亚纳克先生，"警察局长补充道，"您别以为这对我们是件容易的事情，我是说，把这个可怕的消息告诉您。我知道这消息会像是在您背上捅了一刀。但这是我们的职责，请您原谅。"

他住了嘴，因为运输公司老板举起了一只手，拳头紧握。

"没有可能弄错吗？"他低声说，他的声音现在很低沉，有点儿像是在哀求，"一点儿可能都没有吗？"

"一点儿都没有，"希尔瓦上尉毫不留情地说道，"已经得到确凿的证实了。玛贝尔女士和您儿子米盖尔背着您来往有一段时间了，先生，小蜘蛛的故事就是从这里开始的。我们真心很遗憾，亚纳克先生。"

"您儿子米盖尔的过错大过玛贝尔女士。"利图马插了一句。然后又马上道歉："抱歉，我不想插嘴的。"

菲利西托·亚纳克看起来已经不再听两个警察说话了。他的脸色更加苍白了，望着一片虚空，仿佛那里突然出现了一个幽灵。他的下巴在颤抖。

"我很清楚你是什么感觉，我很同情你，菲利西托，"女占卜师将一只手放在胸口，"是的，你说得对，发泄出来对你会有好处的。不管你对我说什么都不会从这里传出去，亲爱的，你知道的。"

她捶了一下自己的胸口。菲利西托想道：真奇怪，听起来是空的。他不好意思地感觉到自己的眼睛里又蓄满了泪水。

"小蜘蛛就是他，"希尔瓦上尉斩钉截铁地说道，"您的宝贝儿子，白皮肤的那个，米盖尔。看起来，他这么做不仅是为了钱，还有某种更隐秘的原因。也许，也正是因此，他才跟玛贝尔上床的。他对您有些私怨：憎恶、不满，这些毒害人们灵魂的危险思想。"

"好像是因为您逼着他去参军了。"利图马又插了进来。这一次，他又道歉了："对不起，至少他是这么告诉我们的。"

"您在听我们说话吗，菲利西托先生？"上尉向运输公司老板俯过身去，并抓住他的胳膊，"您觉得不舒服吗？"

"我觉得很舒服。"运输公司老板勉强一笑。他的嘴唇和鼻孔都在颤抖，他握着空的印加可乐瓶的双手也是。他的眼白周围有一个黄圈，声音细若游丝："您继续讲吧，上尉。可是，请原谅，我想知道一件事，如果可以的话。我的另一个儿子提布尔西奥参与了吗？"

"完全没有，只有米盖尔，"上尉试图给他鼓鼓劲，"我绝对能向您保证。在这一点上，您可以放心，亚纳克先生。提布尔西奥既没有牵涉在内，对这件事也毫不知情。等他知道的时候，他会和您一样吓呆的。"

"这整件可怕的事情也有好的一面，阿德莱达，"停顿了很长时间以后，运输公司老板嘟哝道，"就算你不相信，但它确实是。"

"我相信，菲利西托，"女灵媒说道，嘴巴大张，冲他伸了伸自己的舌头，"生活总是这样的。好事总有坏的一面，坏事则有好的一面。那么，这件事的好处在哪里呢？"

"我解开了一个从结婚起就一直困扰着我的疑问，阿德莱达。"菲利西托·亚纳克低声说。他似乎在这一刻慢慢恢复过来了：他又能发出声音了，脸色好了一些，说话时也更自信了一些。"我一直怀疑米盖尔不是我儿子，从来就不是。赫特鲁迪斯和她母亲用怀孕的鬼话逼着我结了婚。她当然怀了孕，可那不是我的，而是别人的。而我就是她的冤大头。她们俩将他冒充我儿子，塞了个拖油瓶给我，这样一来，赫特鲁迪斯就躲开了当单亲妈妈的耻辱。那个蓝眼睛的小白人怎么会是我儿子呢，你说说看？我一直怀疑这里头有鬼。现在，虽然有点儿迟，但我总算有了证据。他不是，他的血管里流的不是我的血。我的儿子，我的亲骨肉，是永远不会做出他对我做的这种事的。你看出来了吗，你发现了吗，阿德莱达？"

"我看出来了，亲爱的，我发现了，"女灵媒同意道，"把你的杯子给我，我再到滤水石里去给你盛上满满一杯凉水。看见你拿着个空杯子喝水，感觉怪怪的，切哇。"

"那玛贝尔呢？"运输公司老板目光下垂着低声说，"她从一开始就卷入这场小蜘蛛的阴谋里了吗？她确实参与了？"

"她是不情不愿的，但是，是的，"希尔瓦上尉似乎很是难过地说道，"她参与了。她一直不愿意这么干，据她说，她从一开始就试图劝米盖尔别这么干，这很有可能。但是，您儿子有他的个性，他……"

"他不是我儿子！"菲利西托·亚纳克直视着他的眼睛，打断他，"请原谅，我知道我在说什么。您继续吧，上尉。"

"她已经受够了米盖尔,想分手,但是他不肯,还威胁把两个人的罗曼史告诉您来吓唬住了她,"利图马再次插嘴,"然后,她因为被他牵连到这场麻烦之中而开始恨他。"

"也就是说,你们已经跟玛贝尔谈过了?"运输公司老板困惑地问道,"她坦白了?"

"她正在跟我们合作,亚纳克先生,"希尔瓦上尉承认道,"她的证词对于了解整个小蜘蛛阴谋起了决定性作用,警长对您说的是事实。一开始,当她跟米盖尔搅在一起时,她并不知道那是您儿子。当她知道的时候,她试着甩掉他,但是已经迟了。她甩不掉他,因为米盖尔敲诈她。"

"他威胁她说要将整个事情都告诉您,亚纳克先生,好让您杀了她,或是至少揍她一顿。"利图马警长再次插嘴。

"然后把她身无分文地赶出去,这才是最主要的,"上尉接着说道,"就像我之前对您说的,先生。米盖尔恨您,非常怨恨您。他说是因为您逼他去服兵役却没逼他的兄弟提布尔西奥去。可是我觉得还不止如此。这种恨意也许来自从前,从小就有。您可能知道。"

"他应该也疑心过自己不是我的儿子,阿德莱达。"运输公司老板接着说。他一小口、一小口喝着女灵媒刚递给他的第二杯水。"他可能看着镜子里自己的脸,明白他不是也不可能是我的血脉。于是他大概就这样开始恨我,他还能怎么样呢?奇怪的是,他竟一直隐藏着他的恨意,没有向我表露出来。你看出来了吗?"

"你希望我看出什么,菲利西托?"女灵媒大声说道,"一切都非常清楚,连瞎子都看得出来。她是一个年轻姑娘,你是一个老头子。你以为玛贝尔会对你从一而终吗?尤其是你还有家有室,她很清楚自己永远都只不过是你的情妇而已。生活就是生活,菲利西托,你早该知道。你从底层上来，就像我，就像所有穷苦的皮乌拉人一样，知道吃苦是什么滋味。"

"当然，绑架从来不是绑架，只是一出闹剧，"上尉说，"为了对您在情感上施加压力，先生。"

"我早知道，阿德莱达。我从来就没抱过幻想。你以为我为什么情愿睁一只眼闭一只眼，不去打听玛贝尔做的事情？可我从来没想到她竟能跟我的儿子搅在一起！"

"他是你的儿子吗？"女灵媒嘲弄地纠正他，"她跟谁搞在一起又有什么关系呢，菲利西托？现在这事儿又能伤到你什么呢？你别再想这件事啦，伙计。翻过这一页，忘了它，这事儿已经过去了。这样最好，听我的吧。"

"你知道我现在想到了什么才真的痛苦吗，阿德莱达？"他的杯子又空了。菲利西托觉得一阵阵冷战。"是这场丑闻。你可能觉得这很傻，但这是最让我烦恼的。这件事明天就会在报纸上登出来，会在电台、电视台播出来，然后记者就会穷追猛打，我的生活会再一次乱得堪比马戏团。记者们的追逐、大街上、办公室里人们的好奇。我已经没有耐心和精力再受一次这种罪了，阿德莱达，已经不行了。"

"先生睡着了，上尉。"利图马悄声说道，指了指已经合上双眼、垂下脑袋的运输公司老板。

"我也觉得是，"警官说，"这消息把他打垮了。儿子、情人。戴了绿帽子，还要挨刀子。这可不是小事啊，娘的。"

菲利西托能听见他们，却没有听进去。他不想睁开眼睛，就连一小会儿也不想。他打着瞌睡，听着桑切斯·赛罗大道上的嘈杂与熙攘。如果这一切没有发生，他现在应该在纳利瓦拉运输公司查看着客车、货车和轿车上午的出车情况,研究着今天的乘客数据,跟昨天的进行对比,向何塞菲塔女士口授一些信件,取消或兑现一些银行的票据,准备回家吃午饭。他伤心得像得了间日疟,从头到脚颤抖起来。他的生活再也不会恢复过去那种平静的节奏了,他再也不会是一个默默无闻的路人甲了。将来,他可能总会在街上被认出来,人们看见他走进一家电影院或餐厅时会交头接耳,会不客气地盯着他,会窃窃私语,会指指点点。就在今晚,最迟明天,这消息就会公开,整个皮乌拉就都会知道了。然后,那种地狱般的生活就要重现了。

"您打了个盹儿,感觉好一点儿了吗,先生?"希尔瓦上尉亲切地拍了拍他的胳膊问道。

"我瞌睡了一会儿,不好意思,"他睁开双眼说道,"请你们原谅我,一时间太多感情涌上来。"

"当然,当然,"警官宽慰道,"您希望我们继续说还是我们以后再说,菲利西托先生?"

他嘟哝道:"继续吧。"在他闭上眼睛的那几分钟里,小酒吧里已经挤满了人,主要是男人,他们抽着烟,要着三明治、汽水或啤酒、咖啡。上尉压低声音,不让邻桌的人听到他说话。

"米盖尔和玛贝尔昨晚就被捕了,初审法官已经知道了整个来龙去脉。我们约了报社记者下午六点到警察局。我认为您不会想出席的,不是吗,菲利西托先生?"

"绝不,"运输公司老板惊恐地叫道,"当然不去!"

"您也没必要来,"上尉安抚道,"当然啦,请做好准备。记者们会把您逼疯的。"

"米盖尔已经承认了所有的指控吗?"菲利西托问道。

"他一开始是否认的,但是当他得知玛贝尔已经背叛了他、会成为控方证人时,他只得接受现实。我已经跟您说过了,她的证词是毁灭性的。"

"多亏了玛贝尔女士,他才最终承认了一切,"利图马警长补充道,"她让我们的工作变得更容易了。我们正在写报告。最迟明天,报告就会交到初审法官手上。"

"我必须见他吗?"菲利西托说话声音很低,两位警察得将脑袋凑近才能听见他说话,"见米盖尔,我是说。"

"无论如何,在审理过程中总要见到的,"上尉说道,"您将是明星证人。请记住,您是受害人。"

"在审理之前呢?"运输公司老板追问道。

"初审法官或检察官可能会要求当面对质,"上尉解释道,"这样的话就会见到。对我们来说是没有必要了,因为就像利图马对您说的那样,米盖尔已经承认了所有指控。他的律师可能会为他制定别的策略,可能会辩护说他的供词是无效的,因为是用非法手段获取的,以此来否认一切。反正就是老一套。不过,我认为他是逃不掉了。只要玛贝尔跟检方合作,他就完蛋了。"

"他会被判多少年?"运输公司老板问道。

"这要看为他辩护的律师和他能在辩护中花多少钱了,"警察局长说道,一边做了一个有些怀疑的表情,"不会很久的。除了在您的公司里放的那一小把火,再没有别的暴力行为。敲诈、假装绑架和合谋犯罪在这种情况下也都不是太严重的罪行,因为没有任何具体行动,只是假装。最好的情况是两三年吧,我认为不会再多了。考虑到他是初犯,没有前科,他甚至可能不用坐牢。"

"那她呢?"运输公司老板舔舔嘴唇问道。

"她跟警方合作了，所以刑罚会很轻，菲利西托先生。也许她会无罪释放。说到底，她也是那个白人小伙子的受害人。她的律师可能会以此来辩护，而且不无道理。"

"你发现了吗，阿德莱达？"菲利西托·亚纳克叹了口气，"他们让我痛苦了好几个礼拜，他们烧了我在桑切斯·赛罗大道上的店，这损失是很大的，因为大家害怕敲诈犯们会往我的客车上扔炸弹，我们因此失去了很多客人，而那两个无赖竟然可能被无罪释放、逍遥快活。你发现这个国家的公义是怎么回事了吗？"

他住了嘴，因为他发觉女灵媒的眼神有些变化。她定定地看着他，瞳孔放大，非常严肃，非常专注，好像她在他身上或者透过他看到了某种令人不安的东西。她抓起他一只手，握在她那双生满老茧、指甲肮脏的大手之间。她非常用力地攥紧他的手。菲利西托浑身一颤，害怕得要死。

"一个启示吗，阿德莱达？"他结结巴巴地说道，一边试图将自己的手抽出来，"你看到了什么？你怎么了？求你了，我的朋友。"

"有些事会发生在你身上，菲利西托。"她说道，一边将他的手攥得更紧，用她那双深邃的眼睛紧紧盯着他，她已两眼通红，"我不知道是什么事，也许就是你今天早上跟条子们的这件事，也许是别的事。是好是坏，我也不知道，但这是件大事、一件了不得的事、一个会改变你整个生活的大变动。"

"你是说，是不同于已经发生在我身上的这一切的事情？是更糟糕的事情吗，阿德莱达？我现在背负的十字架难道还不够吗？"

她像个疯子一样摇着头，似乎没有听到他说话。她把声音提得很高：

"我不知道是好事还是坏事，菲利西托，"她惊恐万状地叫道，

"但是,的确是比到今天为止已经发生在你身上的一切更加重要的事。你生活的大变革,这就是我预感到的。"

"还来?"他重复道,"你不能说得具体一点儿吗,阿德莱达?"

"不,不能。"女灵媒松开了他的手,一点点恢复了她平常的脸色和举止。他看见她叹了口气,将手抹过脸庞,好像在赶走一只虫子。"我只能告诉你我感觉到的东西、启示让我感觉到的东西。我知道,这很纠结。对我也是一样的,菲利西托。我有什么错呢?这是上帝希望我感觉到的东西。他说了算。这就是我能告诉你的一切了。做好准备吧,会有事情发生在你身上的,让你惊讶的事情。但愿不是坏事,亲爱的。"

"坏事?"运输公司老板喊道,"对我来说,再坏的事只剩下去死了,被车轧死,或是被疯狗咬死。也许这样才对我最合适。我该去死,阿德莱达。"

"你还不会死,这我可以向你保证。启示告诉我的并不是你的死讯。"

女灵媒似乎已筋疲力尽。她仍跪坐在地上,慢慢地搓着手和胳膊,好像在拂着上面的灰尘。菲利西托决定离开。已经大半个下午过去了,他中午一口饭都没吃,但是并不饿。光是想到要坐下来吃东西,他就觉得恶心。他费力地从摇椅上站起来,掏出钱包。

"你没必要给我任何东西,"女灵媒坐在地上说,"今天不用,菲利西托。"

"要的,有必要的,"运输公司老板说道,一边将五十索尔放在最靠近的柜台上,"不是为了这条不清不楚的灵感启示,而是因为你非常亲切地安慰我、劝我。你是我最好的朋友,阿德莱达。所以,我一直都信任你。"

他扣好马甲，系好领带，戴好帽子，走到街上。他再次感觉到很热。皮乌拉市中心熙来攘往的人群让他喘不过气来。有些人认出了他，便向他点头致意，或是指着他窃窃私语。还有些人用手机给他拍了照。他决定去一趟纳利瓦拉运输公司，看看有没有新的事情。他看看表：下午五点钟。警察局里的记者招待会是六点。还有一个小时，消息就会像火药一样爆炸。事情会在电台、网上炸开锅，博客、报纸的电子版、电视台的简讯会争相传播。他会再次成为皮乌拉最有名的人。《他被儿子与情人骗》《他的儿子和情人想敲诈他》《小蜘蛛就是他的儿子和情人，而且他们是一对儿！》……他想象着那些标题、那些会给他戴上一顶直冲霄汉的绿帽子把他画成一副滑稽像的漫画，不由得一阵恶心。真是混蛋！忘恩负义，恩将仇报！他对米盖尔的事情还没有那么愤怒。因为多亏了这场小蜘蛛敲诈案，他证实了自己的怀疑：米盖尔不是他的儿子。谁会是他真正的父亲呢？赫特鲁迪斯知道吗？那时候，廉租公寓里随便哪个客人都能跟她睡觉，有很多人可能是他的父亲。他会离开她吗？他会离婚吗？他从来都没爱过她，但是，事到如今，这么长时间以后，他甚至无法对她心怀怨恨。她不是一个坏女人。这么多年以来，她的行为无可指摘，她完全只为他们的家和宗教而活。这消息会令她非常震惊，这是当然的。一张因与父亲的情人通奸并试图敲诈父亲而戴着手铐锒铛入狱的米盖尔的照片，这可不是一个母亲能够轻易接受的事情。她会哭泣，会跑到教堂去，让神父们宽慰她。

　　玛贝尔的事情让人更加痛苦。他一想到她，胃里便会一阵空虚。她是他这辈子唯一真正爱过的女人。他给了她一切。房子、生活费、各种礼物，还有任何其他男人都不会给自己包养的女人的一份自由。

她却跟他的儿子滚上了床！她还跟那个可怜虫合起伙来敲诈他！他不会杀她，他甚至不会狠抽那个撒谎精一记耳光。他再也不要看见她。让她去卖皮肉过活吧。看看她还能不能找到像他一样体贴周到的情人。

走到吊桥边，他没有沿利马街下去，而是转头往埃吉古伦防波堤走去。那里人比较少，他可以走得更加安生，不会惊恐地发现有人在看着他，对他指指点点。他回忆起小时候这条防波堤边的那些老旧的大宅子。因为厄尔尼诺破坏，因为大雨，因为河流上涨决堤淹没了这片城区，那些房子已经一栋接一栋地垮掉了。白人阔佬们没有将它们重建起来，而是在远离市中心的埃尔·齐佩区盖起了新房子。

他现在该怎么办？继续在纳利瓦拉运输公司工作，就当什么事都没发生吗？可怜的提布尔西奥，他确实会非常难受的，他一直形影不离的哥哥米盖尔竟变成了试图与情人合谋讹父亲钱的罪犯。提布尔西奥是个很好的孩子，也许不怎么聪明，但是为人正派，尽职尽责，没办法干出像他哥哥这样的龌龊事情来。他听到这消息会伤透心的。

皮乌拉河非常浑浊，水中挟裹着树枝、小灌木、纸张、瓶子和塑料制品。水色宛如泥沙，好像山上曾经泥石坍塌似的。河里没有人游泳。

他从防波堤走上桑切斯·赛罗大道，却又决定不到办公室去了。只差一刻钟就到六点了，记者们一旦得到消息，便会像苍蝇一样飞往纳利瓦拉运输公司。最好是回到家里，把大门锁上，几天都不出门，直到风暴平息。一想到这场风波，他的背上便好似有蛇爬过。

他沿阿雷基帕街而上，往家里走去，同时感觉到胸口再次憋闷起来，呼吸也很困难。这么说来，小米盖尔憎恶他，早在被逼着去服兵役之前就恨他了。这种感情是相互的。不，错了，他从来没有恨过这个冒牌儿子，因为猜到他不是自己的血脉而从来没爱过他是另一码事。但是，他不记得曾经对提布尔西奥有过偏爱。他是一个很公平的父亲，非常小心地对两个儿子一视同仁。确实，他逼着米盖尔在军营里待了一年，那也是为了他好，为了让他走正道。他学习很差劲，只喜欢踢球、去奇恰酒铺喝酒。菲利西托撞见过他跟狐朋狗友在不入流的小酒吧和小饭馆里喝酒，在妓院里挥霍挣来的钱。照这条路走下去，他不会有好下场的。"你再这样下去，我就把你扔到部队里去。"菲利西托警告过他。他依然如故，便被扔进了部队。菲利西托笑了起来。好吧，他最后干出这种事来，可以说，他也没有改正多少。让他坐牢去吧，让他尝尝那滋味儿。他有了这种记录，看看以后谁还会给他工作。他出来时会比进去时更像个罪犯，就和所有那些上过监狱这所犯罪大学的人一样。

他站在自家门口。打开那扇钉着铁钉的大门之前，他走了几步到拐角，往瞎子的小罐子里扔了几枚硬币：

"下午好，卢辛多。"

"下午好，菲利西托先生。愿上帝保佑您。"

他往回走去，感觉胸口缩成一团，呼吸困难。他打开门，进去后再将门关好。从门厅里，他听见客厅里有说话声。真是太棒了，竟然有客人！这很不寻常，赫特鲁迪斯没有一位女友会这样不通知一声就过来，她也从来不办茶话会。他杵在门厅里，犹豫不决，这时，他看见在客厅的门楣边出现了他妻子的庞大身影。他看见她裹着她那种看似教袍的衣服向他走来，平常费力艰难的步履加快了一些。她为什么这副表情？她大概已经知道消息了。

"这么说你已经知道一切了。"他低声说。

但是,她没有让他说完。她指着客厅,急匆匆地说道:

"我很抱歉,我非常抱歉,菲利西托。我只能让她住在家里,我没有别的办法。只住几天,她是逃过来的。看起来,他们可能会杀了她。这经历真令人难以置信。来,让她亲自讲给你听。"

菲利西托·亚纳克的胸中心跳如鼓。他看着赫特鲁迪斯,不是很明白她在说什么,但是,他看见的不是妻子的脸,而是阿德莱达的脸,因启示而神情大变的那张脸。

16

卢克莱西亚怎么这么慢?里格贝尔托先生像一头困兽,在他位于巴兰科的公寓门口兜着圈子。他的妻子还没有从卧室里走出来。他一身沉重的丧服,不想在伊斯马埃尔的葬礼上迟到。但是卢克莱西亚每次出门都有个怪癖,她总会找尽各种荒唐借口偷懒、延迟出发。而现在,她会害得他们在队伍出发去公墓之后才赶到教堂。他可不想在葬仪开始之后才大摇大摆地出现在安息园,招来所有人的目光。毫无疑问,会有很多人的,就像昨晚的守灵仪式,不仅出于对死者的友情,更出于利马人的恶趣味,指望能亲眼看看丑闻中那位未亡人。

但是,里格贝尔托先生知道没有别的办法,只能认命地等着。结婚这么多年以来,他与妻子仅有的几次争吵大概是因为每次他们出门她都磨磨蹭蹭的。不管是去什么地方、去看电影、出去吃饭、看展览、出去购物、去银行办事、出门旅行,都一样。起初,刚结婚的时候,他们刚开始住在一起,他以为妻子只是因为不情愿去或是不屑于准时才磨蹭。他们因此有过争吵，红过脸，拌过嘴。但是，渐渐地，里格贝尔托先生观察着她，琢磨着，才发觉他的妻子在无论什么原因需要出门时的拖延并不是一件简单的事情，不是一位被宠坏了的女士的怠懒。它们源自更深层的原因，源于一种本体学层面的情绪状态，就连她自己都没有注意到是怎么回事。每次当她不得不离开某个地方的时候，无论是他们自己的家、她拜访的某位女友的家还是她刚刚用过晚餐的餐厅，她的心中都会对于不得不离开、出发、去往别处而涌起一种隐隐的焦虑、一种不安、一种阴暗而原始的恐惧。于是，她开始编造各种借口——取条手绢、换个钱包、找串钥匙、确认窗户是否关好、电视机是否关掉、看看炉灶是不是还烧着或电话是不是已挂好——任何能够将出门这个可怕的行动推迟几分钟或几秒钟的事情都可以。

她一直这样吗？小时候也这样？他不敢问。但是，他已经确凿地发现，时间愈久，这种渴望、怪癖或厄运就愈是变本加厉，使得里格贝尔托有时候会害怕地想着，或许有一天，与梅尔维尔[①]笔下那个人物一样和善的卢克莱西亚会染上巴特比那种令人费解的昏沉或怠惰，然后决心再也不离开家，也许再也不走出房门，甚至再也不下床。害怕放弃自我，害怕迷失自我，害怕失去自我，他再次对自己说，这就是他对妻子的拖延症所下的诊断。时间一秒秒过去，卢克莱西亚还是不出来。他已经大声地叫过她三次，提醒她时间不早了。毫无疑问，自从接到阿尔米达的电话，通知她伊斯马埃尔突然

[①] 赫尔曼·梅尔维尔（Herman Melville，1819—1891），美国小说家、散文家和诗人，其最知名的作品为《白鲸记》。下文所提到的"巴特比"为其短篇小说《抄写员巴特比》（"Bartleby, the Scrivener: A story of Wall Street"，又译《书记员巴托比》）中的人物。

死去以后,她心情烦闷,情绪激动。这种对于失去自我、对于离开时会把自我像一把雨伞、一件雨衣那样落下的恐惧肯定因此更加严重了。她会继续拖延,他们会在葬礼上迟到。

终于,卢克莱西亚从卧室里出来了。她也是一身黑衣,戴着墨镜。里格贝尔托赶紧为她打开门。他的妻子依然因为痛苦和犹疑而苦着脸。现在他们会怎么样呢?前一晚,在圣母玛利亚皇后教区教堂里进行的守灵仪式上,里格贝尔托看见她抱着阿尔米达抽泣着,就在伊斯马埃尔那副打开的棺材旁边,他就躺在里面,头上绑了一条手帕,确保他的下颌不至于脱落。在那一刻,就连里格贝尔托本人也不得不费了好大劲儿才克制住了哭泣的欲望。就在他认为自己已经大获全胜的时候,就在他觉得自己是世界上最幸福的男人的时候,他却死了。也许是幸福感将他杀了吧?伊斯马埃尔·卡雷拉不习惯幸福。

他们乘电梯直接下到车库,然后里格贝尔托开着车,两人飞快地开往位于圣伊西德罗的圣母玛利亚皇后教区教堂,送葬队伍会从那里出发前往拉莫利纳的安息园公墓。

"你昨晚有没有发觉,米奇和埃斯科比塔在守灵仪式上都没有靠近过阿尔米达一次,"卢克莱西亚说道,"一次都没有。多不尊重人呀。那两个家伙确实是黑心肠。"

里格贝尔托注意到了,当然,那些在布满鲜花的灵堂里列队前进了好几个小时、排队等到将近深夜的大多数人也都注意到了。花圈、饰物、花束、十字架和追悼信摆满了整个大堂,还从院子漫到了大街上。很多人爱戴、尊敬伊斯马埃尔,那就是证据:成百上千的人来向他道别。今天上午的葬礼上可能也会有这么多人,或者更多。但是那些因为他娶了他的女仆而对他大加中伤的人,甚至还有那些在米奇和埃斯科比塔为了让司法部门宣布那场婚姻无效所提起的诉讼中站在两兄弟那一边的人，昨晚也在，现在可能还在。就像卢克莱西亚和他自己一样，在守灵仪式上，人们的目光都集中在那两条鬣狗和阿尔米达身上。那对双胞胎一身重孝，一直戴着墨镜，看起来就像电影里的黑帮分子。死者的遗孀跟儿子之间隔着几米远，而他们一直没有试图走近一些。这真是可笑。阿尔米达从头到脚一身孝服，戴着深色帽子、深色面纱，坐在离棺材很近的地方，手上拿着一块手帕和一串念珠，她一面动着嘴唇默念祷词，一面慢慢地捋着念珠。时不时地，她会将眼泪擦干。时不时地，她会在一直待在她身后的两个一脸凶相的大个子的帮助下站起身来，靠近棺材，在玻璃前俯下身，或是祈祷，或是哭泣。然后，她会继续接受新来的人向她致哀。这时，那两条鬣狗会走到棺材旁边，在棺材跟前待一会儿，难过地画着十字，却连一次都没有向未亡人所在的地方转过头去。

"你确定整晚都待在阿尔米达身边的那两个拳击手一样的壮汉是保镖？"卢克莱西亚问道，"他们倒更可能是她的亲戚呢。你别开这么快，拜托。这会儿有一个死人已经够了。"

"非常确定，"里格贝尔托说道，"我找克劳迪奥·阿尔尼利亚斯证实过，伊斯马埃尔的律师现在是她的律师了。他们是保镖。"

"你不觉得有点儿滑稽吗？"卢克莱西亚说道，"阿尔米达到底为什么会需要保镖啊？我倒想知道。"

"她现在比任何时候都需要他们，"里格贝尔托先生回答道，一面将车速降下来，"那两条鬣狗可能会雇一个杀手把她杀了。现在在利马就有这种事。我恐怕那两个浪荡子会把这个女人撕碎。你想象不到这位新晋寡妇继承了多大一笔钱，卢克莱西亚。"

"你要是继续这么开车,我就下去,"他的妻子警告他道,"啊,是因为这个。我还以为她把尾巴翘起来了,雇了那两个大个子来自抬身价呢。"

当他们来到圣母玛利亚皇后教区教堂时——这座教堂位于圣伊西德罗区古铁雷斯椭圆广场——送葬队伍刚要出发,于是他们没有下车,而是汇入了车队之中。车队仿佛没有尽头。里格贝尔托先生看着灵车经过时许多路人都画了十字。这是对死亡的恐惧,他心想。在他的记忆中,自己从来没有害怕过死亡。至少,到现在为止没有过,他更正道。全利马的人大概都在这里了。

确实,全利马的人都在那里。大企业家们、银行和保险公司的老板们,经营矿产业、渔业、建筑业的老板们,电视台和报社的老板们,庄园主们和农场主们都在,伊斯马埃尔一直领导到几周以前的公司里的许多员工也夹杂其中,甚至还有几个曾经为他干过活或是欠他情的底层人。有一位身穿金银丝绣制服的军人,可能是共和国总统的副官。还有经济部和外贸部的部长。当棺材从灵车上抬下来时,发生了一段小插曲:米奇和埃斯科比塔想站到送葬队伍的最前头。但是,他们只站了几秒钟,因为当阿尔米达挽着阿尔尼利亚斯博士的胳膊从她的车里下来时,她的身边围了不止两个保镖,而是四个。这四个人利落地将那对双胞胎拨开,毫无顾忌地为她一路开道去到队伍的最前头。米奇和埃斯科比塔愣了一小会儿,然后选择将位置让给了未亡人,自己则站到了棺材的两侧。他们抓起扶手,低着头跟上队伍。参加葬礼的大部分是男人,但是也有不少漂亮的女士,在神父念悼亡经时,她们非常无礼地盯着阿尔米达看。她们看不见多少东西。她一身黑衣,戴着帽子和一副大大的墨镜,遮住了大半边脸。克劳迪奥·阿尔尼利亚斯在灰色西装下仍系着他惯常的彩色背带。他站在阿尔米达身边，四个大个子保镖在他俩背后排成一堵人墙，没有人试图穿墙而过。

仪式结束以后，棺材终于被放入了墓穴之中。墓穴被一块大理石板封住，石板上用金字写着伊斯马埃尔·卡雷拉的名字和生卒日期——他在满八十二周岁的三周前去世了。阿尔尼利亚斯博士的步伐因为匆忙而比平常更加凌乱，他与四位保镖一起带着阿尔米达走向出口，没有允许任何人靠近她。里格贝尔托发觉，阿尔米达走了以后，米奇和埃斯科比塔站到了墓前，许多人走上前去拥抱他们俩。他和卢克莱西亚没有这样做就走了（前一天晚上，在守灵仪式上，他们走过去向那对双胞胎致哀，双方握手时都冷若冰霜）。

"我们到伊斯马埃尔家去一趟吧，"卢克莱西亚夫人向丈夫提议道，"哪怕待一小会儿也好，看看我们能不能跟阿尔米达谈一谈。"

"好的，我们试试吧。"

当他们来到位于圣伊西德罗的房子时，他们很惊讶地并没有看见黑压压一片汽车停在门口。里格贝尔托下了车，报上姓名，等了好几分钟以后，他们被请进了花园。阿尔尼利亚斯博士在那里迎接他们。博士表情凝重，他似乎已经稳住了阵脚，但心里应该还是又惊又怕，看得出他很不安。

"我替阿尔米达万分抱歉，"他对他们说，"她整晚都在守灵，没有睡，我们刚刚逼着她去睡觉了。医生要求她休息一会儿。但是，来吧，我们到花园的小客厅里吃点儿点心。"

里格贝尔托由着律师将他们带到了他两天前最后一次见到他朋友的那个房间里，他的心瑟缩了起来。

"阿尔米达非常感激你们。"克劳迪奥·阿尔尼利亚斯对他们说。他一脸担忧，说话时多次停顿，表情非常严肃。他每次敞开西装外套时,那副做作的背带就会闪闪发光。"据她说,你们是伊斯马埃尔唯一信任的朋友。你们想象得到,这可怜的女人现在觉得无依无靠。她非常需要你们的支持。"

"请原谅,博士,我知道现在不是时候,"里格贝尔托打断他,"但是,您比谁都清楚,伊斯马埃尔一走,有多少事悬而未决。您对即将会发生什么事有概念吗?"

阿尔尼利亚斯点点头。他要了咖啡,将咖啡杯举在空中,举到自己嘴边。他慢慢地将杯子吹了吹,干瘦嶙峋的脸上,那双锐利、狡黠的小眼睛里似乎满含疑问。

"一切都取决于那两位小绅士,"他叹了口气,鼓起了胸膛,"明天,遗嘱就会在努涅斯公证处打开,我大概知道内容。我们就看那两条鬣狗有什么反应吧。他们的律师是一个无良律师,建议他们俩虚张声势,大闹一场。我不知道他们会闹到什么地步。卡雷拉先生几乎把他所有的遗产都留给了阿尔米达,所以得做好最坏的打算。"

他耸耸肩,对无可避免的事情认命地接受。里格贝尔托猜想,那对双胞胎会哭天抢地是无可避免的。他想着人生中这些不可思议的咄咄怪事:秘鲁最底层女人竟一夜之间成了最富有者之一。

"可是,伊斯马埃尔不是已经把遗产提前分给他们了吗?"他提醒道,"他因为他们干的那些好事而不得不将他们逐出公司的时候分的,我记得很清楚。他给了他俩很大一笔钱。"

"但分得并不正规,只简单地弄了一份证明,"阿尔尼利亚斯博士将肩膀耸起又耷下,皱起了眉头,一边扶了扶眼镜,"没有任何公开的文件,他们俩也没有提供正式的接收文件。这件事在法律上是可以提出异议的,而且,毫无疑问,他们会提出异议。我很怀疑那对双胞胎会就此罢休,恐怕会争很久。"

"那就让阿尔米达让步，给他们一些钱，让他们放过她，"里格贝尔托先生建议道，"一场漫长的诉讼对于她是最糟糕的。官司会打好多年，四分之三的钱会让律师们得去。哎呀，请原谅，博士，这不是说您，这是个玩笑。"

"非常感谢分给我的那一份，"阿尔尼利亚斯博士笑了起来，一边站起身来，"对的，对的。退一步总能海阔天空，我们看看这件事情会朝哪个方向发展吧。当然，我会知会您的。"

"我仍牵涉其中吗？"他问道，一面也站起身来。

"我们自然会努力不让您牵涉其中，"律师没能完全让他安下心来，"伊斯马埃尔先生既然已经去世了，对您采取司法行动已经没有意义了。可是，我们的法官们是说不准的。有消息我会立刻给您打电话的。"

伊斯马埃尔·卡雷拉葬礼后的三天里，里格贝尔托一直都犹疑不安，呆呆傻傻。卢克莱西亚给阿尔米达打过好几次电话，但是阿尔米达从来不接听，答复她的是一个女人的声音，像是秘书，而不像是家政雇工。卡雷拉夫人正在休息，在这个时候，因为十分明显的原因，她不愿意见客。当然，她会将口讯带给夫人。里格贝尔托也无法联系上阿尔尼利亚斯博士。他一直都不在事务所，也不在家里；他刚刚出去，或者还没到达；他在开紧急会议，一有空就会回电话。

发生了什么事？正在发生什么事？遗嘱已经打开了吗？那对双胞胎知道伊斯马埃尔宣布阿尔米达为他的唯一继承人之后是什么反应？他们会大加反对，会宣称这份遗嘱无效，因为它违反了秘鲁法律关于子女拥有三分之一当然继承权的规定，法律不会承认伊斯马埃尔提前分给双胞胎兄弟的遗产。里格贝尔托还会继续牵涉在那两条鬣狗的司法行动中吗？他们会不依不饶吗？他会再次被传唤到那位可怕的法官面前、传唤到那间令人产生幽闭恐惧症的办公室里去吗？这官司不解决，他就不能离开秘鲁吗？

他贪婪地看着报纸新闻、留意电台、电视台的所有新闻报道，但是这件事依然没有报道出来，依然被封锁在遗嘱执行人、公证人和律师们的办公室里。里格贝尔托把自己关在书房里，绞尽脑汁猜测着在那些摆着皮沙发的办公室里发生了什么。他没有心情听音乐——连他钟爱的马勒都让他听得恼火——无法专心看书，也不能浮想联翩地欣赏他的版画。他连饭都不怎么吃。除了早安、晚安，他也不跟丰奇托和卢克莱西亚夫人再说其他话。他害怕被记者追击，不知该怎么回答他们的问题，所以他也不上街。虽然他百般不待见安眠药，却不得不求助于这些他痛恨的药片。

终于，到了第四天，天色还很早，丰奇托刚刚出门去上学，里格贝尔托和卢克莱西亚正穿着晨衣坐着吃早饭，克劳迪奥·阿尔尼利亚斯博士来到了巴兰科的顶层公寓中。他像是刚从一场大灾难中死里逃生，黑眼圈很深，说明他有很长时间熬夜没睡了。他胡子长了，仿佛最近三天来他忘记了刮胡子。他穿戴邋遢随意，这在他身上是很令人惊讶的，因为他总是穿着讲究而整洁。他的领带歪了，衬衫领子皱巴巴的，那怪异的背带有一根没扣好，鞋子没有上油擦亮。他握了握他们的手，为这么早不请自来而道了歉，接过了一杯咖啡。坐到桌边以后，他马上解释了过来的原因：

"你们见过阿尔米达吗？你们跟她说过话吗？你们知道她在哪儿吗？我需要你们对我非常坦白。这是为了她好，也是为了你们好。"

里格贝尔托先生和卢克莱西亚摇了摇头，目瞪口呆地看着他。

阿尔尼利亚斯博士意识到自己的问题让两位房主人十分惊愕,似乎更加沮丧了。

"我看得出,你们也什么都不知道,就像我一样,"他说道,"是的,阿尔米达失踪了。"

"那两条鬣狗……"里格贝尔托脸色苍白地低声说道。他想象着那位可怜的寡妇被绑架了,也许被谋杀了,她的尸体被扔进海里喂了鲨鱼,或者被丢在郊区的某个垃圾堆里让秃鹫和野狗解决。

"谁也不知道她在哪里,"阿尔尼利亚斯博士沮丧又泄气地瘫坐在椅子上,"你们是我最后的希望了。"

阿尔米达是在二十四小时前以一种非常奇怪的方式消失的。事情发生在她受传唤与米奇、埃斯科比塔、他俩的律师以及阿尔尼利亚斯及其事务所的两三个律师在努涅斯公证处待了整个上午以后。他们一点钟休会,去吃午饭,本该在下午四点钟继续进行。阿尔米达和她的司机及四个保镖回到了她在圣伊西德罗的家里。她说她不想吃东西,要小睡一会儿,好在下午出庭时不那么累。她把自己锁在房间里。四点差一刻,女仆来敲门,进了房间,里面却空无一人。谁也没有看见她离开那个房间或那栋房子。卧室里非常整齐——床也铺得好好的——没有一点儿暴力的痕迹。保镖们、管家、司机和家里的两名女仆都没有看见过她,也没有看见任何陌生人在四周转悠。阿尔尼利亚斯博士立刻找上了双胞胎兄弟。他相信他们该为阿尔米达的失踪负责,但是米奇和埃斯科比塔对发生的事情非常惊恐,他们呼天抢地,反过来指控阿尔尼利亚斯给他们设了个圈套。最后,他们仨去报了案。内政部长亲自干预,指示暂时不宜声张。在绑匪与家里人取得联系前,不要向报界发出任何通告。他们动员了大批人手,但是到现在为止,阿尔米达和绑匪都没有半点儿踪迹。

"是他们干的，那两条鬣狗，"卢克莱西亚肯定地说，"他们买通了保镖、司机和女仆。当然是他们。"

"这是我一开始的想法，夫人，但是，我现在已经不这么肯定了，"阿尔尼利亚斯解释道，"阿尔米达失踪对他们一点儿好处也没有，此时此刻更是如此。在努涅斯公证处的会谈进行得并不坏。我们正在拟定一项协议，他们可以从遗产中再拿到一些钱。这一切都取决于阿尔米达。伊斯马埃尔把事情做得很到位，大部分遗产都由海外的基金会保护起来，存在地球上最安全的金融天堂。如果阿尔米达消失了，谁也拿不到其中的一分钱，无论是那两条鬣狗、家里的雇员或任何人都拿不到，就连我也无法收取报酬。所以，前途很灰暗啊。"

他一脸忧伤而无助的表情很是滑稽，引得里格贝尔托绷不住笑了出来。

"可以问一下你在笑什么吗，里格贝尔托？"卢克莱西亚很生气地看着他，"你觉得在这场悲剧里有什么好笑的事情吗？"

"我知道您为什么笑，里格贝尔托，"阿尔尼利亚斯博士说道，"因为您已经觉得自由了。确实，针对伊斯马埃尔婚姻的司法行动不会继续进行了，将会停止审理。无论如何，它都不会对遗产产生任何作用了，就像我对您说过的那样，这笔遗产，秘鲁司法部门是碰不到了，没有任何办法可想。它属于阿尔米达。她和绑匪可以分了这笔钱。你们发现了？这当然是很好笑的。"

"倒不如说，这钱会落入瑞士和新加坡的银行家手里，"里格贝尔托补充道，他变得严肃起来，"我是在笑，如果发生这样的事，那么这个故事的结局该有多愚蠢，阿尔尼利亚斯博士。"

"也就是说，至少我们已经摆脱这场噩梦啦？"卢克莱西亚问道。

"基本上来说，是的，"阿尔尼利亚斯表示同意，"除非是你们绑架或者杀害那个数百万身价的小寡妇。"

他突然也笑了起来，一声歇斯底里、响亮的哈哈大笑，一声没有半点儿开心的哈哈大笑。他摘掉眼镜，用一小块法兰绒布擦了擦，整了整衣装，再次严肃起来，低声说道："就像谚语里说的，摆张笑脸，莫作哭相。"他站起身来向他俩告辞，并答应有进展会告诉他们。如果他们有任何消息——不排除绑匪给他们打电话的可能——可以在白天或黑夜的任何时候打他的手机。营救的谈判工作由"风险控制"来进行，这是纽约的一家专业机构。

阿尔尼利亚斯博士刚走，卢克莱西亚便伤心地哭了起来。里格贝尔托试图安抚她，却只是徒劳。她抽抽搭搭得浑身发抖，眼泪从她的双颊流下。"可怜哟，可怜啊，"她哽咽着低声说，"他们把她给杀了，就是那两个恶棍，不然还能是谁。要么就是他们派人绑架了她，要夺走伊斯马埃尔留给她的一切。"胡斯蒂尼亚娜给她端来一杯水，里面滴了几滴鸦片樟脑酊，总算让她平静了下来。她待在客厅里，安静而消沉。里格贝尔托看见妻子这么沮丧，很受感动。卢克莱西亚说得对，双胞胎兄弟很有可能就是这件事的幕后黑手；他们是最受影响的人，一想到所有的遗产都从指缝里溜走了，肯定要疯了。我的上帝啊，寻常的生活中会生出多少故事啊；不是什么大家杰作，比起塞万提斯和托尔斯泰，毫无疑问地倒是与委内瑞拉、巴西、哥伦比亚和墨西哥的肥皂剧更接近一些，但是离大仲马、埃米尔·左拉、狄更斯或佩雷斯·加尔多斯[①]倒也不远啦。

[①] 贝尼托·佩雷斯·加尔多斯（Benito Pérez Galdós，1843—1920），西班牙小说家、剧作家，被认为是西班牙十九世纪现实主义小说的代表人物之一。

他觉得既迷茫又低落。摆脱了这场该死的法律诉讼是挺好,这是当然的。事情一旦确认,他立刻就去更新飞往欧洲的机票。就这样,让他们跟这场夸张的闹剧远隔重洋。绘画、博物馆、歌剧、音乐会、高水平的戏剧,还有美味的餐厅。就这样。阿尔米达确实很可怜:她逃出地狱,预支了天堂,又再次入了火坑。被绑了或是被杀了,都一样糟糕。

胡斯蒂尼亚娜表情严肃地进到餐厅,她似乎很迷惑。

"又怎么了?"里格贝尔托问道,而卢克莱西亚就像沉睡了几个世纪才醒来似的,将泪湿的双眼睁得老大。

"纳尔西索不是发疯了吧?"胡斯蒂尼亚娜将一根手指指了指太阳穴说道,"他很奇怪。他不想告诉我他的名字,但是,我立刻就听出来了。他似乎非常害怕。他想跟您谈谈,先生。"

"把电话接到我书房去,胡斯蒂尼亚娜。"

他飞快地从餐厅出去,走向他的书房。他很肯定,这通电话会给他带来坏消息。

"喂,喂。"他对着话筒说道,做好了最坏的打算。

"您知道我是谁,对吗?"一个声音回答道,他立刻认出了这个声音,"求您别说我的名字。"

"好的,行,"里格贝尔托说,"你怎么了,能说一下吗?"

"我必须紧急地见您一面,"纳尔西索害怕而慌乱地说道,"很抱歉打搅您,但是这很重要,先生。"

"可以,当然,当然啦,"他思考着,寻找一个可以约他见面的地方,"你记得我最后一次跟你老板吃午饭的那个地方吗?"

"我记得很清楚。"司机在短暂的停顿后说道。

"一个小时后在那儿等我。我会开车过去接你。待会儿见。"

里格贝尔托回到餐厅,把纳尔西索打来的电话讲给卢克莱西亚听,这时,他发现他的妻子和胡斯蒂尼亚娜正专心地看着电视。她们仿佛被催了眠似的,听着、看着 RPP 新闻频道的明星记者劳尔·巴尔加斯正对刚刚去世的知名商人伊斯马埃尔·卡雷拉先生的遗孀阿尔米拉·德·卡雷拉昨天神秘失踪一事报道着一些细节内容,做出一些猜想和假设。内政部长关于消息不可传开的命令没有任何作用。整个秘鲁现在应该都跟他们一样正关注着这个新消息。利马人可以消遣好长时间了。他也开始听劳尔·巴尔加斯的报道。他说的,他们差不多都已经知道了:这位夫人是昨天下午早些时候失踪的,此前她因亡夫遗嘱开封的事情受传唤到努涅斯公证处。会议本应在下午继续召开。失踪发生在休会期间。警方已经逮捕了房子里的所有雇员和这位遗孀的四名保镖加以讯问。完全无法确认这是不是一场绑架,但估计是这样。警察公布了一个电话号码,任何人见过这位女士或是知道她身在何处,都可以拨打这个电话。巴尔加斯还展示了阿尔米达的照片和伊斯马埃尔葬礼的照片,回顾了这位富有的企业家迎娶他的前家政雇工所引发的风波。他声称,死者的两个儿子已经发表声明,表示自己对发生的事情非常遗憾,希望那位女士能平安归来。他们还悬出赏金,奖给能够帮忙找到她的人。

"那群报界狗仔现在全都会想采访我了。"里格贝尔托骂道。

"他们已经开始了,"胡斯蒂尼亚娜补上一刀,"已经有两家电台和一家报社打过电话来了。"

"最好把电话线掐了。"里格贝尔托吩咐道。

"马上就去。"胡斯蒂尼亚娜说。

"纳尔西索想怎样?"卢克莱西亚夫人问道。

"我不知道,事实上,我发现他很害怕,"他解释道,"那两条鬣狗大概对他做了什么。我现在就要去见他。我们的约定就像在电影里那样，都没有说明是在哪里。也许我们永远也碰不上面。"

他洗了个澡，直接下楼到了车库里。出门后，他发现他家大楼的门口有记者举着照相机在蹲点。在开往他与伊斯马埃尔·卡雷拉最后一次吃午饭的海上玫瑰之前，为了确保没有人跟踪他，他在米拉弗洛雷斯的街道上兜了好几圈。也许纳尔西索经济上有问题，可是那也不必这么小心翼翼、不必隐藏自己的身份啊。不过也可能有这个必要。好吧，很快他就会知道纳尔西索怎么了。他开进海上玫瑰的停车场，然后看见纳尔西索从一片车阵中出现。里格贝尔托替他打开门，这个黑人爬上车，坐到他旁边："早上好，里格贝尔托先生。请原谅我打扰了您。"

"没关系，纳尔西索。我们去外面兜一圈，这样我们可以更平静地谈一谈。"

纳尔西索戴着一顶蓝帽子，直压到眼睛上。他似乎比上次两人见面时更消瘦了。里格贝尔托开上绿色海岸，汇入一条非常密集的车流，朝着巴兰科和乔里约斯驶去。

"你大概也看到了，伊斯马埃尔的问题直到他死后也没有消停，"他最终说道，"你大概也知道了，阿尔米达失踪了，不是吗？她似乎被人绑架了。"

他没有得到任何回应，只听到司机那急促的呼吸声，便瞥了他一眼。纳尔西索眼睛望着前方，嘴唇紧皱着，瞳孔中闪着惊恐的光。他双手交叉着，紧紧相握。

"我正是想跟您说这件事，里格贝尔托先生。"他低声说，一面转过头看看里格贝尔托，但又立刻别开了目光。

"你是说阿尔米达的失踪？"里格贝尔托先生再一次转向他。

伊斯马埃尔的司机一直盯着前方，但是，他肯定地点了两三下头。

"我要到雷加塔斯去，在那儿停稳坐好，不慌不忙地谈一谈。要不然，我会撞车的。"里格贝尔托说道。

他开进了雷加塔斯俱乐部，把车停在面向大海的第一排。这是一个灰蒙蒙的多云的早晨，许多海鸥、鸭子、鲣鸟在空中盘旋、嘶鸣。一个瘦巴巴的女孩套着一件蓝色连帽衫，正在空无一人的海滩上做瑜伽。

"你别告诉我你知道是谁绑架了她，纳尔西索。"

这一次，这位司机倾过身来直视着他的眼睛，咧开大嘴微微一笑，一口白牙闪闪发光。

"没有人绑架她，里格贝尔托先生，"他说道，同时变得非常严肃，"我正是想跟您说这件事，因为我有点儿紧张。我只想帮一把阿尔米达，更确切地说，是阿尔米达夫人。当她只是伊斯马埃尔先生的女仆时，我们俩是好朋友。我跟她一直比跟其他雇工处得更好一些。她不虚荣，为人很朴实。如果她凭着我们过去的情谊求我帮忙，我怎么能拒绝呢？您不也会这样做吗？"

"我要求你一件事，纳尔西索，"里格贝尔托打断他，"你最好把一切都讲给我听，从头开始讲起，不要遗漏任何细节。求你了。不过，在此之前，还有一件事：这么说，她还活着喽？"

"就跟您和我一样活着，里格贝尔托先生。至少，到昨天为止还活着。"

纳尔西索并没有按照里格贝尔托的请求直入主题。他很喜欢，或者说，他没法避免来几句开场白，说几句题外话，东拉西扯，拐弯抹角，离题万里。里格贝尔托先生并不是每次都能轻易地将他引回叙述的时间线和主干上来。纳尔西索的叙述详细、精准得过了头,还老是乱加点评。尽管如此,里格贝尔托还是以一种混乱而曲折的方式弄明白了。那天,里格贝尔托在伊斯马埃尔位于圣伊西德罗的家中最后一次与他见面。当天下午,傍晚时分,纳尔西索也应伊斯马埃尔·卡雷拉本人的召唤去过那里。伊斯马埃尔和阿尔米达都非常感激他的帮助和忠诚,并非常慷慨地酬谢了他。所以,一天以后,当他听说前老板猝死,就跑去向夫人致哀。他甚至还带去了一封信,因为他很肯定她是不会见他的。但是阿尔米达让他进去了,还跟他说了几句话。上帝刚刚将一场不幸降到她身上,来考验她的坚强程度,而那可怜的女人因此而崩溃了。告别的时候,令纳尔西索很惊讶的是,她问他是否有手机。她会打电话给他。他把号码给了她,纳闷她为什么会想联系他。

两天以后,也就是前天,阿尔米达夫人在夜里很晚的时候给他打了电话,当时,纳尔西索刚看完电视上玛加利①的节目正要上床。

"真没想到,真没想到。"司机听出她的声音以后说道。

"我之前一直都是对她称呼'你'的,"纳尔西索对里格贝尔托先生解释道,"可是自从她嫁给伊斯马埃尔先生以后,我就不能这样做了。可是我又说不出'您'。所以,我试图用一种无人称的方式对她说话。我不知道您是不是明白。"

"非常明白,纳尔西索,"里格贝尔托将他导回正题,"继续说,继续说。阿尔米达想干什么?"

---

① 玛加利·赫苏斯·梅蒂纳·维拉(Magaly Jesús Medina Vela,1963—),秘鲁著名电视节目主持人,因其跟踪名人八卦、报道名人负面新闻的节目《玛加利抓包》(Magaly TeVe)而备受争议。

"我想让你帮我一个大忙，纳尔西索，再帮一个很大的忙。我是凭着我们的老交情求你的，再来一次。"

"当然，当然，我很乐意，"司机说道，"帮什么忙呢？"

"请你明天下午把我送到一个地方去，不能让任何人知道。办得到吗？"

"她想让你把她送到哪儿去？"里格贝尔托先生催着他说。

"这是最神秘的地方，"纳尔西索又一次跑题了，"不知您还记不记得，在伊斯马埃尔先生家最靠里的花园中，在用人房附近，有一扇通往大街的、用人出入的小门，但几乎从来不用。那扇门通向晚上扔垃圾的那条巷子。"

"你要是能不偏离主题，我会很感激你的，纳尔西索，"里格贝尔托坚持道，"你能告诉我阿尔米达想干什么吗？"

"她想让我开着我那辆破旧的车子在那里等她一下午，直到她出现为止，还不能让任何人看见我。很奇怪，不是吗？"

纳尔西索觉得奇怪极了。但他还是照她的要求办了，没有多问。昨天刚到下午的时候，他就将他的破车子停在小巷里，伊斯马埃尔先生家的小边门前。他等了将近两个小时，无聊得要死，有时候打打盹，有时候听听电台里的笑话，看看流浪狗翻扒一袋袋垃圾，一遍遍地问自己这一切是什么意思。阿尔米达从自己家出来为什么要这么小心翼翼的？她为什么不坐着她的梅赛德斯·奔驰、带着她身穿制服的新司机和肌肉发达的保镖从正门出去？为什么要偷偷摸摸坐纳尔西索的破车子？终于，那扇小门打开了，阿尔米达手里拎着一个小箱子出现了。

"哎呀，哎呀，我都想走了。"纳尔西索对她这样招呼道，一边为她打开他那辆旧车的车门。

"快走，纳尔西索，别让任何人看见我们，"她命令道，"或者说，飞起来吧。"

"她非常赶时间，先生，"司机解释道，"我当时就开始担心起来了。能问问你为什么这么神秘吗，阿尔米达？"

"哎呀，你又叫我阿尔米达了，又开始用'你'称呼我了，"她笑起来，"就像过去一样。好样的，纳尔西索。"

"非常抱歉，"司机说道，"您现在已经是一位阔太太了，我知道我得对您以'您'相称。"

"别再说傻话，就用'你'称呼我，因为我还是原来的我，"她说道，"你不是我的司机，而是我的朋友，是我的伙伴。你知道伊斯马埃尔以前是怎么说你的吗？'那个黑人千金难买。'完全没错，纳尔西索，你就是千金难买。"

"至少告诉我你想让我带你去哪儿吧。"他问道。

"查尔彭十字汽车总站？"里格贝尔托先生吓了一跳，"她要出远门？阿尔米达是要去坐客车吗，纳尔西索？"

"我不知道她有没有坐，但是我确实把她带到了那儿，"司机承认道，"带到了那个汽车总站。我已经跟您说过，她带了个小箱子。我猜想她是要出远门。她叫我别问她问题，我就没有问。"

"你最好把这一切都忘了，纳尔西索，"阿尔米达一边握着他的手一边重复道，"这是为我好，也是为你好。有坏人想伤害我。你知道那是谁。他们还想伤害我所有的朋友。你没有见过我，也没有把我带到这里来，你一点儿我的消息都没有。我永远都无法报答欠你的情，纳尔西索。"

"我整晚都没睡着觉，"司机补充道，"时间一小时、一小时地过去，我越来越害怕，我跟您说，越来越怕。在那对双胞胎兄弟吓了我一大跳之后，现在又来这么一下。所以我给您打了电话，里格贝尔托先生。我刚跟您通完话，就听RPP台说阿尔米达夫人失踪了，说她遭人绑架。所以我到现在还在发抖呢。"

里格贝尔托先生轻轻拍了拍他。

"你人太好了，纳尔西索，所以你才受这么多次惊吓。现在你又招了个大麻烦来。我恐怕你得去跟警察说说这件事。"

"死都不去，先生，"司机坚决地回答道，"我不知道阿尔米达去了哪儿、为什么去。如果她出了什么事，他们就得找个罪人。我就是一个非常好的罪人，您想想吧。伊斯马埃尔先生的前司机，夫人的同谋，还是个黑皮肤的人。我就算疯了也不会去找警察。"

确实，里格贝尔托先生想道。如果阿尔米达不出现，纳尔西索就会成为替罪羊。

"好吧，也许你说得对，"他说，"你别把对我说的这些话告诉任何人。让我想想。等我把这件事好好琢磨过之后，我看看能对你有什么建议。另外，阿尔米达也可能随时会再次出现。到了明天，就像今天一样在早餐的时候给我打电话。"

他把纳尔西索在海上玫瑰的停车场放下，自己往位于巴兰科的家中开去。为了避开仍聚集在大楼门口的记者们，他直接开进了车库。记者人数已是之前的两倍。

卢克莱西亚夫人和胡斯蒂尼亚娜仍在盯着电视，神情惊愕地听着新闻。她俩目瞪口呆地听完了他的故事。

"秘鲁最富有的女人拎着一个手提箱，坐着一辆破烂客车，一副平平常常的穷光蛋样子，逃向了不知名的地方，"里格贝尔托先生总结道，"这出肥皂剧没完没了，无休无止，还一天比一天更纠结、更曲折了。"

"我很理解她,"卢克莱西亚夫人叫道,"她受够了这一切,受够了律师、记者,受够了那两条鬣狗和一个个八卦佬。她想消失。可是她去了哪儿呢?"

"除了皮乌拉还能去哪儿?"胡斯蒂尼亚娜说道,她对自己的话确信无疑,"她是皮乌拉人,我相信。她甚至还有个姐姐在那边,叫赫特鲁迪斯。"

17

她一次都没有哭过,菲利西托·亚纳克想道。确实,一次都没有。但是,赫特鲁迪斯也没有再说话了。她没再开过口,至少对他和女仆萨图妮娜是这样。也许,她会跟她的妹妹阿尔米达说话。自从阿尔米达不合时宜地来到皮乌拉,她已经在提布尔西奥和米盖尔年少时还没有搬出去自己住之前曾经睡过的那个房间里住下来。

赫特鲁迪斯与阿尔米达在那房间里待了好长时间,这么长时间里,她们之间不可能不说话。但是自从菲利西托前一天下午从女灵媒阿德莱达那里回到家中,告诉他的妻子说警察已经发现敲诈他的小蜘蛛就是米盖尔,而且他们的儿子已经被捕、已经坦白了一切之后,赫特鲁迪斯便不再说话了。她再没有在他面前张过口(当然,菲利西托没有对她提到一丁点儿玛贝尔的事)。不过,赫特鲁迪斯确实双眼冒着火,眼神痛苦,还交握双手,像是在祈祷。在最近这二十四小时里,他们每次碰在一起,菲利西托都看见她是这么个姿势。当他隐去玛贝尔的名字,向妻子简述警察告诉他的整件事的时候,她什么也没有问他,没有做任何评论,也没有回答他问的几个问题。她就待在那里,坐在放电视机的小客厅里那一片黑暗中,沉默不语,佝偻着身子,就像一件家具,用那双明亮而质疑的眼睛盯着他。她双手交叠,一动不动,恍若一尊异教神像。后来,菲利西托告诉她,这消息很快就会传开,记者会像苍蝇一样飞向这栋房子,所以,不能给任何一家报社、电台或电视台开门,或是接听他们的电话,这时,她站起身来,依然一言不发地走进她妹妹的房间,关上了门。赫特鲁迪斯并没有立刻准备到警察局或是监狱里去看望米盖尔,菲利西托对此很是奇怪。对她的沉默不语也是一样。这场静默罢工只针对他吗?她肯定跟阿尔米达说过话,因为到了吃晚饭的时候,当菲利西托向阿尔米达打招呼时,她似乎已经知道发生的事情了。

"我很抱歉恰好在你们这么艰难的时期来打搅你们,"这位他觉得很难称之为小姨子的优雅女士一边向他伸出手一边对他说道,"可是我没有地方去。我向您保证,只待几天而已。我就这样闯进您家里,真是万分抱歉,菲利西托。"

他无法相信自己的眼睛。这位光彩照人、衣着光鲜、珠光宝气的夫人竟然是赫特鲁迪斯的妹妹?她似乎比赫特鲁迪斯年轻许多,她的衣服、鞋子、戒指、耳环和手表都是只有住在埃尔·齐佩区那些带花园、游泳池的大宅子里的阔太太才会有的,可不会属于某个从阿尔加罗伯那家皮乌拉城郊的破烂小廉租公寓走出去的女人。

那天晚上吃晚餐时,赫特鲁迪斯一口饭都没吃,一句话都没讲。萨图妮娜将天使细面汤和鸡肉拌饭原封不动地撤了下去。整个下午和大半个夜晚,敲门声不绝于耳,电话铃响个不停,可是没有人去开门,也没有人去接起听筒。菲利西托时不时透过小窗帘偷偷望出去：那一只只渴求着破烂零碎的乌鸦仍拿着相机守在那儿，挤在阿雷基帕街的人行道和车道上，等着一有人出门来就一拥而上。但是，即使到了夜里很晚的时候，也只有外宿的女仆萨图妮娜出门去。菲利西托看着她在闪光灯的咔嚓乱闪中高举双臂，捂着脸庞护住自己，一路奔跑而去。

他一个人待在小客厅里，看着当地电视台的新闻，听着各家电台散布这条消息。米盖尔出现在屏幕上，他表情严肃，头发凌乱，戴着手铐，穿着连帽衫和篮球鞋。玛贝尔也出现了，她没有戴手铐，只是害怕地看着那么多照相机的阵阵闪光。菲利西托暗自庆幸赫特鲁迪斯已经逃进了卧室，没有坐在他旁边看着这些新闻节目都在恶趣味地强调：他的情人名叫玛贝尔，他为她在卡斯蒂利亚区置了一栋小房子，她却背着他跟他的亲生儿子搞在一起，还跟情郎合谋，寄给他那些大名鼎鼎的、画着小蜘蛛的信件，在纳利瓦拉运输公司放了一把火，试图敲诈他。

他看着、听着这一切，心里纠成一团，双手潮湿，觉得自己快要再一次像在阿德莱达那里一样头晕目眩、失去知觉了。但是，与此同时，他又有一种奇怪的感觉，仿佛这一切都已经很遥远，与他无关，跟他一点儿关系也没有。当播音员谈论着他的情人玛贝尔（播音员称她为"姘头"）、他的儿子米盖尔和他的运输公司时，屏幕上出现了他自己的照片。即便如此，他都不觉得是在说自己，好像他已经从自身抽离，电视屏幕上和电台消息中的那个菲利西托·亚纳克只是某个盗用了他的姓名和长相的人。

他躺上床，却难以入眠。这时，他听见赫特鲁迪斯在隔壁卧室里的脚步声。他看了看钟：快凌晨一点了。在他的记忆里，他的妻子从来没有这样熬过夜。他睡不着，一夜无眠。他有时候会想想事情,但大部分时间里,他的脑子里一片空白,只专心听着自己的心跳声。吃早饭的时候,赫特鲁迪斯依然沉默不语,她只喝了一杯咖啡。没多久,何塞菲塔便应菲利西托的召唤赶到了,她向他报告办公室里的情况。他给她下达命令、口授信件。她带来了提布尔西奥的消息,他在通贝斯。得到消息以后,他打过好几次电话,但是没有人接听。他是走这条线路的客车司机,等他回到皮乌拉,就会立刻跑到父母家里来。众多消息令菲利西托的女秘书很受震动,他都快认不出她来了,而她一直避免直视他的双眼。她做出的唯一评论就是那些记者真讨厌,他们前一天在办公室快把她给逼疯了。现在,她赶到这房子时,他们又把她围了好一会儿,不让她向大门靠近,虽然她一直冲他们喊着她无话可说,她什么也不知道,她只是亚纳克先生的秘书。他们问她的那些问题十分没有礼貌,不过她当然是一个字也没对他们透露。何塞菲塔离开时,菲利西托从小窗口看见她再一次被那帮挤在阿雷基帕街各条人行道上的男男女女拿着录音机和照相机围攻。

吃午饭的时候,赫特鲁迪斯跟阿尔米达和他坐到了桌边,但她还是什么都没吃,还是对他一言不发。她两眼通红,双手紧握。她那蓬头散发的脑袋里在想些什么?他突然觉得她其实是睡着了,米盖尔的消息逼得她白日梦游起来了。

"你们遇到的这一切多么可怕呀,菲利西托,"阿尔米达愁眉不展地再次致歉,"我要是早知道是这样,绝不会这样突然过来找你们的。可是,就像我昨天对您说的那样,我已经无处可去了。我的处境很艰难,需要躲一躲。等您愿意的时候,我会详详细细地向您解释清楚的。我知道您现在脑子里有更重要的事情要操心。至少,请相信一点:我不会再待很多天了。"

"是的,您想跟我说什么都行,不过最好迟一点儿再说,"他同意道,"等现在这场搅得我们人仰马翻的风暴过去再说。真不走运呀,阿尔米达。你竟正好躲到了这里,全皮乌拉的记者可都因为这场大丑闻而到这里集合了。因为这些照相机和录音机,我待在自己家里感觉像在坐牢似的。"

赫特鲁迪斯的妹妹带着一丝理解的微笑同意道:

"我也经历过这一切,我知道这是什么感觉。"他听到她说的话,却不明白她指的是什么。不过,他并没有要求她解释清楚。

终于,那天傍晚,反复思量过后,菲利西托决定是时候了。他请赫特鲁迪斯到看电视的小客厅里去:"你和我得单独谈一谈。"他说。阿尔米达便立刻回了自己的卧室。赫特鲁迪斯顺从地跟着丈夫来到隔壁的房间中。现在,她坐在一把扶手椅上,坐在黑暗之中,一动不动,一声不响,了无生气,面对着他。她看向他,却仿佛并没有看见他。

"我本以为永远不会有机会让我们谈一谈现在要谈的这个话题。"菲利西托温和地开口说道,他惊讶地注意到自己的声音竟在发抖。

赫特鲁迪斯没有动弹。她裹着那套介于晨衣与大褂之间的暗淡衣服,看着他的那副样子仿佛他并不在场似的。她的瞳孔闪着静静的火花,脸庞胖乎乎的,嘴巴很大,却毫无表情。她的双手紧紧地扣在裙子上,好像在抵抗着剧烈的胃痛。

"从一开始,我就有怀疑,"运输公司老板继续说道,努力控制住越来越占据心头的紧张情绪,"可是,我没对你说,因为不想让你觉得羞愧。如果不是发生了最近这件事,我本来要把这件事带到坟墓里去的。"

他喘了一口气,深深地叹息。他的妻子没有移动分毫,连眼睛都没有眨过一次。有一只大麻蝇开始在房间的某处嗡嗡作响，撞击天花板和墙壁，他却看不见它。萨图妮娜正在小花园里浇水，能听到喷壶里的水落在花草上的沙沙声。

"我是想说，"他继续说道，每一个音节都说得很用力，"你和你母亲骗了我。那时候，在阿尔加罗伯的时候。现在我已经不介意了，已经过去了很多年，而且，我向你保证，如今发现你和包租婆对我撒了谎，我也无所谓。为了让我死得瞑目，我只希望你能为我确认一下，赫特鲁迪斯。"

他不再说话，等待着。她还是保持着同一个姿势，不为所动，但是，菲利西托发觉，他妻子脚上穿的一只家居鞋往一边挪动了一点点。至少，她是活着的。过了一会儿，赫特鲁迪斯张开双唇，吐出一句有点儿像是哼唧的句子：

"让我为你确认什么，菲利西托？"

"确认米盖尔不是我儿子，他不是我的种，"他稍稍提高了一点儿声音说道，"确认你跟包租婆那天上午在阿尔加罗伯廉租公寓里来跟我谈，让我以为我是孩子的父亲，在此之前，还把我告到警察那里，逼我娶你，那个时候你其实怀的是别人的种。"

说完这句话以后，他觉得很不舒服，很厌倦，好像吃了什么难以消化的东西，或是喝了一杯发酵过度的奇恰酒。

"我当时以为你就是孩子的父亲。"赫特鲁迪斯无比镇静地说道。她说话时没有恼怒，无精打采。除了宗教，她说起任何话题都是这副神气。在一段很长时间的停顿以后，她又用同样毫无感情、漠不关心的态度补充道："我和我妈妈都没想欺骗你。我那时候很肯定你就是我肚子里孩子的父亲。"

"那你是什么时候发现他不是我的孩子的？"菲利西托问道，心中有股力量正渐渐转变为怒气。

"小米盖尔出生时我才发现,"赫特鲁迪斯承认道,她的声音没有丝毫起伏波动,"我见他皮肤那么白,眼睛颜色那么浅,头发几乎是金黄色的,我就发现了。他不可能是一个像你这样的楚鲁卡纳斯土著的儿子。"

她不再说话,继续直视着丈夫的眼睛,还是一样无动于衷。菲利西托想,赫特鲁迪斯似乎是从水底或是一个厚厚的玻璃箱中在跟他说话。他觉得,虽然两人相隔仅仅一米,自己与她却仿佛被某种无法逾越却又无法看见的东西分隔开来。

"一个真正的杂种,那么,他对我做出这样的事也就不足奇怪了,"他含糊地嘟囔道,"你那时想起米盖尔真正的父亲是谁了吗?"

他的妻子叹了口气,耸了耸肩,她的表情可能是表示漠不关心,也可能是因为疲惫厌烦。她摇了两三次头,再次耸了耸肩。

"那你跟阿尔加罗伯廉租公寓里多少人睡过觉,切哇?"菲利西托感觉到喉头哽住了,他希望这一切能马上结束。

"跟我妈妈塞到我床上的所有人。"赫特鲁迪斯慢慢地、简洁地哼道。然后,她又无比倦怠地叹了口气,更确切地说道:"跟很多人,并不全是住在店里的人,有时候,也会跟外面的家伙睡。"

"包租婆会塞男人给你?"他说话很费劲,头嗡嗡作响。

赫特鲁迪斯依然一动不动,别无异样,依然是一团没有棱角的轮廓,依然是双手紧握着。她定定地望着他,眼神空洞、明亮而平静,让菲利西托越来越慌乱。

"她选人、她收钱,不是我。"他的妻子接着说,语气有一丝微妙的变化。现在,她不像是仅仅在告诉他,也是在向他挑衅。"谁会是米盖尔的父亲呢?我不知道。某个白人,那些曾在阿尔加罗伯停留过的美国佬之一。也许是来参加奇拉灌溉项目的那些南斯拉夫人中的一个,他们周末会来皮乌拉喝得醉醺醺的,然后就会到廉租公寓里来。"

菲利西托很后悔进行这场谈话。他将这个像影子一样追逼了他一辈子的话题摊开来说是不是做错了?如今,这话题就在这里,横亘在他们中间,他不知道该怎样将它挥开。他觉得这个话题是一个巨大的阻碍,一个入侵者,而它永远也不会离开这栋房子了。

"包租婆往你床上塞过多少男人?"他吼道。他很肯定,他随时都会再次昏倒,或是吐出来。"所有皮乌拉人吗?"

"我没数过,"赫特鲁迪斯说道,她没有惊慌,只做了一个鄙视的表情,"不过既然你这么想知道,我就再对你说一遍,是很多人。我尽量照顾好自己。我那时候不太清楚这档子事,我以为每天都用的灌肠液对我很有用,我妈妈就是这么对我说的。到了米盖尔这里,出了问题。我大概疏忽了。我想到街区里一个半是女巫半充产婆的女人那里去打掉。大家叫她蝴蝶,也许你也认识她。但是,包租婆不准。她想出了结婚这一招。我也不想跟你结婚,菲利西托。我一直都知道,我在你身边永远不会幸福。是我妈妈逼我的。"

运输公司老板已经不知道该说什么了。他一动不动地坐在妻子对面,思考着。多么滑稽的情形呀,两人面对面坐在那里,一段丑陋的过去突然起死回生,在刚刚发生的冒牌儿子与玛贝尔的惨事之外再添耻辱、羞愧、痛苦和苦涩的真相,令两人僵立当场,无言以对。

"我这么多年来一直在为我的过错付出代价,菲利西托。"他听到赫特鲁迪斯说道,她几乎没有移动她那厚厚的嘴唇,也一刻都没有将目光从他身上移开,虽然她一直都没有真正看见他,说起话来好像他并不在场似的，"我沉默地背负着我的十字架。我很清楚，犯下了罪过，就要偿还。不止在阴间，在阳间也一样。我已经接受了这个事实。我为我自己，也为包租婆感到后悔。我是替我和我妈妈来偿还。对她，我现在已经没有年轻时那股深深的怨恨了。我还在继续偿还，但愿经历过这种种痛苦，耶稣基督就能够宽恕我的种种罪过。"

菲利西托希望她能立刻闭上嘴，他希望离开这里。但是，他没有力气站起身来走出房间。他的双腿抖得很厉害。我希望自己是那只正在嗡嗡叫的大麻蝇，而不是我自己，他心想。

"你帮助我偿还了罪过，菲利西托，"他的妻子将声音压低了一些，继续说道，"我很感激你。所以，我从来没对你说过什么。所以，我从来没有对你争风吃醋，也没有问过可能会让你不高兴的问题。所以，我一直假装不知道你爱上了另一个女人，你有一个情人，她不像我，她不是又老又丑，而是又年轻又漂亮。所以，我从来没有抱怨过玛贝尔的存在，也没有责备过你一句，因为玛贝尔也帮着我偿还了罪过。"

她不再说话，等着运输公司老板能说点儿什么，但是他一直不开口，她便又补充道：

"我也没想过我们会进行这一场谈话，菲利西托。是你想谈的，不是我。"

又是一段长长的停顿，她用她那骨节粗大的手指在空中画了个十字，低声说道：

"现在，米盖尔对你做的这一切，是该由你来偿还的罪过，但这也包括我。"

说完最后一个字，赫特鲁迪斯站起身来，拖着脚步离开了房间，身姿之轻巧，是菲利西托不曾在她身上看见过的。他坐在放电视的小客厅里，听不见阿雷基帕街上的噪声、人声、喇叭声和忙碌喧嚣，听不见摩的的马达声，只是沉浸在一种沉沉的困倦、一种绝望和悲伤之中，这种情绪令他无法思考，令他连站起来的一点点力气都没有。他想站起来，他想离开这栋房子，即使他一上街，记者们就会带着他们那些不留情面而且一个比一个愚蠢的问题扑到他身上。他还想去埃吉古伦防波堤，想坐下来看看栗色与灰色相交融的河流，望望天上的云彩，呼吸一下午后火热的空气，听听鸟儿的鸣唱。但是，他没有试着移动，因为他的腿不会听他使唤，他也可能头一晕便栽倒在地毯上。他惊恐地想着，他的父亲在阴间可能已经听到他刚刚与妻子的对话了。

他不知道自己在这种难以自拔的昏昏沉沉中过了多长时间，他感觉着时间流逝，心中对自己、赫特鲁迪斯、玛贝尔、米盖尔乃至整个世界都感到又是羞愧，又是怜悯。时不时地，他父亲的脸恍如一道亮光出现在他的脑海中，这一闪即逝的形象让他有片刻宽慰。您如果还活着，知道了这一切，您会再次死过去的，他想道。

突然，他察觉到提布尔西奥已经不知不觉地进到了房间里。他正跪在父亲身边，抓着他的双臂，害怕地看着他。

"我很好，你别担心，"他安慰儿子，"我只是睡着了一会儿。"

"您想让我叫个医生过来吗？"他的儿子穿着公司里的司机统一的蓝色工作服和小帽子，帽檐上写着"纳利瓦拉运输公司"。他手上拿着开客车时戴的生皮手套。"您脸色很苍白，父亲。"

"你刚从通贝斯回来吗？"他反问道，"乘客情况如何？"

"几乎满座，还载了很多货。"提布尔西奥回答道。他仍是一脸害怕地审视着父亲，好像想从他身上看出什么秘密来。很明显，他很想问父亲很多问题,但是他不敢。菲利西托也可怜起他来。

"我在通贝斯那边从电台里听到了米盖尔的消息,"提布尔西奥惶惑地说道,"我无法相信。我给家里打了上千次电话,可是没有人接电话。我不知道我是怎么把车开到这里的。您认为警察说的我哥哥的事情是真的吗?"

菲利西托差点儿就要打断他说"他不是你哥哥",但是,他忍住了。米盖尔和提布尔西奥难道不是兄弟吗?不完全是,但的确是。

"可能是假话,我相信是假话。"提布尔西奥情绪激动地说道,他还没有从地上站起来,一直都攥着父亲的双臂,"警察可能把他揍了一顿,逼他做了一份假口供。他们可能折磨他了。他们常常这么干,大家都知道。"

"不、提布尔西奥。这是真的,"菲利西托说道,"他就是小蜘蛛。他策划了这一切。他坦白是因为她——他的那个同伙——揭发了他。现在,我要求你帮一个大忙,儿子。我们不要再谈这件事了。再也不要谈了。不谈米盖尔,也不谈小蜘蛛。对我来说,这就好像你哥哥不再存在了。更确切地说,就好像他从来没有存在过。我不希望在这个家里再提到他的名字,再也不准提。你想干什么都可以。如果你愿意,可以去看他,给他带吃的,给他找个律师,什么都行。我不介意。我不知道你母亲想怎么办,但你们什么都别跟我说。我不想知道。在我面前,你们再也别提他的名字。我诅咒他的名字,就是这样。现在,帮我站起来,提布尔西奥。我也不知道怎么回事,我的腿好像突然就跟我顶起牛来了。"

提布尔西奥站起来,抓住他的两只胳膊,毫不费力地将他扶了起来。

"我要请你陪我到办公室去一趟,"菲利西托说道,"生活还得继续，得重新工作起来，得把遭了罪的公司重新振兴起来。因为这个面受苦的并不只是家里人，孩子，纳利瓦拉运输公司也是一样。得让公司重新运作起来。"

"街上挤满了记者，"提布尔西奥提醒他，"我来的时候，他们黑压压地向我扑过来，不让我过去。我差点儿跟其中一个打起来。"

"你要帮我躲开那些讨厌的家伙，提布尔西奥，"他直视着儿子的眼睛，笨拙地抚了抚他的脸，将声音放得更加温柔，"我很感激你没有提到玛贝尔的名字，孩子，也没有问我关于这个女人的事。你呀，是一个好儿子。"

他抓住孩子的胳膊，与他一起走向门口。他一将大门打开，便引爆了一阵骚动。他面对闪光灯直眨眼。"我无话可说，先生们，非常感谢。"他将这句话讲了两遍、三遍、十遍，同时挂在提布尔西奥的胳膊上，艰难地沿着阿雷基帕街往前走。成群的记者争抢着发言，把麦克风、照相机、小本子和铅笔伸到他面前，追逼着他，推挤着他，摇晃着他。他们一直问一些他听不懂的问题。他只能每隔一段时间就像吟唱副歌一般重复一句："我无话可说，先生们、女士们，非常感谢。"他们一直跟着他走到纳利瓦拉运输公司，但是他们没有跟进公司里，因为警卫把大门当面关上了。他坐到架在两只桶上当作书桌用的木板前，提布尔西奥给他端来了一杯水。

"那个叫阿尔米达的漂亮女士，您以前认识她吗，父亲？"他问道，"您以前知道我妈妈在利马那边还有个妹妹吗？她从来没对我们说过。"

他摇摇头，将一根手指放到嘴边：

"这是个大谜团啊，提布尔西奥。她躲到这里来是因为利马那边似乎有人在抓她，甚至还想杀了她。你最好把她忘了，不要告诉任何人你见过她。我们的麻烦已经够多了，不需要再把我小姨子的麻烦接过来了。"

他非常艰难地开始工作。开始查看账目、票据、到期款项、日常花销、收入、发票、付给供应商的款项和代取的款项。同时，在他的脑海深处，他慢慢地勾勒出接下来几天的行动计划。过了一会儿，他感觉好一些了，开始想着他也许可以打赢这场硬仗。突然，他非常、非常渴望听到塞西莉亚·巴拉萨那温和柔美的声音。可惜他办公室里没有她的碟片，没有像《刺蓟与灰烬》《天真的爱》《漂亮心肝儿》《斗牛杀》①那样的歌曲，也没有一台可以听碟片的机子。等情况好转了，他立刻就去买一台来。等办公室从大火的破坏中复原以后，当他下午或晚上留下来加班时，在像现在这样的时刻，他会在唱片机里放上他最喜欢的歌手的一系列碟片，他会忘记一切，会开心或是伤心，但他会一直因为那个能将华尔兹舞曲、马利内拉舞曲、波尔卡舞曲、普雷贡舞曲和所有土生白人音乐深处最细微情感演绎得淋漓尽致的嗓音而激动不已。

他离开纳利瓦拉运输公司时，已经是深夜。大道上已经没有记者；警卫告诉他，他们等他等烦了，已经散了好一会儿了。提布尔西奥也已经在他的要求下一个多小时前就走了。他沿着阿雷基帕街而上，街上已经没有多少人。他谁也不看，挑着阴暗处走，不让别人认出他来。幸运的是，一路上并没有人拦住他或是硬要跟他谈话。到了家里，阿尔米达和赫特鲁迪斯已经睡了，或者，至少他没有感觉到她们的动静。他走进放电视的小客厅里，放上几张唱片，

---

① 《斗牛杀》(*Toro mata*，亦有音译为"多罗马塔")被视为秘鲁黑人文化之歌。该名称亦可泛指秘鲁黑人音乐中的一种类型。

将音量调得很低。他也许就这样在黑暗中坐了几个小时,听得愉快而感动,虽然还没有完全摆脱那些烦心事,但是他确实因为塞西莉亚·巴拉萨如此亲密地为他演唱的那些歌曲而略感宽慰。她的声音是一种慰藉,仿佛一汪沁凉、清澈的水。他的身心沉入其中,得以洗涤、获得平静,感到快意,某种健康、甜蜜、乐观的东西在他内心深处萌芽。他试着不去想玛贝尔,不去回忆这八年里他在她身边度过的那么热烈、那么快乐的时光,只记得她背叛了他,只记得她跟米盖尔上床,还跟他合谋寄画着小蜘蛛的信给自己、伪造绑架、烧了他的办公室。这是他唯一应该记得的事情,只有这样,再也见不到她的念头才不会那么痛苦。

第二天早晨,他早早起床,练过气功,练着练着便想起了杂货店老板老刘,他在这种每日必做的清醒程序中经常会这样。然后,他吃过早饭,赶在贪睡的记者们来到他家门口继续围追堵截之前出发去了办公室。何塞菲塔已经到了,看见他非常高兴。

"您再回到办公室真是太好了,菲利西托先生,"她拍着手对他说,"这里的人已经开始想念您啦。"

"我不能继续度假啦。"他回答她,一边摘下帽子,脱下外套,然后在木板前坐定,"丑闻传够了,傻事也做够了,何塞菲塔。从今天起开始干活,这才是我喜欢的,是我干了一辈子、还要接着干下去的事情。"

他猜到他的秘书想对他说点儿什么,但是她一直鼓不起劲来说。何塞菲塔怎么了?她不一样了。她比平常收拾得更精致,妆化得更浓,穿得既雅致又有风情。而且,她的脸上还时不时露出一个狡黠的微笑,泛起一丝可疑的红晕。她走路时,屁股似乎也比以前扭得更厉害一点儿。

"您要是想跟我说个秘密,我向您保证我会守口如瓶,何塞菲塔。如果是情场失意,我很乐意当您的哭诉对象。"

"我不知道该怎么办了,菲利西托先生。"她压低了嗓门,整个人都羞红了。她把脸凑到她的老板跟前,像天真的小女孩一样对他挤挤眼,悄声说道:"您看看,那个警察局的上尉还在给我打电话。您猜是为什么?当然是他想约我出去!"

"希尔瓦上尉?"运输公司老板假装吃了一惊,"我早就猜想您已经征服他啦。切哇,何塞菲塔!"

"看起来是这样吧,菲利西托先生,"他的秘书说道,一边难为情地忸怩了一番,"他每次给我打电话,都会对我说各种甜言蜜语,您都想不到他对我说的那些话。多不要脸的男人呀!我不知道有多害臊。是的,是的,他是想约我出去。我不知道该怎么办。您有什么建议?"

"呃,我不知道该对您说什么,何塞菲塔。当然,我一点儿都不惊讶您征服了他。您是一个非常有吸引力的女人。"

"可是有点儿胖,菲利西托先生,"她抱怨道,一边佯装出一副苦脸,"不过,照希尔瓦上尉对我说的话来看,他觉得这不是问题。他向我保证,他不喜欢广告里那些姑娘营养不良似的身段,反倒喜欢像我这样的女人,该有的都有。"

菲利西托·亚纳克笑了起来,她也一样。自从这位运输公司老板得知那一个个坏消息以来,这是他第一次这样笑。

"您至少查过上尉是不是有家室吧,何塞菲塔?"

"他向我保证他是单身,无牵无挂。可是谁知道是什么样呢?男人一辈子都在对女人扯谎。"

"我会试着查一查,交给我来办吧,"菲利西托应承她,"与此同时,开开心心的,尽情地享受生活,这是您应得的。您要幸福啊,何塞菲塔。"

他视察着大巴、客车和小货车的发车情况以及邮包的寄发情况。上午过半的时候,他按照约定去希尔德布兰多·卡斯特罗·珀索博士位于利马街的那间狭小、拥挤的事务所,与博士见面。从好几年前开始,这位博士就是他运输公司的律师,负责菲利西托·亚纳克的所有法律事务。他非常详尽地向这位律师解释了他脑子里的想法,卡斯特罗·珀索博士则用一支跟他本人一样细小的铅笔将菲利西托说的一切都记在他平常用的那本小本子上。他是一个小个子男人,穿着马甲,打着领带,衣着整齐,六十多岁,很有活力,精力充沛,待人和蔼,说话不多,是一位低调而高效的专业人士,收费一点儿都不贵。他的父亲是一位著名的社会斗士[1],常为农民出头辩护、坐过牢、流过亡、写过一本关于土著社群的书,并因此成名。他还在议会中当过议员。当菲利西托向他解释完自己的想法,卡斯特罗·珀索博士满意地检查了一番:

"这当然可行,菲利西托先生,"他一边玩着他的铅笔一边大声说道,"可是,请容我静心研究一下,从法律方面多考虑一下,确保进行得万无一失。这最多需要一两天。您知道吗?您想做的这件事情充分证明了我一直以来对您的看法。"

"您对我有什么看法,卡斯特罗·珀索博士?"

"我认为您是一位有德之士,菲利西托先生。连您的脚趾甲都是

---

[1] 此处提及卡斯特罗·珀索博士之父的生平事迹,历史上确有其人:与此虚构人物同名的希尔德布兰多·卡斯特罗·珀索(Hildebrando Castro Pozo,1890—1945),秘鲁政治家、社会学家、教师。

有德的。这在我认识的人里挺少见的,真的。"

菲利西托很好奇,"有德之士"是什么意思?他心想,他哪天得去买本字典。他老是听到一些他不知道是什么意思的词儿,他不好意思老是问人家这些词儿是什么意思。他回到家中去吃午饭。虽然他又碰见了记者们驻扎在那里,但他甚至都没有停下脚步对他们说他是不会接受采访的。他从他们身边经过,轻轻颔首向他们致意,没有回答他们争先恐后向他提出的问题。

吃过午饭,阿尔米达请求跟他单独谈一谈。但是,令菲利西托惊讶的是,当他和他的小姨子起身走向放电视的小客厅时,再一次遁入沉默的赫特鲁迪斯也跟着他们进去了。她坐在一张扶手椅上,在阿尔米达与运输公司老板进行这场长谈期间,一直坐在那里听着,没有打断过他们一次。

"您可能会觉得奇怪,我来这里以后,一直都穿着同一套衣服。"他的小姨子开场白的方式非常无关痛痒。

"如果您希望我对您坦白说的话,阿尔米达,这整件事都让我觉得奇怪,不止您不换衣服这一点。首先是您出现得这么突然。赫特鲁迪斯和我结婚不知道多少年了,我觉得,直到几天以前,她从来没有对我说起过您的存在。您还想过比这更奇怪的事情吗?"

"我不换衣服,是因为我没有其他衣服可穿了,"他的小姨子继续说道,好像没有听见他的话似的,"我离开利马时只带了身上这一套衣服。我试着穿过赫特鲁迪斯的一套衣服,但是那衣服在我身上直晃荡。总之,我得从头开始说这个故事。"

"至少有一件事您给我解释一下,"菲利西托请求道,"因为您也看到了,赫特鲁迪斯变成哑巴了,她是不会解释给我听的。你们俩是同父同母的姐妹吗?"

阿尔米达困惑地在座位上动了动，不知该怎么回答。她看看赫特鲁迪斯，寻求她的帮助，但是赫特鲁迪斯依然一言不发，佝偻着身子，活像中心市场里那些女鱼贩子卖的那些名字奇奇怪怪的软体动物。她一副全然不关痛痒的表情，仿佛她听到的事情跟她一点儿关系都没有。可是，她一直盯着他们看。

"我们也不知道，"阿尔米达终于开口说道，一边用下巴指了指她姐姐，"我们俩在这三天里就这个问题谈了很多。"

"啊，也就是说，赫特鲁迪斯跟您是说话的。您可比我走运。"

"我们是同一个妈妈生的，这是唯一能肯定的，"阿尔米达说道，她一点点镇静下来，"她大我四岁左右。但是，我们俩谁也不记得我们的父亲了，也许是同一个人，也许不是，已经没人能问了，菲利西托。等我们俩开始记事时，包租婆，人家就是这样叫我妈妈的，您还记得吗？她就已经没有丈夫了。"

"您也在阿尔加罗伯廉租公寓住过？"

"一直住到十五岁，"阿尔米达承认道，"那时候还不是一家廉租公寓，只是一家开在流沙地里给脚夫们的客栈。到了十五岁，我去了利马找工作。那可一点儿都不容易。我遭遇过许多艰难，超乎想象的艰难。但是赫特鲁迪斯和我从来没有断过联系。我偶尔会给她写信，但是她很难得才会回我一封。她一直不太会写信，因为赫特鲁迪斯只上过两三年学。我运气好一些，我上完了小学。包租婆很担心我会去上中学。而赫特鲁迪斯，包租婆很早就让她在廉租公寓里干活了。"

菲利西托转向他的妻子。

"我不明白你为什么没跟我说过你有个妹妹。"他对她说道。

但是，她依然像隔着水一般，朦胧地看着他，没有回答他的话。

"我来告诉您为什么,菲利西托,"阿尔米达插话道,"赫特鲁迪斯不好意思让您知道她的妹妹在利马当女仆,尤其是在嫁给您变成了一个体面人以后。"

"您干过家政雇工?"运输公司老板看着小姨子的服饰,非常惊讶。

"干了一辈子呢,菲利西托。只除了有一小段时间,我在维塔尔特一家纺织厂做过女工,"她微微一笑,"我看出来了,您很奇怪我会有一套这么精致的衣服,鞋子又这么的、嗯、好吧,还有一块这样的手表。这都是意大利货,您想想。"

"就是这样,阿尔米达,我觉得奇怪极了,"菲利西托承认道,"您的样子说是什么人都行,就是不像女仆。"

"这是因为我嫁给了我服侍的那家男主人,"阿尔米达解释道,她的脸红了起来,"一位有钱有地位的先生。"

"啊,我去……我看出来了,一场改变了您人生的婚姻,"菲利西托说道,"也就是说,您中了大奖啦。"

"从某种意义上来说,是的。但是,从另一种意义上来,又不是这样。"阿尔米达纠正道。"因为卡雷拉先生,我是说伊斯马埃尔,也就是我丈夫,他是个鳏夫。他的前一次婚姻生了两个儿子。自从我嫁给他们的父亲,他们就很恨我。他们想撤销这场婚姻,到警察那里去告我,在法官面前指控他们的父亲年老痴呆,说我让他中了邪,说我给他下了蛊,还有其他巫术,我都不知道有多少种。"

菲利西托看见阿尔米达的脸色变了。她已经不再那么平静了。现在,她的神情中带着悲伤和愤怒。

"伊斯马埃尔带我去意大利度了蜜月,"她接着说道,她的声音变得温柔了,她在微笑,"那是非常美好的几周。我从来没有想过我会见识到那么美、那么不一样的东西。我们甚至还在圣佩德罗广场上见到了教皇,站在他的阳台上。那次旅行美得像一个童话。我丈夫一直都在谈生意,我很多时候都是独自一人到处游览。"

这套衣服、这些珠宝首饰、这块手表和那双鞋子,这样就解释得通了,菲利西托想道。她去意大利度蜜月!她嫁了个阔佬!傍上大款啦!

"在意大利那边,我丈夫把他在利马的一家保险公司卖了,"阿尔米达继续解释,"好让这家公司不会落在他两个儿子手里。他们俩等不及要继承他的财产,虽然他在世时已经将遗产提前分给他们了。他们俩挥霍无度,游手好闲到了极点。伊斯马埃尔因为他们而非常痛心,所以,他就把公司卖掉了。我尝试着理解这一团乱麻,但是他的法律解释让我听得云里雾里。总之呢,我们回到了利马,才刚到,我丈夫就心肌梗塞,过世了。"

"我很遗憾。"菲利西托含糊地说道。阿尔米达沉默下来,垂下了目光。赫特鲁迪斯依然一动不动,无动于衷。

"或者是被杀害的,"阿尔米达又补充道,"我不知道。他曾说他的儿子们巴不得他死掉,好继承他的钱财,他们有可能会派人杀他。他一夜之间就死了,我无法不去想是那对双胞胎——他的两个儿子是一对双胞胎——用某种方式引发了他心肌梗塞,要了他的命。如果说那确实是心肌梗塞,而不是他们下了毒的话。我不知道。"

"现在我渐渐明白您为什么要逃到皮乌拉来了,而且一直躲躲藏藏、没有上街去,"菲利西托说道,"您真的认为您丈夫的儿子们能……"

"我不知道他们脑子里有没有这么想过,但是,伊斯马埃尔说他们什么事都干得出来,包括买凶杀他。"阿尔米达激动起来,语气很是激烈,"我开始觉得不安,非常害怕,菲利西托,我在律师那里跟他们见过一面,他们对我说话、看着我的样子让我觉得他们有可能把我也杀了。我丈夫曾说,如今在利马,只需要几个索尔就能雇一个杀手,杀谁都可以。他们为什么不可能雇一个杀手,好独吞卡雷拉先生的全部遗产呢?"

她停顿了一下,直视着菲利西托的眼睛。

"所以,我决定逃跑。我想谁也不会到皮乌拉这里来找我的。这差不多就是我想跟您说的故事,菲利西托。"

"好吧,好吧,"菲利西托说道,"我理解您,是的。只是,多不走运呀,命运把您引进了虎口啦。您看这里的情况,这就叫才出油锅,又入火坑啊,阿尔米达。"

"我跟您说过,我只待两三天。我向您保证,我说话算话,"阿尔米达说道,"我需要跟一个住在利马的人谈一谈,那是唯一一个我丈夫完全信任的人。他是我们婚礼的见证人。您能帮我联系他吗?我有他的电话。您会帮我这个大忙吗?"

"可是,您可以自己从这儿打给他嘛。"运输公司老板说道。

"这可能不够谨慎,"阿尔米达指了指电话,犹豫起来,"要是被监听了呢?我丈夫认为那对双胞胎兄弟监听了我们所有的电话机。最好是到街上,到您办公室去打,打到他手机上。那样似乎比较难以被监听。我不能走出这栋房子。所以我才来求您。"

"把电话号码和你要我传给那个人的口信交给我吧,"菲利西托说道,"我今天下午就从办公室里打过去。很乐意帮忙,阿尔米达。"

这天下午,菲利西托·亚纳克再一次左冲右突地闯过记者们的屏障,沿着阿雷基帕街走向他的办公室。他边走边想着,阿尔米达的故事就像他少数几次去电影院时很喜欢看的那些冒险片里的情节似的，他那时还觉得那些可怕的异想天开跟真实生活一点儿关系都没有，可阿尔米达的故事和他收到第一封画着小蜘蛛的信件之后的故事简直就是两部不折不扣的惊险大片啊。

到了纳利瓦拉运输公司，他躲到一个安静的角落里，避开何塞菲塔拨了电话。立刻有一个男人接听了电话，当他问起里格贝尔托先生的时候，那人似乎很迷惑。"您是哪位？"那人在一段很长的沉默之后问道。"是受一位女性朋友之托。"菲利西托回答道。"是的，是的，是我。您是说哪位女性朋友？"

"一位因为您大概明白的理由而不愿意透露姓名的女性朋友，"菲利西托说道，"我猜想您知道她是谁。"

"是的，我想是的，"里格贝尔托先生轻咳一声，说道，"她好吗？"

"是的，很好，她向您致意。她想跟您谈一谈。如果可能的话，当面谈谈。"

"当然，当然可以，"那位先生立刻毫不犹豫地说道，"我很乐意。我们怎么谈呢？"

"您可以到她的家乡来吗？"菲利西托问道。

一阵长长的沉默，然后是另一声做作的轻咳。

"如果需要的话，我可以，"那人终于说道，"什么时候呢？"

"您想什么时候都行，"菲利西托回答道，"当然，越快越好。"

"我明白，"里格贝尔托先生说道，"我立刻去买票。今天下午就出发。"

"我会为您订好酒店，"菲利西托说道，"您定好出行日期以后，能给我这部手机打个电话吗？只有我在用这部手机。"

"很好，那么，我们就这么定了，"里格贝尔托先生告别道，"很高兴认识您，后会有期，先生。"

菲利西托·亚纳克整个下午都在纳利瓦拉运输公司里工作。阿尔米达的故事时不时会再次浮现在他的脑海中，他不知道这故事里有多少是真实，有多少是夸张。一位拥有一家大公司的阔老爷有可能会娶他的女仆吗？他几乎不敢相信。可是，比起儿子抢父亲的情人，然后两人合谋敲诈想榨干这位父亲的钱，那样的事难道会更加难以置信吗？贪婪令人疯狂，这是众所周知的。天黑时，希尔德布兰多·卡斯特罗·珀索博士出现在办公室里，他带着一大卷文件，塞在一个柠檬绿色的文件夹中。

"您看到了，我没有花很多时间，菲利西托先生，"他说着将文件夹交给菲利西托，"这就是您得让他签字的文件，就在我画了个十字的地方。除非他是个蠢货，否则他会很高兴地签掉这些文件。"

菲利西托仔细地将文件查看了一遍，问了几个问题，律师作了解答，他觉得很满意。他心想，他做了一个很好的决定，就算这无法解决困扰着他的所有问题，但至少可以去掉他心头一块大石头。他背负多年的那个疑问将永远烟消云散。

离开办公室后，他没有直接回家，而是兜了一个圈，去了桑切斯·赛罗大道上的警察局。希尔瓦上尉不在，利图马警长接待了他。警长对他的请求有点儿惊讶。

"我想尽快跟米盖尔见一面，"菲利西托·亚纳克对他又说了一遍，"会面时有您或者希尔瓦上尉在场，我也不介意。"

"好的，菲利西托先生，我想这没有问题，"警长说道，"我明天会第一时间跟上尉说的。"

"谢谢，"菲利西托告辞道，"请代我问候希尔瓦上尉，告诉他我的秘书何塞菲塔女士向他致意。"

18

里格贝尔托、卢克莱西亚和丰奇托乘坐秘鲁国家航空的航班在晌午时分到达皮乌拉,一辆计程车将他们带到演兵广场的檐廊酒店。菲利西托·亚纳克预订了相邻的一间双人房和一间单人房,正合他们的心意。安顿好以后,三人立刻出门去散步。他们在演兵广场兜了一圈,广场上有高大、古老的罗望子树为它遮阴,还有花朵红艳至极的凤凰木将它染成一段段红晕。

天气并不很热。他们停留了一会儿,欣赏中心纪念碑波拉女士。这是一位骁勇善战的女士,由大理石雕成,代表着自由,于一八七〇年由何塞·巴尔塔①总统赠送。然后他们又看了一眼平淡无味的大教堂。接着,他们坐在埃尔·查兰冷饮店里吃了冷饮。里格贝尔托和卢克莱西亚不安而又有些怀疑地窥看着四周和陌生的人群,

---

① 何塞·巴尔塔(José Balta y Montero,1814—1872),秘鲁军人、政治家,于1868年至1872年任秘鲁总统。

他们真的能跟阿尔米达如约秘密会面吗？当然，他们是热切期待的，但是，这趟旅行的一团神秘让他们无法太把这件事当真。有时候，他们觉得自己在玩一个游戏，老人们经常会玩的那种能让他们感觉年轻的游戏。

"不，这不可能是一场玩笑或是圈套，"里格贝尔托先生再次说道，试图说服自己，"我对跟我通电话的那位先生印象很好，我已经跟你说过了。一个下层人，这毫无疑问，挺土气，有点儿害羞，但是没有恶意。一个好人，我很肯定。我完全相信他是代表阿尔米达在说话。"

"你不觉得这情况有点儿不真实吗？"卢克莱西亚紧张地一笑，回答道。她手上拿着一把珍珠母扇子，正不停地往脸上扇着风。"我很难相信正发生在我们身上的这一切，里格贝尔托。我们竟然跟大家说我们需要休息一下，然后就来到了皮乌拉。当然，谁都不相信我们的说辞。"

丰奇托似乎没有听他们说话。他有一口没一口地吸着路枯马刨冰，眼睛盯着桌子的某一点，对他父亲和继母说的话漠不关心，好像他被一种隐秘的担忧摄去了心神似的。自从他上一次见到艾迪尔贝尔托·托雷斯见面，他就是这样，这也是里格贝尔托决定把他带到皮乌拉来的原因，即使走这一趟会让他少上几天课。

"艾迪尔贝尔托·托雷斯？"他在书房的座位上浑身一震，"又是那家伙？他说起《圣经》了？"

"是我，丰奇托，"艾迪尔贝尔托·托雷斯说道，"你可别告诉我你已经把我给忘了。我不相信你这么没有良心。"

"我刚刚做完忏悔，正在完成神父交给我的悔罪仪式，"丰奇托含糊地说道，他有些害怕，但更多的是惊讶，"我现在不能跟您交谈，先生，我很遗憾。"

"在法蒂玛教堂里？"里格贝尔托先生难以置信地又重复了一遍，他像是突然得了舞蹈病似的扭动起来，他正在看的关于怛特罗秘术的书也掉到了地上，"他也在那儿？在教堂里？"

"我理解，我请你原谅。"艾迪尔贝尔托·托雷斯压低声音，用食指指了指祭台，"祈祷吧，祈祷吧，丰奇托，这有好处。我们等会儿再谈。我也要祈祷。"

"是的，就在法蒂玛教堂里，"丰奇托说道，他面色苍白，目光有些迷离，"我和朋友们，就是《圣经》小组里的那些朋友，去那里忏悔。他们已经走了，我是最后一个进忏悔室的。教堂里没有很多人，突然我发觉他不知什么时候起就在那儿了。是的，就在那儿，就坐在我旁边。我真吓了一跳，爸爸。我知道你不相信我，我知道你会说这次还是我编出了这么一场碰面。他说到《圣经》了，是的。"

"好的，好的，"里格贝尔托先生让步道，"现在，还是回到酒店去比较谨慎，我们就在那儿吃午饭。亚纳克先生说他会在下午的某个时候跟我联系，如果他确实叫这个名字。一个非常奇怪的名字，就像某个满是文身的摇滚歌手的艺名，不是吗？"

"我觉得这是一个地道的皮乌拉姓氏，"卢克莱西亚说道，"他也许是塔阳人①呢。"

他付了账，三人走出了冷饮店。穿过演兵广场时，里格贝尔托不得不拨开向他们兜售服务的擦鞋匠和彩票贩子。天开始热起来了，

---

① 塔阳人（Los tallanes），是对自古以来定居于秘鲁皮乌拉海岸的多个同源民族的统称。

万里无云的天空中遥见一轮白日，周遭的一切，树木、长椅、地板砖、人群、狗群和车辆，似乎都在燃烧。

"我很抱歉，爸爸，"丰奇托万分难过地悄声说道，"我知道我给了你一个坏消息，我知道。卡雷拉先生死了，阿尔米达失踪了，这段时间对你来说很艰难。我知道我这样对你真是狼心狗肺。但是，你对我要求过，让我什么都告诉你，让我对你说实话。这不就是你想要的吗，爸爸？"

"我有些经济问题，就和这个时代的所有人一样。而且，我的身体也不济了，"艾迪尔贝尔托·托雷斯消沉而悲伤地说道，"我最近很少出门，这就是你这么久没见到我的原因，丰奇托。"

"您到这个教堂里来是因为您早知道我和我那些一起读《圣经》的朋友会到这里来吗？"

"我是过来沉思、寻求宁静的，希望能更平静、更透彻地看待事物，"艾迪尔贝尔托·托雷斯解释道，但是，他似乎并不平静，反而在颤抖，满腹忧虑，"我常常这样做。我熟悉利马一半的教堂，也许更多。这种专注、沉默、祷告的气氛对我很有好处。我连那些居家修女和笼罩着各个厅堂的熏香和古老的气息都很喜欢。我也许是一个很守旧的人，我以此为傲。我也祈祷，也读《圣经》，丰奇托，虽然你可能会觉得奇怪。这一点也证明了我不像你父亲认为的那样是个恶魔。"

"他要是知道我见过您了，会难过的，"孩子说道，"他认为您并不存在，认为您是我编造出来的。我的继母也这么认为。他们真的这么认为。所以，当您说您能在我爸爸的法律问题上帮助他的时候，他很兴奋。他想见见您，跟您聚一聚。但是您消失了。"

"这件事永远都不晚，"托雷斯先生保证道，"我很高兴跟里格贝尔托见面，消除他对我的猜疑。我很愿意成为他的朋友。我估摸着，我们应该是同龄人。事实上，我没有朋友，只有熟人。我很肯定他跟我会处得很好。"

"我要一份恰贝罗肉干炸青蕉片，"里格贝尔托先生向服务生吩咐道，"这是皮乌拉的特色菜，对吗？"

卢克莱西亚夫人要了一份铁板烤石首鱼配混合沙拉，丰奇托只要了一份柠檬汁腌生鱼片。檐廊酒店的餐厅里几乎空无一人，几台风扇慢吞吞地转着，保持空气凉爽。他们仨都喝着加了很多冰的柠檬水。

"我想相信你，我知道你没有对我撒谎，你是一个诚实、好心肠的孩子，"里格贝尔托先生表情厌烦地承认道，"但是，这个人已经变成了我和卢克莱西亚生活里的一个障碍。看起来，我们永远也摆脱不了他，他会一路追着我们进入坟墓。他这次又想怎样？"

"我希望我们能讨论一些深层次的东西，来一场朋友间的对话，"艾迪尔贝尔托·托雷斯解释道，"谈一谈上帝、来世、精神世界和超验性。你在读《圣经》，所以我知道现在你会对这些东西感兴趣。我还知道你看的《旧约》让你有点儿失望，你本来期待的并不是这样。"

"您怎么知道，先生？"

"一只小小鸟告诉我的，"艾迪尔贝尔托·托雷斯微微一笑，但是他的笑容里没有一丝快乐，反倒一直都有那种隐秘的惊惶，"你别理会我，我在开玩笑。我只想对你说，一开始读《旧约》的人都会遇到跟你一样的情况。接着读，接着读，不要泄气。你会看到，你的感觉很快就会不一样了。"

"他怎么知道你看《圣经》看得很失望？"里格贝尔托先生再次

在书房里浑身一震,"这是真的吗,丰奇托?你很失望吗?"

"我不知道是不是失望,"丰奇托有些窘迫地承认道,"只是那里面的一切都那么暴力。从上帝,从耶和华开始。我从没想过他会这么凶残,他竟抛出那么多的诅咒,下令将通奸的女子用石头砸死,下令杀掉没来参加仪式的人。他还命人割掉希伯来人的敌人们的包皮。我直到读了《圣经》,才明白包皮是什么意思,爸爸。"

"那是野蛮的时代,丰奇托,"艾迪尔贝尔托·托雷斯安慰道,他说话时多有停顿,而且一直都是那副郁闷的表情,"那一切都发生在几千年以前,在一个拜偶像、食人肉的时代,一个暴虐专制与狂热信仰当道的世界。而且,也不应该太过字面地理解《圣经》的意思,那里面出现的很多东西都是象征性的、充满诗意的、夸大其词的。可怕的耶和华消失,基督临世以后,上帝就变得温和、慈爱、富有同情心了,你看着吧。不过,要看到这些,你得读到《新约》才行。要有耐心、有恒心,丰奇托。"

"他又跟我说了想见你,爸爸,在哪里都行,什么时候都行。他希望跟你做朋友,因为你们年纪一样。"

"这个幽灵上一次在公交车上出现在你面前时,我就听过这一套漂亮话了,"里格贝尔托先生嘲讽道,"他不是要帮我解决我的法律问题吗?结果呢?他消失得无影无踪。这一次也会这样的。说到底,我也搞不懂你了,孩子,你正在搞的《圣经》阅读,你是喜欢还是不喜欢?"

"我不知道我们是不是读得正确,"孩子避而不答,"因为虽然有时候我们很喜欢读《圣经》,但是有时候,在沙漠里跟犹太人打仗的民族那么多,一切都变得很复杂。把那么多外国名字记住是不可能的。我们最感兴趣的是里面讲的故事。那些故事不像是宗教的东西,倒更像是《一千零一夜》里的冒险故事。我的一个朋友佩卡斯·谢利丹那天就说,这种读《圣经》的方式不对,我们没有将这本书充分利用起来,说最好能有一个指导人,比如说一位神父。您怎么想,先生?"

"我觉得挺好,"里格贝尔托先生细细品味了一口他的恰贝罗肉干炸青蕉片,说道,"我很喜欢这些奇弗莱,他们这里就是这样叫油炸香蕉片的。不过天气这么热,我恐怕我们会有一点儿消化不良。"

吃完各自点的菜,他们又要了一个冰激凌,正要开始吃饭后点心,这时,他们察觉到有一位女士走进了餐厅。她站在门口,环视餐厅寻找着什么。她年纪不轻了,但是她身上有一种清新、活力的感觉,在她胖乎乎、笑盈盈的脸上,在她凸起的双眼中,在她嘴唇宽宽、描得鲜红的嘴上,都有一种青春的余韵。她戴着一对忽扇忽扇的假睫毛,很是俏丽,一对造型独特的圆形耳环狂摇乱舞,穿着一套非常紧身的白底印花裙子;她硕大的屁股没有影响她灵巧的行动。查看过三四张坐着客人的桌子,她果断地走向了他们仨坐的这一张。"里格贝尔托先生,是吗?"她微笑着问道。她向每个人都伸出手握了握,然后坐在了空着的那张椅子上。

"我叫何塞菲塔,是菲利西托·亚纳克先生的秘书,"她自我介绍,"欢迎来到通德罗与切哇之乡。这是你们第一次来皮乌拉吗?"

她不止在用嘴说话,也在用富有表情、转来转去的一双绿眼睛说话,还不停地挥舞着双手。

"是第一次,但不会是最后一次,"里格贝尔托先生和蔼地说道,"亚纳克先生不能来吗?"

"他不愿意来,因为,你们大概也已经知道了,菲利西托先生要是在皮乌拉的大街小巷踏出一步,记者们就会像云团一样跟着他。"

"记者?"里格贝尔托先生双眼大睁,吓了一跳,"能问一下他们为什么要跟着他吗,何塞菲塔夫人?"

"是小姐,"她纠正道,然后她红着脸补充道,"不过我现在有个追求者,他是治安警察的上尉。"

"非常抱歉,何塞菲塔小姐,"里格贝尔托点点头,道了个歉,"您能对我解释一下那些记者为什么要跟着亚纳克先生吗?"

何塞菲塔不再微笑了。她带着惊讶和些许同情看着他们仨。丰奇托已经从昏沉、呆滞中清醒了过来,他似乎也对刚来的这位女士正在说的话很是关心。

"你们不知道菲利西托·亚纳克先生这会儿比共和国总统还有名吗?"她惊讶地喊道,露出一小截舌头,"他在电台、报纸、电视里出现了好多天了。不过,很不幸,不是因为什么好事。"

她这么说着,里格贝尔托先生和他妻子的脸上露出了无比的惊恐,何塞菲塔只好向他们解释为什么纳利瓦拉运输公司的老板会从默默无名变得街知巷闻。很明显,这些利马人对于小蜘蛛的故事和接下去的种种风波毫不知情。

"这是一个非常好的主意,丰奇托,"艾迪尔贝尔托·托雷斯先生赞同道,"要在《圣经》这一片烟海汪洋中自如地来去,需要一位经验丰富的航海家。当然,可以是像奥多诺万神父一样的宗教人士,但也可以是一位世俗人士,一个研究《旧约》和《新约》多年的人,比如我。你别以为我是自吹自擂,说实话,我这辈子大部分时间都在研究这本书。但是,我能从你的眼睛里看出你不相信。"

"这个恋童癖现在又装起神学家和《圣经》研究专家来了,"里格贝尔托先生发起火来,"你不知道我有多希望当面见见他,丰奇托。他随时都有可能告诉你他自己就是个神父。"

"他已经跟我说过了,爸爸,"丰奇托打断他道,"更确切地说,他现在已经不是神父了,但他曾经是。他在接受教职之前脱下了神学院学生的教服,他受不了守贞。他就是这么跟我说的。"

"我不该跟你说这些事情,你还太小了,"艾迪尔贝尔托·托雷斯先生补了一句,他的脸色苍白了一点儿,声音发颤,"但是,这就是事实。我那时一直都在手淫,一天甚至能来上好几回。这让我很痛苦、很惶惑。因为,我向你保证,我是非常坚定地想要侍奉上帝的。从我还是个像你一样的孩子时就想了。只是,我一直没能打败性爱这个该死的魔鬼。有那么一刻,我以为我要被这日夜困扰着我的诱惑给逼疯了。所以,还有什么办法呢?我只能离开神学院。"

"他还跟你说这个了?"里格贝尔托先生勃然大怒,"说手淫?说打飞机?"

"那么您结婚了吗,先生?"孩子腼腆地问道。

"不,不,我还是单身,"托雷斯先生笑得有些做作,"要过性生活,不一定要结婚,丰奇托。"

"根据天主教,是要的。"孩子说道。

"确实,因为天主教在性的方面要求非常严苛,像清教徒似的,"托雷斯先生解释道,"其他宗教更宽容一些。再说,这个时代如此放任自由,连罗马教廷都在走向现代化,虽然这对它来说很艰难。"

"是的,是的,现在我想起来了,"卢克莱西亚打断何塞菲塔道,"当然啦,我是在哪儿读到过,或是在电视里看到过。亚纳克先生就是儿子和情人想绑架他、榨光他所有钱的那个人?"

"啊呀,啊呀,这太不可思议了,"里格贝尔托先生因为自己听到的种种事情而惊呆了,"也就是说,倒是我们自己把自己送进狼窝里来了。我要是理解得没错,您上司的办公室和家里日夜都有记者包围着，是这样吗？"

"晚上没有。"何塞菲塔试图用一个胜利的微笑鼓励这位长着一副大耳朵的先生，可他不仅脸色苍白，表情也已经扭曲得像在做鬼脸了，"丑闻刚爆出来时，晚上也有，头几天简直无法忍受。记者们全天二十四小时都在他家和办公室周围转悠。但是他们已经等烦了，现在，到了晚上，他们都会去睡觉或是去买醉，因为这里的记者都是一些放荡不羁的人物，是一些浪漫主义者。亚纳克先生的计划会进行得很顺利的，您放心。"

"这个计划是怎样的呢？"里格贝尔托问道。他的冰激凌吃到一半已经放下了，手上还端着他刚刚一口饮尽的柠檬水杯子。

非常简单。最好呢，他们能待在酒店里，或者，最多进一家电影院里去；新开的那些商场里有好几家影院，都非常现代化。她向他们推荐露天广场购物中心，就在卡斯蒂利亚，不是很远，紧挨着安德烈斯·阿韦利诺·卡塞雷斯桥。他们不应该在街上抛头露面。到了晚上，等所有记者都从阿雷基帕街撤走以后，何塞菲塔本人会来找他们，带他们到亚纳克先生家里去。离得很近，就在几个街区以外。

"可怜的阿尔米达真不走运，"何塞菲塔一走，卢克莱西亚便抱怨道，"她自己投进来的这个坑可比她想要逃离的那个更糟糕。我不明白记者或是警察们怎么还没逮到她。"

"我不想因为直话直说而吓到你，丰奇托，"艾迪尔贝尔托·托雷斯垂下眼光，压低声音，内疚地道歉，"可是，我被性爱这个该死的魔鬼折磨得去逛过妓院，买过春，做过些让我觉得自己恶心的可怕事情。但愿你永远都不会像我这样屈服于这些令人恶心的诱惑。"

"我很清楚这个下流胚跟你说这些下流动作和妓女是想把你往哪

个方向引,"里格贝尔托先生清清嗓子,停了停,"你应该立刻走开,不要由着他瞎说。你没发现他这些所谓的直话直说是一个让你落入他罗网的战略吗,丰奇托?"

"你错了,爸爸,"孩子回答道,"我向你保证,托雷斯先生是很真诚的,他不是别有用心。他看上去很伤心,因为做过这些事情而难过得要死。他的眼眶突然就红了,声音哽住了,又哭了起来。看见他这样,真让人心都碎了。"

"还好我带了本好书来,"里格贝尔托先生说道,"要等到晚上,我们还得坐上好一会儿呢。我猜想,天气这么热,你们不会想去电影院吧?"

"为什么不呢,爸爸?"丰奇托抗议道,"何塞菲塔说那里有空调,而且非常现代化。"

"我们就看一点儿新气象嘛,人家不是说皮乌拉是秘鲁发展最快的城市之一吗?"卢克莱西亚帮腔道,"丰奇托说得对。我们就在那个购物中心小小地兜一圈,也许会有一部不错的电影呢。在利马,我们从来没全家去看过电影。去嘛,里格贝尔托。"

"我对于自己做过这些又坏、又肮脏的事情觉得非常羞愧,所以我强迫自己悔罪。有时候,为了自我惩罚,我会鞭打自己,直到打出血来,丰奇托。"艾迪尔贝尔托·托雷斯坦白道,他声音破碎,眼眶通红。

"他接下来没求你鞭打他吗?"里格贝尔托先生暴跳如雷,"我要上天入地找出这个变态,若不找到他、狠狠教训他一顿,我决不罢休,我告诉你。他要是敢对你做什么,那就要么他进监狱,要么我给他一枪。他要是再出现在你面前,你就替我告诉他。"

"这时候他哭得更凶了,已经没法接着说下去了,爸爸,"丰奇托安抚道,"不是你想的那样,我向你发誓不是那样。因为,你想想,他哭着哭着突然就站起身来,跑出教堂了,也没有告别,什么都没有。他似乎很绝望,像一个将要自杀的人。他不是变态,而是一个饱受煎熬的男人,更值得同情,而不是害怕。我向你发誓。"

就在这时,书房门上传来几下紧张的敲门声,打断了他们的对话。门上的碰口条打开,胡斯蒂尼亚娜一脸担忧地探头进来。

"你觉得我为什么要关门?"里格贝尔托抢在她前头举起一只手责备道,不让她说话,"你没看见丰奇托和我正忙着吗?"

"可是他们来了,先生,"姑娘说道,"他们就杵在门口,虽然我对他们说您正在忙,他们还是想进来。"

"他们?"里格贝尔托先生大吃一惊,"那对双胞胎?"

"我不知道还能对他们说什么,不知道该怎么办,"胡斯蒂尼亚娜非常不安地说道,她说话轻声轻气,比手画脚,"他们请求您原谅。他们说这事很紧急,说他们只会占用您几分钟时间。我该怎么回他们,先生?"

"好吧,让他们到小客厅去,"里格贝尔托认命地说,"你和卢克莱西亚注意着点儿,万一发生什么事,得叫警察来。"

胡斯蒂尼亚娜退下后,里格贝尔托先生攥住丰奇托的双臂,盯着他的眼睛看了很久。他的目光带着温柔,也带着一种焦虑,这种情绪在他不安、恳求的话语中表露无遗:

"丰乔,丰奇托,我亲爱的儿子,我求求你,我求求你行行好。告诉我说你对我讲的这一切都不是真的,说都是你编出来的,说这一切都没发生过。告诉我说艾迪尔贝尔托·托雷斯并不存在,你会让我成为世界上最幸福的人。"

他看着那孩子的脸垮下来,咬着嘴唇,咬得都发紫了。

"好吧，爸爸，"他听到孩子说，孩子的语气已经不像是一个小孩，而是一个大人了，"艾迪尔贝尔托·托雷斯并不存在，是我把他编出来的。我再也不会对你说起他了。我现在可以走了吗？"

里格贝尔托同意了。他看着丰奇托走出他的书房，注意到儿子的双手在颤抖。他的心凝住了。他很爱他的儿子，但是，他想，即使他百般努力，他也永远不会理解这个儿子，这孩子对于他来说永远都会是一个深不可测的谜。出去面对那两条鬣狗之前，他去了趟卫生间，用冷水洗了个脸。他再也走不出这个迷宫了，总有越来越多的走道和越来越多的地下室，一个又一个拐角和一个又一个弯。这就是人生吗？一个无论你做什么都会避无可避地将你带向波吕斐摩斯① 利爪的迷宫？

客厅里，伊斯马埃尔·卡雷拉的儿子们正站着在等他。他们俩都穿着三件套西服，打着领带，就跟平常一样，但是，与他想象的相反，他们并不是来寻衅吵架的。他们表现出来的这副失败者、受害者的态度是发自内心的吗？还是一种新的战术？他们想干什么？他们俩很亲切地跟他打招呼，拍拍他，努力表现出一片悔恨之情。埃斯科比塔是第一个道歉的。

"我们上次来这儿时对你很不敬，叔叔，"他搓着双手非常痛苦地低声说道，"我失去了耐心，说了些蠢话，骂了你。我当时受了打击，都快疯了。我对你万分的抱歉。我现在都糊涂了，我已经好几周没睡觉了，我都吃上治疗神经的药了。我的生活变成了一场大灾难，里格贝尔托叔叔。我向你发誓，我们再也不会对你不敬了。"

---

① 波吕斐摩斯，希腊神话中吃人的独眼巨人。

"我们都糊涂了,这也难怪,"里格贝尔托先生承认道,"发生的这些事情让我们气昏了头。我不怨恨你们。你们坐吧,我们聊聊。你们来找我有什么事?"

"我们再也受不了了,叔叔。"米奇先开口。他似乎一直是两个人之中更庄重、更理智的那个,至少开口说话的时候是如此。"我们的生活已经变得令人无法忍受了。我猜你也知道。警察认为我们绑架或是杀害了阿尔米达。他们讯问我们,问我们一些非常侮辱人的问题,从早到晚都有密探跟踪我们。他们向我们要好处费,如果不给,他们随时都会闯进我们的公寓搜来搜去,就好像我们是两个普普通通的罪犯似的,你看看。"

"还有报纸和电视呢,叔叔!"埃斯科比塔打断他,"你看见人家往我们头上扣的屎盆子了吗?每天、每夜、每一个新闻节目。强奸犯啦,瘾君子啦,我们有这些前科就有可能是那个臭土著女人失踪的罪魁祸首啦。多不公平啊,叔叔!"

"不管你愿不愿意,阿尔米达现在可是你的继母了,你要是辱骂她,那你这个头就开得不对啦,埃斯科比塔。"里格贝尔托先生责备他道。

"你说得对,我很抱歉,但是,这是因为我已经有点儿颠三倒四了。"埃斯科比塔道了歉。米奇已经重拾咬指甲的老习惯,他不停地咬,一根手指接一根手指地咬,咬得很凶。"你不知道,看报纸、听广播、看电视现在变成了一件多么可怕的事情。别人日日夜夜诽谤你,说你堕落、懒惰、吸可卡因上瘾,还有很多其他丑事,这多么可怕呀。我们生活在一个什么样的国家里呀,叔叔!"

"提起诉讼、采取保护措施也一点儿用处都没有,他们说这是侵犯新闻自由。"米奇抱怨道。他没来由地微微一笑,然后又转为严肃。"总之,我们算是明白了,报纸就是靠丑闻过活的。但最糟糕的是警察那一边。爸爸对我们做了这些事,现在还要说我们是那个女人失踪的罪魁祸首,你不觉得这太可恶了吗?我们接到法令,只要调查还在继续,我们就得留在本地。我们连国都出不了了,迈阿密公开赛正要开始呢。"

"什么是公开赛?"里格贝尔托先生好奇地打断他。

"网球冠军赛,索尼爱立信公开赛,"埃斯科比塔向他解释道,"你不知道吧?米奇是个网球好手啊,叔叔,他拿的奖都堆成山啦。我们悬了赏金,奖励帮助找寻阿尔米达下落的人。可是,私下跟你说,我们连这个都付不起。我们没钱付,叔叔,这就是实际情况。我们成了穷光蛋。米奇和我都一个子儿不剩了,只剩一屁股债。我们现在名声臭了,也就没有银行、放债人或朋友肯借我们一分钱了。"

"我们已经再没有东西可变卖、典当了,里格贝尔托叔叔。"米奇说道。他的声音抖得厉害,说起话来断断续续的,还一直不停地眨眼睛。"没有一个子儿,没有信誉。好像这还不够似的,我们还被怀疑成绑架犯,犯了什么重罪。所以我们才找你来了。"

"你是我们最后的救命稻草了,"埃斯科比塔抓起他的手,紧紧地握住,热泪盈眶地说道,"求你别让我们失望,叔叔。"

里格贝尔托先生无法相信自己的所见所闻。这对双胞胎兄弟已经失去了他们特有的高傲和自信,看起来无依无靠,担惊受怕,还在祈求他大发慈悲。这么短的时间里,一切的变化真大呀!

"我对你们遭遇的一切表示遗憾,侄儿们,"他说道,这是他第一次不带嘲讽地这样称呼他们,"我也知道'见人同受罪,愚者心头慰'的道理,但是,至少想一想,不管你们过得多么倒霉,可怜的阿尔米达应该比你们更倒霉,不是吗?她可能被杀了或是遭绑架了。她多么不幸呀,你们不觉得吗?另一方面,我认为,我自己也遭遇过很多不公平。比如说,你们指控我在伊斯马埃尔娶阿尔米达这个所谓的骗局里充当了同谋。你们知道有多少次我不得不在警察面前、初审法官面前作供吗?你们知道我请律师花了多少钱吗?你们知道好几个月前我不得不将我跟卢克莱西亚已经付过钱的欧洲之行取消吗?我到现在还没领到我在保险公司的退休金,因为你们把我的手续卡住了。总之,要数数遭的罪,我们三个挨个儿来吧。"

他们听着他说,头低垂着,一声不吭,又是难过又是惶惑。里格贝尔托先生听到外面从巴兰科防波堤那边传来一点儿奇怪的音乐声。又是那个老磨刀匠的哨笛吗?好像是这两个人把他召过来的似的。米奇咬着指甲,埃斯科比塔有一下没一下地来回晃着左脚。是的,就是那磨刀匠的音乐声。听见这乐声让他很高兴。

"我们提出那项控诉是因为我们很绝望,叔叔,爸爸的婚事让我们失去理智了,"埃斯科比塔说道,"我向你发誓,我们对自己给你造成的麻烦很抱歉。我猜想,你退休的事现在很快就会搞定的。你也知道,我们已经不能拿公司怎么样了。爸爸把它卖给了一家意大利公司。他都没有把这消息告诉我们。"

"只要你说一声,我们立刻撤销起诉,叔叔,"米奇补充道,"这正是我们想跟你谈的事情之一。"

"非常感谢,不过已经有点儿太晚了,"里格贝尔托说道,"阿尔尼利亚斯博士已经跟我解释过了,伊斯马埃尔一死,你们挑起的这场官司,至少是与我有关的这一部分已经撤销了。"

"你真是太强啦,叔叔。"埃斯科比塔说道。里格贝尔托先生心想,他这一刻所表现出来的蠢样比通常对他言行愚蠢程度的合理期望值更甚。"顺便说一句,克劳迪奥·阿尔尼利亚斯博士,那个戴着一副小丑似的背带的窝囊废,他是生在秘鲁的最大叛徒。他一辈子都靠榨爸爸的油水过活,现在他与我们公然为敌。他就是一个奴才,把身心都出卖给了阿尔米达和那帮用白菜价买下爸爸公司的意大利黑手党。"

"我们是来解决事情的,你却在把事情越弄越麻烦。"他的兄弟打断他道。米奇伤心地转向里格贝尔托先生。"我们想听听你说,叔叔。虽然你在那场婚事中帮助了爸爸,这会永远令我们痛心,但是,我们还是很信任你。帮我们一把吧,给我们出个主意吧。你已经听到我们现在遭了多大的祸,不知道该怎么办。你觉得我们应该怎么做?你经验丰富。"

"这比我原本的期待要好得太多了,"卢克莱西亚叹道,"萨加·法拉贝拉、托图斯、帕萨雷拉、时空记忆①,等等。哎呀,哎呀,这可都是首都最好的商店呀。"

"还有六家电影院!家家都有空调,"丰奇托拍着手说,"你没什么好抱怨了吧,爸爸?"

"好吧,"里格贝尔托先生投降道,"你们尽量选一部不那么烂的电影,我们赶快找一家电影院进去吧。"

因为刚到下午,外面越来越热,所以露天广场购物中心那些高雅设施中几乎没什么人。但是到了店里,冷空气真是太舒服了。卢克莱西亚正看着几家店的玻璃橱窗,丰奇托研究着广告牌上的电影,里格贝尔托则颇有兴致地看着占地广大的皮乌拉国立大学四周环绕

---

① 萨加·法拉贝拉(Saga Falabella)和托图斯(Tottus)分别为智利投资的零售店和超市品牌。帕萨雷拉(Pasarella)与时空记忆(Deja Vu)均为服饰店品牌。

的黄色流沙地，看着那一片片狭长的金黄之地上散落着的一棵棵枝叶稀疏的角豆树。虽然他没有亲眼看见，但是他能想象这些沙地里有动作迅捷的蜥蜴正顶着三角形的小脑袋和满是眼屎的眼睛窥看着四周，搜寻着昆虫。阿尔米达的故事多么令人难以置信呀！她想逃离那场风波，逃离律师，逃离她怒气冲天的继子，可她逃进的那户人家也是别人的饭后谈资，陷入了另一桩巨大的丑闻，有着报纸上奇情八卦风格的各种劲爆猛料：通奸、敲诈、以蜘蛛署名的匿名信、绑架和伪造绑架。而且，看起来，甚至还有乱伦。现在他等不及想认识菲利西托·亚纳克，等不及要听听阿尔米达说话，等不及对她讲讲他跟米奇和埃斯科比塔的最近一次谈话了。

这时，卢克莱西亚和丰奇托向他走过来。他们有两个提议：儿子选的《加勒比海盗2》和妻子选的《致命激情》。他选了海盗，他心想，如果他能在中午睡上一会儿，海盗们会比另一个片名所预示着的催人泪下的言情片更催眠。他有几个月没进过电影院了？

"出来以后，我们可以去这家咖啡馆，"丰奇托手一指说道，"多好吃的糕点呀！"

他似乎对这次旅行很开心、很兴奋，里格贝尔托先生想道。他已经很久没有见到他的儿子这么笑嘻嘻、这么有精神了。自从那个该死的艾迪尔贝尔托·托雷斯神秘现身以来，丰奇托就变得沉默、忧郁、失魂落魄。现在，在皮乌拉，他看起来又像是以前那个开心、好奇、热情的小孩了。那家崭新的电影院里只有五六个观众。

里格贝尔托先生吸了口气，再呼出来，开始慷慨陈词：

"我只有一个主意给你们，"他郑重地说道，"跟阿尔米达和解。接受她与伊斯马埃尔的婚姻，接受她当你们的继母。忘记试图撤销这场婚姻的无聊把戏吧，讨论、定出一个经济补偿费用来。别自欺欺人，你们永远也无法夺走她继承到的一切了。你们的父亲很清楚自己在干什么，他把一切都安排得妥妥当当。如果你们坚持继续这场法律行动，你们最终会断了一切后路，无法从她那儿拿到一分钱。友好地进行谈判，敲定一个数目，虽然不如你们想要的那么多，但是足够你们下半辈子不劳不作、寻欢作乐、打打网球，也能生活得很好。"

"如果绑匪已经把她杀了呢，叔叔？"埃斯科比塔的表情那么痛苦，让里格贝尔托先生心头一震。确实：如果她已经被杀了呢？这笔钱会怎么样？会落入那些国际银行家、代办、会计、事务所的手里吗？这些人现在就已经使得这笔钱不但这两个可怜虫捞不到一分，连全世界的税务员也鞭长莫及。

"你叫我们跟那个抢走了我们爸爸的女人和解，说得倒是轻巧，叔叔，"米奇说道，他的痛苦多于愤怒，"而且，她还占去了我们一家人曾经拥有的一切，甚至包括我母亲的家具、衣服和首饰。我们爱爸爸。他到老还遇上这么一场肮脏、龌龊的阴谋，这叫我们很心痛。"

里格贝尔托先生直视着他的眼睛，米奇则回视他。这个不要脸的家伙让伊斯马埃尔晚年百般痛苦，几个月以来让他和卢克莱西亚过得提心吊胆，将他们困在利马，被法律传唤压得喘不过气来，现在倒有脸来扮好心了。

"从来就没有什么阴谋，米奇，"他慢慢地说道，尽量不在言语中表露出他的愤怒，"你父亲结婚是因为他很喜欢阿尔米达。也许不是爱，但确实非常喜欢。她对他很好，你母亲过世时，在那段非常艰难的时期，伊斯马埃尔觉得非常孤独，而她给了他安慰。"

"安慰得多好，都钻到那可怜的老家伙床上去了。"埃斯科比塔说道。米奇强有力地朝他抬起一只手,示意他闭上嘴,他便不再说话了。

"但是,伊斯马埃尔之所以结婚,更主要的是因为他对你们俩无比失望。"里格贝尔托先生继续说道,就好像他本没有这么打算,但舌头自己动弹起来,"是的,是的,我很清楚我在对你们说什么,侄儿们。我知道自己说的话。现在,如果你们能不再打断我,听我说完,你们就会知道。"

他的声音渐渐提高。双胞胎兄弟现在一动不动、全神贯注,他们对于他说话时的严肃、凝重很是惊讶。

"你们想让我告诉你们他为什么对你们那么失望吗?不是因为你们游手好闲、寻欢作乐、花天酒地,不是因为你们抽起大麻、吸起可卡因来像是在吃糖。不,不,这一切他都可以理解,甚至能够原谅。虽然,他当然也曾希望他的儿子们能够完全是另一副模样。"

"我们过来不是让你辱骂我们的,叔叔。"米奇抗议道,他的脸涨红了。

"他失望是因为他发现你们竟巴不得他死掉,好继承他的财产。我是怎么知道的?因为他亲口告诉我了。我可以告诉你们是在哪里、哪一天、什么时候说的。我甚至能告诉你们他的原话。"

在几分钟的时间里,里格贝尔托非常平静地将几个月前在海上玫瑰吃午饭时的那场谈话告诉了他们。在那次午饭上,他的老板兼朋友告诉他,他决定跟阿尔米达结婚,还求他做婚礼的见证人。

"他听见你们在圣费利佩私家医院说的话了,他听见你们靠着他的病床说的那些愚蠢而歹毒的话了。"里格贝尔托总结道,"是你们促成了伊斯马埃尔和阿尔米达的婚姻,因为你们的冷漠与残忍,或者,倒不如说是因为你们的愚蠢。你们至少应该在那个时刻掩饰一下你们的情感,让你们的父亲以为他的儿子们因为他的遭遇而难过,让他安心地死去,而不是在他还活着的时候、还能听见你们说话的时候就开始为他的死而高兴。伊斯马埃尔对我说,听到你们说出那些可怕的话,这给了他活下去奋起抗争的力量。是你们令他起死回生,而不是那些医生。好吧,你们已经知道了。这就是你们的父亲娶阿尔米达的原因,也是你们永远也不会成为他财产继承人的原因。"

"我们从来没有说过你说的他说的我们说过的那些话,"埃斯科比塔发懵了,说出的话都成了绕口令,"这是我爸爸梦到的,都怪他们为了将他从昏迷中唤醒所使用的那些猛药,如果你确实对我们说了实话,而不是凭空编造出这个故事来对我们落井下石。"

他似乎还要说些别的,但是他改变了主意。米奇什么也没说,继续顽强地咬着他的指甲。他的表情扭曲了,似乎很沮丧。他的脸涨得更加通红了。

"我们可能是说过,他可能是听到了我们说的话。"他突然纠正了他兄弟的话,"我们说过很多次,这是真的,叔叔。我们不爱他,因为他也从来没有爱过我们。在我的记忆里,我从来没听他说过一句亲热的话。他从来没跟我们玩耍过,也没带我们去过电影院或是马戏团,我们所有朋友的爸爸都常常这么做。我认为,他甚至都没有坐下来跟我们聊过天。他几乎不怎么跟我们说话。除了他的公司和工作,他谁也不爱。你知道吗?我对于他知道了我们恨他这件事一点儿也不难过,因为这完全是事实。"

"闭嘴,米奇,愤怒让你胡言乱语起来了,"埃斯科比塔反对道,"我不知道你为什么要对我们说这些,叔叔。"

"为了一个非常简单的理由,侄儿。为了让你们能完全甩开你们的荒唐念头，不要再认为你们的父亲娶阿尔米达是因为他老糊涂了、老年痴呆了，因为有人给他下了迷魂药或是施了黑魔法。他结婚是因为他发现你们希望他赶紧死掉，好占有他的财产再挥霍一空。这就是全部的、令人伤心的事实。"

"我们最好离开这里，米奇，"埃斯科比塔从座位上站起来说道，"你看到了？为什么我这次不愿意来，我跟你说了，他不会帮我们的，反倒会像上次一样臭骂我们一顿。我们最好还是走吧，趁我还没有再次发起火来，把这个臭诽谤犯的头给打破。"

"我不知道你们，可是我很喜欢这部电影，"卢克莱西亚说道，"虽然挺傻的，但是我看得很开心。"

"这不像是一部冒险片，倒像是一部魔幻片，"丰奇托赞同地说，"我觉得那些怪物和骷髅是最棒的。别告诉我你不喜欢，爸爸。我偷看你来着，你的全副精神都放在银幕上了。"

"好吧，我确实一点儿都没觉得无聊，"里格贝尔托先生承认道，"我们打的回酒店吧。天要黑了，重要时刻要来临了。"

他们回到了檐廊酒店，里格贝尔托先生洗了一个长长的澡。现在，离与阿尔米达会面的时刻越来越近了，他觉得他正在经历的这一切确实就像卢克莱西亚说的那样，有一种像刚刚看过的电影般有趣而荒唐的不真实感，与真正的现实没有一点儿关系。但是，他的背上突然一寒。也许，就在这个时候，有一伙杀手，一伙知道伊斯马埃尔·卡雷拉留下了一大笔财产的国际罪犯正在折磨着阿尔米达，拔掉她的指甲，剁掉她一根手指或一只耳朵，挖掉她一只眼睛，逼她将他们要求的几百万巨款给他们。或者，他们做过头了，她也许已经死了，被埋掉了。卢克莱西亚也洗好了澡，穿好了衣服，他们俩下楼到酒吧去喝一杯。丰奇托留在房间里看电视，他说他不想吃晚饭；他会要一个三明治，然后上床睡觉。

酒吧里坐得挺满，但是，看起来谁也没有注意到他们。他们坐在一张非常僻静的小桌子边，点了两杯加冰块的苏打威士忌。

"我还是无法相信我们就要见到阿尔米达了，"卢克莱西亚说道，"这是真的吗？"

"这是一种很奇怪的感觉，"里格贝尔托回答道，"感觉正在经历一场虚幻，做一场也许将会变成噩梦的梦。"

"何塞菲塔，这名字取的，还有她的样子多特别呀，"她评论道，"说实话，我紧张极了。要是这一切都是几个无赖为了榨你的钱而设下的圈套呢，里格贝尔托？"

"那他们就要大失所望啦，"他笑了，"因为我的荷包空空如也。不过，那个何塞菲塔看起来一点儿也不像黑帮，不是吗？亚纳克先生也一样；在电话里，他听起来就像是世界上最无害的人。"

他们喝完了威士忌，又要了一杯，最后，他们转移到了餐厅。但是他们俩都不想吃东西，所以他们没有坐到某张桌子边，而是去门口的小客厅里坐了下来。他们在那里待了将近一个小时，满心焦急，紧紧盯着进出酒店的人群。

两眼凸起、耳环硕大、屁股丰满的何塞菲塔终于到了。她跟早晨穿的一样，表情严肃，举止鬼祟，一双眼睛转来转去，将四周侦查了一遍，接着便向他们走了过去。然后，她甚至都没有开口道个"晚上好"，就做了个表情示意他们跟着她走。他们跟在她身后来到演兵广场。里格贝尔托先生是从来不喝酒的，那两杯威士忌让他稍稍有点儿头晕，街上的微风让他更加发懵了。何塞菲塔带着他们绕着广场走了一圈，经过了大教堂旁边，然后拐进了阿雷基帕街。商店都关门了，围着栏杆的玻璃橱窗还亮着灯，人行道上没有多少行人。走到第二个街区时,何塞菲塔向他们指了指一栋老房子的大门,房子的窗帘都放下来了。然后,她依然一言不发,向他们挥手告别。他们看着她头也不回,扭啊扭地匆忙离去。里格贝尔托先生和卢克莱西亚夫人走到那扇钉着钉子的大门前,但是他们还没敲门,门就开了,一个男人的声音非常恭敬地低声说道:"请进,请进。"

他们进了屋。昏暗的门厅只有一盏灯照明,街上的风吹得它摇摇晃晃。一个男人迎接了他们。他个子瘦瘦小小,穿着合身的三件套和马甲。他对他们深深行礼,一面向他们伸出孩童般的小手:

"很高兴认识你们,欢迎到我家来。菲利西托·亚纳克愿为你们效劳。请进,请进。"

他关上了临街的大门,引着他们穿过昏暗的门厅,走到一间小客厅里。客厅也是昏昏暗暗的,里面放着一台电视机和一个小小的唱片架。里格贝尔托先生看见一个女人的身影从一把扶手椅上浮现。他认出那就是阿尔米达。他还没来得及向她问好,卢克莱西亚夫人已抢先一步。他看见他的妻子紧紧地拥抱着伊斯马埃尔·卡雷拉的遗孀,两个女人就像多年不见的密友般都哭了起来。轮到他向她问好时,阿尔米达将脸颊凑向里格贝尔托先生,让他亲了亲。他一边亲,一边低声说:"见到你平安无事真是太好啦,阿尔米达。"她很感激他们能过来,上帝会报答他们的,不管伊斯马埃尔身在何处,他都会感激他们。

"真是惊险呀,阿尔米达,"里格贝尔托说道,"我猜你也知道自己是秘鲁被最多人寻找的女人了吧,也是最有名的女人。你一天到晚都会出现在电视上,大家都以为你被人绑架啦。"

"我找不到言语来感激你们能够不辞辛劳跑到皮乌拉来,"她擦干眼泪,"我需要你们帮助我。我在利马已经再也受不了了。在律师和公证员那里的会谈、跟伊斯马埃尔的儿子们的会面都快把我逼疯了。我需要一点点平静，让我能想一想。我不知道没有赫特鲁迪斯和菲利西托我会怎么办。这是我的姐姐，菲利西托是我的姐夫。"

一个有些驼背的身影从房间的暗影处走了出来。那个身穿一件大裙的女人向他们伸出一只汗津津的大手，对他们点了点头致意，没有说话。那个看起来是她丈夫的小个子男人与她站在一起似乎更矮小了，简直像个侏儒。她手上端着一个餐盘，盘子里有杯子和几瓶汽水：

"我给你们准备了一点儿冷饮，请用吧。"

"我们有好多事要谈，阿尔米达，"里格贝尔托先生说道，"我都不知道从哪里说起。"

"最好从头说起，"阿尔米达说道，"但是，坐吧，你们坐吧。你们肯定饿了。赫特鲁迪斯和我还准备了点儿吃的。"

19

菲利西托·亚纳克睁开眼睛时,正是黎明,小鸟还没有开始唱歌。就是今天了,他心想。会面约在上午十点;他还有大约五个小时。他并不觉得紧张;他会控制住自己,不会被怒火左右,会心平气和地讲话。已经折磨了他一辈子的这件事即将永远解决了;对于这件事的回忆会渐渐淡去,直到消失在他的记忆中。

他起了床,拉上窗帘。然后,他光着脚,穿着他童装般的睡衣,用中国人老刘曾经教过他的缓慢动作和集中的精神练了半个小时气功。他努力将每一个动作都做到尽善尽美,将全副心思都放在这件事上。我差一点儿就失去了中心,而且我至今还没有将它找回来,他心想。他挣扎着不让低落的情绪再次侵入心头。自从接到第一封画小蜘蛛的信以来,他的情绪一直很紧绷,因此而失去了中心,这并不奇怪。杂货店老板老刘将气功教给菲利西托,菲利西托便将它纳入了自己的生活之中。对于气功这门艺术、这套体操、这种宗教或是随便什么东西吧,老刘解释过很多,但菲利西托真正透彻理解的只有一条：找到中心。老刘每次将双手放到头上或是胃部时都会重复这一条。到最后，菲利西托也就理解了：必须要找到中心，必须用掌心在腹部画着圆圈，将中心暖热，直到感觉从腹部流出一股无形的力量，让他生出一种飘浮感。中心不仅仅指身体的中心点，还是一种更加复杂的东西，是规律与宁静的象征，是灵魂的中心。一个人如果能清楚地找到中心的位置并将它把握好，便会让人生方向清晰、一派和谐。最近这段时间里，他一直有一种感觉——他一直确信——他的中心已经偏离，他的生活正沉入一片混乱。

可怜的中国人老刘，他们俩不完全算是朋友，因为要建立友谊就必须互相理解，而老刘一直没学会西班牙语，虽然他确实几乎什么都听得懂。他说着一口洋泾浜西语，讲的话里有四分之三都得靠猜。更别提那个跟他住在一起、帮他打理杂货店的中国女人了。她似乎能听懂客人们说的话，但是她很少有胆量跟客人们说话。她知道自己说的话颠三倒四、乱七八糟，比老刘的更难懂。菲利西托一直以为他们是夫妇。但是，等到他与老刘因为气功而开始了这种看似友谊实则不然的关系以后，有一天，老刘告诉他，那个中国女人其实是他的妹妹。

老刘的杂货店开在当时皮乌拉城的边缘地带，在埃尔·齐佩区那边，城区和流沙地在这里连接。那家店寒碜无比：一个角豆树枝条搭起的小茅屋，屋顶是锌皮的，压着几块大石头固定住。小屋隔成两间，一间用作店面，里面放着一个柜台和几个粗陋的食橱；另一间是兄妹俩生活、吃饭、睡觉的地方。他们养着几只鸡、几只兔子，还曾经养过一头猪，但被人偷走了。去往苏亚纳或派塔的卡车司机们会在那里停一停，买点儿香烟、汽水、饼干或是喝杯啤酒，他们便靠着这些生意勉强度日。菲利西托当时住在那附近，在一个寡妇开的廉租公寓里,那还是在他搬进阿尔加罗伯的好几年前。他第一次靠近老刘的杂货店时——那是清晨很早的时候——便看见老刘杵在黄沙之中,只穿着裤子,光裸着骨瘦如柴的身躯练着那种奇怪的、慢镜头般的运动。他好奇心起,便问了些问题。那个中国人操着他那口滑稽好笑的西班牙语试图向他解释自己为什么会这样慢慢地移动手臂,有时又一动不动地像一尊雕像,双目紧闭,而且,应该说还要屏住呼吸。从那时起,这个卡车司机闲暇时便会跑去杂货店跟老刘聊天,像他们那样指手画脚、龇牙咧嘴地尝试着补齐语言的表达,有时理解错了,还会引得两人哈哈大笑——如果这样也能称之为聊天的话。

老刘和他的妹妹为什么不跟皮乌拉的其他中国人聚在一起呢?这里的中国人可不少,他们经营着中餐馆、酒馆和商铺,有些人相当成功。也许是因为那些人的光景都比老刘好得多,这个穷光蛋活得像个原始人,一条油腻腻、满是破洞的裤子从来不换洗,仅有的两件汗衫也总是敞开来穿着,露出胸口的根根肋骨。他们不愿意跟这个人混在一起,搞坏自己的名声。他的妹妹也是一副皮包骨,闷声不响,但是她非常有活力,是她给动物们喂食,是她去向附近的供应商购买水和口粮。菲利西托一直没能打听出关于他们生活的任何信息,不知道他们是怎么以及为什么会从那遥远的国家来到皮乌拉,也不知道他们为什么没能像城里的其他中国人一样发达起来,而是就这样贫困、潦倒下去。

他们真正的交流是气功。一开始,菲利西托像玩耍似的模仿老刘的那些动作,但是老刘可不是闹着玩的,他激励菲利西托坚持下去,还当起了他的师父。这位师父有耐心、待人和蔼、宽厚。他用一口蹩脚的西班牙语为自己的每个动作和姿势配上了解释,不过,菲利西托几乎都听不懂。但是慢慢地,他被老刘的榜样感染,开始不单单在造访杂货店时练气功,也会在寡妇的廉租公寓和出车途中的客栈里练一练。他很喜欢练,气功对他有好处。当他紧张时,练气功可以让他平静下来,还可以给他能量和控制力,来开始一天的纷繁忙乱。练气功帮助他找到了自己的中心。

有一天晚上,廉租公寓的寡妇叫醒了菲利西托,说老刘杂货店里那个半疯半傻的女人正在门口大吼大叫,谁也听不懂她在说什么。菲利西托穿着短裤就出去了。老刘的妹妹头发蓬乱,打着手势指着杂货店方向,歇斯底里地尖叫着。他跟在她后面跑去,发现杂货店老板赤裸着身子在一张草席上疼得翻来滚去,烧得发烫。他好不容易叫来一辆车,将老刘送到最近的公立医务室,那里的值班护士说他们应该把他转到医院去,医务室只治些小病小痛,而他看起来很严重。他们又花了将近半个小时才打到一辆出租车,将老刘送到工人医院的急诊室,在那里,杂货店老板被晾在一张长凳上,躺到了第二天早上,因为没有空床。第二天,等到终于有个医生来看看他时,老刘已经奄奄一息,几个小时后就死了。谁都没钱给他办葬礼——菲利西托挣的钱刚够糊口——他得到一纸证明,说明他的死因是肠胃感染,之后便被埋到了公共墓穴中。

整件事情中最离奇的是,老刘的妹妹在这位杂货店老板死去的当天夜里就失踪了。菲利西托再没见过她,也再没听说过她的消息。杂货店当天上午便遭人打劫,没多久,茅屋的锌皮房顶和角豆树枝也都被人拿走了。就这样,几周以后,兄妹俩的痕迹已荡然无存。时间与沙漠吞噬掉茅屋的最后一点儿残骸之后,那地方开过一家斗鸡场,但并不怎么红火。现在,埃尔·齐佩区的这片地区已经城市化了,有了街道,通了电,通了水,布了排水系统,还有了新兴中产阶级家庭的一栋栋小房子。

对杂货店老板老刘的回忆在菲利西托的脑海中一直鲜活如新。三十年后，每天早晨，每次练气功时，这些回忆都会再度浮现。已经过去这么长时间了，他有时候还是会问自己，老刘和他的妹妹到底曾有过怎样的传奇经历？他们为什么会离开中国？他们经过怎样的波折才最终漂泊至皮乌拉，不得不过着那种悲凉、孤独的生活？老刘常常说，必须找到中心，但看起来，他一直没有找到过。菲利西托心想，也许今天，当他做完他将要做的事情以后，他会重新找回失去的中心。

练完气功，他觉得有点儿累，心跳得有点儿快。他从容地洗了个澡，擦亮了皮鞋，穿上干净的衬衫，去厨房给自己做了点儿惯常的早餐：羊奶、咖啡和一片黑面包。他将面包在烤箱里加热，再涂上黄油和甘蔗糖蜜。当他出门来到阿雷基帕街上时，是早上六点半。卢辛多已经在自己的街角上待着了，好像在等他似的。他在卢辛多的小罐子里放上了一个索尔，瞎子立刻将他认了出来：

"早上好，菲利西托先生。今天您出来得早啊。"

"今天是对我很重要的一天，我有很多事要做。祝我好运吧，卢辛多。"

街上没有什么人。在人行道上走一走而不用受到记者们的追逼，这是一件很惬意的事情。知道自己让那帮记者结结实实摔了个跟头，这就更惬意了：那些倒霉蛋一直没发现阿尔米达，那个据称遭了绑架的女人、那个秘鲁媒体拼命寻找的人，整个一周——七天七夜啊！——都躲在他家里，就在他们的眼皮底下，他们却没有想到。真是可惜，他们永远也不会知道他们错过了一条世纪大新闻。阿尔米达在利马召开的人数众多的新闻发布会上，在内政部长和警察署长的左右护法下,并没有向媒体透露自己曾经躲在皮乌拉,躲在她姐姐赫特鲁迪斯的家中。她只是语焉不详地指出,她曾住在几个朋友家中,躲避媒体那一番逼得她快要精神崩溃的围追堵截。菲利西托和他的妻子在电视机前看了那场发布会,会上的记者挤爆了棚,闪光灯闪成一团,相机咔嚓乱拍。运输公司老板的小姨子回答问题时没有慌乱失措,没有哭哭啼啼,她说起话来从容而优美,那份落落大方令他深受震撼。后来,大家都说,她的谦和与质朴为她博得了公众的好感,公众从那时起便不再那么热衷于相信伊斯马埃尔·卡雷拉的儿子们为她散布的贪婪的投机分子和淫娃荡妇的形象了。

阿尔米达是在半夜时分由菲利西托的儿子提布尔西奥驾驶着一辆纳利瓦拉运输公司的汽车秘密送离皮乌拉城的。这次行动计划得周密,执行得完美,从警察到记者,没有一个人察觉。一开始,阿尔米达本想从利马召来一个叫纳尔西索的人,他是她的亡夫以前的司机,她非常信任他。但是,菲利西托和赫特鲁迪斯说服了她,让提布尔西奥来开车,他们对他绝对信任。他是一个非常出色的司机,也是一个很谨慎的人,而且,还是她的外甥。里格贝尔托先生大加鼓励她早日回到利马,出现在公众面前。他最终打消了阿尔米达的顾虑。

一切都按计划进行了。里格贝尔托先生与妻儿乘飞机回到利马。提布尔西奥非常乐意合作,他在几天后的午夜,按约定好的时刻来到位于阿雷基帕街的房子里。阿尔米达对他们亲了又亲,哭哭啼啼、千恩万谢地告了别。无惊无险的十二小时车程后,她回到了位于利马圣伊西德罗的家中,她的律师、保镖和当局人士已在那里等待着她,他们非常高兴能够宣称伊斯马埃尔·卡雷拉先生的遗孀在神秘失踪八天以后平安无事地再次出现了。

当菲利西托来到他位于桑切斯·赛罗大道上的办公室时,当天的头一批客车、小货车和小巴都已准备好要向皮乌拉的四面八方以及周边的通贝斯和兰巴耶科等地区出发了。纳利瓦拉运输公司正慢慢地恢复红火时期的客流。有些人曾因为小蜘蛛事件而害怕自己会成为那些冒牌绑架犯暴行的受害者,不再选择他的公司,但现在他们渐渐把这件事忘却了,再次对司机们的优质服务给予了信任。他也终于与保险公司达成了一个协议,保险公司会与他平摊火灾产生的重建费用。很快,修复工作就要开始了。各家银行也开始向他放贷,虽然只贷了一点点。一天天过去,日子正在恢复正常。他如释重负地舒了口气:今天,他会给这场倒霉事画下句点。

他一整个早上都在处理日常事务,跟机械师和司机们谈了话,付了几笔账单,存了一笔钱进银行,向何塞菲塔口授了几封信,喝了两杯咖啡。上午九点半,他拿着希尔德布兰多·卡斯特罗·珀索博士为他准备好的文件夹去警察局见利图马警长。利图马正在警察局门口等他。一辆出租车将他们带到了城外赛科河边的男子监狱。

"您对这次会面觉得紧张吗,菲利西托先生?"警长在路上问他。

"我觉得不紧张,"他犹豫地回答道,"等他站到我面前,我们再看吧。永远都说不准的。"

到了监狱,他们被领进了哨兵室。几个警卫搜查了菲利西托的衣服,确认他没有携带武器。监狱长佝偻着身子,神情阴郁,穿着短袖衬衫,说话拖腔拖调,走路步履拖沓,亲自将他们领进了一个小房间。房间里除了一道厚厚的木门,还有一排栅栏把守着。四面墙壁上满是铭言、淫秽图画和污言秽语。一跨过门槛,菲利西托就立刻认出了米盖尔,他就站在房间中央。

离菲利西托上次见他也没有几周，但是这个男孩已经有了巨大的变化。他不止看起来更瘦削、更老——这可能是因为他的一头金发长长了，乱蓬蓬的，也因为他的胡须让他的脸庞看起来脏兮兮的——而且他的神情变了，他以前总是青春洋溢，笑容可掬，如今却郁郁不乐，神情疲惫，仿佛已经失去了热情，甚至失去了活下去的欲望，因为他知道自己已经一败涂地。但是，最大的改变也许还在他的穿着打扮上。他以前总像街头小情圣一样打扮得花枝招展、风骚爱俏，与提布尔西奥截然不同。提布尔西奥整天都穿着司机与机械师常穿的蓝色牛仔裤和瓜亚贝拉衬衫。如今，米盖尔却敞胸穿着衬衫，衬衫的扣子全都掉了；裤子皱巴巴的，满是污渍；鞋子上糊满了泥，没有鞋带。他还没穿袜子。

菲利西托定定地直视着他的双眼，米盖尔只回视了他几秒钟；然后，他开始眨眼睛，垂下了目光，紧盯着地板。菲利西托想，直到现在，他才发觉自己只到米盖尔的肩膀，米盖尔竟高出他一个头还要多。利图马警长贴墙站着，一动不动，身体紧绷，好像巴望着自己能隐形似的。房间里有两把金属椅子，但是他们仨都一直站着。几张蜘蛛网从天花板垂下，挂在四面墙上写满的污言秽语和画着生殖器的粗俗图画之间。房里一股尿骚味。犯人没有戴手铐。

"我来不是想问你是不是对自己做的事情后悔了，"菲利西托终于说道，他看着一米开外那一蓬肮脏的浅色乱发，满意地感觉到自己说话时很坚定，没有流露出满怀的愤怒，"这个，等你死了，到了天上，你会面对的。"

他停顿了一下，深深呼吸。他之前说话声音很低，再开口时，他提高了嗓门：

"我来是为了一件对我来说重要得多的事情，比那些画了小蜘蛛的信、比你试图讹我钱的敲诈勒索、比你与玛贝尔计划的伪造绑架、比我办公室的那场火灾都更加重要。"米盖尔还是一动不动,一直低着头,利图马警长也没有挪地儿。"我来是要告诉你我对发生的事情觉得挺高兴的。我很高兴你做了你做的这些事,因为多亏了这些事,我才澄清了我一辈子的一个疑问。你想知道是什么疑问,对吗?你每次在镜子里看到自己的脸时,每次纳闷为什么我和你母亲都是土著人你却长了一张白人的脸时,你的脑子里应该也有过这样的疑问。我也一辈子都在问自己这个问题。到现在为止,我一直将这个问题埋在肚里,没有试着去打听,我不愿意伤害你和赫特鲁迪斯的感情。但是,我现在已经没有必要再为你考虑了。我已经解开了这一团谜。我来就是为了这个,为了告诉你一件会让你和我同样高兴的事情。你不是我儿子,米盖尔。你从来就不是。你母亲和包租婆,也就是你母亲的母亲,你的外婆,她们俩发现赫特鲁迪斯怀有身孕时,便让我以为我是孩子的父亲,逼迫我娶了她。她们骗了我。我并不是孩子的父亲。我娶赫特鲁迪斯纯粹是因为我人好。这个疑问已经澄清了。你母亲坦白了,她向我承认了一切。真是太开心了,米盖尔。要是我的儿子,血管里留着我的血的儿子,竟做出了你对我做的这些事情,我会伤心死的。现在,我安心了,甚至还挺高兴的。干这事的不是我的儿子,而是一个杂种崽子。得知你血管里流的不是我的血,不是我父亲那么干干净净的血,这真叫人大大松了一口气。还有一件事,米盖尔。连你母亲都不知道给她下了种、叫她生下你的男人是谁。她说,也许是来参加奇拉灌溉项目的那些南斯拉夫人里的一个。不过她也不能肯定。或者,也许是那些饿得半死的白种人中的一个,他们常常去阿尔加罗伯廉租公寓,也常常光顾她的床。想一想吧,米盖尔,我不是你父亲,你的亲生母亲也不知道生下你的这个种是谁的。你就是皮乌拉城里那些杂种崽子中的一个，是洗衣妇和牧羊女被士兵们喝醉酒时捅着枪后生下的那些孩子中的一个。一个杂种崽子，米盖尔，这就是你。你血管里有这么多种血混成一气，你做出这样的事情，我也就不奇怪了。"

他没再说下去，因为那一蓬金色乱发的脑袋猛地抬了起来。他看见那双蓝色眼睛中充着血，含着恨。他要扑到我身上来了，他要试着掐死我了，他心想。利图马警长应该也是这么想的，因为他往前跨了一步，手按住子弹带，站到了运输公司老板身边来保护他。但是，米盖尔似乎惊呆了，没法反应，没法动弹。他双颊流着眼泪，双手和嘴都颤抖着。他脸色发青。他想说些什么，却说不出话来，他的腹部时不时发出一声响，好像是在打嗝或是胃痉挛。

菲利西托·亚纳克继续往下说，依然像他前一段长长的演说那样克制而冰冷：

"我还没说完。有一点点耐心，这会是我们最后一次见面，这对你对我都是一件好事。我会把这个文件夹留给你。你仔细地读一读我的律师——希尔德布兰多·卡斯特罗·珀索博士，你对他很熟悉的——为你准备的每一份文件。如果你同意，就在每一页画了十字的地方签上名。他明天会派人来取这些文件，跟法官去办手续。这是一件很简单的事情。身份变更，就是这样。你要放弃亚纳克这个姓，反正这个姓也不属于你。你可以用你母亲的姓，或者自己编一个你最喜欢的。以此为交换，我会对寄出小蜘蛛信件、在纳利瓦拉运输公司纵火和假装绑架玛贝尔的罪犯撤回所有起诉。这样的话，你也许能够逃过本来会落到你身上的几年牢狱之灾，重获自由。当然，你被放出来后得立刻离开皮乌拉。你不许再踏入这片土地，在这里，大家都知道你是个罪犯。而且，在这里，谁也不会给你一份体面的工作。我不愿意在路上再碰见你。你可以考虑到明天。如果你不愿意签这些文件，随便你。官司会继续打，我会想尽办法让你的刑期延长。由你决定。最后还有一件事。你母亲没有来看过你，因为她再也不愿意见到你了。我没有叫她别来，这是她的决定。没别的了。我们可以走了，警长。愿上帝宽恕你，米盖尔。我永远不会宽恕你。"

他将夹着文件的文件夹扔到米盖尔脚边，转过身走向门口，利图马警长跟在他身后。米盖尔依然一动不动，双眼充满仇恨，蓄满泪水，嘴唇翕动，却没发出声响。他好像被一道闪电劈得无法动弹、无法言语、失去了理性，他的脚边还放着那个绿色的文件夹。这就是他在我记忆中会留下的最终形象，菲利西托心想。他们闷声不响地走向监狱的出口。出租车在等着他们。颤颤巍巍的老旧车子在皮乌拉郊外晃荡前行，驶向桑切斯·赛罗大道上的警察局，利图马会在那里下车。利图马和运输公司老板一直沉默不语。进了城，警长首先开口：

"我能跟您说一句话吗，菲利西托先生？"

"您请说，警长。"

"我从来没想过，有人能像您在监狱里对您儿子那样说出那些狠话。我的血都凝住了，我向您发誓。"

"他不是我儿子。"运输公司老板把手一抬。

"真对不起，我知道了，"警长道歉说，"我当然赞同您的做法，米盖尔对您做出的这些事真不像话。但是，就算这样，您别生气，那也是我这辈子听到过的最残忍的话了。我从来没想过这种话会是像您这样的好心人说出来的。我不明白那男孩怎么没扑到您身上来。我以为他会扑上来，所以我解开了子弹带。我差点儿就要拔左轮手枪了，我跟您说。"

"他没敢扑上来是因为我在道理上战胜了他，"菲利西托回答道，"这些话大概是很无情，但是难道我说了谎话或是夸大其词了吗，警长？我可能是很残忍，但是，我只对他说出了绝对的事实。"

"是很可怕的事实，我向您发誓，我不会向任何人复述这些话，就算对希尔瓦上尉也不会。我说到做到，菲利西托先生。从另一方面看，您又很慷慨。如果您撤销对他的全部指控，他会被无罪释放的。还有一件事，换个话题。那个词儿，'捅枪'，我小时候听人说过这个词儿，但是我已经把它给忘记了。我觉得，在现在的皮乌拉，已经没有人这么说了。"

"因为现在已经不像当年那样有那么多'捅枪'事件了，"司机插嘴道，一边有些怀念地笑着，"我还是小孩的时候，有很多。现在的士兵们已经不会去河边或是小庄园里操土著女人了。如今他们在军营里被控制得更严，如果他们去'捅枪'，就会挨罚。他们甚至会被逼着去结婚，切哇。"

他们俩在警察局门口分别，运输公司老板叫出租车把他带去他的办公室，但是，当汽车正要在纳利瓦拉运输公司门前停下来时，他突然改变了主意。他指示司机开回卡斯蒂利亚，在离吊桥尽可能近的地方把他放下来。经过演兵广场时，他看见了朗诵家华金·拉摩斯，一身黑衣，戴着他的独目镜，一脸梦幻的表情，正拖着他的小山羊在车道中央勇往直前。汽车都绕着他走，而且司机们不但不骂他，还向他挥手致意。

通往玛贝尔家的小街跟往常一样挤满了衣衫褴褛、打着赤脚的小孩儿和生着疥癣、瘦骨嶙峋的狗，在广播震耳欲聋的音乐声和广告声中，可以听见狗吠的汪汪声和鸡叫的咯咯声，还有一直怪叫怪鸣的鹦鹉不断地重复着"丑八怪""丑八怪"。尘土如云,将空气搅成一片污浊。到了这会儿,与米盖尔见面时那么坚定不移的菲利西托想着要与玛贝尔再次见面,心里觉得脆弱、无助起来。自从她保释出狱以后,他一直在拖延着这次见面。他曾经想过,也许最好还是避不见面,让卡斯特罗·珀索博士与她进行最后的了断。然而,他最终决定,没有人能代替他完成这项任务。如果他希望开始新的生活,就必须像对待米盖尔那样与玛贝尔做个了结。他按门铃时双手都在冒汗。没有人应门。等了几秒钟以后,他掏出他的钥匙,开了门。当他认出那一件件物什、一张张照片、那一只小驼羊、那一面国旗、那一幅幅图画、那一朵朵蜡花和统领客厅的耶稣圣心像时,他觉得自己的血液流动和呼吸都加速了。一切都跟以前一样明净而整洁。他坐在小客厅里等待玛贝尔,没有脱下西装和马甲,只摘下了帽子。他觉得身上一阵阵寒战。如果她回到家里时有一个男人挽着她的胳膊或是搂着她的腰作陪,他要怎么办?

但是,过了一会儿,玛贝尔是一个人回来的,这时的菲利西托·亚纳克因为等得精神紧张而开始打哈欠,已觉得有一阵睡意袭来。听到大门一响,他吓了一跳。他觉得嘴巴干得像一片砂纸,好像喝了奇恰酒似的。他看到玛贝尔发现他在客厅里时那惊恐的脸色,听到她的一声惊呼("哎呀,我的天啊!")。他看见她转过身去,好像要跑出门去似的。

"你别怕,玛贝尔,"他安抚道,语气平静,但他感觉并非如此,"我是来讲和的。"

她站住了,又转过身来。她看着他,嘴张着,眼神不安,什么也没说。她更消瘦了。她没有化妆,只用一条手帕绑住头发,穿着那件家居晨衣,趿着一双旧凉鞋。他觉得她的魅力比他记忆中的那个玛贝尔逊色多了。

"你坐下,我们聊一会儿,"他给她指了指一张扶手椅,"我不是来责备你或是找你算账的。我不会耽误你很多时间。我们有些事情要解决,你也知道的。"

她脸色苍白。她那么用力地将嘴闭紧,把脸都皱成了一副怪相。他看见她点了点头,在沙发椅的边沿坐下。她双臂在肚子上交叉,好像在自我保护。她的眼神里有不安,有惊恐。

"都是些需要你跟我直接解决的实际事务,"运输公司老板继续道,"我们从最重要的开始吧,这栋房子。跟女房东的协议是房租半年一付,已经付到了十二月。从一月开始,就得由你付了。合同上写的是你的名字,所以,你看看你想怎么办吧。你可以续签合同,也可以取消合同后搬家。你自己看吧。"

"好,"她低声说,声音几不可闻,"我明白。"

"你在信用银行的账户,"他继续说,看到玛贝尔的脆弱和惊恐,他感到更加自信了,"那是在你名下的,不过是由我背书的。由于显而易见的原因,我不能再为你担保了。我将撤销担保,但是我认为他们不会因此而关闭你的账户。"

"他们已经关闭了,"她说道,接着闭上了嘴,停了一下解释道,"我出狱以后就在这里发现了通知。上面说,鉴于当前的情况,他们必须将账户取消。银行只接受没有犯罪前科、值得尊敬的客户。让我去将余额取出。"

"你去了吗?"

玛贝尔摇摇头。

"我没脸去,"她看着地板坦承道,"那家分行,人人都认识我。这两天,等我的钱用完了,就不得不去了。要支付日常开销,床头柜的小盒子里还剩一点儿钱。"

"任何一家别的银行都会给你开户的，有没有前科都一样，"菲利西托干巴巴地说道，"我相信你在这方面不会有问题。"

"好，"她说道，"我很明白。还有什么吗？"

"我刚刚去看了米盖尔。"他说道，语气更加生气、更加阴沉了。玛贝尔身子一僵。"我向他提了个条件。如果他同意公证改掉亚纳克这个姓，我将撤销所有指控，也不会当检察官的原告证人。"

"也就是说，他会无罪释放？"她问道。现在她已经不止害怕，而是恐惧了。

"如果他接受我的条件，就是这样。如果没有公民提出控告，他和你就自由了，或者会判很轻的刑罚。至少律师是这么跟我说的。"

玛贝尔将一只手举到嘴边：

"他会报复的。他永远不会原谅我向警察告发了他，"她喃喃道，"他会杀了我的。"

"我认为他不会愿意因为谋杀罪而再去坐牢的，"菲利西托粗鲁地说道，"而且，我的另一个条件就是等他出狱后必须离开皮乌拉，从此不再踏足这片土地。所以，我觉得他不会对你做什么。无论如何，你都可以向警方请求保护。你既然跟条子合作了，他们就会保护你的。"

玛贝尔哭了起来。眼泪润湿了她的眼眶，她努力想忍住哭泣，忍得脸都变形了，表情有些滑稽。她的身子缩成一团，好像很冷。

"虽然你不会相信我的话，但是对那个人，我是满心痛恨的。"过了一会儿，他听到她说道："因为他把我的生活永远地毁掉了。"

她发出一声啜泣，双手捂住了脸。菲利西托没有被她打动。她是真心的还是纯粹在演戏？他心想。他没兴趣知道，无论是哪一种，他都无所谓。自从发生了那一切,有时候,他虽然又怨又怒,却依然会满怀柔情,甚至带着眷恋回想起玛贝尔。但是,在这一刻,他一点儿这种情绪都感觉不到,也感觉不到欲望;就算他将她裸着身子拥进怀里,也没法跟她做爱了。这就好像,玛贝尔在他心中唤起的、在这八年里积累起来的感情如今终于消失了。

"如果从米盖尔开始围着你打转的时候你就告诉我,那么这一切就都不会发生了。"他再一次有一种奇怪的感觉,好像这一切都没有发生过,他并不是待在这栋房子里,玛贝尔也不在那里,不在他身边,没有哭泣或是假装哭泣,他也没有说着他正在说的这些话,"我们俩都能避免很多头疼的事情,玛贝尔。"

"我知道,我知道,我是个胆小鬼,是个蠢货。"他听到她说,"你以为我不难过吗?我害怕他,我不知道该怎么摆脱他。我难道不是正在付出代价吗?你不知道苏亚纳的女子监狱是个什么样子,即使只待了几天,我知道我这辈子都得背负着这些过活了。"

"一辈子可是很长一段时间,"菲利西托讽刺地说,他的语气一直很平静,"你还很年轻,你有大把的时间重新开始生活。当然,我就不是这样了。"

"我一直都是爱你的,菲利西托。"他听到她说,"即使你不相信我的话。"

他爆发出一声嘲讽的轻笑。

"如果你爱着我还对我做出了这些事情,那么你要是恨我,你会干出些什么来呀,玛贝尔?"

听到自己说的话,他想道,这些话可以成为塞西莉亚·巴拉萨一首歌的歌词,他可喜欢她的那些歌曲啦。

"我真想跟你解释清楚,菲利西托,"她哀求道,她的脸一直捂在双手中,"不是为了让你原谅我,不是为了让一切回到从前。只为了让你知道,事情不是你以为的那样,完全不是那样。"

"你不必向我解释任何事情,玛贝尔,"他说道,他现在一脸无奈、认命,几乎算得上友好了,"已经发生的一切,都是注定的。我一直知道迟早会发生这样的事。你会厌倦一个大你很多岁的男人,会爱上一个年轻男人。这就是人生的法则。"

她在座位上扭动身子。

"我以我母亲的名义对你发誓,不是你以为的那样,"她哭哭啼啼地说,"让我解释给你听,至少告诉你这一切是怎么回事。"

"我不能想象的是,这个年轻男人竟会是米盖尔,"运输公司老板清清嗓子继续说道,"当然,更不能想象的是那些画着小蜘蛛的信。但是,这都过去了。我最好马上就走。我们已经解决了所有的实际事务,没有什么事了。我不希望这一切以争吵结束。我把房子的钥匙给你留在这里。"

他把钥匙放在客厅的桌上,靠着小小的木雕驼羊和秘鲁国旗,然后站起身来。她依然双手捂着脸,哭泣着。

"至少,让我们继续做朋友吧。"他听到她说。

"你跟我不可能做朋友,你心知肚明,"他回答道,没有回身去看她,"祝你好运,玛贝尔。"

他走到门口,打开门,走了出去,然后将门在身后慢慢关上。耀眼的阳光照得他眨了眨眼。他往前走去,周遭是翻滚的烟尘、震天响的广播、衣衫褴褛的小孩和长着疥癣的狗。他想着,他再不会走过卡斯蒂利亚这条灰尘滚滚的小街了,而且,他无疑再也不会见到玛贝尔了。如果他偶然在市中心的哪条街上碰到她,他会假装没有看见她,她也会如法炮制。他们会像两个陌生人一样擦肩而过。

他同时既无悲伤也无痛苦地想道,虽然他还不是一个不中用的老头,但是他可能再也不会跟一个女人做爱了。他已经没法再给自己找个情妇了,也再不能在晚上到妓院去跟妓女睡觉了。至于在这么多年以后再跟赫特鲁迪斯做爱,这念头压根儿就没在他脑子里闪过。也许,他会像年少时那样时不时撸一管。无论他未来的方向如何,有一件事情是肯定的:他的未来再也不会有享乐和爱情的位置了。他对此并不遗憾,也不绝望。生活就是这样,而他,从他还是楚鲁卡纳斯和亚帕特拉的一个赤脚娃娃时起就已经学会了对生活逆来顺受。

不知不觉地,他的脚步将他慢慢带往他的朋友阿德莱达那家卖药草、针线物什、圣人、基督、圣母像的小店。那位女占卜师就在那里,矮矮胖胖,屁股肥大,打着赤脚,套着那件垂到脚踝的粗麻布大褂。她用那双尖锐的大眼睛从家门口看着他走过来。

"你好,菲利西托,看见你可真是高兴呀,"她冲他挥挥手招呼道,"我还以为你已经把我给忘了呢。"

"阿德莱达,你很清楚,你是我最好的朋友,我永远也不会忘记你的。"他向她伸出手,亲热地拍拍她的背,"我最近有很多问题缠身,你大概已经知道了。不过,现在我来啦。你会请我喝一小杯你那种干净、清凉的过滤水吗?我快渴死了。"

"进来,坐下,菲利西托。我现在就给你拿一杯来,当然啦。"

与外面的酷暑不同,阿德莱达的小店跟平常一样隐在一片昏暗与恬静之中,店里很凉快。他坐在草编摇椅上,一边等待着女灵媒回来,一边观赏着一张张蜘蛛网、一个个柜子和一张张小桌子,桌上放着一盒盒钉子、扣子、螺丝、谷粒,还有一束束药草、一根根针、一幅幅神像、《玫瑰经》、各种尺寸的圣母、基督石膏像和木雕,以及一根根彩色大蜡烛和油蜡。阿德莱达会有客人上门吗?在他的记忆里，他每次来——他来过很多次——从来没见过什么人买什么东西。这地方与其说是一家店，倒更像是一座小教堂，就差一个祭坛了。他每次来到这个地方，就会有一种祥和感。以前，很久以前，他常常在教堂里体会到这种感觉，那还是结婚的头几年，赫特鲁迪斯会拖着他去参加周日的弥撒。

他畅快地喝下阿德莱达递给他的、从滤水石打来的水。

"你卷进去的可是场大乱子呀，菲利西托，"女灵媒说道，一边用一种温柔的眼光对他表示着同情，"你的情妇和你的儿子合起伙来拔你的毛。我的天哪，在这个世上能见到多少丑事哟！幸好这两个家伙被关起来啦。"

"这一切都过去了，而且，你知道吗，阿德莱达？我已经不在乎了。"他耸耸肩，做了个轻蔑的表情，"这一切都过去了，我很快会渐渐忘记的。我不希望这件事破坏我的生活。现在，我要全身心地投入，发展纳利瓦拉运输公司。由于这些丑闻，我一直忽略了公司，这可是我吃饭的家伙。如果我不管，公司会倒的。"

"这样我才喜欢，菲利西托，过去的，就踩在身后，"女灵媒拍着手说道，"干起来！你一直都是一个不肯认输的人，是会斗争到最后的人。"

"你知道吗，阿德莱达？"菲利西托打断她，"我上次来看你时，你感应到的启示成真了。就像你说的那样，发生了一件了不得的事情。我现在不能对你再多说，但是，等我能说的时候，我会说的。"

"我不希望你对我说什么，"女占卜师变得非常严肃，有一刻，一丝阴影掠过她的大眼睛，"我不感兴趣，菲利西托。你很清楚，我不喜欢这些感应的到来。倒霉的是，我碰上你，总是会有感应，似乎是你把它们勾引到我这里来的，切唯。"

"我希望再也不会引起你的感应了,阿德莱达,"菲利西托微笑道,"我已经受不得更多的惊吓了。从现在起,我希望过一种平静而有条理的生活,献身于工作。"

他们俩听着街上的嘈杂声,沉默了好一会儿。店里十分静谧,汽车、卡车的喇叭声和引擎声、沿街小贩的叫卖声、路人的说话声和奔忙声传到他们耳中也仿佛因此柔和了一些。菲利西托想,虽然他已经认识阿德莱达这么多年了,但对他而言,这位女占卜师依然是一个巨大的谜团。她有家庭吗?她曾经有过伴侣吗?也许她是从孤儿院里出来的,也许她是那种遭人遗弃、被公共福利院收留、抚养的女孩,之后就一直像一株蘑菇那样独自生活,没有父母,没有兄弟姐妹,没有丈夫,也没有儿女。他从来没听阿德莱达谈起过任何亲戚,连朋友、知交都没有提到过。也许,菲利西托是这位女占卜师在皮乌拉唯一称得上朋友的人。

"告诉我,阿德莱达,"他问道,"你曾经在万卡班巴住过吗?也许你是在那里长大的?"

这个黑白混血女人没有回答他,而是哈哈大笑起来,她那张有着厚实双唇的大嘴咧得很开,露出了一口整齐的大牙。

"我知道你为什么会这么问我,菲利西托,"她笑着喊道,"因为拉斯·瓦林加斯湖的巫师,不是吗?"

"你别以为我在想你是个女巫什么的,绝不是,"他向她保证,"其实,你吧,嗯,我也不知道怎么说,你是有这么一种能力、一种天赋,随便什么吧,你能猜出即将发生的事情,总让我一愣一愣的。这很不可思议,切哇。你每次有了感应,事情就会照你说的发展。我们认识这么多年了,对不对?你每次向我预言点儿什么,发生的事情都分毫不差。你不像其他人,不像那些凡夫俗子,你有一种独一无二的东西，阿德莱达。如果你愿意，你本可以成为专业占卜师，靠这个发大财。"

他这么说着，她变得非常严肃起来。

"上帝放在我身上的，与其说是一种天赋，不如说更像是一种巨大的不幸，菲利西托，"她叹气道，"我跟你说过好多次了。我不喜欢突然涌上来的那些感应。我不知道它们是打哪儿来的，也不知道为什么会来，而且只对某些人这样，比如你。这对我来说，也是一个谜团。比如，我就从来没有过对自己的感应。我从来不知道我自己明天或后天会发生什么事。嗯，回答你的问题。是的，我去过万卡班巴，就一次。让我告诉你一件事。有些人砸锅卖铁、东挪西借也铁了心要去到那边，让那些所谓的大师给自己治病，这些人让我很痛心。那些大师都是骗子，至少绝大部分是骗子，那些放豚鼠的，那些让病人去浸冰湖水的。他们不但不能治病，有时候反而会让病人得肺炎死掉。"

菲利西托微笑着挥着双手截住她的话。

"并不总是这样，阿德莱达。我一个朋友，纳利瓦拉运输公司的司机，叫安德烈斯·诺沃阿，他得过马耳他热，工人医院的医生们都不知道该怎么治。他们说他没救了。他半死不活地去了万卡班巴，一个巫师将他带到了拉斯·瓦林加斯湖，让他在湖里洗了个澡，不知道喂他喝了点儿什么药水。然后，他就百病全消啦。我亲眼看见的，我向你发誓，阿德莱达。"

"也许有例外吧，"她承认道，"但是，有一个真正的巫医就有十个骗子啊，菲利西托。"

他们聊了很长时间。谈话慢慢从万卡班巴声名远播、引得人们从秘鲁各地赶来求医问诊的巫师、大师、大夫和巫医说到了皮乌拉的女祷师和女灵媒,这些女人一般出身寒微,年纪老迈,穿着像修女,常常走家串户,在病人们床边祷告。她们凭祷告能得几个铜板的小费或是一碗食物便已心满意足。很多人认为,她们的祷告能与医生们的治疗相辅相成,帮忙治好病人。令菲利西托惊讶的是,阿德莱达对这种事也全然不信。她觉得这座城市里的女祷师和靠画十字作法的女巫医也都是些大话精。真怪,一个拥有这样的天赋、能够预言某些人未来的女人竟这么不相信其他人有治愈之能。也许她说得对,在那些夸耀自己有治病奇能的人里面有很多神婆神棍。菲利西托惊讶地听阿德莱达说起,就在不久前,在皮乌拉甚至有一群十分诡秘的女人:女解脱师。有些家庭会把她们请到家里去,帮弥留之人死去。她们的做法是一边祈祷,一边用一根极长的指甲割断病人的颈静脉。为了这个,她们会将食指的指甲留长。

但是,阿德莱达又对阿亚瓦卡教堂里被俘获的基督像是由几位实为天使的厄瓜多尔雕刻工雕刻而成的这一传说坚信不疑,这也让菲利西托非常惊讶。

"你还相信这种鬼话呀,阿德莱达?"

"我相信,因为这个故事是我听那里的人讲的。这个故事从发生时起就父传子、子传孙地流传到今天。能流传这么久,就应该是真的。"

菲利西托多次听过那个奇迹般的故事,但是,从来没当过真。据说,很多年以前,阿亚瓦卡有一群重要人士进行了一次募捐,要订做一尊基督雕像。他们跨过厄瓜多尔的国境,遇到了三位一身白衣的先生,这三位都是雕刻工。他们立刻将这三个人雇下,让他们去阿亚瓦卡雕刻这尊像。三人将像雕刻好,没收取谈好的费用就消失了。这群人再赴厄瓜多尔去找寻他们,但是在那里没有人认识那三个人,也不知道他们的存在。换句话说:他们是天使。赫特鲁迪斯相信这个故事,这很自然,但是连阿德莱达也相信这种奇迹,这令他很吃惊。

聊了好一会儿,菲利西托觉得自己比刚来的时候感觉好了很多。他还没有忘记他与米盖尔和玛贝尔的两次会面,也许他永远也无法忘记,但是在这里度过的时光令他对那两次会面的记忆冷却下来,不再像十字架般压在他心头。

他感谢阿德莱达给他过滤水喝,还跟他聊天。虽然她不愿意收,他还是逼她收下了他临走时放在她手上的五十索尔。

他走到街上时,觉得阳光更强烈了。他慢慢地往家里走去,一路上,只有两个陌生人走上前来跟他打招呼。他如释重负地想道,他会慢慢地变得不再知名,不再无人不知。人们会忘记小蜘蛛。很快,他们就不会再对他指指点点,不会再靠近他。也许,离他能够像籍籍无名的路人般在这座城市的街巷中穿行的日子已经不远了。

当他回到位于阿雷基帕街的家,午饭已经准备好了。萨图妮娜做了块根落葵蔬菜汤,配着腊肉和米饭。赫特鲁迪斯准备了一罐加了很多冰的柠檬水。他们沉默地坐下来吃饭。菲利西托直到喝完最后一勺汤才告诉妻子,他这天早上去见过米盖尔,提出了如果米盖尔同意去掉他的姓,他就撤销控诉。她一言不发地听着,当他说完,她也没有做一点儿评论。

"他当然会接受的,这样他就自由了,"他继续说道,"然后,他会按照我的要求离开皮乌拉。在这里,他有这些前科,永远也找不到工作。"

她点点头,没有说话。

"你不去看他吗?"菲利西托问道。

赫特鲁迪斯摇摇头。

"我也永远不想再见他了，"她说道，一面慢慢地一勺勺喝着汤，"在他对你做出这种事以后，我没法见他了。"

他们继续沉默地吃着，过了好一会儿，萨图妮娜来将盘子收走以后，菲利西托才低声说道：

"我还去了卡斯蒂利亚，你猜得到是哪里吧？我是去了结这件事情的。解决了。永远结束了。我希望你知道。"

一段长长的沉默，只有花园里一只青蛙的呱呱声偶尔响起。最后，菲利西托听到赫特鲁迪斯问道：

"你想来杯咖啡还是母菊马黛茶？"

20

里格贝尔托先生醒来时,天还黑着,他听见轻轻的海涛声,心想:这一天终于到来了。一股释然与激动涌上心头。这就是幸福吗?在他身边,卢克莱西亚正睡得安详。她应该非常疲劳,前一天,她整理行李箱整理到很晚。他听了好一会儿大海的涌动声——这是在白天的巴兰科永远听不到的一种乐音,只在夜晚和黎明,当街道的嘈杂声湮灭时才得闻——然后,他起了床,穿着睡衣,趿着便鞋,走向他的书房。他找了找,在诗歌那个书架上找到了路易斯·德·莱昂修士[1]的那本书。借着小灯的灯光,他读了献给盲人音乐家弗朗西斯科·德·萨利纳斯[2]的那首诗。前一天晚上,昏昏欲睡之际,他回忆起这首诗,后来还梦到了它。这首诗他读过很多

---

[1] 路易斯·德·莱昂修士(Fray Luis de León,1527—1591),西班牙诗人、翻译家。

[2] 弗朗西斯科·德·萨利纳斯(Francisco de Salinas,1513—1590),西班牙音乐家、作曲家。

次了,现在,几乎不动嘴唇地将它慢慢重读之后,他再次确定:这是他读过的献给音乐的最美致意。这首诗歌解释了音乐这种无从解释的真实存在。这首诗歌本身便是音乐。一曲由思想和比喻汇成的音乐,一则由信徒唱出的智慧寓言,它令读者满怀难以言表的感觉,揭示隐藏于人类这种动物体内某个角落里的超验而非凡的隐秘本质,这种本质只会在一组优美的交响乐、一首热烈的诗歌、一部伟大的歌剧或一篇出色的文章所呈现的绝妙和谐中才会浮出意识之上。对于笃信宗教的修士路易斯而言,这种感觉与玄妙的灵魂附体及上帝庇佑浑然一体。路易斯·德·莱昂为之写下这曲华美赞歌的那位盲人管风琴演奏家,他的音乐会是什么样呢?他从来没听过。对呀,他的马德里之行已经有一个任务在前方了:搞到一张弗朗西斯科·德·萨利纳斯作曲集的唱片。某支古乐演奏团——比如约第·萨瓦尔①麾下那一支——也许曾为某个引人写下这等绝妙好诗的人录过一张唱片。

他合上双眼想着,几个小时以后,卢克莱西亚、丰奇托和他就会飞跃天际,将利马厚重的云层甩在身后,开始拖延已久的欧洲之旅。好不容易啊!他们到达时正值深秋。他想象着一树树金黄、一条条由寒风吹落的枯叶装点的方石路面。他觉得那像是一场谎言。四周,一周在马德里,一周是巴黎,再一周在伦敦,最后是佛罗伦萨和罗马。他对这三十一天进行过精心安排,让享受不会被疲惫所破坏,尽可能地避免能毁掉整个旅行的那些令人不快的意外。航班已经预订,音乐会、歌剧和展览会的门票已经买好,酒店和食宿费

---

① 约第·萨瓦尔(Jordi Savall,1941—),西班牙维奥拉提琴演奏家、乐队指挥、音乐学家。

已经预付。这将是丰奇托第一次踏上兰波的那片大陆,有着"古老城垛"①的欧罗巴。带他的儿子见识普拉多博物馆、卢浮宫、英国国家美术馆、乌菲兹美术馆、圣佩德罗广场和西斯廷教堂,这会是这场旅行的一份额外享受。在那么多美妙事物的环绕下,他会忘记最近这不幸的一季吗?会忘记艾迪尔贝尔托·托雷斯那个梦魇或邪魅(两者有什么区别?)令卢克莱西亚和他的生活痛苦不堪的一次次幽灵般的神秘现身吗?他希望如此。这个月会有一次驱邪除魔的洗礼:他们一家将结束人生中最痛苦的一个时期。他们仨回到利马时会重获青春,恍若新生。

他回忆起两天前与丰奇托在书房里的最近一次谈话和那孩子突如其来的大胆言语:

"你这么喜欢欧洲,日夜都梦想着欧洲,为什么一辈子住在秘鲁呢,爸爸?"

这个问题问得他茫然失措,有好一会儿不知该怎么回答。他觉得自己做错了什么,但是,他不知道是哪里做错了。

"嗯,我觉得,如果我住在那里的话,我可能永远也不会这么享受旧大陆所拥有的那些美好事物。"他试图避重就轻,"我会对那些事物习以为常,甚至不会注意到它们的存在,几百万欧洲人都是那样。总之,我脑子里从来没想过搬到那里去。我总是想着我必须在这里生活。接受我的命运,如果你愿意这么说的话。"

"你看的书都是欧洲作家写的,"他的儿子紧追不舍,"我觉得大部分的唱片、图画和版画也是,意大利人、英国人、法国人、西班牙人、德国人,还有一两个美国人。秘鲁有什么东西是你喜欢的吗,

---

① 原文为法语,语出兰波诗作《醉舟》。

爸爸?"

里格贝尔托先生本要反驳,说有很多东西,但是他选择摆出一张疑惑的脸,做了一个夸张的、怀疑的表情:

"有三样东西,丰奇托,"他说道,装出一副卖弄学问的浮夸腔调,"费尔南多·德·西兹罗①的画作、塞萨尔·莫洛②的法语诗歌。当然,还有玛赫斯河的虾。"

"跟你就没法正经谈话,爸爸,"他的儿子抗议道,"我觉得,我问你的这句话,你把它当成玩笑应对,因为你不敢告诉我真相。"

这小娃娃比松鼠还机灵,而且他喜欢让他的父亲难受,他想道。我小时候也是这样吗?他不记得了。

他检查文件,最后再看一看他的手提箱,看看是否没有落下任何东西。没多久,天就亮了,他感觉厨房里有人在忙。已经在准备早饭了吗?走回卧房时,他看见走廊里放着卢克莱西亚已整理就绪并贴好标签的那三只行李箱。他去洗手间刮好胡子,洗了个澡。等他回到卧房里,卢克莱西亚已经起来了,正在叫丰奇托起床。胡斯蒂尼亚娜宣布早餐已经在餐厅里等着他们了。

"这一天到来了,我却觉得不像真的。"他对卢克莱西亚说,一面品着他的橙汁、奶咖和抹着黄油及果酱的烤面包片,"这几个月,我甚至在想,我们会一年又一年地困在那对鬣狗把我拖进去的那场法律纠纷中,永远也去不了欧洲。"

"如果我告诉你这次旅行最让我好奇的是什么,你会笑的。"卢克莱西亚回答他,她早餐只喝了一杯茶,"你知道是什么吗?是阿尔

---

① 费尔南多·德·西兹罗(Fernando de Szyszlo,1925—),秘鲁画家、雕塑家。
② 塞萨尔·莫洛(César Moro,1903—1956),秘鲁超现实主义诗人和画家。

米达的邀请。那顿饭会是什么样的？她会邀请谁？我还是无法相信伊斯马埃尔过去的女仆要在她罗马的家里为我们设宴。我好奇死了，里格贝尔托。她是怎么生活的？她会怎么待客？她会交些什么样的朋友？她会学意大利语吗？我猜想，她会有一座小宫殿。"

"好吧，是的，肯定的，"里格贝尔托有些失望地说，"她现在当然有钱，能活得像个女王。但愿她也有品位和感性，来将这一大笔钱善尽其用。说到底，为什么不呢？她证明了自己比我们所有人都机灵。她大获全胜。现在你看看她，住在意大利，兜里揣着伊斯马埃尔的所有遗产。而那对双胞胎兄弟则全线溃败。我为她高兴，真的。"

"你别说阿尔米达的坏话，别讽刺人，"卢克莱西亚说着将一只手放到他嘴边，"她不是，也从来不曾是别人以为的那样。"

"是，是，我知道，你跟她在皮乌拉的那场谈话让你深信不疑，"里格贝尔托微笑道，"可如果她对你撒了谎呢，卢克莱西亚？"

"她对我说的是真话，"卢克莱西亚斩钉截铁地说道，"我敢把手伸进火里保证，她告诉我的就是真实发生的情况，没有添油加醋，也没有隐瞒。我对这些事情有一种直觉，从来没出过错。我不相信。真的是这样？"

"真的，"阿尔米达垂下双眼，有点儿被吓住了，"他从来没看过我，没说过一句恭维话。就连主人们有时候会对女雇工随口说的那种和善话也没说过。我凭上帝向您发誓，卢克莱西亚夫人。"

"我要对你说多少次，我们以'你''我'相称，阿尔米达？"卢克莱西亚责备道，"我真难相信，你对我说的这些话竟会是真的。你以前真的从来没注意到伊斯马埃尔喜欢你？哪怕一点点都没有？"

"我凭上帝向您发誓，"阿尔米达吻了吻自己交叠成十字的手指，

"从来,从来没有,我要是撒谎,愿上帝永生永世惩罚我。从来没有。从来没有。所以我当时才会震惊得快要晕倒了。但是,您在对我说些什么呀!您疯了吗,伊斯马埃尔先生?还是我疯了?这到底是怎么回事?"

"你跟我都没疯,阿尔米达。"卡雷拉先生说道,他对她微笑着,说话时那么和蔼,她从来没见过他这样。但是,他没有靠近她。"你当然一点儿没听错我刚刚对你说的话。我再问你一遍:你愿意嫁给我吗?我是非常严肃地在问你。我已经老了,不能向你讨好示爱,不能用老派作风来追求你。我向你献上我的关爱和尊敬。我很肯定,爱情随后会来到的——我对你的爱和你对我的爱。"

"他对我说,他觉得很孤独,说他觉得我挺不错的,说我熟悉他的习惯,知道他喜欢什么、不喜欢什么,而且他很肯定,我会懂得照顾他。我脑袋都发晕了,卢克莱西亚夫人。我无法相信,他真的在对我说着我听到的这些话。但是,就是这样,就像我对您说的这样。突然之间,直截了当,忽地一下。这,就是全部的事实。我向您发誓。"

"你真让我惊讶,阿尔米达。"卢克莱西亚一脸惊异地打量着她,"不过,确实,说到底,为什么不呢?他只是对你说出了事实。他觉得孤独,需要人陪伴,你比任何人都了解他。那么你立马接受了?"

"你不需要现在答复我,阿尔米达。"先生补充道,他没有往她身边迈一步,也没有一点点想碰触她、抓住她的手或胳膊的举动,"考虑一下。我的求婚是非常严肃的。我们会结婚,会去欧洲度蜜月。我会努力让你幸福。请你考虑一下。"

"我本来有一个情人,卢克莱西亚夫人,潘奇托,他是一个好人。他在林赛市政府的登记处上班。我不得不跟他分了手。说真的,我没有多想。我觉得这就像是灰姑娘的故事。但是直到最后一刻我还在怀疑，卡雷拉先生是不是在说真的？可是，确实，确实，他非常认真。然后，您也看到了之后发生的一切。"

"我问你这个，心里觉得怪怪的，阿尔米达，"卢克莱西亚说道，声音压得很低，"但是，我忍不住，我快好奇死了。你是说，在结婚之前，你们之间什么都没发生？"

阿尔米达笑了起来，并用双手捂住了脸。

"我答应之后，当然有，"她红着脸笑道，"当然有过。伊斯马埃尔先生虽然年纪大了，可还是个很健全的男人。"

卢克莱西亚也笑了起来。

"我不需要你再跟我说什么了，阿尔米达，"卢克莱西亚拥抱她，"哎呀，事情竟是这样，这可真好笑啊。可惜他就这么死了。"

"我还是无法相信，那两条鬣狗竟然会夹起尾巴。"里格贝尔托说道，"他们竟然会变得这么顺从。"

"我可不这么想，他们现在不大吵大闹是因为他们大概正在策划另一场恶毒行动，"卢克莱西亚回答道，"阿尔尼利亚斯博士跟你说明阿尔米达跟他们达成什么协议了吗？"

里格贝尔托摇摇头。

"我也没问，"他耸耸肩回答道，"不过，毫无疑问，他们屈服了，否则他们不会撤销所有指控。她应该给了他们很大一笔钱，才能让他们这么驯服。也可能没有，也许那对蠢货终于明白，如果继续斗，他们老死也看不到一分钱遗产。说实话，我在乎个鬼。我不希望我们整个月都聊那两个无赖，卢克莱西亚。在这四周里，我希望一切都是干干净净、漂漂亮亮、赏心悦目、令人兴奋的。那对鬣狗在这里可是格格不入。"

"我向你保证,我再也不会提起他们了,"卢克莱西亚笑了,"最后一个问题。你知道他们怎么样了吗?"

"他们大概去了迈阿密花天酒地,挥霍他们从阿尔米达那里榨来的那点儿钱,不然还能去哪儿?"里格贝尔托说道,"啊,可是,对了,他们不能去那儿,因为米奇撞了个什么人,然后逃逸了。不过,也许,那事儿已经过了时效。现在,这对双胞胎消失了,不见了,从来就没存在过。我们永远别再谈他们了。你好,丰奇托!"

小家伙已经穿好了出行的衣服,连外套都穿上了。

"真帅气,我的上帝啊,"卢克莱西亚夫人用一个吻迎接他,"你的早餐在这儿准备好了。我先去了,时间不早了。如果你想九点整出门,我就得赶快了。"

"你对这次旅行期待吗?"只剩下父子俩,里格贝尔托先生问他的儿子。

"很期待,爸爸。自从我懂事以来就总听你说起欧洲,这么多年来,我也梦想着去那儿呢。"

"这会是一次美妙的经历,你看着吧,"里格贝尔托先生说道,"我非常仔细地计划好了一切,要让你看看古欧洲最好的东西,避开一切丑陋的地方。从某种方式来看,这次旅行会是我最杰出的作品。这杰作不是我所画,不是我所谱,不是我所写,丰奇托,但是,你会亲身体会到。"

"永远都不迟呀,爸爸,"孩子回答道,"你还有很多时间,你可以投身到你真正喜欢的事情中。现在,你退休了,你有全世界的自由来干你想干的事情。"

这是一个令他不适的建议,他不知该怎样拒绝。他借口再去检查一遍手提箱,站起身来。

纳尔西索照里格贝尔托先生的请求于上午九点整到达。他开的小卡车是一辆最新款的海蓝色丰田车，伊斯马埃尔·卡雷拉过去的司机在后视镜上挂了信女梅尔乔丽塔的彩像。当然，他们不得不等了好一会儿，才等到卢克莱西亚夫人出门。她与胡斯蒂尼亚娜告别时抱了又抱，亲了又亲，没完没了，而且里格贝尔托先生惊诧地发现她们还碰了嘴唇。但是，丰奇托和纳尔西索都没注意到。当小卡车驶下阿尔门达利斯坡道，沿绿色海岸开往机场时，里格贝尔托先生问纳尔西索在保险公司的新工作怎么样。

"非常好，"纳尔西索咧嘴微笑，露出一口白牙，"我本以为阿尔米达夫人的推荐在新老板们那儿不会起什么作用，但是我猜错了。他们待我很好。经理亲自迎接了我呢，您想想，一位喷满了香水的意大利先生。不过呢，看到他占着您以前的办公室，让我心里感觉怪怪的，里格贝尔托先生。"

"他总好过埃斯科比塔或米奇，你不觉得吗？"里格贝尔托先生哈哈大笑。

"这个嘛，是毫无疑问的，理所当然啊！"

"你现在干什么工作，纳尔西索？经理的司机？"

"主要是这个。他不需要我的时候，我就替整个公司的人开车，接进接出，我是说大老板们。"他看起来很高兴，很自信，"他有时候派我去海关、邮局和银行。活儿挺重，但是我没什么可抱怨的，他们付的钱挺多。而且多亏了阿尔米达夫人，我现在还有了自己的车，这是我从来没想过自己能拥有的东西，真的。"

"她送了你一件很妙的礼物，纳尔西索，"卢克莱西亚夫人评论道，"你的小卡车很漂亮。"

"这是她应该做的，"里格贝尔托先生说道，"你待她和伊斯马埃尔很好。你不仅在明知自己会有什么遭遇的情况下同意当他们婚礼的见证人,最重要的是,你没有被那两条鬣狗收买或吓住。她送你这件礼物是很合情合理的。"

"这辆小卡车可不是随便一件礼物,这是一份大礼,先生。"

豪尔赫·查韦斯机场人满为患,伊比利亚航空的队伍排得老长。但是里格贝尔托并没有不耐烦。最近这几个月,他因为警方和司法传唤、退休的延迟以及丰奇托用艾迪尔贝尔托·托雷斯给他俩带来的头疼而经历过诸多痛苦,如今那一切都已经被抛在脑后,明天中午他就能跟妻儿身在马德里,那么排队等上一刻钟、半小时或者随便多长时间又有什么关系呢?他激动地将双臂环住卢克莱西亚和丰奇托的肩膀,满怀激情地向他们宣布:

"明天晚上,我们就去马德里最好、最可爱的餐厅吃饭,卢西奥之家!他家的火腿和鸡蛋配炸土豆是一道无与伦比的美食。"

"鸡蛋配炸土豆也算一道美食,爸爸?"丰奇托嘲笑道。

"你就笑吧,但是我向你保证,虽然看起来简单,卢西奥之家却将这道菜变成了一件艺术品,一道吮指留香的美味佳肴。"

就在这一刻,他在几米开外望见了一对奇特的夫妇,他觉得看着眼熟。他们太不般配、太不寻常了。妻子是一个非常壮硕、高大的女人,脸颊鼓鼓的,套着某种米黄色大褂,直垂到脚踝,穿着一件绿色的厚毛衣。但是最奇怪的还是她头上那顶荒唐的、带面纱的小矮帽,让她看起来就像漫画人物。丈夫却矮矮小小、瘦瘦巴巴,看起来像被非常贴身的珍珠灰三件套和式样奇特、鲜艳夺目的蓝色马甲打成的一个小包裹。他也戴了顶帽子,盖过半个额头。他俩有一股乡土气息,在机场的人群中看起来迷茫而无措,看向任何东西都是又担心又猜疑的。他们简直就像是从奥托·迪克斯①和乔治·格罗兹的二十年代柏林表现主义画作中逃出来的，那种作品里满是形容怪诞、比例失调的人物。

"啊，你已经看见他们了，"他听到卢克莱西亚指着那对夫妇说道，"他们似乎也要去西班牙旅行，还是头等舱，你看看！"

"我觉得我认识他们，不过我不知道我是在哪儿认识的，"里格贝尔托问道，"他们是谁？"

"哎呀，亲爱的，"卢克莱西亚回答道，"是皮乌拉的那对夫妇，你怎么会认不出来他们了！"

"阿尔米达的姐姐和姐夫，当然，"里格贝尔托先生认出了他们，"你说得对，他们也去西班牙。多巧呀。"

他感觉到一种奇怪的、难以理解的不快，一种不安的情绪，好像与这对皮乌拉夫妇一同搭乘伊比利亚航空的飞机前往马德里对于他精心策划的"欧洲之月"活动计划表可能构成某种威胁。什么傻念头，他心想，真是迫害妄想症。那对无比怪异的夫妇怎么可能破坏自己的旅行呢？那两人在伊比利亚航空的柜台前办理手续，将一个用粗皮带绑着的大箱子称重、办理行李托运。他观察了他们好一会儿。他们看起来晕头转向、担惊受怕，好像是有生以来第一次坐飞机似的。他们总算听明白了伊比利亚航空的空姐给他们的指示，两人挽着胳膊，仿佛要抵御某种意外，一起向海关走去。菲利西托·亚纳克和妻子赫特鲁迪斯去西班牙干什么？啊，当然，他们要忘记他们在皮乌拉那边主演的那场闹剧，绑架啦、通奸啦、妓女什

---

① 奥托·迪克斯（Wilhelm Heinrich Otto Dix，1891—1969），德国画家，新客观现实主义的代表人物。

么的。他们倾尽毕生积蓄安排了一次远游，这一点儿也不重要。在这几个月里，他已经变得太敏感、太多心，简直有点儿偏执狂了。要在他们绝妙的假期中伤害他们哪怕一点点，那对夫妇是办不到的。

"你知道吗？我也不知道为什么，碰到那对皮乌拉人让我心里不踏实，里格贝尔托。"他听到卢克莱西亚说，不禁打了个寒噤。他妻子的话音里透出些许苦恼。

"心里不踏实？"他佯装不解，"真荒唐，卢克莱西亚，没必要啊。这会是一场比我们的蜜月还要棒的旅行，我向你保证。"

他们办好了手续，上了机场的第二层，那里有另一条长龙等着警察在他们的护照上盖章。无论如何，当他们最终来到登机厅时，离出发还有好一会儿。卢克莱西亚夫人决定去瞅一眼免税店，丰奇托陪着她去了。里格贝尔托很讨厌购物，对他俩说，他会在咖啡厅里等他们。他顺便买了本《经济学人》，却发现小餐厅里所有桌子都有人占了。他正准备坐到登机口边上去，这时，他发现亚纳克先生和他妻子占着一张桌子。他俩一本正经，一动不动，面前摆着两杯汽水和一满碟饼干。里格贝尔托凭着一股突如其来的冲动，向他们走了过去。

"我不知道你们还记不记得我，"他向他们伸出手招呼道，"几个月前，我去过你们在皮乌拉的家。在这里遇到你们真是惊喜啊。这么说，你们要去旅行？"

两个皮乌拉人站起身来，他们一开始挺惊讶，然后便微笑起来。他们热情地握了握他的手。

"真没想到呀，里格贝尔托先生，您竟然在这里。我们怎么会忘记我们的密谋呢？"

"您请坐，先生，"赫特鲁迪斯夫人说道，"赏我们这个脸吧。"

"好的,当然,非常乐意,"里格贝尔托先生谢过她,"我妻子和我儿子在逛商店。我们要去马德里。"

"马德里?"菲利西托·亚纳克睁大双眼,"我们也是,多巧。"

"您想喝点儿什么,先生?"赫特鲁迪斯夫人非常殷勤地问道。

她似乎不一样了,变得更加爱讲话、更加和善,她还在微笑。他记得在皮乌拉的那几天,她总是很严肃,憋不出一句话来。

"一杯告尔多咖啡,"他向服务生吩咐道,"这么说是去马德里喽。所以,我们是同路人了。"

他们坐下来,互相微笑着,交换对航班的印象——飞机会准时起飞吗?还是会延误?——而赫特鲁迪斯夫人,里格贝尔托非常肯定在皮乌拉的几次会面中,自己从来没听到她说话,可现在,她说个不停。但愿这架飞机别像前一天载他们从皮乌拉过来的那架国家航空的飞机那样晃得那么厉害。那架飞机狂颠不止,她以为他们会坠机,眼泪都出来了。她希望伊比利亚航空不会把他们的行李箱弄丢,因为如果箱子丢了,他们在马德里要穿什么呢?他们得在那儿待三天三夜,而且那边似乎天气正冷。

"秋天是全欧洲一年中的最佳时节,"里格贝尔托安慰道,"最美的时节,我向您保证。天不冷,只是一种宜人的凉意。你们是去马德里散心吗?"

"实际上,我们是去罗马,"菲利西托·亚纳克说道,"但是阿尔米达非要我们在马德里待两天,见识一下。"

"我妹妹还希望我们去一趟安达卢西亚,"赫特鲁迪斯说道,"但是这样我们就待得太久了。菲利西托在皮乌拉有很多活儿,得管理公司的客车和小卡车。他正在从头到脚地重新整顿公司。"

"纳利瓦拉运输公司正在发展壮大,虽然它总让我头疼,"亚纳克先生微笑着说,"我的儿子提布尔西奥正在慢慢取代我。他对公司很熟悉,他从少年时起就在公司里工作了。他会干好的,我很肯定。不过,您也知道,自己还得什么都管着点儿,要不然,就要开始出纰漏了。"

"我们这次旅行是阿尔米达邀请的,"赫特鲁迪斯夫人说道,她的声音里有着一丝骄傲,"她给我们付了所有的钱,您看看她多慷慨。路费、酒店,所有的一切。而且,到了罗马,她还会让我们住在她家里。"

"她太客气了,我们盛情难却啊,"亚纳克先生解释道,"您想想,这一次邀请要花掉她多少钱呀,一大笔呢!阿尔米达说,她很感激我们收留过她,就好像这对我们来说算什么麻烦似的。这反倒是一份天大的荣幸啊。"

"哎呀,你们在那段艰难的日子里对她很好,"里格贝尔托先生评论道,"你们给了她关爱和精神上的支持,她当时需要感觉到家人就在身边。现在,她的条件好得很,邀请你们是非常正确的。你们会喜欢罗马的,看着吧。"

赫特鲁迪斯夫人站起身来去上洗手间。菲利西托·亚纳克指着妻子,压低嗓门对里格贝尔托先生坦承:

"我妻子一心巴望着见教皇,这是她一生的梦想。赫特鲁迪斯非常信教。阿尔米达答应她,等教皇到阳台上来时,她会带赫特鲁迪斯去圣佩德罗广场。她还说,教皇某些天会接见一些朝圣者,她也许能给赫特鲁迪斯找个空位。见教皇、踏入梵蒂冈,这对她来说将是一生中最高兴的事。我们结婚以后,她就成了虔诚的天主教徒,您知道,她以前没这么虔诚。所以我才接受了这个邀请,是为了她。她一直是个好女人,在困难时期很能牺牲。如果不是因为赫特鲁迪斯，我也不会出这趟门，您知道吗？我这辈子还从来没度过假。什么都不干，我就觉得不舒服。因为我呀，我喜欢的是工作。"

然后，突然之间，毫无过渡地，菲利西托·亚纳克开始对里格贝尔托先生讲起他父亲的事情来了。他是亚帕特拉的一个佃农，一个出身卑微、没读过书、没穿过鞋、被妻子抛弃的楚鲁卡纳斯人，累死累活地把菲利西托拉扯大，供他读书、学门手艺，让他出人头地。这个男人一直是正直的化身。

"哎呀，有这样一位父亲真是好福气啊，菲利西托先生，"里格贝尔托先生说着站起身来，"您不会后悔出这趟门的，我向您保证。马德里、罗马，这些城市里满是有趣的东西，您看着吧。"

"是的，我也祝您一切顺利，"菲利西托·亚纳克也站起身来说道，"替我问候您的妻子。"

但是里格贝尔托觉得菲利西托一点儿不这么想，他对这场旅行一点儿不期待，实际上，他是在为他的妻子做出牺牲。他问菲利西托之前的问题是否都解决了，然后他见面前这个小个子男人的脸上突然掠过一抹担忧或悲伤，马上就后悔自己问了这一句。

"幸好已经解决了，"他低声说，"我希望这次旅行至少能让皮乌拉人把我给忘了。您不知道，人出了名、上了报、上了电视，人们在大街上指指点点，这有多可怕。"

"我相信您，我相信您。"里格贝尔托先生说道，一边轻轻拍了拍他的肩膀。他叫来服务生，坚持把账全付了。"好啦，我们飞机上见。我看见我的妻子和儿子正在那边找我呢。回头见。"

里格贝尔托一家走到登机口，但还没开始登机。里格贝尔托告诉卢克莱西亚和丰奇托，亚纳克夫妇是应阿尔米达之邀前往欧洲的。他妻子被伊斯马埃尔·卡雷拉遗孀的慷慨大方所打动。

"这个时代已经看不到这种事了，"她说，"到了飞机上，我要过去跟他们打个招呼。他们留她在家里住了几天，他们当时可没想到因为这份好心会中这么个大奖。"

在免税店里，她买了好几条秘鲁银链，准备送给旅途中可能认识的可爱的人当作留念。丰奇托则买了一张贾斯丁·比伯的光碟——这是一名加拿大歌手，现在让全世界的年轻人都为之疯狂——他准备在飞机上用自己的电脑听一听。里格贝尔托开始翻阅《经济学人》，但是，就在这时，他记起来，最好还是拿上他之前选择当作旅途读物的那本书。他打开手提箱，取出那本旧版的安德烈·马尔罗写戈雅的散文《萨图尔努斯》，这是他从塞纳河边的一位旧书贩手里买来的。多年来，他总是会非常小心地选取自己在飞机上看的书。经验证明，在飞行中不能随便什么书都看。这本书必须令人激动，能让他集中注意力，让他完全消除每次坐飞机心头都会冒出来的莫名忧虑。一想到自己正身处万米高空——十公里啊——以每小时九百或一千公里的速度飞行，而且外头的温度是零下五六十度，他就会有莫名的忧虑。他坐飞机时所感受到的并不完全是害怕，而是某种更加强烈的情绪，是因为确信这随时可能是终结、他的身体会在微秒之间解体、他可能会解开终极谜题、知道死后的世界有些什么——如果确实能有什么，但这个可能性，以他多年来从未稍减、根深蒂固的不可知论来说，他倒更倾向于排除。但是有些书读来能封住这种不祥的感觉，有些书能让他专注于所读的内容，忘记其他一切。他读达希尔·哈米特的小说、伊塔洛·卡尔维诺的散文《新千年文学备忘录》、克劳迪奥·马格里斯的《多瑙河》时，重读亨利·詹姆斯的《螺丝在旋紧》时都曾有过这样的感受。这一次，他选择了马尔罗的散文，因为他还记得自己第一次读到时的激动之情和这篇文章在他心中激起的热切。他急于看见聋子之家中的一幅幅壁画以及版画《战争之灾》《狂想曲》的真容，而不只是书中的复制品。他每次去普拉多都会在戈雅厅流连不去。重读马尔罗的散文将是这番乐趣的美妙前奏。

那段令人不快的故事终于结束了，太棒了。他下定决心，不让任何事情破坏这几周。这段时间里的一切都应该是快乐的、美妙的、令人愉悦的，不看任何令人压抑、愤怒或丑陋的人或事，安排好每一次出行，在整整一个月里让自己一直感觉到幸福是可能的，感觉到他所做、所听、所见甚至所闻的一切都会促成这种幸福感（当然，这最后一项不会那么容易）。

他正沉浸在这场白日梦中，这时，他感觉到卢克莱西亚用胳膊肘捅了捅他，示意已经开始登机了。他们远远看到菲利西托先生和赫特鲁迪斯夫人排在最前面，在商务舱的队伍里。经济舱的旅客队伍排得很长，这是当然的，这也意味着飞机会坐得很满。无论如何，里格贝尔托心中很平静；他让旅行社为他预订的是第十排的三个座位，靠着紧急出口，有更多空间可以伸伸腿，这会让一路上的不适不会那么难以忍受。

他们进入飞机，卢克莱西亚向那对皮乌拉夫妇伸出手去，他们非常亲热地向她打了招呼。他们俩确实是坐在紧急出口旁的那一排，腿脚活动空间很大。里格贝尔托靠窗坐下，卢克莱西亚靠过道，丰奇托坐在中间。

里格贝尔托先生叹了口气。他心不在焉地听着某个机组成员做的飞行说明。当飞机开始沿着跑道向起飞点滑行时，他已经在专心致志地读《经济学人》上的一篇社论了，文章讨论了欧元这一共同货币是否能熬过席卷欧洲的这场危机，以及如果欧元消失了，欧盟是否还能保全。四个喷气发动机轰鸣着,飞机的滑行速度逐秒提升,这时,他突然感觉到丰奇托的手正压着他的右胳膊。他将目光从杂志上移开,转头看向儿子。那孩子正惊愕地看着他,脸上的表情难以解读。

"别怕,孩子。"他吃惊地说道,但他没再往下说,因为丰奇托摇着头,好像在说不是这个,不是因为这个。

飞机刚脱离地面,孩子的手掐进他的胳膊,像要抓伤他似的。

"怎么了,丰奇托?"他问道,一边惊慌地瞥了卢克莱西亚一眼,但是她因为发动机的噪声而听不到他俩说话。他的妻子闭着眼睛,似乎在打盹儿或是祷告。

丰奇托试着对他说点儿什么,但是他动着嘴唇,蹦不出一个字。他的脸色非常苍白。

一种可怕的预感让里格贝尔托先生向儿子倾过身子,在他耳边低声说道:

"我们不会让艾迪尔贝尔托·托雷斯搞砸我们这次旅行的,对吗,丰奇托?"

现在,那孩子总算说得出话来了,里格贝尔托先生听到的话让他的血都凝住了:

"他就在那儿,爸爸,就在飞机上,坐在你后面。是的,是的,艾迪尔贝尔托·托雷斯先生。"

里格贝尔托感觉到脖子抽搐了一下,好像挫伤了、残废了似的。他没法移动脑袋转过头去看向后排座位。他的脖子疼得厉害,脑袋烧得发烫。他愚蠢地想着自己的头发正像一团篝火那样冒烟。那婊子养的有可能出现在这里吗?有可能出现在这架飞机上、跟他们一起去马德里吗?怒气在他体内像熔岩般涌上,势不可挡,他有一股强烈的欲望,想站起身来扑到艾迪尔贝尔托·托雷斯身上,毫不留情地揍他、骂他,直到自己筋疲力尽。虽然脖子钻心地疼,他终于还是将半个身子都转了过去。但是后排座位上没有一个男人,只有两位上了年纪的夫人和一个舔着棒棒糖的小姑娘。他不知所措地转过头看向丰奇托,这时他才惊讶地看到他儿子的眼睛里闪烁着嘲弄和快活。在这一刻,他还爆发出一声响亮的大笑。

"你相信啦,爸爸。"他说着,笑得喘不过气来。他的笑声健康、调皮、清澈而孩子气。"你是不是相信啦?你要是能看见你刚刚那张脸呀,爸爸!"

现在,里格贝尔托如释重负地晃了晃脑袋,也微微一笑,转而大笑。他与儿子前嫌尽释,与生活和谐如初。他们已经穿越云层,耀眼的阳光沐浴了整个机舱。